SZÓSTY SEN

Tego autora:

Imperium mrówek
Dzień mrówek
Rewolucja mrówek
Szkoła bogów
Oddech bogów
Tajemnica bogów
Trzecia ludzkość
Mikroludzie
Głos Ziemi
Tanatonauci
Imperium Aniołów
Gwiezdny motyl
Jutro należy do kotów

BERNARD WERBER

SZÓSTY SEN

Z języka francuskiego przełożyła
Marta Turnau

WYDAWNICTWO
SONIA DRAGA

Tytuł oryginału:
Le sixième sommeil

Projekt graficzny okładki: Mariusz Banachowicz

Redakcja: Mariusz Kulan
Korekta: Iwona Wyrwisz, Magdalena Bargłowska

ISBN: 978-83-8110-521-7

WYDAWNICTWO SONIA DRAGA Sp. z o.o.
ul. Fitelberga 1, 40-588 Katowice
tel. 32 782 64 77, fax 32 253 77 28
e-mail: info@soniadraga.pl
www.soniadraga.pl
www.facebook.com/wydawnictwoSoniaDraga

Skład i łamanie: Wydawnictwo Sonia Draga

Katowice 2018. (N1118)

Dla Amélie

PRZEDMOWA

Wyobraźcie sobie, że możecie cofnąć się w czasie o dwadzieścia lat i odnaleźć, we śnie, osobę, którą byliście w młodości.

Wyobraźcie sobie, że macie możliwość z nią porozmawiać.

Co byście jej powiedzieli?

AKT I

Praktykant spania

1

– Dobrze sypiacie?

Pytanie zaskakuje, niestosowne wydaje się rozmawianie na tak osobisty temat.

– Tak, wy, którzy siedzicie teraz naprzeciwko mnie, tu i teraz. Czy łatwo zasypiacie i budzicie się w formie?

Wobec braku jasnej odpowiedzi Caroline Klein uśmiecha się, zapala cygaretkę ze złotym filtrem, wydmuchuje powoli kilka kółek dymu, po czym oznajmia:

– Posłuchajcie mnie uważnie. Spędzamy jedną trzecią naszego życia na spaniu. Jedną trzecią. I jedną dwunastą na śnieniu. A jednak większości ludzi to nie interesuje. Czas poświęcony na sen jest postrzegany jedynie jako regeneracja. Sny są niemal natychmiast zapominane zaraz po przebudzeniu. Według mnie to, co się dzieje każdej nocy wśród pościeli w wilgotnym cieple naszych łóżek, zakrawa na tajemnicę. Świat snu to nowy kontynent wymagający odkrycia, równoległy wszechświat pełen skarbów, które zasługują na to, aby je wydobyć i wykorzystać. Kiedyś będzie się uczyło dzieci w szkołach, jak dobrze sypiać. Kiedyś na uniwersytecie będzie uczyło się studentów śnić. Pewnego dnia marzenia senne staną się dziełami sztuki oglądanymi przez wszystkich na wielkim ekranie. Wówczas okaże się, że ta trzecia część życia, którą niesłusznie uważaliśmy za niewykorzystaną, jest pożyteczna, że pomnaża nasze możliwości fizyczne i psychiczne. Jeśli uda mi się zrealizować mój „tajny plan", jeszcze szerzej otworzę drzwi wiodące na niesamowitą drogę do świata snu, drogę, która naprawdę mogłaby wszystko zmienić.

Następuje długa cisza. Po wygłoszeniu tego wyznania Caroline Klein zaciąga się mocniej cygaretką i wypuszcza spomiędzy lśniących warg obłok jasnoszarego dymu. Opary tworzą pionową ósemkę, po czym rozciągają się w kształt wstęgi Möbiusa, aby w końcu rozproszyć się pod sufitem, omijając lampy.

Badaczka potrząsa włosami, zadowolona, że po raz kolejny wywarła wrażenie na swoim synu, dwudziestosiedmioletnim Jacques'u, i jego nowej narzeczonej, którą widzi po raz pierwszy i która, o ile dobrze pamięta, ma na imię Charlotte.

Młodzi ludzie przyglądają jej się, zafascynowani tą niezwykłą osobowością.

Caroline Klein ma pięćdziesiąt dziewięć lat i jest korpulentną blondynką o czarnych figlarnych oczach. Ma na sobie, jak zwykle, czerwoną sukienkę, a na szyi złoty naszyjnik z czerwonym motywem w kształcie drzewa. Jej ruchy świadczą o sile i opanowaniu. Mówi zdecydowanym tonem.

– Na czym polega pani „tajny plan"? – pyta Charlotte.

Słowa niosą się głośno po wnętrzu nowoczesnej willi w Fontainebleau, należącej do narzeczonej syna. Caroline ciągnie jednak, niewzruszona, jak gdyby nie dosłyszała pytania.

– Większość ludzi cierpi w nocy, śpią na nieodpowiednim materacu, miewają ataki bezdechu, okresy bezsenności, ciągle są zmęczeni, wstają obolali. Według najnowszych badań sześćdziesiąt procent osób przyznaje, że źle sypia. Czterdzieści procent zażywa regularnie środki nasenne. Dwadzieścia procent ma chroniczne problemy ze snem. Są one przyczyną zaburzeń systemu odpornościowego, chorób krążenia, skłonności samobójczych, sprzyjają też otyłości. Pary rozwodzą się, ponieważ jeden z partnerów chrapie albo miota się we śnie. Ileż tragedii, wypadków samochodowych i niepowodzeń w szkole spowodowanych jest po prostu… nieudaną nocą.

Jacques nalewa wina, co matka odbiera jako zachętę do kontynuowania wykładu.

– Napoleon twierdził, że niewiele sypia, w rzeczywistości cierpiał na bezsenność. Być może właśnie z tego powodu był bardzo drażliwy, wpadał we wściekłość i podbił tyle sąsiednich krajów. Wśród słynnych osób z problemami snu można również wymienić Vincenta van Gogha, Izaaka Newtona, Thomasa Edisona, Marilyn Monroe, Szekspira, Margaret Thatcher. Wszyscy cierpieli na bezsenność.

– Ta jednak ich inspirowała. Przynajmniej Newtona i Szekspira – zauważa Charlotte.

– Lecz byli nieszczęśliwi. Na tych kilka przypadków, kiedy bezsenne noce sprzyjały tworzeniu (żeby nie oszaleć), ilu anonimowych nietwórców leżało tylko bez ruchu, przygnębionych, zrozpaczonych, patrząc na mijający na tarczy zegara czas, licząc tylko na jedno… żeby normalnie zasnąć?

– Bezsenność to niesprawiedliwa kara.

– Nie, przeciwnie, to dziedzina, w której wszyscy jesteśmy sobie równi. Wobec snu bogaci i biedni, zwycięzcy i przegrani, piękni i brzydcy, ludzie Zachodu i Wschodu, małżonkowie i single leżą na tej samej krnąbrnej poduszce.

Caroline Klein buduje napięcie, przerywając na chwilę.

– Wierzcie mi, złe zarządzanie snem jest jedną z najgorszych plag stulecia, a mimo to rzadko się o tym mówi. Jedynym rozwiązaniem, jakie znaleziono do tej pory, jest zażywanie środków nasennych, czyli tłumienie symptomów zamiast leczenia przyczyny. Współczesne środki nasenne składające się w większości z benzodiazepinów skutkują straszliwymi efektami ubocznymi: 1) eliminują marzenia senne, 2) uzależniają, 3) od niedawna podejrzewa się je o zwiększanie ryzyka zapadnięcia na chorobę Alzheimera.

– Na czym polega pani „tajny projekt"? – nalega Charlotte.

Caroline Klein czuje rozbawienie, zauważywszy, że Charlotte jest do niej podobna. Te same jasne włosy, te same czarne oczy, ta sama obfitsza sylwetka. Wiążąc się z tą młodą kobietą, syn pokazuje, że jest podświadomie zakochany… we własnej matce. Myśl ta wywołuje uśmiech na jej twarzy i niemal niezauważalny tik polegający na potrząśnięciu blond włosami.

Rozgniata cygaretkę zdecydowanym gestem.

– Widzimy się dziś po raz pierwszy, proszę pozwolić mi zachować nienaruszoną pewną część tajemnicy, którą będziemy miały przyjemność badać w trakcie naszych kolejnych spotkań. Szczególnie że posiada pani wiedzę na temat dzisiejszego traumatycznego wydarzenia, dlatego… może przejdziemy do stołu?

Opuszczają salon i zasiadają w przestronnej jadalni. Charlotte przynosi z kuchni potrawę, którą naprędce przygotowała: spaghetti po bolońsku posypane górą tartego sera.

– To lekkie danie, ale gotuję bez glutenu, tak jest najzdrowiej. Musi przecież istnieć związek między trawieniem wieczornego posiłku i snem, jaki po nim następuje, prawda? – Młoda kobieta usiłuje powrócić do zajmującego ją tematu.

– Wszystko wpływa na sen. Jedzenie, pogoda, godzina kładzenia się do łóżka, stres, picie.

Jacques napełnia trzy kieliszki winem w ciemnoczerwonym kolorze.

– Dzięki temu nektarowi zyskujemy gwarancję spokojnej nocy – uzupełnia, żeby rozładować atmosferę.

– Co zrobić, żeby dobrze sypiać? – dopytuje Charlotte, wciąż zaintrygowana.

– Zalecam odpowiednie odżywianie się, udane życie seksualne (co najmniej osiem stosunków na miesiąc), regularne pory zasypiania, kilka głębokich oddechów, nieco lektury. Nie ma nic lepszego nad dobrą książkę, żeby smacznie spać. Sprzyja ona powstawaniu pierwszych scen naszego przyszłego snu. Jacques chętnie pani o tym opowie, przekazałam mu kluczową wiedzę na ten temat.

Na deser jedzą pływające wyspy pokryte różową warstewką likieru Grand Marnier. Wreszcie Caroline zauważa, że jest już po północy: jest zmęczona i chce wracać do domu.

– Po tych wszystkich dzisiejszych zdarzeniach rozumiem, że jest pani wycieńczona, profesor Klein. Jeśli ma pani ochotę, może pani tutaj spać, mamy pokój gościnny na pierwszym piętrze.

– Nie, dziękuję, Charlotte, wolę wrócić do siebie. Moi wrogowie pewnie się już zmęczyli i dadzą mi spokój o tak później porze, poza tym śpi mi się dobrze tylko we własnym łóżku. Mam swój wieczorny rytuał. Co się zaś tyczy okropnego skandalu, jaki miał dzisiaj miejsce, nie martwcie się, sen zmetabolizuje go przez noc. Taka już jestem. Używam snu do przeżuwania, mielenia i trawienia wszystkich dziennych kłopotów.

Mówiąc to, sięga po orzech i kruszy łupinę w dłoni.

– Jedynie we śnie jesteśmy wolni. Tylko we śnie wszystko jest możliwe.

Gryzie dwie połówki miękiszu podobne do maleńkich beżowych półkul mózgu.

– Do widzenia i dziękuję za miłą improwizowaną kolację. Do zobaczenia wkrótce, obiecuję.

Caroline Klein wsiada do czerwonego sportowego samochodu i rusza z piskiem opon, wykonując ostatni gest pożegnania pod adresem syna i jego narzeczonej stojących w progu willi.

Pędzi wśród ciepłej nocy, zadowolona przede wszystkim, że nie zdradziła ani jednego szczegółu swojego „tajnego planu" tej obcej, nieco zbyt ciekawskiej, jak na jej gust, osobie.

Nad nią okrągły błyszczący księżyc uśmiecha się osobliwie, jak gdyby wiedział, że najgorsze ma dopiero nadejść.

2

W LUSTRZE ODBIJA SIĘ jej okrągłe oko. Rzęsy trzepoczą.

O drugiej nad ranem Caroline Klein wreszcie wróciła do siebie.

Zmywa makijaż wacikami nasączonymi wodą o zapachu lilii, myje zęby niebieskawą pastą.

Mimo głębokiej nocy na Montmartrze temperatura jeszcze bardziej wzrosła i Caroline otwiera okna mieszkania na szóstym piętrze, żeby przewietrzyć i wychłodzić pomieszczenia.

Zrzuca czerwoną suknię, zdejmuje czarną bieliznę i ostrożnie wślizguje się pod jedwabną pościel.

Dwadzieścia minut po drugiej zasypia.

O wpół do czwartej powoli wstaje i naga, ale z otwartymi oczyma utkwionymi w pustce, kieruje się do kuchni. Wyciąga z zamrażalnika stek, kładzie go na talerzu, siada i usiłuje jeść widelcem. Kiedy jej się to nie udaje, wyciąga z szuflady nóż i nacina zamrożone mięso. Wstaje i nie wypuszczając z ręki lśniącego ostrza, ponownie otwiera po kolei szafki, jak gdyby szukając cudownej przyprawy, którą mogłaby dodać do opornego, twardego jak kamień mięsa. Maca, przewraca kieliszek i rani się, depcząc po rozbitym szkle.

Następnie otwiera okno kuchenne i, wciąż mając puste spojrzenie, wspina się na kredens i szykuje do wyjścia na dach w poszukiwaniu idealnego towarzystwa pasującego do zamrożonego steku.

Stawia jedną stopę na dachówkach, potem drugą. Robi dwa kroki, dziesięć kroków. Lepkie od krwi stopy ślizgają się po dachu, ale kobieta nie traci równowagi.

Nad Paryżem lśnią miriady błyszczących i mrugających punkcików, niczym świetliki, ale ona nie zwraca na nie uwagi. Ma rozszerzone źrenice, nieruchome, zagubione w nieskończoności spojrzenie.

Kolejne dziesięć kroków.

Znajduje się na wysokości dwudziestu metrów nad ziemią i upadek miałby fatalne skutki, ale ona nie jest tego świadoma i idzie dalej, z dłonią zaciśniętą na wielkim nożu. Kroczy naprzód po krawędzi dachu, naga, w świetle księżyca i gwiazd.

O trzeciej trzydzieści siedem w dole rozlega się alarm samochodu, wywołany przez odchody gołębia.

Caroline Klein przeszywa dreszcz, jej źrenice kurczą się. Teraz wyraźnie widzi dachy wokół siebie i uświadamia sobie, że jest całkiem naga. Następnie dostrzega wielki nóż w swojej dłoni i z jej gardła wyrywa się okrzyk przerażenia.

Wokoło zapalają się światła. Ciekawskie i potępiające twarze wyłaniają się zza zasłon w oknach sąsiednich fasad. Caroline upuszcza nóż, który spada sześć pięter w dół i uderza w chodnik z tępym odgłosem. Kobieta zasłania piersi i płeć.

Caroline Klein kręci się w głowie. Opuszcza się na kolana, żeby zminimalizować ryzyko upadku.

O trzeciej trzydzieści dziewięć udaje jej się dotrzeć do kuchennego okna, zaciąga zasłony i umyka przed wzrokiem sąsiadów. Chowa zamrożony stek, zamyka szafki, nakleja plaster na stopę, zakłada pantofle, zbiera rozbite szkło kieliszka. Wreszcie narzuca szlafrok i wypija szklankę lodowatej wody.

O trzeciej pięćdziesiąt siada na kilka minut, żeby przyjrzeć się sobie w lustrze, oszołomiona. Oddycha głęboko, żeby odpędzić z trudem powstrzymywaną wściekłość, która w niej wzbiera. Tysiące myśli napływają jej do głowy. Rośnie w niej napięcie. Drży, twarz ściąga jej się pod wpływem nerwowych tików.

Pochyla się nad swoim odbiciem, przygląda się sobie z bliska, a to, co widzi, przeraża ją.

Tłucze lustro uderzeniem pięści.

O trzeciej pięćdziesiąt siedem podejmuje radykalną decyzję,

chcąc, aby ta scena nie mogła nigdy więcej się powtórzyć, decyzję, której konsekwencje będzie musiała ponieść – wszystkie konsekwencje, niezależnie od tego, jak trudne będą.

3

Kobieca dłoń głaszcze go po karku. Paznokieć sunie po tętnicy aż pod brodę.

– Na czym więc polega ten jej „tajny projekt"? – pyta Charlotte. – Na pewno jest związany ze snem i marzeniami sennymi. Musisz coś wiedzieć.

– Prosiła, żebym nikomu o tym nie wspominał. Przykro mi.

Młoda kobieta wzrusza ramionami, rozczarowana, lecz nie nalega więcej i zamyka się w łazience, żeby zmyć makijaż i przygotować się na noc.

Jacques Klein, zostawszy sam w pokoju, otwiera okno i wdycha ciepłe powietrze, uśmiechnięty, rozluźniony i zadowolony.

Widzi księżyc i gwiazdy. Przypomina mu się wszystko, co się wydarzyło w ciągu tego bogatego w emocje dnia.

Moja matka jest taka odważna. Sposób, w jaki stawiła dzisiaj czoło przeciwnościom, zaiste trudnym, jest niesamowity. Spokojna, silna, zrównoważona. Nieugięta. Nieczęsto widuję ją równie swobodną. Jest naprawdę niezniszczalna.

Cieszy się, że udało mu się znaleźć sposób na rozwiązanie ciężkiego kryzysu poprzez zorganizowanie zaimprowizowanej kolacji w Fontainebleau, ma wrażenie, że jego nowa narzeczona, Charlotte, spodobała się matce. Był zachwycony, kiedy Caroline nawiązała do swojej pasji, jaką jest sen.

„Spędzamy jedną trzecią naszego życia na spaniu".

To oznacza, że ktoś, kto miałby żyć dziewięćdziesiąt lat, będzie spał przez trzydzieści. Trzydzieści lat zapomnienia, straconego, bezowocnego czasu, któremu przypisujemy nieznaczną tylko wagę.

Trzydzieści lat... To więcej niż mój aktualny wiek.

„I jedną dwunastą na śnieniu". Czyli mniej więcej siedem lat.

Jacques słyszał już te słowa wielokrotnie, ale wciąż nie znudziły go opowieści matki na jej ulubiony temat. Za każdym razem bardziej uświadamia sobie znaczenie jej słów.

Pasja Caroline jest zaraźliwa, a kiedy mówi o tym kontynencie do zbadania, jego przeszywają dreszcze.

Moja matka jest badaczką na miarę nowoczesności.

Zamyka oczy i przypomina sobie podejście, jakie miał we wczesnym dzieciństwie do zwykłego faktu spania... ponieważ urodził się, śpiąc.

4

Wydarzyło się to pewnej soboty, punktualnie o północy, dwadzieścia siedem lat wcześniej.

Ponieważ poród odbywał się pod znieczuleniem, przez cesarskie cięcie, nie było oczekiwania, kleszczy, parcia, ucisku, rozciągania, nacinania krocza. Wszystko przebiegło szybko, łagodnie, bez jakiegokolwiek bólu. Wyciągnięto go tak, jak się wyciąga ciepłe ciasto z pieca, potrząśnięto nieco, żeby zainteresował się sytuacją wokoło, bo wydawał się całkowicie obojętny na to, co się z nim dzieje.

W końcu były to „tylko" jego narodziny.

Zaniepokoiła go zmiana otoczenia.

Przeszkodziły mu hałas, światło i chłód. Jego pierwszą myślą na zewnątrz musiało być: *Zatem poza światem brzucha istnieje inny świat, który wreszcie odkrywam, ale wydaje mi się on bardzo zaskakujący.*

Wyraził swoje niezadowolenie kopniakami i dał do zrozumienia, że ma ochotę dalej spać spokojnie w swojej wilgotnej, różowej, ciemnej i ciepłej niszy.

Nie podejrzewał jeszcze wówczas, że życie właśnie na tym polega: na kolejnych zmianach otoczenia.

Od brzucha matki po trumnę w ziemi.

W każdym z miejsc będzie musiał się zmierzyć z innym problemem.

Czując podświadomie, że jeśli zapłacze, dadzą mu spokój, zgodził się wydać z siebie kilka jęków. W konsekwencji zaczęto go przerzucać od jednej do drugiej pary lepkich warg, które całowały go w czoło i w policzki.

Ramiona ułożyły go w miękkim i ciepłym inkubatorze pachnącym lawendą. Tam mógł wreszcie dalej odpoczywać.

Jacques Klein odziedziczył cechę, która predysponowała go do interesowania się snem.

Jego ojciec, Francis Klein, był żeglarzem, który wsławił się samotnymi rejsami. Był wysokim, rudym mężczyzną o krótkiej brodzie, dużych stwardniałych dłoniach, zielonych oczach i bardzo jasnej cerze usianej miejscami piegami. Miał już na swoim koncie wiele zwycięstw. Jego najbardziej cenna umiejętność polegała na opanowaniu snu w krótkich sekwencjach, co pozwalało mu unikać zderzeń z okrętami pływającymi po oceanach. Francis Klein nauczył się spać „naukowo" u boku żony, Caroline, słynnej neurofizjolożki, która prowadziła zaawansowane badania nad snem oraz marzeniami sennymi i pracowała już wówczas w szpitalu Hôtel-Dieu w Paryżu.

Dzięki wsparciu małżonki Francis pobił rekord w przepłynięciu Atlantyku jachtem: w pięć dni, godzinę i trzynaście minut. W wieczór zwycięstwa Caroline i Francis Klein kochali się i poczęli małego Jacques'a, jak gdyby dla uczczenia tego triumfu.

Z wnętrza inkubatora noworodek usłyszał rozmowę rodziców, która wówczas wydawała mu się jedynie hałasem, ale którą dorosły Jacques potrafił teraz odtworzyć w swoim umyśle.

„Zrobimy z niego wielkiego odkrywcę", przepowiedział mu ojciec.

„Zrobimy z niego przede wszystkim wielkiego marzyciela", odparła matka.

5

Smoczek tkwił, na wpół przylepiony śliną, przy jego prawym policzku. Usta miał otwarte, dłoń zaciśniętą na pomarańczowej przytulance w kształcie kota, a jego powieki lekko drgały.

W wieku dwóch lat Jacques Klein różnił się od tych zadziornych dzieci, które zdawały się czerpać złośliwą przyjemność z budzenia się w środku nocy i wrzeszczenia, płakania, tupania i testowania cierpliwości rodziców.

Caroline i Francis przyglądali mu się czasami.

– Oczy poruszają mu się pod powiekami. Czy to normalne? – dopytywał ojciec.

– Oczywiście, to znaczy, że śni – wyjaśniała matka.

– O czym może śnić dwuletnie dziecko, które nie widziało jeszcze świata?

– O wspomnieniach z poprzedniego życia albo o planowaniu przyszłego.

– A tak na poważnie?

– To zagadka, nawet płody prawdopodobnie śnią o wielu rzeczach. W każdym razie tematyka ich snów wybiega daleko poza pokój, wózek i pluszaka.

Jacques Klein, położony spać o dziewiątej wieczorem, budził

się następnego dnia o ósmej, aby gaworzyć radośnie: „TATA-MAMA, OBUDZIŁEM SIĘ".

Ze swoją czarną czupryną był tak zwanym uroczym i łatwym w obsłudze szkrabem. Szybko się uczył, wszystko go interesowało, okazał się świetnym pływakiem w sekcji „Kijanek" na miejskim basenie.

W dniu drugich urodzin syna, kiedy dziecko spało głęboko, Caroline Klein, po przeczytaniu fragmentu utworu Edgara Allana Poe, zaczęła opracowywać szalony plan, mający na celu przesunięcie granic znanego snu: „Ci, co śnią za dnia, wiedzą o wielu rzeczach niedostępnych dla tych, co śnią tylko nocą. W mglistych widzeniach miewają oni przebłyski wieczności i budząc się, drżą na myśl, że przebywali na rubieżach wielkiej Tajemnicy".

Przeczytała te słowa kilkakrotnie, patrząc na śpiące dziecko. Wypowiedziała je następnie na głos, żeby dokładnie je sobie przyswoić i nagle wydało jej się, że tekst ten jest nie tylko szyfrem, lecz także bezpośrednim zaproszeniem. Edgar Allan Poe zwracał się do niej z przeszłości, wskazując to, czego powinna dokonać.

6

Z WODY WYŁONIŁA SIĘ szczęka uzbrojona w dwa rzędy ostrych zębów i wyszarpała kawałek ciała owinięty w materiał. Szkliste oczy powiększyły się, a ręce usiłowały się wyzwolić, lecz potężne szczęki tylko zwiększyły uścisk. Trysnęła krew, rozległ się krzyk, a muzyka symfoniczna wypełniła pomieszczenie.

W wieku czterech lat Jacques Klein zobaczył przypadkiem (kiedy rodzice oglądali telewizję, a dziecko wstało, żeby patrzeć z ukrycia w ekran, ukryte za kanapą) horror w reżyserii Stevena Spielberga – *Szczęki*. Pisnął w chwili, w której ostatni bohater, ześlizgnąwszy się z przechylonego statku, wpadł do olbrzymiej paszczy wodnego potwora.

Zaalarmowani krzykiem rodzice położyli go z powrotem spać, ale hollywoodzki film dotknął czegoś w jego podświadomości i spowodował u niego traumę. W następstwie tego zdarzenia chłopiec odmówił kategorycznie kąpieli. Zaczął bać się wody do tego stopnia, że wyrywał się, kiedy tylko próbowano zbliżyć się z nim do jeziora, rzeki czy brzegu morza, gdzie mogłyby czaić się szczęki gotowe go rozczłonkować.

Często też budził się gwałtownie z powodu nocnych koszmarów.

– Śniło mi się, że wielki, okropny rekin zjadł mi nogi – opowiedział ojcu, który przyszedł do niego do pokoju.

Matka pracowała jeszcze o tej późnej porze.

– Słowo „okropny" pochodzi od „kropki". Rekin nie jest nakrapiany, więc nie może być okropny.

Dziecko nie zrozumiało subtelności etymologicznego wyjaśnienia. Ojciec poszukał innego, czytelniejszego argumentu.

– Nie ma okropnych zwierząt, są tylko takie, które są głodne i takie, które już się najadły. Czy ty jesteś okropny, bo jesz kurczaka?

– Kurczaki są miłe, nie jedzą ludzi.

– W rzeczywistości rekiny nie jedzą ludzi. Jeśli ich atakują, to przez pomyłkę, bo wzięły ich za dużą rybę albo fokę. Ale kiedy czują smak ich mięsa, wypluwają kawałki. Tak samo jak ty, kiedy nie smakuje ci jakaś potrawa.

– Nie smakujemy im?

– Tylko jedno zwierzę jada ludzi, to orka. Rodzaj dużego delfina.

– A zwyczajne delfiny?

– Nie atakują ludzi, gdyż nie mają ku temu odpowiedniej szczęki ani zębów. Więc delfiny nie są miłe, tylko nieodpowiednio „wyposażone". A rekiny nie są okropne, tylko „krótkowzroczne".

Dziecko nie dostrzegło ironii ojca.

– Nie chcę zostać pożarty przez rekina – upierał się Jacques.

– Na pięćset gatunków rekinów tylko pięć jest niebezpiecznych dla człowieka. Co roku dochodzi jedynie do dziesięciu śmiertelnych ataków, tymczasem człowiek zabija dziesięć milionów rekinów. Gdyby usunąć rekiny znajdujące się na szczycie łańcucha pokarmowego, morski ekosystem zostałby zdestabilizowany i inne gatunki mogłyby się rozmnożyć, na przykład meduzy.

– Nie lubię rekinów.

– Czy wiesz, że rocznie więcej osób ginie od uderzenia orzecha kokosowego spadającego z drzewa niż w wyniku ataku rekina? Czy to znaczy, że palmy są okropne?

Francis pogłaskał czarną czupryne syna, mając świadomość, że jego przemowa jest zbyt trudna dla dziecka.

– Opowiem ci pewną historię – powiedział. – Wyobraź sobie, że jesteś na statku, na wielkim żaglowcu, z tatą, i docierasz na przepiękną wyspę, na której nie ma ani rekinów, ani orek. To wyjątkowa wyspa. Jest „twoja". Poznasz ją po tym, że piasek, zamiast biały lub żółty, ma tam kolor różowy. Jest naprawdę jedyny w swoim rodzaju.

– Czy są tam palmy kokosowe?

– Tak, ale czekają, aż ludzie przejdą, żeby zrzucić ciężkie owoce.

– Możemy je potem zjadać?

– Pewnie, co sobie będziemy żałować! Orzechy są przepyszne! Na wyspie znajdują się też skarby. Piękne wielobarwne muszle. Jedna z nich, o nietypowym kształcie, przynosi rozwiązanie wszystkich twoich problemów.

Jacques zasnął spokojnie w połowie opowieści.

Od tamtego wieczoru Francis Klein nabrał zwyczaju przywożenia synowi z rejsów w najdalsze regiony przeróżnych muszli mieniących się rozmaitymi kolorami. Były wśród nich olbrzymie brzegówki, muszle Świętego Jakuba, muszle Columbelle, muszle skalarne i przydacznie. W pokoju chłopca, na półce nad łóżkiem, zebrała się kolekcja skarbów.

Słuchając historii o Wyspie Różowego Piasku i na wspomnienie pięknych muszli, Jacques zamykał oczy i rozluźniał się.

Jego matka, która w tamtym okresie bardzo dużo pracowała nad „tajnym projektem", rzadko bywała w domu. Chociaż wracała późno, dbała o to, aby uczestniczyć w seansie usypiania syna.

Całowała go w czoło, po czym opowiadała końcówkę opowieści, którą rozpoczynał mąż:

– Mały chłopiec pobawił się ładnymi muszelkami, a potem odkrył, że na Wyspie Różowego Piasku znajduje się też las. W lesie tym, pośrodku wyspy, rosło szczególne czerwone drzewo. Chłopiec usiadł w cieniu drzewa, usnął i miał cudowne sny.

Ojciec zapoczątkował kolekcję muszli, tymczasem matka umieściła na wyższej półce liczne drzewka bonzai.

– Muszle to tata, drzewa to mama – podsumowała pewnego dnia.

Patrząc na dwa podnoszące na duchu symbole, mały Jacques uśmiechał się, przewracał na prawy bok i zamykał oczy. Pogrążając się w krainie snów, dziecko wciąż jeszcze słyszało ich głosy.

Pewnego wieczoru Francis Klein patrzył na śpiącego syna.

– Sprawia wrażenie tak spokojnego we śnie. Jak gdyby wszystkie napięcia zniknęły.

Jacques westchnął głęboko, odwrócił się i zaczął oddychać inaczej, jak samochód po wrzuceniu wyższego biegu.

Badaczka wyjaśniła:

– Teraz najwyraźniej przeszedł z pierwszego stadium uśpienia do drugiego stadium lekkiego snu. Zaczęło się. Zostawmy go w spokoju.

Rodzice na palcach wycofali się i zamknęli drzwi do pokoju.

7

Kiedy chłopiec skończył osiem lat, półki w jego pokoju wypełnione były dziwnymi muszlami i przystrzyżonymi drzewkami bonzai. Ojciec nie tylko obdarowywał go morskimi minirzeźbami, ale też usiłował wyjaśnić mu ich naturę.

– Nie ma nic doskonalszego w geometrii nad morskie muszle. Spójrz na te łuki i sploty. Obserwuj te fałdy, te kolory. Wszystko powinno przypominać morskie muszle. Nic nie jest bardziej płynne i eleganckie.

Caroline ze swojej strony przekazywała mu wiedzę na temat drzew.

– Każdy liść jest urządzeniem zmieniającym światło w energię. Z każdą gałęzią i każdym liściem drzewo rozpościera nadzieję na lepszą przyszłość. W miarę jak drzewo rośnie, zrzuca stare liście, które nie są mu już niezbędne, rozwija się i wspina wyżej, żeby jeszcze lepiej przechwytywać światło.

– Ale w małej doniczce korzenie nie mogą rosnąć.

– Każda forma życia ma coś, co ją ogranicza. Zamkniętą przestrzeń. Każda forma życia próbuje rozciągnąć się i wydostać z tej przestrzeni, zrozumieć, co znajduje się poza nią. Aby pojąć system, należy się z niego wydostać.

Jacques uwielbiał słuchać rodziców objaśniających mu świat.

Kiedy rozpoczął dziewiąty rok życia, zaczął z trudem budzić się rano. Dużo czasu zajmowało mu wstanie z łóżka, był nieustannie zmęczony. Pogorszyły się jego oceny w szkole. Przestał rosnąć tak szybko jak inne dzieci w jego wieku. Często chorował, rano kaszlał, wieczorem zasypiał z zatkanym nosem.

Zdaniem nauczycieli przysypiał na lekcjach, okazywał zmęczenie na lekcjach gimnastyki, sprawiał wrażenie, jak gdyby ciążyła mu głowa. Zmartwiony dyrektor często wzywał do siebie jego rodziców.

– Państwa syn najwyraźniej ma jakiś problem. Wciąż buja w obłokach. Kiedy jest odpytywany, stoi jak otępiały. Często coś go boli. Z trudem zapamiętuje wierszyki. Sądzę, że należałoby mu podać hormon wzrostu, żeby urósł. Magnez na wzmocnienie systemu odpornościowego. Olej z wątroby dorsza na pamięć. Witaminy. Jakikolwiek lekarz z łatwością przepisze taką kurację, która może mu tylko pomóc.

Po powrocie do domu matka przyznała:

– Przyglądałam się Jacques'owi, kiedy spał: nie porusza długo oczyma. Pozostaje w drugim stadium lekkiego snu, robiąc od czasu do czasu wypady do trzeciego stadium głębokiego snu, ale nie udaje mu się przejść do czwartego stadium. Tymczasem to właśnie w tej fazie głębokiego snu buduje się pamięć, wzmacnia się system odpornościowy i produkuje się hormon wzrostu.

– Dyrektor ma rację, powinniśmy go leczyć, nie można już dłużej zwlekać – oznajmił Francis.

– Wyjaśnimy mu sytuację, żeby zrozumiał, co naprawdę dzieje się podczas snu.

– On ma tylko dziewięć lat!

– Warto spróbować. Jestem pewna, że jest w stanie to zrozumieć.

Tego wieczoru, zamim Jacques położył się spać, ojciec nie opowiedział mu bajki o żaglowcu płynącym w stronę Wyspy Różowego Piasku, za to matka wyjaśniła za pomocą rysunków podstawę mechanizmu snu.

– Posłuchaj mnie. Zamknij oczy, Jacques. Co widzisz?

– Nic.

– Nieprawda, widzisz nieco innego świata.

Chłopiec otworzył oczy.

– „Innego świata”?

– Tego, w który zagłębiasz się co wieczór.

Jacques zamknął oczy na kilka sekund, a kiedy znów je otworzył, matka ciągnęła swoje wyjaśnienia.

– Po zanurzeniu się w wodzie trzeba oddalić się od powierzchni.

Sięgnęła po białą kartkę i ołówek, którym pociągnęła kreskę symbolizującą powierzchnię.

– Gdyby założyć, że sen jest jak wirtualna kąpiel, można porównać zaśnięcie – od momentu, w którym zamykasz oczy – do zanurzenia się w wodzie. Trwa to od pięciu do dziesięciu minut. Potem następuje pierwsze zejście. Głowa znika pod powierzchnią. To pierwsze stadium. Bardzo płytki sen. Ciało się rozluźnia. Zaczynamy regenerować siły. Słyszymy i rozumiemy głosy obok nas, ale nie mamy już ochoty im odpowiadać.

Jacques przytaknął, słuchając uważnie.

– Wchodzimy w drugie stadium. Płytki sen. Słyszymy jeszcze głosy, ale nie jesteśmy już w stanie zrozumieć rozmowy, słowa zmieniają się w szum.

Narysowała małego chłopca, który schodzi pod kolejną warstwę wody morskiej, przy której znajduje się cyfra „2”.

– Potem nadchodzi pora na trzeci poziom. Sen głęboki. Nie słyszymy już nic z tego, co dzieje się na zewnątrz, ciało jest rozluźnione, oddech spowolniony.

Dorysowała pas z cyfrą „3”.

– Jest jeszcze jedna warstwa wody. To czwarte stadium. Bardzo głęboki sen. Wtedy nasze ciało naprawdę wypoczywa, buduje ochronę przed chorobami i tworzy substancje, które pomagają mu rosnąć. Wzmacnia się pamięć. Utrwalamy wszystko, czego nauczyliśmy się w ciągu dnia i co pomaga nam odnosić sukcesy. Zaczynamy śnić.

Caroline dokończyła rysunek, dodając cyfrę „4”, a potem chłopca, który pływa uśmiechnięty w głębi morza.

Następnie na marginesie dorysowała linię oznaczającą upływ czasu i podpisała: „90 minut".

– Pełne zejście przez wszystkie poziomy odpowiada jednemu cyklowi snu. Trwa on około dziewięćdziesięciu minut. Następnie nadchodzi chwila, w której wzbijamy się w górę, gotowi przebudzić się. Jeśli jednak się nie obudzimy, rozpoczniemy kolejne nurkowanie przez cztery warstwy wody.

Jacques sprawiał wrażenie zaintrygowanego.

– Na siedem i pół godzin nocnych składa się pięć zejść, czyli pięć cykli po dziewięćdziesiąt minut. Jeśli wszystko dobrze się potoczy, za każdym razem schodzisz głęboko, aż do czwartego stadium. Dzięki temu stajesz się silniejszy, masz dobrą pamięć, rośniesz, opierasz się chorobom. Czy rozumiesz teraz, dlaczego tak ważne jest osiąganie czwartego stadium?

Jacques Klein skinął głową.

– W jaki sposób ty tam schodzisz, mamo?

– Założę ci bransoletkę z czujnikiem, która jutro pozwoli ci przyjrzeć się twojemu hipnogramowi na smartfonie.

– Co to jest „hipnogram"?

– To wykres, który pokazuje częstotliwość twoich cykli snu. Pomogę ci zasnąć, opowiadając ci i towarzysząc do świata snów... Oddychaj głęboko, żeby się rozluźnić, zamknij oczy, zanurzymy się w morzu w pobliżu Wyspy Różowego Piasku.

Dziecko nabrało powietrza do płuc, jak gdyby szykowało się do wstrzymania oddechu. Matka przeczesała mu włosy dłonią, po czym położyła ją delikatnie na jego oczach.

– Wyobraź sobie, że zanurzasz się w wodzie.

Jacques zadrżał z niechęcią i dopiero po kilku minutach przezwyciężył to uczucie. Wielokrotnie zmieniał pozycję. Wreszcie pozwolił ciału się rozluźnić.

Zwizualizował pokonanie pierwszej warstwy wody, wejście

w pierwsze stadium snu. Oddech mu się zmienił. Powoli dotarł do drugiego stadium, trzeciego i czwartego. Wreszcie ruchy gałek ocznych pod powiekami pokazały Caroline, że jej syn śni, głęboko śpiąc. Jego kark zesztywniał, głowa opadła w tył.

W progu pokoju stanął Francis. Caroline szepnęła:

– Udało się, Jacques wreszcie korzysta ze snu. Dzięki serotoninie szyszynka wydziela melatoninę, naturalna chemia organiczna wreszcie została odtworzona. Chłopak śni. Jego ciało się odbudowuje.

Palce dłoni chłopca zacisnęły się na poduszce, po czym stopniowo zaczęły się rozluźniać.

8

Mijały tygodnie. Księżyc i słońce ścigały się po doskonałym łuku horyzontu. Oczy otwierały się o świcie, mrugały przez cały dzień i zamykały się o zmierzchu. Mięśnie napinały się i rozluźniały.

Z upływem kolejnych miesięcy Jacques Klein sypiał coraz lepiej.

Za dnia korzystał z ciała i umysłu. Nocą pozwalał organizmowi odpocząć i poprawiał architekturę umysłu.

Neurony w jego mózgu tkały koronki z czerwonych nitek, a następnie łączyły się w kępki. Niemal niezauważalne wyładowania elektryczne zmieniały w myśli sygnały przesłane przez źrenice, błonę bębenkową, receptory olfaktyczne i czuciowe. Myśli zmieniały się w rozmyślania, rozmyślania we wspomnienia, a wspomnienia gromadziły się w płatach skroniowych kory mózgowej. Tym sposobem tworzyła się jego pamięć.

Jacques lepiej zapamiętywał teksty, wzory matematyczne, słownictwo, historię i geografię. Wszędzie znajdywał analogie, skojarzenia, rytmy. Do tej pory siadał w głębi klasy przy kaloryferze, teraz przesunął się kilka rzędów do przodu.

Równocześnie zaczął gwałtownie rosnąć („jak gdyby uwolniono drzewko bonzai uwięzione w zbyt małej doniczce", przyznał lekarz), a skuteczniejszy system odpornościowy sprawniej bronił go przed zarażaniem się chorobami od innych zakatarzonych dzieciaków. Jacques nie kaszlał już rano, nie wycierał wieczorem nosa. Woskowina nie zatykała mu już uszu, powieki nie sklejały się.

Nauczyciele dostrzegali postępy (sądzili jednak, że są one związane z zażywaniem hormonu wzrostu i witamin), a Jacques – do tej pory w klasowym ogonie – nadrobił zaległości i znalazł się w środku stawki.

Ojciec próbował zachęcić go do pokonania lęku przed wodą i wybrał się z nim na basen. Chłopiec, chociaż pełen dobrych chęci, zadrżał, zbliżając się do turkusowej powierzchni. Wstrzymał oddech, zanurzając w wodzie palce stóp.

– Nie bój się. W tym basenie nie ma rekina – żartował ojciec.

– Nie dostrzegam dna! Muszę zobaczyć dno, żeby mieć pewność, że woda mnie nie zakryje – odparł Jacques, wyraźnie zdenerwowany.

– Jestem tutaj, trzymam cię, nie utopisz się.

Chłopiec wszedł do wody po łydki, kolana, po uda. Krzywił się, jak gdyby brodził w kwasie.

– Trzymaj się, smyku, zobaczysz, wszystko będzie dobrze. Wystarczy chcieć. I chcieć tego teraz. Dokonaj tego wyboru. Pewnego dnia będziesz musiał gdzieś dopłynąć i to cię uratuje. Przypomnisz sobie wtedy to proste zdanie: „Ten, kto nie chciał, kiedy mógł... nie będzie mógł, kiedy zechce".

Zetknięcie się kąpielówek z lodowatą wodą okazało się w pierwszej chwili nieprzyjemne, ale chłopiec zacisnął szczęki i pięści. Nieco dalej inne dzieci nabijały się z niego, szepcząc, że w jego wieku to nienormalne, żeby bać się wody.

W jego głowie zderzały się różne myśli: chęć sprawienia przyjemności ojcu walczyła z głębokim przekonaniem, że ten płynny nieprzyjazny żywioł kryje w sobie zapewne najgorsze niebezpieczeństwa.

Kiedy woda docierała mu już do klatki piersiowej, Jacques krzyknął, ściągając na siebie uwagę wszystkich pływaków wokoło.

– NIE CHCĘ TAM WCHODZIĆ! NIGDY NIE BĘDĘ CHCIAŁ. NIE LUBIĘ WODY! MOŻE W JAKICHŚ ZAKAMARKACH W GŁĘBI KRYJĄ SIĘ TU REKINY!

Wtedy Francis złapał syna i, trzymając go, zanurzył w wodzie aż po szyję.

– NA POMOC! TONĘ!

Jakiś mężczyzna zbliżył się do nich i skrytykował Francisa:

– Dość obcesowo obchodzi się pan z tym dzieckiem, nie powinien go pan przymuszać.

– Jestem jego ojcem, wiem, co robię. Niech pan się nie miesza w nie swoje sprawy.

– Ach! Poznaję pana: jest pan tym sławnym żeglarzem: Klein! Powinien pan raczej…

– Niech się pan do tego nie wtrąca.

Nie wiedząc, jak zareagować, mężczyzna spojrzał na Francisa nieprzychylnie.

Zadowolony z wywołanego efektu, Jacques krzyczał głośno:

– NA POMOC! TATA CHCE MNIE UTOPIĆ!

Dorośli w kąpielówkach utworzyli wokół nich krąg. Przyglądali się scenie z naganą w oczach, gotowi interweniować, gdyby sytuacja tego wymagała.

W końcu Francis Klein poddał się, uciekł przed triumfującym wzrokiem syna, po czym obaj ruszyli w stronę szatni.

Ostatnią myślą Jacques'a, gdy wychodził z basenu, było:

Lubię pływać we śnie, ale nie na jawie.

9

Najdelikatniejszą chwilą w ciągu dnia jest moment przebudzenia, te kilka sekund, kiedy otwieracie oczy, z trudem przypominacie sobie, kim jesteście, i w jakim momencie istnienia (waszego lub świata) się pojawiacie.

Musicie ze wszystkim się oswoić, ze wszystkim: łącznie z ciałem, w którym spędzicie resztę dnia, łącznie z umysłem, z jego wspomnieniami i pragnieniami, z zaprogramowaną najbliższą przyszłością.

Im sen jest głębszy, tym te chwile powrotu zza drugiej strony muru powiek okazują się trudniejsze.

Jacques przełknął ślinę, przyzwyczaił się ponownie do swojego ciała, wszechświata, planu dnia.

Miał teraz jedenaście lat i uczęszczał do gimnazjum. Uczył się zadowalająco, otrzymywał oceny powyżej średniej. Jednakże, zaledwie kilka miesięcy po rozpoczęciu roku szkolnego, wychowawca wezwał do siebie jego rodziców.

– Jacques doskonale zapamiętuje, natomiast muszę z przykrością stwierdzić, że… nie jest ani trochę twórczy. Powtarza tylko jak papuga to, czego się nauczył. Jest dobry w ćwiczeniach pamięciowych, w recytacjach, w przywoływaniu dat albo nazw rzek, ale kiedy tylko proponuje mu się ćwiczenie otwarte, cytuje ostatnią, dokładnie zapamiętaną lekcję i nie wnosi nic osobistego. Jak gdyby nie miał odwagi wyrazić czegoś, co pochodzi od niego samego. Używa jedynie pamięci, a nie własnej inteligencji.

Caroline postanowiła, że nadszedł czas na kontynuację edukacji „onironautycznej" syna. Jeszcze tego samego wieczoru usiadła na jego łóżku i znajomym gestem zwichrzyła mu czarną czupryno.

– Posłuchaj mnie, Jacques, pamiętasz, jak opowiadałam ci o cyklach snu?

– O nurkowaniu w podmorskich warstwach snu, które odpowiadają stadiom uśpienia?

Pokazał jej swój smartfon, na którym widniał hipnogram z poprzedniej nocy, z wyraźnie zaznaczonymi krzywymi.

– Nie powiedziałam ci wszystkiego. Istnieje jeszcze piąte stadium, którego nie rejestruje czujnik snu w tym urządzeniu.

– Sen jeszcze głębszy niż w stadium czwartym?

– To tak, jak gdybyś nagle, dotarłszy do czwartego stadium, znalazł piąte stadium, które można by sobie wyobrazić jako…

– Jeszcze niżej położoną warstwę?

– Nie, przeciwnie, jako gwałtowny skok w górę. Na tym właśnie polega specyfika tej fazy snu: w niej twoje ciało najbardziej się rozluźnia, nie słyszysz już nic, rytm serca spowalnia, temperatura spada, a jednak to właśnie w tej fazie twój mózg będzie funkcjonował najszybciej i najsprawniej. Wtedy śnisz najbardziej niesamowite i najpiękniejsze sny. Dlatego to piąte stadium nazwano „snem paradoksalnym".

– „Sen paradoksalny" – powtórzył chłopiec, żeby zapamiętać informację.

– Odkrył go w 1959 roku francuski naukowiec, profesor Michel Jouvet. Do tamtej pory nie rozumiano, co dzieje się z nami w tej delikatnej fazie.

– Czy w trakcie snu paradoksalnego śnimy?

– W stadium czwartym często śni nam się, że jesteśmy nadzy, że ścigają nas wrogowie albo że tracimy zęby…

– Tak, często miewam takie sny – zdziwił się Jacques.

– Są to więc dość nieprzyjemne sytuacje… Tymczasem w fazie snu paradoksalnego śnimy, że lecimy, że się kochamy, że pokonujemy wrogów.

– W czwartym stadium przegrywamy, a w piątym wygrywamy?

– W czwartym stadium znajdujemy się w niebezpieczeństwie – poprawiła go Caroline – a w stadium piątym znajdujemy rozwiązania. Dlatego też sen paradoksalny najskuteczniej wzmacnia nasze zdrowie i umożliwia najlepsze przefiltrowanie wydarzeń z minionego dnia. Podczas snu paradoksalnego zapominamy o kłamstwach i przypominamy sobie o tym, co ważne. Michel Jouvet uważał, że sen paradoksalny służy do przypominania sobie, kim naprawdę jesteśmy, uwolnieni od wszelkich wpływów, kłamstw i zewnętrznych manipulacji. Wracamy do „programu źródłowego" stanowiącego podstawę naszej prawdziwej tożsamości.

– Trochę jak wtedy, gdy się restartuje komputer i wszystkie pliki automatycznie wracają na swoje miejsca?

– Tak. Trwa to od dziesięciu do dwudziestu minut. To piąte stadium.

Jacques Klein spojrzał na hipnogram.

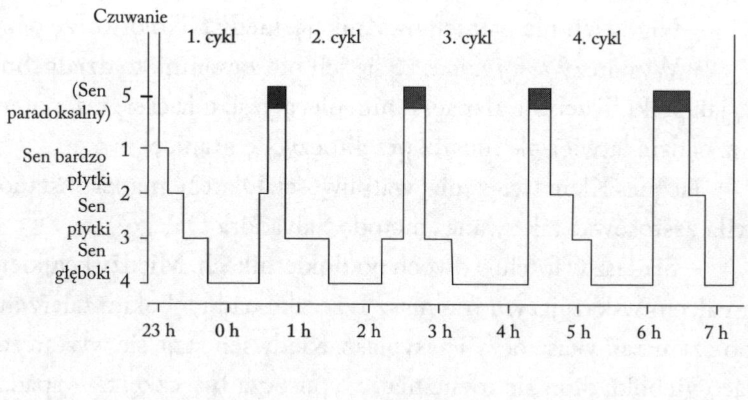

Następnie poprosił matkę, żeby narysowała mu piąte stadium, ponieważ na smartfonie nie dało się go przedstawić.

Wtedy Caroline naszkicowała zejście w głąb wody aż do

stadium pierwszego, potem do drugiego, trzeciego i czwartego stadium, a następnie wynurzający się z morza szczyt snu paradoksalnego, ocierający się o powierzchnię przebudzenia.

Jacques był oczarowany, zdobywając informację, o której nie miał pojęcia żaden z jego kolegów z klasy.

Przed zaśnięciem, niczym nurek, szykował się mentalnie do zejścia jak najgłębiej podczas snu, aż do osiągnięcia słynnego szczytu snu paradoksalnego – miał zamiar go zdobyć.

Udało mu się to wielokrotnie, w każdym razie był przekonany, że mu się udaje.

– Teraz, gdy już jesteś gotów pójść dalej we śnie i w marzeniach sennych, powierzę ci to, Jacques.

Caroline wręczyła mu oprawiony w skórę notes z piórem w zestawie.

– To notes marzeń sennych. Twój notes snów. Jutro, po przebudzeniu, przypomnisz sobie sny, które zrodziły się dzięki osiągnięciu stadium snu paradoksalnego i zanotujesz je sobie, żeby ich nie zapomnieć.

– Nigdy ich nie pamiętam. Znikają, kiedy tylko otworzę oczy.

– Wystarczy *postanowić*, że się ich nie zapomni: to działa. Sny są jak ptaki. Trzeba je złapać, zanim ulecą. Jeśli uda ci się raz, potem już będzie łatwiej, ale musisz przekroczyć tę granicę.

Jacques Klein wciąż miał wątpliwości. Dlatego matka postanowiła zastosować tak zwaną „metodę Salvadora Dalego".

– Siadasz w fotelu o dwóch podłokietnikach. Między kciukiem a palcem wskazującym trzymasz łyżeczkę nad głębokim talerzem, po czym zamykasz oczy i zasypiasz. Kiedy sen staje się wystarczająco głęboki, dłoń się rozluźnia i wypuszcza łyżeczkę, ta – spadając – powoduje hałas, który cię budzi. Natychmiast powracasz do rzeczywistości, w samym środku swojego snu.

Pod opieką matki Jacques podjął tego wieczoru kilka prób

i osiągnął sukces: podskoczył, kiedy łyżeczka uderzyła o talerz. Zamrugał powiekami i przytrzymał ptaka.

– Mam go! – zawołał. – Pamiętam! Pamiętam doskonale całą historię. Sen znalazł się w klatce mojej pamięci.

– Opowiedz!

– Więc... wspinałem się po kręconych schodach w kształcie ósemki. Działały jak schody ruchome, tylko jechały w dół, więc miałem wrażenie, że nigdy nie dostanę się na szczyt.

– Dobrze, ale musisz dotrzeć dalej, przypomnieć sobie cały sen, nie tylko ostatnią scenę. Wreszcie udało mi się znaleźć aplikację w smartfonie zdolną wychwycić piąte stadium, czyli sen paradoksalny. Zainstaluję ci ją i ustawię system tak, żeby budzik włączał się w chwili prawdopodobnego końca twojego snu. Dzięki temu łatwiej ci będzie zapamiętać całą historię.

Jacques przetestował nowe oprogramowanie. Kiedy obudziły go dźwięki harfy, zdołał zachować w pamięci cały film – czym prędzej go zanotował.

– Mamo, udało się! Przypomniał mi się cały sen od początku do końca!

I opowiedział jej, z zachwytem godnym artysty pokazującego swoje najważniejsze dzieło, marzenie senne wyrwane ze snu paradoksalnego.

– W szkole wybuchł pożar. Mój nauczyciel angielskiego znajdował się wewnątrz i wołał „Pomocy!" przez okno. Pojawił się olbrzym, większy od szkoły, który go uratował, chwytając w zagłębienie dłoni. Na koniec nauczyciel powiedział: „Dobrze, daję ci dostateczny, ale stać cię na więcej". Było bardzo kolorowo, dużo akcji, a nawet muzyka w tle, jak w filmie.

– Dobrze... hm... nieźle, jak na pierwszy pełny sen – przyznała Caroline Klein, stwierdzając, że woli, aby syn śnił o pożarach niż o topieniu się i rekinach. – Staraj się notować jak najwięcej.

Chłopiec gryzmolił notatki i szkice na kartkach notesu.

– Aha! Jeszcze jedno: z natury rzeczy chcemy racjonalizować sen, nadając zdarzeniom logiczny ciąg i spójność. Tymczasem trzeba uszanować jego chaotyczny charakter. Czasami postacie przeobrażają się albo miejsce zmienia się bez powodu.

– Teraz, kiedy o tym mówisz, uświadamiam sobie, że olbrzym miał z początku twarz naszego sąsiada. Potem głowę psa, a na koniec moją własną.

– Zanotuj to sobie. Musisz być uczciwy wobec swoich snów.

– Zatem, jeśli chodzi o samo „zanurzenie się", moim celem jest nie zatrzymywać się w stadium czwartym, próbować jak najszybciej osiągnąć stadium piąte i zatrzymać się tam jak najdłużej?

– Nasz mózg robi to, o co go prosimy.

Odkąd udało mu się to po raz pierwszy, Jacques zasmakował w zapamiętywaniu snów. Nie chciał żadnego zapomnieć. Programował budzik tak, żeby dzwonił na sam koniec fazy snu paradoksalnego, po czym rzucał się do swojego notesu.

– Nauczę cię jeszcze jednej sztuczki, która pozwoli ci skuteczniej śnić – zaproponowała matka.

Wyciągnęła ukrytą za plecami książkę, zatytułowaną *Alicja w krainie czarów*.

– Literatura fantastyczna. Jeśli będziesz czytał przed zaśnięciem książki opowiadające o fantastycznych światach, będziesz miał jeszcze piękniejsze sny.

Jacques przyjrzał się ilustracjom z okładki przedstawiającym jasnowłosą dziewczynkę, kota o olbrzymich oczach, gąsienicę w okularach siedzącą na grzybie i wściekłą królową z talii kart.

Caroline wyrecytowała z pamięci:

– „Świat książek jest największy z tych, których człowiek nie otrzymał od natury, lecz wydobył z własnego umysłu", powiedział pisarz Hermann Hesse. A ja dodałabym: świat książek karmi jeszcze obszerniejszy świat snów.

Jacques przeczytał więc *Alicję w krainie czarów* i śniły mu się podobne scenerie.

Po dziełach literackich Lewisa Carrolla (*Wyprawa na Żmirłaka*, *Dziaberliada*, *Alicja po drugiej stronie lustra*) Jacques odkrył Rabelais'go, który zainspirował w nim sny o olbrzymich obżartuchach (*Pantagruel*, *Gargantua*), a następnie Jonathana Swifta (*Podróże Guliwera*) i Edgara Poe (*Opowieści niesamowite*), którzy dorzucili do typowych scenerii kruki, cmentarze, zamki i duchy, a także Juliusza Verne'a (*Tajemnicza wyspa*, *Podróż do środka Ziemi*, *20 000 mil podmorskiej żeglugi*), Izaaka Asimova (*Fundacja*, *Roboty*), Philipa K. Dicka (*Ubik*, *Człowiek z wysokiego zamku*). Czytał również poetów: Victora Hugo, Charles'a Baudelaire'a, Artura Rimbauda, Borisa Viana, Préverta, Georges'a Pereca.

Po powieściach i poezji matka doradziła mu dokształcenie się w dziedzinie malarstwa, żeby nakarmić przestrzeń snów: Hieronim Bosch, Francisco de Goya, Rembrandt, Peter Paul Rubens, Jan Vermeer, William Turner, John Martin, Salvador Dalí, René Magritte.

Następnie nadeszła pora na kompozytorów: Vivaldiego, Mozarta, Beethovena, Griega, Faurégo, Debussy'ego.

– Powieści, poezja, malarstwo i muzyka to najlepsze składniki pozwalające na przygotowanie twoich własnych dań onirycznych – wyjaśniła mu matka. – To „świeże" produkty. Ale nie oglądaj telewizji. To fast food, który sprzyja produkcji „przeżutych" snów o sztucznym smaku, nie wspomaga naturalnej kreatywności ani wyczucia estetyki, odwołuje się jedynie do podstawowych emocji. Niech przyświeca ci ta główna zasada: w snach twórz własne filmy, nie odtwarzaj cudzych.

Jacques nabrał zwyczaju zasypiania z powieścią w dłoni. Czytał po kolacji, kiedy inne dzieci oglądały telewizję. Pochłaniał te historie niczym „opał dla snów" – im bardziej książkowe światy były oryginalne i widowiskowe, tym większy przeszywał go dreszcz rozkoszy – wiedząc, że nocą będzie je metabolizował i przetwarzał w zadziwiające przedstawienia.

W szkole poprawił oceny ze wszystkich przedmiotów twórczych. Regenerował ciało dzięki trzeciemu stadium snu, zapamiętywał dzięki zejściu do stadium czwartego i cieszył się wyobraźnią i uniesieniami inspirowanymi przez stadium piąte.

Stał się najlepszym uczniem w klasie.

Francis Klein był pod wrażeniem sukcesów syna związanych z ezoterycznym nauczaniem jego towarzyszki życia. Jako żeglarz, on również poprawiał swoje panowanie nad snem, co miało mu pomóc odbyć samotną podróż dookoła świata żaglówką. Przyda mu się ono do pobicia rekordu Francisa Joyona z 2008 roku na trimaranie: pięćdziesiąt siedem dni, trzynaście godzin i trzydzieści cztery minuty.

Dzięki wskazówkom żony wizualizował idealną trasę, wyobrażał sobie siebie w działaniu, testował scenariusze, najgorsze i najlepsze, znajdywał we śnie odpowiedzi na problemy techniczne. Stopniowo uczył się, jak zredukować czas na niepotrzebny sen, dążąc bezpośrednio do snu paradoksalnego, naprawdę skutecznego i regenerującego.

Pewnego wieczoru Francis Klein przyglądał się śpiącemu synowi i zwrócił uwagę na urządzenie rejestrujące wykres hipnogramu.

– Ciii... obudzisz go – powiedziała żona, podchodząc do niego.

– Wcześnie dzisiaj wróciłaś. Udało ci się posunąć naprzód swój projekt, Caro?

– Nie, to zbyt trudne! Być może będę zmuszona z niego zrezygnować. Stoję w obliczu przeszkody nie do pokonania, Francis.

– Jestem pewien, że uda ci się ją przekroczyć.

– Chyba postawiłam sobie poprzeczkę zbyt wysoko – stwierdziła.

Sięgnęła po smartfon leżący na łóżku syna i przyjrzała się krzywej hipnogramu.

– Jest już w piątym stadium. Nie powinniśmy go teraz obudzić.

– Czy oprócz smartfonu istnieje inny sposób na stwierdzenie, że znajduje się w fazie snu paradoksalnego?

Caroline przytaknęła.

– Gałki oczne poruszają się szybciej pod powiekami, bębenki pulsują, kark sztywnieje, sprawiając, że głowa opada do tyłu. I... jest jeszcze jeden szczegół, który nigdy nas nie zwiedzie.

Delikatnie podniosła kołdrę.

– Jeśli mężczyzna znajduje się w fazie snu paradoksalnego, łatwo to zauważyć.

Jedenastoletni Jacques Klein miał erekcję.

– Jak to możliwe, że piąte stadium powoduje coś tak... fizycznego? – spytał ojciec.

– Odczuwa w tym momencie taką przyjemność ze snu, że jego ciało odbiera to jako... czysty akt miłości.

10

Nóż elektryczny musnął twarz Francisa.

Hałas obudził Jacques'a, który przybiegł do kuchni, przecierając oczy: jego rodzice bili się. Matka, w koszuli nocnej, dzierżyła nóż elektryczny. Chłopiec odniósł wrażenie, że się kłócą, ale Caroline wyszeptała osobliwe zdanie pod adresem ojca ubranego w piżamę:

– Chcę grzanki. Dalej, chlebku, nie uciekaj, pokroję cię, a potem podpiekę, jestem głodna, chcę grzanki. Z masłem i konfiturą.

Caroline ponownie rzuca się naprzód z nożem elektrycznym, Francis osłania twarz ramieniem, dwa ząbkowane ostrza pozostawiają szramę na skórze. Z rany wypływa krew.

– Udało się! To dżem truskawkowy! – woła Caroline zwycięskim tonem.

Wciąż ma spojrzenie zagubione w pustce, rozszerzone źrenice, a jej twarz wyraża zadowolenie wygłodniałej osoby, która wreszcie może zjeść śniadanie. Dwa poplamione czerwienią ostrza noża elektrycznego wciąż poruszają się groźnie, wydając mechaniczny odgłos.

W walce toczącej się w zwolnionym tempie matka używa noża elektrycznego niczym miecza, tymczasem Francis usiłuje osłonić się, używając pokrywki od garnka w charakterze tarczy.

Udaje mu się rozbroić i poskromić żonę, która wciąż jeszcze manifestuje niezaspokojony apetyt.

– Obudź się, błagam, obudź się! – woła do niej.

– Co... co się dzieje? – pyta Caroline, potrząsając głową i mrugając powiekami.

– Znowu miałaś atak, nic się nie stało – odpowiada Francis, ukrywając ranę na ramieniu i wyłączając nóż elektryczny.

– Co zrobiłam?

Rozgląda się wokoło, usiłując zrozumieć, co się wydarzyło.

– Nic. Musisz się teraz położyć, Caro.

Kobieta dostrzega ranę, zauważa nóż elektryczny i zaczyna płakać.

– Czy to ja zrobiłam? Tak mi przykro, Francis!

– To nie twoja wina. To...

– To coś we mnie, czego nie kontroluję i co każe mi popełniać we śnie straszne czyny.

– Nie ponosisz odpowiedzialności za to, co dzieje się podczas ataku. Śnisz na jawie. To się zdarza wielu ludziom, po prostu oni o tym nie mówią.

Przytula ją mocno i oboje płaczą, drżąc.

– Jestem nienormalna. Muszę się leczyć.

– Jesteś normalna, musisz po prostu odpocząć i się uspokoić. Za dużo pracujesz, jesteś wyczerpana psychicznie, stąd te incydenty.

Jacques nie mógł uwierzyć własnym oczom, widząc rodziców

bijących się, a następnie płaczących i całujących się. Zrozumiał, że brakuje mu danych, aby zrozumieć świat dorosłych, dane te jednak chwilowo zdają się niedostępne dla niego.

– Dokończę moje badanie – obiecuje Caroline. – Muszę zejść jeszcze niżej, o wiele niżej, żeby powstrzymać ten proces. To wszystko dzieje się w mojej podświadomości, ale wiem, że dzięki prowadzonym przeze mnie badaniom laboratoryjnym znajdę sposób na wyzwolenie się od tego przekleństwa.

– Odpocznij.

– Przeciwnie, muszę znacznie więcej pracować.

– Przestań wywierać na siebie taką presję, właśnie to powoduje ataki.

– Wiesz dobrze, do czego jestem zdolna w takich chwilach. Wiesz dobrze, co już się wydarzyło. I chociaż mnie nie skazano, sama się osądziłam…

– Jesteś wobec siebie zbyt surowa.

– Idź, wytłumacz to tym, których już zaatakowałam w nocy! Idź, wytłumacz to duchowi mojego braciszka!

Ponownie wybuchła płaczem.

Jacques wycofał się po cichu i wrócił do łóżka. Nie mogąc od razu zasnąć, leżał z otwartymi oczyma utkwionymi w plamkę na suficie.

Nic się nie stało. Niczego nie widziałem, niczego nie słyszałem. Ta scena musiała mi się przyśnić. Tata i mama są cudownymi ludźmi, którzy (…walczą z nożem elektrycznym w ręku w kuchni o drugiej nad ranem…) mnie kochają. Mama jest wspaniałą badaczką (…próbowała pokroić tatę na plastry, bo wzięła go za chleb tostowy…), nieco wyczerpaną przez pracę. Wszystko się ułoży (wspominała o „przekleństwie"). Nic się nie stało (mogła go zabić!). Nic (a ja byłem tego świadkiem!). Już o wszystkim zapomniałem (czy kiedykolwiek zdołam?). Muszę zasnąć. Muszę przestać o tym myśleć. Przestaję myśleć. Zapominam o wszystkim. Śpię. Ja…

11

Kolejne noce były zamieszkane przez koszmary. Pościel w łóżku była rozkopywana i układana, gnieciona i prana, suszona i prasowana. Poduszki trzepano i przywracano im formę.

Powoli wszystko wróciło do normy.

Mijały dni.

Dzięki owocnie spędzanym nocom Jacques utrzymywał się na pierwszej pozycji w klasyfikacji ocen i wykazywał się ciekawością, kreatywnością i uważnością.

Nauczyciele doceniali pilnego i odprężonego ucznia. Jego sukces cieszył pedagogów, ale denerwował innych uczniów, którzy widzieli w Jacques'u nadgorliwego mądralę. W ich oczach fakt, że Jacques robił z siebie pośmiewisko podczas każdych zajęć na basenie, niczego nie zmieniał.

Jacques bał się tych chwil. Stał, drżąc w kąpielówkach, wpatrywał się w wodę i słuchał nauczyciela gimnastyki, który powtarzał: „Spróbuj przynajmniej zanurzyć się po kolana", po czym robił upartą minę, a kiedy nauczyciel nalegał, nieruchomiał niczym posąg.

Kiedy wuefista udał się do toalety, Wilfrid, jeden z kolegów z klasy, dał znak pozostałym, żeby razem zaskoczyli i złapali Jacques'a. Z łatwością go unieruchomili, trzymając za nadgarstki i kostki.

– Jesteś nadgorliwy, Klein. A my nie lubimy nadgorliwych. Zresztą jesteś mały. Masz to w nazwisku. Klein znaczy „mały" po niemiecku. Pochodzę z niemieckiej rodziny i wiem to. Mały Klein! Mały Klein! I na dodatek boisz się wody, jak dzidziusie! Jesteś tchórzliwym dzidziusiem, Klein! Sprawdźmy, czy rozpuszczasz się w wodzie jak aspiryna!

Jacques Klein próbował się wyrwać, ale Wilfrid i jego wspólnicy byli silniejsi. Wykorzystali to, że nauczyciela wciąż nie ma i zanieśli chłopca na brzeg basenu wśród okrzyków zachęty ze strony pozostałych uczniów, którzy widzieli w tym upokorzeniu jedynie odpłatę za sukcesy pupila nauczycieli.

– Pomożemy ci przezwyciężyć lęk przed wodą! Dalej, wrzućcie małego Kleina, zobaczymy, czy jest rozpuszczalny! Raz, dwa, trzy...

Przerażonemu Jacques'owi udało się wyswobodzić jedną nogę. Gwałtownie kopnął chłopca, który trzymał go za łydki. Potem nastąpiła nieudana próba wrzucenia go do wody. Jacques w ostatniej chwili zdołał uniknąć kąpieli. Niestety uderzył czołem o drabinkę i zaczął obficie krwawić.

Zanim zdążył się podnieść, Wilfrid przyłożył mu rękę do gardła.

– Powiesz, że się poślizgnąłeś. Uprzedzam cię, jeśli poskarżysz się nauczycielowi albo rodzicom, utopimy cię.

Kiedy nauczyciel gimnastyki wrócił, polecił odprowadzić Jacques'a do pielęgniarki w celu opatrzenia rany.

Jacques cierpiał, ale groźne spojrzenie Wilfrida, który na migi pokazywał mu topielca, odwiodło go od wskazania winnych.

Kiedy Francis zobaczył rannego syna, chciał się dowiedzieć, co się wydarzyło.

– Nic – odpowiedział po prostu Jacques.

Francis musiał chwilę nalegać, ale w końcu Jacques, łkając, opowiedział mu o upokarzającej sytuacji, jaka miała miejsce.

– To dlatego, że nasze nazwisko oznacza „mały" po niemiecku. Czy to prawda?

– Ale musisz wiedzieć, że ma też inne znaczenia. „Klein" to również wspaniała figura geometryczna w kształcie wypukłej ósemki. „Butelka Kleina" jest figurą przestrzenną, która nie ma ani warstwy wewnętrznej, ani zewnętrznej. Wynalazł ją jeden z naszych przodków, matematyk Felix Klein.

Żeglarz sięgnął po ten sam notatnik, który posłużył jego żonie do wyjaśnienia nurkowania w wodach snu, i nakreślił kształt zbiornika, którego szyjka przechodzi w ścianki, a następnie łączy się z dnem naczynia.

– Czyż to nie piękne?

Ale młody Jacques wciąż jeszcze był w szoku w wyniku napaści i nie miał głowy do geometrii.

– Ten dzieciak, Wilfrid, chodzi z tobą do klasy? – dopytywała Caroline, przybyła z pomocą.

– Nic z tym nie róbcie, bo on mnie utopi.

– Nie możesz wpadać w pętlę strachu: zmienisz się w ofiarę, a wtedy oni już cię nie puszczą.

– Ale ja naprawdę się go boję. Inni uczniowie stoją po jego stronie.

– Strach można kanalizować i wygasić. Nie zdołam ci dzisiaj pomóc w zapanowaniu nad fobią wody, ale mogę nauczyć cię, jak stawić czoło temu chłopcu. Zamknij oczy.

Matka zaproponowała mu wówczas doświadczenie snu akompaniowanego: poleciła, aby zwizualizował sobie Wyspę Różowego Piasku, o której ojciec opowiadał mu od wczesnego dzieciństwa. Następnie zasugerowała, żeby przywołał w wyobraźni postać Wilfrida. Wypełniając polecenia matki, Jacques postawił siebie – olbrzymiego – naprzeciw zamienionego w karła Wilfrida. „Nadal uważasz, że jestem malutki?" – zapytał go w swoim śnie. Przytłoczony i upokorzony napastnik przestraszył się, błagał o łaskę i przeprosił. Caroline obudziła Jacques'a chwilę później.

– Widzisz – powiedziała – to on się myli, twoje nazwisko jest piękne i nie jesteś strachliwy, musisz teraz porozmawiać z dyrektorem i opowiedzieć mu o tym, co się wydarzyło.

Następnego dnia młody Jacques znalazł w sobie odwagę, żeby donieść na swojego prześladowcę. Zrelacjonował zdarzenie ze szczegółami. Blizna w kształcie litery Y na czole potwierdzała jego słowa.

Wilfridowi zagrożono wyrzuceniem ze szkoły, jeśli sytuacja się powtórzy. Chłopiec odczekał do końca lekcji i ruszył za Jakiem ulicą. Jacques go zauważył, ale nie przyspieszył kroku. Powtarzał sobie: „Nie mogę uciekać, muszę być silny, jak we śnie na Wyspie Różowego Piasku".

Wilfrid go dopadł.

– Mały Klein, jesteś naprawdę mięczakiem, rodzice i nauczyciele muszą cię bronić, bo nie potrafisz zrobić tego sam. Żałosne. Doniosłeś na mnie i zapłacisz za to! Uprzedzałem cię! Dostaniesz tęgie lanie! Rodzice cię nie poznają.

Wyciągnął nóż. Jacques nawet nie drgnął.

– Jesteś pewien, że przyjemność zadania mi ran warta jest wywalenia ze szkoły? Nie wiem też, jak zareagują twoi rodzice.

Niespodziewana pewność siebie Jacques'a zaskoczyła Wilfrida. Zawahał się: w oczach przeciwnika nie dostrzegał ani śladu lęku.

– Uważaj, rozszarpię cię!

Jacques się uśmiechnął, co tylko nasiliło wściekłość Wilfrida, który jednak był rozdarty między chęcią ataku i strachem przed konsekwencjami.

– Pomyśl o rodzicach, „duży" Wilfridzie – powiedział z ironią Jacques. – Co powiedzą, kiedy będą musieli przenieść cię do prywatnej szkoły dla brutali twojego pokroju?

Mijały sekundy. Dłoń złożyła ostrze.

– Masz farta, Klein, masz farta.

– Tak, wiem – odparł Jacques. – Nauczyłem się go mieć.

– Upiekło ci się tym razem, ale pewnego dnia jeszcze będziesz cierpieć.

Przez pozostałą część roku szkolnego nie doszło do żadnego incydentu. Jacques został oficjalnie zwolniony z zajęć na basenie.

Wilfrid unikał go, a Jacques zrozumiał, że dzięki psychologicznej pracy, jaką wykonał z matką w świecie snu, może pokonać – przynajmniej częściowo – swoje lęki.

Caroline uzupełniła swoje nauki dotyczące opanowania emocji.

– Słabi ludzie się mszczą. Silni wybaczają. Jeszcze silniejsi ludzie ignorują – powiedziała. – To wydarzenie trzeba odrzucić, a Wilfrid powinien po prostu zniknąć z twojej przestrzeni mentalnej, żeby już jej nie brukać. Zazdrości ci, bo jesteś dobrym uczniem. Wie, że tobie w życiu się powiedzie, a jemu nie. Spróbuj osiągnąć równowagę, problem leży po jego stronie, nie po twojej.

– A czy ty czasami się boisz, mamo?

– Ja przede wszystkim boję się samej siebie. Znam mojego najgorszego wroga, spotykam go czasami rano, w lustrze... ale nie pozwalam temu lękowi ani żadnemu innemu mnie ogarnąć. Obecnie zmagam się z niewyobrażalnymi trudnościami w związku z moim osobistym projektem badawczym. Codziennie udaję się do laboratorium przerażona, a jednocześnie to właśnie podnosi mnie na duchu.

Jacques spojrzał na matkę jak na wojowniczkę i strażniczkę. Stwierdził, że dopóki ona będzie przy nim (a on sam nie będzie zbliżał się do oceanów i basenów), nic mu nie grozi.

12

Są takie dni, kiedy lepiej by było zostać w łóżku.

Był piątek trzynastego, Jacques miał trzynaście lat i jeszcze nie wierzył w zabobony. A jednak tego dnia wolałby nigdy nie przeżywać. Wolałby usunąć go z kalendarzy tak, jak Amerykanie omijają numerację trzynastego piętra w windzie.

Zaczęło się o szóstej rano. Zadzwonił telefon, a jego dzwonek długo dźwięczał w mieszkaniu. Usłyszał, jak matka odbiera. Porzucił swój sen w samym środku, obudził się, wstał i skierował w stronę pokoju rodziców, żeby posłuchać, co się dzieje.

– JEST PAN PEWIEN? Kiedy? Gdzie? Czy wiadomo gdzie?

Zrobił jeszcze kilka kroków.

– Wiem, że tam jesteś, Jacques, możesz wejść. Masz prawo wiedzieć.

Wszedł do pokoju, nieco zawstydzony, że go przyłapano. Matka siedziała w szlafroku na łóżku, trzymając drżącą ręką słuchawkę telefoniczną.

– ...Tata? – spytał chłopiec.

Caroline nie zdołała powstrzymać głębokiego westchnienia. Skrzywiła się i odgarnęła w tył jasne włosy, żeby się opanować.

– Co się stało?

– Wiesz, że tata siedemnaście dni temu wyruszył swoją żaglówką „Ostateczne Wyzwanie" z zamiarem pobicia rekordu świata w samotnej żegludze dokoła globu?

Nastolatek skinął głową, zaniepokojony nieudolnie skrywanym wzruszeniem, jakie wyczuwał w głosie matki.

– Stracili nadawany przez niego sygnał GPS.

Żeby zająć dłonie, sięgnęła po cygaretki i zapaliła jedną.

– Tata być może miał wypadek – ciągnęła. – Wkrótce się dowiemy. Na razie nie czas na panikę, czekamy, żeby dowiedzieć się czegoś więcej. Nie martw się, Jacques, nie żyjemy już w średniowieczu i nawet na pełnym morzu udaje się odnajdywać ludzi. Zapewne zepsuł mu się system elektroniczny.

Czekali, ramię w ramię, przy telefonem w salonie. W popielniczce wyrosła góra niedopałków.

Rozlegał się dzwonek i następowały kolejne rozmowy telefoniczne.

Potem Caroline Klein włączyła telewizor. O zaginięciu słynnego żeglarza Francisa Kleina mówiono w całodobowych kanałach informacyjnych.

Matka piła kawę i słuchała wiadomości, rozmawiając jednocześnie nerwowo ze znajdującymi się gdzieś daleko ludźmi.

O ósmej dwanaście rano przekazano nowinę. Dron marynarki narodowej zlokalizował szczątki przewróconej łodzi.

O wpół do dziewiątej okręt wojskowy dotarł na miejsce, a marynarze zaczęli przeszukiwać strefę radarami i wykrywaczami ciepła. W końcu znaleźli ciało Francisa Kleina napuchnięte od wody i częściowo zjedzone przez rekiny.

Przeprowadzone śledztwo przyniosło wyjaśnienia. Czarna skrzynka żaglówki „Ostateczne Wyzwanie" zarejestrowała wszystkie informacje – dźwięki, obrazy, pozycję – które umożliwiły odtworzenie przebiegu wypadku sekunda po sekundzie. Łódź uderzyła w górę lodową, w wyniku czego pękł kadłub.

W chwili wypadku ojciec Jacques'a spał.

Obudził się zbyt późno, żeby podjąć próbę uniknięcia zderzenia.

Caroline Klein zalewała się łzami. Słona ciecz spływała po jej policzkach strumieniami.

Tego dnia Jacques otrzymał nową lekcję: nieumiejętność panowania nad snem może być przyczyną śmierci.

13

Mokre.

Śmierdzące.

A przede wszystkim dokuczliwe.

Tragedia w życiu trzynastoletniego Jacques'a wywołała ataki enurezji – to medyczne określenie oznacza „siusiu do łóżka".

Woda zabiła jego ojca.

Woda wypłynęła z oczu matki.

Teraz woda wypływa z ciała syna.

Caroline Klein wrzuciła wilgotną piżamę Jacques'a do kosza na brudną bieliznę. Pogłaskała go po włosach i powiedziała, chcąc podnieść go na duchu:

– Nie przejmuj się. Nic nie szkodzi.

– Ale ja uważałem, że…

– Że to coś złego? Nie, i w ogóle unikaj uważania. Chcę z tobą porozmawiać jak z dorosłym człowiekiem, więc posłuchaj mnie: wiara to przeciwieństwo snów. Wierzenia zamykają, sny otwierają. Na szczęście nocą są rozbrajane przez marzenia senne, w przeciwnym razie nieustannie przytłaczałby cię świat zbudowany z narzuconych przez innych wizji.

– Co to są „wierzenia"?

– Na początku wierzy się, że kiedy się zrobi „łee", pierś wypełniona matczynym mlekiem trafi nam prosto do ust.

Pogłaskała go po twarzy.

– Potem wierzy się, że wszystko jest poważną sprawą. Jak zrobienie siusiu do łóżka. W końcu spostrzegamy, że to nic takiego.

Dotknęła chłodną dłonią jego czoła, blizny w kształcie litery Y.

– Wierzy się w nadrzędność pracy. Wierzy się reklamom. Wierzy się artykułom dziennikarskim. Wierzy się w obietnice polityków. Wierzy się w znieważoną ojczyznę. Wierzy się facetowi w sukience, który przemawia w imieniu Boga, chociaż nigdy go nie spotkał. Wierzy się w pieniądze, chociaż to tylko kartki zadrukowanego papieru. Wierzy się w wolność. Wierzy się w miłość. Wierzy się w rodzinę. Wierzy się w rodziców i w dzieci. Wierzy się w nieśmiertelność. A na koniec wierzy się w lekarza, który mówi, że „wyjdzie pan z tego", a potem często, kiedy jest już za późno, człowiek się zastanawia, czy od samego początku nie traktowano go jak kogoś, „komu można wmówić byle co".

– Tata nie miał lekarza, który by mu wmówił, że z tego wyjdzie.

Jacques sięgnął po kilka cennych muszli z kolekcji podarowanej mu przez ojca. Caroline zamrugała.

– Tato umarł, oddając się swojej pasji, nie cierpiał, ponieważ spał. Zginął w najlepszy możliwy sposób… dla niego.

– Pożarty przez rekiny?

– Człowiek składa się z ciała, a ciało to mięso. Jadalna część twojego ojca została przetworzona przez naturę. Ryby sprzątają morze, tak jak ogrodnik plewi swoje grządki.

Słowo „mięso" w zestawieniu z ciałem ojca zaskoczyło go, ale też i – paradoksalnie – zrelaksowało. Przesunął palcem po najeżonej krągłości muszli *Strimbus gigas*.

– Widzisz, wierzenia doprowadzają do rozdźwięku z rzeczywistością. Mówiłam ci już: tylko marzenia senne ze snu paradoksalnego osadzają nas w prawdzie. Sen jest niczym prezent, który we wszystkim nam pomaga. Wiadomość przekazywana jest nam w formie symboli, alegorii, osobliwych obrazów. Przemawia nieświadomość. A nieświadomość rozumie więcej niż świadomość. Ufaj jej, ufaj swoim snom i nie wierz nikomu, nawet mnie.

Nastolatek wyglądał na zmartwionego.

– Czym jest, twoim zdaniem, rzeczywistość? – ciągnęła matka.

– Tym, co widzę i co słyszę. Czego dotykam. Informacjami dostarczanymi przez zmysły.

– To jest „twoja" rzeczywistość, ale nie jest ona obiektywna. Postrzegamy światło jedynie w pewnym ograniczonym spektrum fal. Podczerwień i ultrafiolet, widziane przez wiele innych zwierząt, są nam obce. Podobnie jest z niskimi i wysokimi dźwiękami, które odbierają psy albo delfiny. Widzimy i słyszymy jedynie znikomą część tego, co naprawdę istnieje.

– Skoro rzeczywistość to przekonanie, czym jest sen?

– Sen jest właśnie uwolnieniem od tych wszystkich przekonań.

Jacques wbił wzrok w matkę.

– Czy klienci w szpitalu płacą ci za lepsze sny?

– Klienci nazywają się pacjentami i płacą mi, żeby lepiej spać, ponieważ cierpią we śnie. Bezsenność, koszmary, bezdech, somnambulizm, nocne lęki, bruksizm, narkolepsja... Źle zarządzają tym, co powinno być chwilą odpoczynku.

– Ratujesz ich, a oni ci płacą.

– Prowadzę też badania. Mam wielki plan, który pewnego dnia być może zrewolucjonizuje wiedzę o śnie.

Ponownie przesunęła dłonią po jego włosach.

– Chcesz, żebym ci pomogła już więcej nie robić siusiu do łóżka?

– Wstydzę się, że nie umiem nad sobą zapanować – przyznał chłopiec.

– Proponuję ci seans snu z przewodnikiem, chcesz spróbować?

Caroline posadziła syna wygodnie na dużym fotelu w salonie, który do tej pory zarezerwowany był dla ojca.

– Jaki sen wywołuje u ciebie enurezję?

Chłopiec spróbował opisać go dokładnie.

– Śni mi się, że jestem na żaglówce z tatą, mamy wygrać wyścig dookoła świata. Śpimy, a nagle rozlega się łoskot. Wychodzimy na pokład i widzimy, że łódź uderzyła w górę lodową, co spowodowało pęknięcie kadłuba. Tato mówi, że musimy wybierać wodę. Zabieramy się do pracy, ale poziom wody w kabinie wciąż się podnosi. Sięga do kolan, do ud, wkrótce jesteśmy zanurzeni po szyję, pod wodą znikają nasze głowy. Statek tonie. Usiłuję ratować tatę, ale jest za późno. Ciągnie mnie za sobą na dno. Trzymamy się za ręce i razem toniemy. Wtedy robię siusiu i się budzę.

– Bardzo dobrze. Zaśniesz głęboko, ale ustalimy, że we śnie będziesz mógł ze mną rozmawiać, kiedy popatrzysz na horyzont. Jeden ruch oczami na tak. Dwa razy na nie. OK?

– Spróbujmy.

Caroline przygasiła światło w pokoju.

– Prześnimy ten sen razem.

Położyła palce na powiekach syna, zmuszając go do zamknięcia oczu.

– Słuchaj mnie i daj się ponieść moim słowom.

Opisała mu scenę, którą sam jej nakreślił, dodając szczegóły nadające jej konkretnego charakteru. Odgłosy. Zapachy. Rozmowy z ojcem. Odtworzyła mu przebieg wypadku do chwili, w której woda wdarła się na żaglówkę.

– Musisz teraz zostawić tatę. Dasz radę?

Dwa ruchy na nie. Chłopiec zmarszczył brwi, nie otwierając oczu. Do rozstrzygnięcia dylematu potrzebna była cała jego dziecięca inteligencja: czy być posłusznym poleceniom matki, czy też zachować lojalność wobec pamięci ojca.

– Wczepia się w ciebie?

Jeden ruch na tak.

– Wyobraź sobie, że tato z tobą rozmawia i to on prosi cię, żebyś zwolnił uścisk.

Mija chwila, po czym Caroline zauważa ruch gałek ocznych pod powieką.

– Puścił cię?

Kolejny pojedynczy poziomy ruch oczu.

– Dobrze. Teraz możesz wypłynąć na powierzchnię. Pamiętasz Wyspę Różowego Piasku, na której towarzyszył ci niegdyś ojciec?

Ruch na tak.

– Doskonale. Dopłyń do tej wyspy, to w pełni bezpieczne miejsce.

Dwa ruchy na nie.

– Coś nie tak?

Dwa ruchy.

– Ach! Rozumiem, wciąż widzisz go pod wodą, zgadza się?

Ruch na tak.

– Daj mu znak. Pożegnaj go. Dasz radę?

Dwa ruchy.

– Zrozum, Jacques! Nie możesz go ocalić. W zamian ratuj siebie. To nie jest egoizm. To nie twoja wina. Zarozumiałością jest sądzić, nawet we śnie, że zdołasz go uratować. Pożegnaj się z nim i płyń w stronę Wyspy Różowego Piasku.

Dwa ruchy.

– SŁUCHAJ MNIE! Jesteś mu to winien! Płyń, Jacques! Płyń!

Lęk dziecka objawił się pod postacią dreszczy, które przeszły w drżenie.

– Nie ma rekinów! Płyń! Zapewniam cię, że nie ma rekinów. Przepędziły je delfiny. Delfiny cię chronią, rozumiesz?

Ta informacja najwyraźniej przemówiła do chłopca, bo nastolatek się rozluźnił.

– Czy widzisz Wyspę Różowego Piasku? „Naszą wyspę"?

Po chwili oczekiwania Caroline zauważyła w końcu potwierdzający ruch oczu.

– Brawo. Wyjdź na plażę. Jesteś na wyspie i jesteś cały. Zrobiłeś to, co tato chciał, żebyś zrobił. Zaśniesz teraz i będziesz śnił o Wyspie Różowego Piasku bez taty. O bezludnej wyspie, która mimo wszystko jest twoją wyspą, rozumiesz? A w morzu zawsze będą cię chronić delfiny.

Caroline położyła dłoń na powiekach Jacques'a i stwierdziła kategorycznie:

– Od teraz nie będziesz już robił siusiu do łóżka.

Nazajutrz rano Jacques długo się rozbudzał. Przy śniadaniu się nie odzywał, zaabsorbowany wspomnieniami, obrazami, myślami.

– Na jakiej zasadzie zadziałał ten sen z towarzyszeniem? – zapytał matkę.

– Za pośrednictwem onirycznego świata możemy rozwiązywać rzeczywiste problemy. To działa w dwie strony.

Jacques odkrył wówczas, że sen może również leczyć. Zależało mu jednak na zrozumieniu tego zjawiska dogłębniej.

– Mamo, sądzisz, że to się „musiało stać"? Wierzysz, że to, co się wydarzy w przyszłości, jest zapisane w jakiejś księdze?

Caroline poleciła mu, żeby zbliżył się do niej.

– Ja nie wierzę, już ci mówiłam. Ale moja własna matka praktykowała chiromancję, czyli sztukę czytania przyszłości z linii na dłoniach. Jej zdaniem na lewej dłoni wyryta jest możliwa przyszłość, a na prawej to, co zmieniasz, w miarę jak idziesz przez życie.

Chłopiec przyjrzał się swoim dłoniom i zauważył plątaninę mniej lub bardziej głębokich linii, na które nigdy do tej pory nie zwracał uwagi.

– Są trzy główne linie: linia serca (życia uczuciowego), linia życia (zdrowie) i linia głowy (życie zawodowe). Widzisz, są tutaj.

– Przyszłość miałaby być zapisana na dłoni? Nosilibyśmy zatem naszą „osobistą powieść" w tych splatających się liniach? Czy to może być aż tak proste? Co zatem z naszymi wyborami?

Caroline sięgnęła po najostrzejszy nóż i wyciągnęła dłoń.

– Spójrz, wystarczy, że zrobię coś takiego.

Nacięła skórę i linia, którą nazwała linią życia, zaczęła krwawić.

– Co robisz, mamo!?

– Używam wolnej woli, żeby zmienić moje życie. Proszę, jeśli gdzieś napisano księgę mojego życia połączoną z liniami na mojej dłoni, właśnie zmieniłam jej fragment.

Pozwoliła wypłynąć krwi z rany, świadoma, że jest ona ceną, jaką musi zapłacić, aby jej syn przyswoił ważną lekcję: wolna wola przezwycięża wszystko.

14

Na znak zwycięstwa unosi zaciśniętą w pięść dłoń.

Siedemnastoletni Jacques Klein zdał właśnie maturę na piątkę.

Koledzy z klasy mu gratulują. Nauczyciele również. Waha się teraz co do kierunku, w jakim będzie kontynuował naukę. Zostanie inżynierem, adwokatem, architektem czy lekarzem?

– Niech doradzi ci spokojna noc – proponuje matka, kiedy chłopak wraca do domu.

Noc jednak nie była spokojna.

Cztery minuty po czwartej obudziły go osobliwe odgłosy w mieszkaniu. Czuł się nieswojo, bo pamiętał noc, kiedy matka odebrała telefon z informacją o zaginięciu ojca.

Tym razem nie był to jednak dźwięk dzwonka ani kłótni: przypominało to raczej eksplozje.

Przestraszył się, że uzbrojeni włamywacze wkradli się do mieszkania. Telefon nie znajdował się w zasięgu jego dłoni i nie miał czasu go szukać. Zawahał się, po czym sięgnął po kij baseballowy.

Powtórzył sobie zdanie, które swego czasu wpajał mu ojciec: „Chwilę ataku dzieli od chwili otrzymania ciosu nieskończenie długi czas. Chodzi o uświadomienie sobie, że można zwolnić czas siłą umysłu".

Obawiał się starcia z włamywaczami.

Detonacje dobiegały z kuchni. Pchnął powoli drzwi i przyjrzał się scenie.

Matka przygotowywała tost… z dwóch płyt DVD, które posmarowała masłem i na których ułożyła szynkę oraz ser. Następnie włożyła je do kuchenki mikrofalowej. Płyty zawierające metal trzaskały.

Snopy iskier wciąż wystrzeliwały z urządzenia, zaczynał z niego wydobywać się gęsty dym o zapachu zwęglonego plastiku, sera i szynki.

Matka nie sprawiała wrażenia przejętej. Uzbrojona w wielki nóż kroiła systematycznymi ruchami mydło na kawałki i układała je na talerzu jak mozzarellę, obok posiekanych w ten sam sposób pomidorów.

Chłopiec podszedł do matki.

– Mamo? Słyszysz mnie?

Miała błędne, zagubione w oddali spojrzenie, oczy o rozszerzonych źrenicach. Uśmiechała się, ale nie odpowiadała. Wtedy Jacques delikatnie wyjął jej nóż z ręki.

Całe szczęście, że to nie jest nóż elektryczny.

Całe szczęście, że nie walczy ze mną, jak niegdyś z tatą.

Całe szczęście, że nie wzięła mnie za tost.

Spróbuję jej nie obudzić. Będę ją tylko chronił przed nią samą.

Wyłączył kuchenkę mikrofalową i wyjął wtyczkę z kontaktu. Użył gaśnicy do stłumienia bijących z niej płomieni, zanim sięgnęły one firanki.

Odprowadził matkę do łóżka i starannie otulił ją kołdrą.

Patrzył, jak śpi z szeroko otwartymi oczyma i przypomniał sobie, że podczas kłótni z ojcem wspomniała o potworze ukrytym w głębi jej nieświadomości i o badaniach, których celem jest wytropienie go.

Widzę twój problem, mamo. Rozumiem, że martwi cię on do tego stopnia, że poświęcasz mu swoje życie.

Zamknął jej delikatnie oczy prawą dłonią. Gałki poruszały się pod powiekami, wprawiając rzęsy w drżenie. Wygięła kark w łuk. Znajdowała się w fazie snu paradoksalnego.

Następnie Jacques wrócił do kuchni, usunął zwęglone resztki z kuchenki mikrofalowej. Opróżnił talerz sałatki pomidorowo-mydlanej i wyrzucił do śmietnika kanapkę z DVD, szynki i sera.

Nazajutrz wahał się, czy wyznać matce prawdę. Ostatecznie opowiedział jej ze szczegółami o nocnym incydencie. Zareagowała natychmiast:

– NIE! Nie wierzę ci! To niemożliwe!

Pokazał jej kubeł ze śmieciami, a w nim kanapkę z DVD i mozzarellę z mydła marsylskiego.

Caroline załamała się.

– A więc to się dzieje znowu… Myślałam, że to się już więcej nie powtórzy. Ale nie, potwór nadal tam jest, ukryty w najgłębszych czeluściach mojej nieświadomości. W warstwie, której nie da się ani zobaczyć, ani osiągnąć. Dokąd uciekać, jeśli człowiek boi się samego siebie?

– Nic się nie stało, mamo.

Ona jednak pozostała w szoku.

– Pewnie uznałeś, że twoja matka jest wariatką! A na dodatek jadłam! Chodzi o nową chorobę, którą dopiero zaczynamy identyfikować: „somnambulizm bulimiczny". Ludzie tyją i nie rozumieją dlaczego. Mnie też to dotknęło! Tak mi wstyd. Czuję się zdradzona przez własne ciało.

Zadrżała z obrzydzenia.

– Muszę znaleźć sposób na kontrolowanie się, w przeciwnym razie będę musiała zniknąć z twojego życia, żeby nie stanowić dla ciebie zagrożenia. Będę musiała przyspieszyć badania. Gdzieś musi istnieć rozwiązanie.

Spuściła wzrok, nie będąc w stanie spojrzeć synowi w oczy. Zajęła się szkicowaniem schematu, który miał odpowiadać – zdaniem Jacques'a – nowej strategii badań naukowych.

– To się więcej nie powtórzy. Przysięgam, Jacques!

Nastolatek zmarszczył brwi i pożałował, że opowiedział jej o wszystkim. Reakcja matki wydawała mu się tak bardzo przesadzona...

Znalazł jednak odpowiedź na pytanie dotyczące kierunku dalszego kształcenia się po maturze. Zapisał się na wydział medyczny.

15

Dawka kortyzolu wyprodukowana przez mózg obudziła go. Poczuł, że dzwoni mu w uszach. Uniósł gwałtownie powieki.

Zasnął na zajęciach i zerwał się nagle. Długo pocierał oczy, dopóki nie przestały go swędzieć.

Osiemnastoletni Jacques Klein był studentem medycyny. Nosił długie włosy, brodę i miał gęste czarne brwi.

Spędzał całe dnie na przygotowywaniu się do egzaminu na koniec pierwszego roku. Ciężko pracował, ale zaczynał mieć trudności z zapamiętywaniem ogromnej ilości informacji, które mu przekazywano.

Zajęcia trwały długo, musiał czytać wiele książek, zapamiętywać skomplikowane nazwy chorób. Pod koniec roku akademickiego odbywała się drakońska selekcja i Jacques wiedział, że spośród trzech tysięcy studentów na wydziale jedynie trzem procentom uda się zdać na drugi rok.

Poległ podczas sesji wiosennej i teraz zaczynał panikować. Wieczorami matka widziała go coraz bardziej zmęczonego i nerwowego, w miarę jak zbliżała się data egzaminu.

– Pomogę ci – zaproponowała.

– Nie możesz przygotować się za mnie do egzaminu – stwierdził.

Caroline przejrzała kilka stron skryptów syna.

– Muszę przyznać, że za moich czasów egzamin był łatwiejszy.

– Zapewne ze względu na mniejszą liczbę kandydatów i więcej miejsc do obsadzenia. Rywalizacja narasta. Egzaminującymi są praktykujący lekarze, którzy nie chcą sobie stwarzać konkurencji. Moja głowa przepełnia się, a muszę uczyć się wielu stron na pamięć – nazw narządów, hormonów i kości: gdyby tylko można było zapisać je na twardym dysku mojego mózgu.

– Być może znam prostsze rozwiązanie. „Dośniewanie".

– Nigdy nie słyszałem tego słowa.

– Powstało niedawno.

Jacques Klein wyszukał definicję słowa w Internecie na smartfonie: „Dośniewać: wynurzać się ze snu przed jego końcem i próbować wrócić do niego, aby poznać dalszy ciąg".

– Ładna koncepcja, ale nie widzę, jaki może mieć związek z moim egzaminem na medycynie.

– To jeszcze jeden z moich psychologicznych gadżetów.

– Tak jak system Dalí do zapamiętywania? Znów przy użyciu fotela, talerza i łyżki?

– Polegałoby to raczej na „kontynuowaniu snu z dnia poprzedniego, od miejsca, w którym został on przerwany". Tym sposobem nie śnisz już oddzielnych krótkich albo długich „metraży", ale swego rodzaju serial, który ciągnie się z nocy na noc.

– Nie sądzę, żeby to było możliwe.

– Będziesz mógł zapamiętywać materiał podczas snu. Podobno niektórym udaje się nauczyć języka obcego w ciągu kilku dni dzięki tej metodzie, dlaczego więc by jej nie użyć w celu łatwiejszego zapamiętania wykładu?

Młodzieniec był sceptyczny, ale zgodził się spróbować.

Chcąc mu pomóc, matka opracowała specjalną technikę. Poprosiła, żeby przeczytał na głos notatki z zajęć i nagrał je na smartfon. Następnie poprowadziła Jacques'a przez sen, a kiedy osiągnął fazę snu głębokiego, zaproponowała, żeby wrócił na Wyspę Różowego Piasku. Kiedy chłopak ruchem gałek ocznych zasygnalizował jej, że dotarł na miejsce, uruchomiła odtwarzanie na smartfonie i jego własny głos zaczął przekazywać mu treści do zapamiętania.

Tym sposobem Jacques Klein uczył się normalnie za dnia, a nocą kontynuował kształcenie poprzez „dośniewanie".

Zdał na drugi rok w pierwszej dziesiątce. Dobry sen umożliwia zapamiętywanie nieskończonej ilości informacji.

Życie z matką było bardzo przyjemne. Pracowała dużo nad własnym projektem, rzadko bywała w domu, a kiedy już się pojawiała, zawsze czegoś go uczyła. Czuł się jak uczeń matki-guru.

Ona z kolei czerpała dużą przyjemność z uczenia syna, uważając, że znalazła sposób na uczynienie swoich idei nieśmiertelnymi.

– Istnieje świadomość, podświadomość i nieświadomość. Świadomość teraz do ciebie przemawia. W podświadomości magazynujesz wspomnienia i wiedzę. Kiedy uczę cię lekcji poprzez „dośniewanie", schodzę szybko do podświadomości, gdzie są one zgromadzone w strefie zwanej płatem skroniowym.

– A nieświadomość?

– Nieświadomość z definicji umyka naszym myślom. Nieświadomość wyraża się czasami, kiedy jesteśmy pijani, pod wpływem narkotyków albo kiedy dociera się do nas za pośrednictwem hipnozy lub snu. To coś ukrytego w głębi nas. W moim przypadku nieświadomość jest źródłem inspiracji, intuicji, odkryć. Kiedy długo myślę, używając logiki, i nic z tego nie wychodzi, pozwalam przemówić nieświadomości i unoszę się na jej fali.

– Czy nieświadomość ma zawsze rację?

– Tak, nieświadomość ma zawsze rację. Przypomnij sobie, że zazwyczaj pierwsze wrażenie, jakie odnosisz po spotkaniu kogoś nowego, jest zawsze właściwe. Następnie na twoją opinię wpływają jego słowa, ale na koniec uświadamiasz sobie, że jest tak, jak czułeś. Na nieświadomość nie da się wpłynąć. Nieświadomość jest tą wolną częścią ciebie, którą nikt nie może manipulować. Nabierz zwyczaju podłączania się do niej celowo, a zyskasz czas we wszystkim, co przedsięweźmiesz.

– A jednak to właśnie moja nieświadomość nie pozwala mi się kąpać.

– Tak, u mnie z kolei nieświadomość powoduje ataki somnambulizmu. Najwyraźniej istnieje jeszcze głębsza warstwa położona pod nieświadomością, swego rodzaju „straszne ja".

Caroline zrobiła głęboki wdech i wypuściła powoli powietrze.

– To dlatego nie możemy schodzić na samo dno morza naszych myśli w byle jaki sposób! Podobnie jak podczas nurkowania, trzeba pamiętać o etapach, a jeśli zejdzie się zbyt szybko i zbyt nisko, można trafić na potwory z głębin.

Tej nocy Jacques wstał, żeby przyjrzeć się śpiącej matce. Zastanawiał się, czy znów będzie miała atak somnambulizmu. Przysunął sobie krzesło i obserwował ją uważnie. Sztywny kark i ruchy gałek ocznych pod powiekami wskazywały, że znajduje się w fazie snu paradoksalnego. Zacisnęła dłoń na poduszce.

Hipnogram na jej smartfonie wskazywał na fazę piątą.

Obserwowanie śpiącej osoby jest fascynujące, stwierdził, *człowiek jest wtedy taki bezbronny. Unosi się daleko od zmiennych kolei losu tego świata.*

Matka poruszyła stopami.

Śni jej się, że idzie.

Poruszała ustami, jakby coś ssała.

Śni jej się, że je.

Zmarszczyła brwi i wymruczała kilka słów.

– Pan... bardzo mi się podoba, tak, pan, podoba mi się pan – powiedziała.

Jacques uznał, że powinien ją nagrywać i filmować we śnie. Jednocześnie doszedł do wniosku, że matka, jako specjalistka, nie pozwoliłaby się obserwować. Za bardzo bałaby się, że odsłoni elementy swojej prawdziwej osobowości.

Młodzieniec siedział jeszcze kilka minut, przyglądając się matce, i uświadomił sobie, że właściwie nigdy z nią szczerze nie rozmawiał. Komunikowała się z nim jak nauczyciel z uczniem, nigdy jednak nie wyjawiła mu, jaka naprawdę jest. Ich wymiany zdań niezwiązane z badaniami naukowymi sprowadzały się do zdrowia, pogody i ubrań. Kiedy po raz pierwszy Caroline odsłoniła przed nim swoją skazę (atak somnambulizmu), natychmiast się zawstydziła i obrała taką strategię, aby coś podobnego nigdy więcej nie mogło się już wydarzyć.

Pogłaskał ją po długich jasnych włosach i szepnął do ucha:

– Śpij dobrze, mamo, pięknych snów, bądź szczęśliwa. Jutro będziesz miała w głowie mnóstwo fantastycznych myśli podsuniętych przez nieświadomość, które pozwolą ci zrealizować twój projekt.

Zasmucona linia brwi odwróciła się i Caroline uśmiechnęła się: jej oczy nie ruszały się już pod powiekami.

Jacques szykował się do opuszczenia pokoju, kiedy zobaczył, że matka wstaje.

Nie należy budzić somnambulików – czy to zabobon, czy też uzasadnione zalecenie?

Nie wiedząc, co robić, ruszył za nią. Szła z otwartymi oczyma, z dłońmi wysuniętymi naprzód. Znów kierowała się w stronę kuchni.

O nie! Tylko nie to!

Miała silnie rozszerzone źrenice. Otworzyła lodówkę i zaczęła macać przegródki, szukając chleba tostowego. Jacques podał go jej natychmiast. Caroline ułożyła na kromce plastry suszonej wołowiny. Następnie odwróciła się w stronę szafy i nalała sobie hojnie do szklanki oliwy z oliwek, którą Jacques zręcznie podmienił na wodę, zanim zdążyła się napić.

Chłopak stanął naprzeciw matki. Szepnął:

– Smacznego, mamo.

Nie odpowiedziała i systematycznie przeżuwała chleb tostowy z mięsem. Wstała i ułożyła na kromce kawałek sera oraz kilka kostek czekolady.

Jacques był zbulwersowany.

Podświadomość ją do tego zmusza. Oto dlaczego tyje mimo stosowania diet. Być może zachowuje się tak częściej, niż myślę.

Odczekał, aż matka skończyła jeść, po czym schował wszystkie naczynia i produkty, żeby po zdarzeniu nie został żaden ślad, i ruszył za nią, asekurując ją. Doświadczenie poprzedniej nocy nauczyło go jednak czegoś: nazajutrz nic jej nie powie. Nic się nie stało.

Jacques Klein położył się z powrotem do łóżka i śniły mu się koszmary: matka niechcący zjadała własne palce w kromce. Wystające paliczki przypominały różowe paróweczki. Żuła je, nie zdając sobie z tego sprawy, po czym zabrała się za resztę dłoni z tym samym błędnym spojrzeniem, jakie widział u niej tego wieczoru.

16

Nożyczki cięły włosy, a one utworzyły czarny stosik w zlewie. Teraz miał nowocześniejszą fryzurę.

Dwudziestosiedmioletni Jacques ogolił też brodę. Założył elegancki czarny garnitur do białej koszuli. Cechowało go swobodne zachowanie godne przyszłego lekarza, jeździł czarnym sportowym samochodem i uwodził kobiety, preferując jasnowłose studentki pielęgniarstwa. Charyzma zapewniała mu poważanie, przyjaźnie i łatwe flirty. Studia go zafascynowały. Minęło dziewięć lat od chwili przekroczenia przez niego progów uczelni do dnia ostatniego egzaminu doktoranckiego. Obecnie posiadał dyplom lekarski, ale nie chciał na tym poprzestać, zależało mu na specjalizacji.

Wahał się.

Rozmawiał z matką, która w międzyczasie wspięła się w hierarchii szpitala Hôtel-Dieu i wieku pięćdziesięciu dziewięciu lat została zastępcą ordynatora na oddziale patologii snu.

– Dziś po południu wygłoszę wykład na wydziale medycznym w Wersalu. Masz ochotę przyjść? – zaproponowała.

Salę wypełniał hałaśliwy i ożywiony tłum. Nie było ani jednego wolnego miejsca. Grupki studentów gromadziły się na schodach. Jacques Klein usiadł na podłodze w pierwszym rzędzie.

Kiedy pojawiła się jego matka, zapadła cisza. Okazała kobieta o jasnych włosach i lśniących czarnych oczach skinęła głową na powitanie, wykonała próbę mikrofonu, po czym zabrała się do odczytywania notatek, wyraźnie artykułując słowa.

– Życie to nieprzerwany strumień obrazów. Kiedy mrugamy powiekami, automatycznie się uspokajamy. Sprawdźcie to… Zamknijcie oczy i otwórzcie je dopiero, kiedy poproszę.

Wszyscy obecni, około tysiąca osób, zamknęli jednocześnie oczy i cisza stała się jeszcze bardziej odczuwalna.

Upłynęło trzydzieści sekund.

– Poczuliście? Wzrok to tyrański zmysł, ale jeśli zamkniemy oczy, odzyskujemy kontrolę nad umysłem.

Wszyscy przytaknęli dyskretnie, zdziwieni efektem spowodowanym tą prostą czynnością.

– Nigdy nie pamiętamy o zamykaniu oczu, ponieważ boimy się, że stracimy coś z życiowego spektaklu. A jednak jest to konieczne. Zresztą mrugamy oczami regularnie. To jak montaż w kinie, jest potrzebny do oddzielania scen. Kiedy z kimś rozmawiacie i odwracacie głowę, żeby następnie zwrócić się do kogoś innego, wasz mózg „produkuje własny film" i oddziela obie sceny poprzez mrugnięcie powiekami, które odpowiada rozpoczęciu nowego rozdziału. Stanowi „oddech".

Po sali ponownie rozchodzi się szmer, kiedy zebrani przeprowadzają doświadczenie mrugania dla oddzielenia poszczególnych sekwencji. Niektórzy kręcą głową i mrugają, realizując szybki montaż.

– Kiedy jesteśmy zdziwieni, mrugamy szybciej, jak podczas szybkich scen akcji w kinie. Mrugając, odpoczywamy przez ułamek sekundy, kiedy kichamy, zamykamy oczy na trzy sekundy, kiedy śpimy, spuszczamy powieki na wiele godzin, a wtedy… i tylko wtedy pustka przyciąga pełnię, powstaje cały film, który możemy odtworzyć w głowie. Gdyż nasz mózg cały czas domaga się obrazów. Ponieważ w trakcie snu jest ich pozbawiony, produkuje własne kino, mieszając zapisane już wcześniej obrazy. Zapamiętajcie sobie: mózg nie znosi braku myślenia.

Caroline Klein rozejrzała się po sali i zapisała na tablicy słowo „SPAĆ".

– Spanie wydaje się tak samo naturalne jak oddychanie… A jednak, kto z państwa dobrze sypia?

Na tysiąc obecnych osób nieco mniej niż połowa podniosła rękę.

– Kto już zażywał środki nasenne?

Kilkaset rąk odpowiedziało pozytywnie na pytanie.

– Kto zażywa środki nasenne regularnie?

Uniosła się setka rąk.

– Kto pamięta swoje sny?

Zgłosiło się jedynie około dziesięciu osób.

– Oto szybki sondaż, którego zaletą jest jego przejrzystość. Pokazuje sytuację całego społeczeństwa. Nigdy nie konsumowaliśmy aż tylu leków uspokajających i nasennych. Czy wiecie, że we Francji spożywa się ich najwięcej? Sześćdziesiąt milionów opakowań sprzedawanych co roku! Ludzie chcą sobie zapewnić sen, więc sięgają po chemiczne wsparcie. Tymczasem leki zawierają benzodiazepinę, cząsteczkę, która niszczy sny.

Caroline Klein dała znak technikowi, żeby zmniejszył natężenie oświetlenia. Na ekranie pojawiło się zdjęcie glinianej tabliczki pokrytej wygrawerowanymi znakami. Caroline napisała na tablicy słowo „ŚNIĆ".

– Najnowsze odkrycia archeologiczne wykazują, że od trzech tysięcy siedmiuset lat traktujemy nasze sny jako uprzywilejowane źródło refleksji. Znajdujemy tego ślady na glinianych tabliczkach sumeryjskich zapisanych pismem klinowym, zawierających opowieść o Gilgameszu. Pierwszy bohater ludzkości był posłuszny swoim snom i porozumiewał się z bogami właśnie przez sen.

Na kolejnych zdjęciach widoczne były egipskie kartusze znalezione w piramidach w Gizie.

– W 2500 roku p.n.e. Egipcjanie uważali, że sen może przepowiadać przyszłość. W Biblii przytoczono historię młodego hebrajskiego niewolnika, Józefa, który zinterpretował sen o siedmiu tłustych i siedmiu chudych latach. Wywnioskował, że oznacza to siedmioletni okres głodu i zdołał przekonać faraona, żeby zgromadził zapasy zboża przed zbliżającą się katastrofą. Cała cywilizacja ocalała dzięki marzeniu sennemu jednego człowieka.

Profesor Caroline Klein dała znak i pojawiło się zdjęcie obrazu przedstawiającego młodego Józefa w tunice, który przemawia do faraona siedzącego na tronie.

– Dalej w Biblii znajdziemy opowieść o Danielu (wówczas księciu, hebrajskim więźniu, tym razem w Babilonie), który zinterpretował sen króla Nabuchodonozora. Zrozumiał on, że sen o olbrzymim posągu ze stopami z gliny odwołuje się do historii ludzkości i następujących po sobie cesarstw. Złota głowa symbolizowała cesarstwo babilońskie, które zastąpi srebrny tors (cesarstwo greckie), a następnie nogi z żelaza (Cesarstwo Rzymskie), które zakołyszą się na stopach z gliny, czyli duchowym cesarstwie Mesjasza (zostało to później zinterpretowane jako nadejście Jezusa Chrystusa, oczekiwane spełnienie proroctwa Daniela). Tym razem sen także wpłynął na tysiąc lat historii.

Caroline Klein zawiesiła głos, żeby zebrani mogli zanotować jej słowa.

– W antycznej Grecji, w szkole Pitagorasa, uczono, że jedynie podczas snu dusza może kontaktować się bezpośrednio z niebem. Artemidor Dalianos, uczeń tej szkoły, spisuje w 150 roku n.e. *Oneirocriticon*, jeden z pierwszym systemów naukowych służących do interpretacji snów.

Pojawia się nowe zdjęcie, przedstawiające mężczyznę w todze unoszącego palec ku niebu.

– Wśród Rzymian praktykowano „inkubację", polegającą na spaniu w świątyniach albo grotach, co miało sprzyjać leczeniu chorób. Chory miał zaprogramować umysł tak, aby zobaczyć we śnie twarz boga medycyny: Eskulapa. Niektóre sny były dyskutowane w senacie, analizowano je i interpretowano pod kątem działań politycznych.

Caroline wykonała ruch ręką, po czym na ekranie ukazało się zdjęcie brodatych mężczyzn w togach.

– Papież Grzegorz Wielki rozróżniał trzy typy snów: te spowodowane nadmiarem lub brakiem pożywienia, zesłane przez diabła (krążące wokół tematu seksualności) oraz zesłane przez Boga. Dwa pierwsze rodzaje były nieakceptowalne. Później, w związku z rodzącymi się wątpliwościami, wszelkie celowe oddziaływanie na świat snów zostało przez Watykan skrytykowane. Oniromancja została oficjalnie zakazana w VII wieku i uznana za rodzaj czarnej magii.

Studenci notowali.

– Podobnie w większości społeczeństw szamańskich sen uważany jest za najważniejszą czynność. Według Syberyjczyków dusza nocą opuszcza ciało i nie należy budzić śpiącego, gdyż grozi to uniemożliwieniem jej powrotu.

Niektórzy studenci roześmiali się, co zirytowało badaczkę.

– Nigdy nie wyśmiewajcie się z dawnych rytuałów, często mają głęboki sens. A przede wszystkim nie wierzcie, że nasze – tak zwane „nowoczesne" – społeczeństwa są lepsze od dawnych, „prymitywnych".

Na ekranie pojawił się brodacz o niechlujnym wyglądzie.

– W 1869 roku chemik Dmitrij Mendelejew zasnął, podczas gdy w sąsiednim pokoju grano muzykę klasyczną. Zaczął śnić, że podstawowe cząsteczki chemiczne wiążą się ze sobą niczym tematy muzyczne. Po przebudzeniu wynalazł „tablicę okresową", która umożliwiła klasyfikację i uporządkowanie wszystkich pierwiastków chemicznych występujących w naturze.

Kolejne zdjęcie brodacza, staranniej uczesanego.

– W 1844 roku Eliasowi Howe'owi przyśniło się, że znajduje się w dżungli, pojmany przez tubylców kanibali. Otaczali go, wymierzali w jego stronę groźnie wyglądające włócznie, wykonując raz krok naprzód, raz krok w tył, co miało go przerazić. Wtedy, we śnie, zauważył, że wszystkie włócznie mają okrągły otwór na czubku. Przyszła mu do głowy myśl, żeby przewlec przez nie sznurek. Nazajutrz wynalazł… maszynę do szycia. W 1894 roku nastolatek o nazwisku Albert Einstein śnił, że zjeżdża z góry na sankach. Niesiony po coraz bardziej stromym zboczu, miał wrażenie, że bliski jest osiągnięcia prędkości światła, co zdeformowało wygląd gwiazd i zmieniło je w świetliste smugi. Sen ten kilka lat później zainspirował go do stworzenia teorii względności.

Caroline wyświetliła zdjęcie z portretem mężczyzny, którego rozpoznali wszyscy.

– Rok 1899. Zygmund Freud publikuje *Interpretację snów*. Jego zdaniem marzenie senne nie ma żadnego związku z magią, wyraża jedynie skrzętnie tłumione lub ukrywane sekretne pragnienia. Stanowi (cytuję Freuda) „królewską drogę do nieświadomości". Mimo to sen pozostanie tajemniczym kontynentem aż do 1937 roku, kiedy to neurofizjolog Nathaniel Kleitman wyróżni cztery następujące po sobie fazy, które trwają średnio dziewięćdziesiąt minut. Kleitman odkrył cztery stadia snu. Jego prace uzupełnił profesor Michel Jouvet, który w 1959 roku odkrył koncept „snu paradoksalnego". Chodzi o piąte, wyjątkowe stadium, podczas którego ciało jest całkowicie sparaliżowane, a mózg wykazuje nadaktywność. W stadium tym gałki oczne poruszają się najintensywniej pod powiekami. Badani, których budzi się w tej właśnie chwili, z łatwością przypominają sobie swoje sny.

Caroline Klein znów podeszła do tablicy i zapisała: „PIĘĆ FAZ SNU".

– Podsumowując, to, co naprawdę dzieje się podczas snu: mamy stadium zerowe, odpowiadające zasypianiu; stadium pierwsze: bardzo lekki sen; stadium drugie: lekki sen; stadium trzecie: sen głęboki; stadium czwarte: sen bardzo głęboki; stadium piąte: sen paradoksalny. Potem przychodzi okres utajenia: człowiek albo się budzi, albo rozpoczyna nowy cykl.

Caroline Klein krążyła po podwyższeniu.

– Możemy obserwować fale mózgowe dzięki elektroencefalografowi, który dokonuje transkrypcji pulsacji czaszkowych na fale.

Narysowała hipnogram i zabrała się do zapisywania na tablicy liczb ilustrujących jej słowa.

– Fale beta: częstotliwość między piętnaście a trzydzieści herców. Odpowiadają aktywności mózgu w życiu codziennym. Te o częstotliwości czternastu herców odpowiadają zwykłemu zainteresowaniu czynnościami życiowymi, a trzydziestohercowe obserwuje się w chwili, kiedy dana osoba wykazuje intensywną aktywność intelektualną albo jest zaniepokojona. Prawdopodobnie wszyscy tutaj emitujecie fale beta…

Kilka osób na sali roześmiało się.

– Fale alfa: częstotliwość między osiem a dziesięć herców. Odpowiadają stadium pierwszemu. Stadium, które osiąga się po zamknięciu oczu i uspokojeniu się. Stan relaksacji. Stan, w którym znajdowaliście się przed chwilą, kiedy zaproponowałam wam zamknięcie oczu na trzydzieści sekund.

Kilkoro studentów zamyka oczy, żeby przypomnieć sobie to przyjemne uczucie.

– Fale theta: między cztery a siedem herców. Odpowiadają stadium drugiemu. Płytki sen. Dodam, że są to fale wykrywane podczas hipnozy lub medytacji. Mnisi tybetańscy i niektórzy wielcy mistycy potrafią spędzić większość dnia na falach theta.

Caroline Klein odczekała kilka chwil.

– Fale delta: częstotliwość od pół do czterech herców, odpowiadają stadiom trzeciemu i czwartemu. To częstotliwość snu głębokiego. Zauważmy, że wtedy mogą wystąpić nocne lęki i ataki somnambulizmu. Czy znajdują się na tej sali lunatycy?

Dziesiątka studentów, nieco zawstydzonych, uniosła ręce.

– Czy są wśród was osoby, które cierpią na nawracające koszmary?

Zgłosiła się kolejna niewielka grupa.

– Idźmy dalej. Mamy jeszcze fale gamma: częstotliwość ponad trzydzieści herców, dochodząca czasami do czterdziestu pięciu herców. To chwila, w której człowiek skupia się głęboko, aby rozwiązać konkretny problem… Szachiści albo gracze w pokera, amatorzy krzyżówek, łucznicy albo „kompulsywni podrywacze" funkcjonują na falach gamma.

Rozbawiony szmer przebiegł przez salę, gdy padł ostatni przykład.

– Jest to także częstotliwość, jaką odnajdujemy w trybie snu paradoksalnego, czyli w stadium piątym.

Wykładowczyni dała słuchaczom chwilę na przetrawienie tych informacji, po czym zapisała na tablicy: „ŚWIADOMY SEN".

– Porozmawiajmy teraz o świadomym śnie. Na pierwszą wzmiankę o świadomym śnie natrafiamy u Homera, który relacjonuje w *Odysei* spotkanie z ludem „śniących, którzy wiedzą, że śpią". Artystoteles powołuje się na możliwość bycia „świadomym, że się śni, nie budząc się jednakże". W 1867 roku francuski pisarz Léon d'Hervey de Saint-Denys redaguje *Sny i sposoby, jak nimi kierować* i określa się mianem „onirologa". Kładzie podwaliny pod nowoczesne badania nad snem. Wiemy już teraz, że świadomy sen można praktykować w fazach snu paradoksalnego. Na uniwersytecie Stanforda w Kalifornii w 1980 roku psychofizjolog Stephen LaBerge przywraca modę na badanie świadomego snu. W 1987 roku zakłada Lucidity Institute, w którym testuje się połączenie elektroencefalografu oraz masek wyposażonych w migoczące diody. Używa substancji chemicznych jako katalizatorów, między innymi galantaminy zwanej również „pigułką świadomego snu", która zawiera wyciąg z kwiatu czerwonej lilii i żonkila.

Studenci sprawiali wrażenie bardzo zainteresowanych tymi wskazówkami.

– Ale po okresie egzaltacji badania nad światem snu przyhamowały, odkrycia były rzadsze, moda na onirologię minęła i zaobserwowano stopniowe odchodzenie od eksploracji kontynentu marzeń sennych. Jednak nie tylko czas był tu przyczyną: tam, gdzie naukowe dążenia prowadzące w jedną tylko stronę kończą się ślepym zaułkiem, geografia może czasami odblokować sytuację. Chciałabym zwrócić waszą uwagę na odkrycie, którego dokonał angielski etnolog Kilton Stewart w 1930 roku w Malezji. Tam, w samym środku lasu – co ja mówię? – w samym środku dżungli trafił on przypadkiem na plemię Senoi, którego członkowie żyją tylko dla snu i poprzez sen. Do perfekcji opanowali świadomy sen i dzięki niemu utrzymują równowagę polityczną, społeczną i psychiczną. Zdaniem Stewarta społeczność Senoi jest całkowicie wyzbyta wszelkiej formy niepokoju, depresji, agresji czy zapędów samobójczych. Wszystkie te tendencje są w idealny sposób regulowane przez oswojony sen.

Caroline zanotowała na tablicy nazwę malezyjskiego plemienia: „SENOI" i podkreśliła ją kilkakrotnie.

– Dziękuję za waszą uwagę. Jeśli macie kłopoty ze snem, pomyślcie o: 1) zmianie materaca na twardszy, 2) kładzeniu się regularnie o tej samej porze, 3) niepiciu kawy i soku pomarańczowego wieczorem, 4) unikaniu chemicznych środków nasennych z rodziny benzodiazepinów, 5) kochaniu się. To najlepszy naturalny środek nasenny. Jeśli nie robicie tego dla drugiej osoby, róbcie to, aby... poprawić jakość swojego snu.

Zebrani nagrodzili ją gromkimi brawami. Otrzymała owację na stojąco.

Caroline zaczerwieniła się ze wzruszenia, nie była bowiem nieczuła na oznaki zbiorowego szacunku.

Kiedy wyszła z audytorium, fotografowie ostrzelali ją fleszami, a kilku dziennikarzy zgłosiło prośby o udzielenie wywiadu.

– Podobno pracuje pani nad tajnym projektem, czy mogłaby pani coś na ten temat powiedzieć? – spytał jeden z nich.

– Skoro to „tajny projekt", wolę o nim nie mówić – odparła. – Jestem przesądna, uważam, że można zniszczyć obiecujące doświadczenie, opowiadając o nim.

– Proszę chociaż dać nam wskazówkę – nalegał inny dziennikarz.

– Chcielibyśmy z panią pracować – odezwała się jedna ze studentek medycyny.

– Uwielbiamy to, co pani robi – dodała druga. – Zawsze będziemy panią wspierać.

Jacques Klein był pod wrażeniem wystąpienia matki i przyjęcia, jakie zgotował jej tłum. Zrozumiał, że sen może też przynieść chwałę.

17

Po WYJŚCIU Z WYKŁADU, kiedy kilkoro sprytnych studentów już nadbiegało, żeby zadać badaczce pytania na temat konkretnych punktów jej wystąpienia albo wręczyć swoje CV, licząc na zatrudnienie w jej ekipie, dało się słyszeć uporczywe miauczenie.

Zanim ktokolwiek zdążył zainterweniować, miauczący coraz głośniej osobnicy w kocich maskach przedarli się przez tłum dziennikarzy, a jeden z nich rzucił w Caroline zawartością wiadra z czerwoną farbą. Podczas gdy wszyscy robili zdjęcia, żeby uwiecznić tę upokarzającą chwilę, ludzie w maskach zaczęli wykrzykiwać slogany, eksponując tablice z hasłami:

PRZERWIJMY MASAKRĘ KOTÓW
PODDAWANYCH BADANIOM NAD SNEM!

STOP WIWISEKCJI ZWIERZĄT!

KOTY TO MĘCZENNICY BADAŃ NAD SNAMI!

HAŃBA TYM, KTÓRZY PRZYCZYNIAJĄ SIĘ DO CIERPIENIA ZWIERZĄT POD PRETEKSTEM BADAŃ NAUKOWYCH!

Następnie komando uciekło równie szybko, jak się pojawiło, miaucząc wciąż jak wściekłe koty. Kilkoro studentów puściło się za prowokatorami w pościg, inni próbowali pomóc Caroline Klein oczyścić się z czerwonej farby, ale Jacques już osłonił sobą matkę. Użył teczki jako tarczy przed fotografami usiłującymi zrobić jej zdjęcie w tym stanie.

Wezwał taksówkę, której kierowca, na widok poplamionej klientki, odmówił zabrania jej. Drugi, mniej drobiazgowy, zgodził się pod warunkiem, że mu dodatkowo zapłacą i usiądą na plastikowych workach, żeby nie pobrudzić skórzanych foteli. Kiedy samochód oddalił się wystarczająco daleko od miejsca napaści, Jacques zaczął wycierać Caroline jednorazowymi chusteczkami.

– Dranie!

– Mają rację – odezwała się Caroline Klein. – Być może zareagowałabym tak samo, gdyby nie chodziło o mnie. To, co robię, nie jest zbyt moralne. Aby zrozumieć sen i marzenie senne, zmuszona jestem poświęcać życie kotów. Nie mam wyboru, gdyż są to zwierzęta, które śnią najlepiej i najdłużej.

– Nie rozumiem.

– Im wcześniej pojmiesz punkt widzenia twoich wrogów, tym szybciej skorzystasz z ich nauk. A wrogowie są często bardzo dobrymi nauczycielami. Nie pojawiają się w twoim życiu przypadkiem. Nawet ten Wilfrid, któremu zawdzięczasz tę brzydką bliznę na czole, sprawił, że poczułeś się wystarczająco odważny, aby na niego donieść. W życiu nie ma porażek, są tylko sukcesy albo nauczki. Ta farba jest lekcją, którą musiałam przyjąć, ot co.

Nadal wycierała się chusteczkami i wyrzucała je jedną po drugiej przez opuszczoną szybę.

– Tak czy owak, nadeszła pora, abyś dowiedział się, kim naprawdę jest twoja matka. Sądzę, że jesteś gotów, aby poznać prawdę, która kryje się za wszystkimi wielkimi odkryciami naukowymi.

Jacques'a przebiegł nieprzyjemny dreszcz.

18

Na wyspie de la Cité, w samym centrum stolicy, u stóp katedry Notre Dame, Hôtel-Dieu przypominał antyczną świątynię mającą koić cierpienia ludu. Szpital założony przez Kościół w 651 roku przepełniała historia, a jego żółte ściany nasiąknięte były wszystkimi nieszczęściami pacjentów.

Skrzydło budynku, w którym pracowała Caroline Klein, należało do nielicznych zmodernizowanych fragmentów.

Na zewnątrz onkolodzy palili papierosy, a ratownicy medyczni pomagali wysiąść z trudem poruszającym się starszym osobom z pojazdów.

– Tutaj urzęduję. To jeden z najstarszych szpitali w Paryżu i znajduje się w nim największe centrum zajmujące się zaburzeniami snu.

Przemierzali korytarze o zniszczonej posadzce.

– Co tydzień odkrywamy nowe choroby związane ze złym snem. Ostatnio odkryliśmy związek z parkinsonem. Umożliwiło nam to określenie stref ryzyka, zanim same się nie objawią.

Wykonała porozumiewawczy gest w stronę kolegów.

– Zły sen może mieć różne konsekwencje, jak opóźnienie wzrostu u dzieci albo przybieranie na wadze u osób starszych.

Zatrzymała się, żeby porozmawiać z młodym jasnowłosym mężczyzną w białym kitlu.

– On zajmuje się somnambulizmem, który dotyka pięciu procent społeczeństwa. Szuka dziedzicznych przyczyn tego schorzenia.

Caroline Klein mówiła o tym, jak gdyby chodziło o niezwiązany z nią problem i jakby jej syn zapomniał o incydencie, którego był świadkiem w wieku siedemnastu lat. Następnie zaprowadziła go do innego skrzydła Hôtel-Dieu. Przedstawiła go kobiecie o surowym wyglądzie i z kokiem z mnóstwem szpilek.

– Czyli dziewczyna z pokoju numer dwanaście twierdzi, że nigdy nie sypia?

– Nagrania wideo wiele mówią. Śpi, ale zapomina, że śpi. To problem natury psychologicznej.

Caroline Klein kontynuowała wycieczkę labiryntem korytarzy. Dotarli w końcu do ciągu pokoi. Na tablicach magnetycznych wisiały zadrukowane hipnogramami kartki oraz zdjęcia skanów mózgu.

– Oficjalne zajmuję się opracowaniem środka nasennego przyszłości. Do tej pory większość leków na sen zawiera, jak już zapewne wiesz, benzodiazepiny. Jak już ci wspominałam…

– …benzodiazepiny powodują zanikanie snów, uzależnienie i alzheimera.

– Bałam się, że przysypiałeś na wykładzie. Nigdy dość powtarzania, że rozwiązania krótkoterminowe generują poważne problemy na dłuższą metę. Czy wiedziałeś, że celowo, za pomocą leków benzodiazepinowych, uniemożliwiano wejście w fazę snu paradoksalnego, lecząc… depresję?

Pozdrowiła kilkoro kolegów, którzy odpowiedzieli wspierającymi gestami. Wszyscy wiedzieli o incydencie z ludźmi-kotami. Ponownie wyraziła na migi, że „to część mojej pracy", „nie martwcie się",

„wszystko gra". Przedstawiła Jacques'a innemu młodemu człowiekowi w białym kitlu, zajętemu przy próbówce wypełnionej żółtą cieczą.

– To Vincent Baguian, najbystrzejszy chemik w ekipie. Doskonalimy razem lek nasenny na bazie substancji antyhistaminowych. Wpadł na ten pomysł, czytając opakowania leków: „Skutki uboczne: senność. Stwarza niebezpieczeństwo związane z prowadzeniem pojazdów oraz obsługą maszyn".

– I to działa?

– Otrzymujemy dobre wyniki, ale na razie daleko nam jeszcze do komercjalizacji skutecznej i naprawdę nowoczesnej substancji pozbawionej efektów ubocznych.

Poprowadziła go w stronę pomieszczenia zastawionego klatkami z białymi kotami.

– Oto nasze najlepsze króliki doświadczalne w dziedzinie snu.

Z zamkniętymi oczyma koty wykonywały gesty, jak gdyby bawiły się piłką albo goniły niewidzialną mysz.

– Oto powód niezadowolenia przeciwników wiwisekcji – przyznała Caroline. – Kot jest mistrzem snu paradoksalnego wśród ssaków. Naturalnie i bezpośrednio dąży do głębokiego snu.

Jacques zauważył koty, które zdawały się śnić tak intensywnie, że ich długie wąsy drżały, jak gdyby zwierzęta odbierały zapachy.

– A małpy?

– Wiemy, że śpią, ale nie mamy pojęcia, czy osiągają fazę snu paradoksalnego. W przypadku kotów jesteśmy tego pewni. Spójrz, można u nich zaobserwować bardzo wyraźny REM.

– „Rym"?

– Rapid Eye Movement po angielsku.

Jacques dostrzegł nieco dalej, że niektóre koty mają wygolone głowy i wszczepione do czaszki wejścia USB, z których ciągnęły się kable prowadzące do kontaktów. Pod cienkimi powiekami ich gałki oczne poruszały się niespokojnie.

Rudy kociak wił się, jak gdyby ktoś go głaskał. Nadstawiał brzuch, rozkładając łapy na boki.

– Myślę, że śni, iż matka go liże – wyjaśniła Caroline. – To, co sobie wyobrażamy, jest dla naszego mózgu identyczne z rzeczywistością. Na tym być może polega wielka przygoda nowoczesności: akceptacja tej myśli. „Wierzyć to tworzyć". Dlatego zawsze uczyłam cię, że nie można wierzyć w byle co.

Włączyła ekran kontrolny, aby prześledzić hipnogram rudego kota.

– Widzisz, ten kociak znajduje się już w fazie snu paradoksalnego, w piątym stadium. To prawdziwy wirtuoz snu, spójrz, jak dobrze się bawi!

Kociak naśladował teraz pościg za myszą, która zdawała się czerpać chytrą przyjemność z wymykania mu się.

– Ten mi się podoba. Czy możemy go adoptować?

– Ma wtyczkę USB wszczepioną w czaszkę. Nie będzie mu łatwo żyć poza laboratorium.

– Założę mu zatyczkę, żeby woda nie dostawała mu się do mózgu i styki nie rdzewiały.

Caroline przyjrzała się uważnie rudemu kociakowi z wygoloną głową.

– Teoretycznie zabrania się wyjmowania z klatek testowanych zwierząt, ale ponieważ chodzi o ciebie... Pamiętam, miałeś podobnego pluszaka.

Odłączyła zwierzę.

Kociak wybudził się i okazał niezadowolenie, że mu się przeszkadza. Ziewnął szeroko, odsłaniając różowy języczek.

– Po angielsku rude koty nazywa się *marmalade cats*. A on ziewa tak jak ty, kiedy byłeś mały. Trzeba będzie znaleźć dla niego imię.

– Już mam: „USB", pierwszy kot z wtyczką w czaszce.

Kotek wtulił się w ramiona Jacques'a. Nadal chciało mu się spać i ułożył się w kieszeni jego kurtki, a on założył osłonkę na wtyczkę.

– Czyli kiedy tylko się odwrócę, kradniecie koty? Jeśli chodzi o zrobienie z niego mufki, to jest zdecydowanie za mały.

Mężczyzna, który wszedł do pomieszczenia, był wysoki, miał siwe włosy ułożone na żel i chropawy głos. Objął po przyjacielsku Caroline, której najwyraźniej sprawiło to przyjemność.

– Przedstawiam ci mojego przełożonego, profesora Érica Giacomettiego, szefa oddziału zajmującego się snem w Hôtel-Dieu. To jemu muszę zdawać relacje ze swoich działań i od czasu do czasu prosić o podwyżkę.

– Wszyscy tu jesteśmy fanami pańskiej matki. Jest naszą gwiazdą. Widziałem relację z twojego wykładu w Wersalu – powiedział, zwracając się do Caroline – wypadłaś świetnie. Jeśli chodzi o ten incydent, nie przejmuj się, to dranie. My, tutaj, będziemy stać za tobą murem do końca! I tylko to się liczy, czyż nie?

– Giacometti zainicjował bardzo ambitny projekt.

Postawny mężczyzna poprowadził ich w stronę nowego sektora, w którym ludzie spali w tunelach skanerów.

– Kiedy osoby poddawane doświadczeniom emitują fale odpowiadające piątemu stadium, w ich słuchawkach uruchamia się dzwonek, który ich wybudza, a oni muszą notować swoje sny. Następnie łączymy obraz ich mózgu z opisem snu – wyjaśniła synowi Caroline. – Staramy się tym sposobem stworzyć swego rodzaju bank danych, czy też słownik, dopasowując do każdego snu jego obraz w formie MRI (obrazowania metodą rezonansu magnetycznego).

– Proszę, spójrzcie na tego, to tak zwany „dobry klient".

Jacques zobaczył, że mężczyzna wykonuje regularne ruchy gałkami ocznymi w lewo i w prawo.

– O czym śni waszym zdaniem? Nie musicie się trudzić, to były sędzia tenisa, śni mu się, że ogląda mecz i – jak łatwo zauważyć – śledzi wzrokiem piłkę. Jeśli dobrze się przyjrzeć ruchom jego oczu, można nawet wychwycić szybkie serwy, ścięcia, wolne odbicia i loby.

Naukowiec zdawał się zachwycony swoim odkryciem.

– Ile wizji sennych zebrał pan do tej pory?

– Dokładnie dwanaście tysięcy pięćset trzydzieści siedem.

Éric Giacometti pokazał Jacques'owi opasłą księgę i pozwolił mu ją przekartkować. Na każdej lewej stronie znajdowało się zdjęcie mózgu ze strefami podświetlonymi na czerwono, żółto, niebiesko lub zielono, w zależności od natężenia aktywności, a po prawej można było przeczytać jedno słowo: samochód, samolot, pociąg, jabłko, gruszka, kobieta, mężczyzna, pies, koń.

– Aby asocjacja pomiędzy obrazem i słowem mogła zostać uznana za godną odnotowania, musi powtórzyć się trzykrotnie. Jeśli trzy osoby twierdzące, że śniły o gruszce, mają podobny obraz mózgu, opisujemy to w słowniku. Liczymy, że będziemy mogli pewnego dnia powiedzieć, spoglądając jedynie na obraz MRI: „Wiemy, że śnił pan o gruszce".

– Ale w tym celu musielibyście zebrać pięćdziesiąt tysięcy rezonansów, prawda?

– Istotnie, ale jestem cierpliwy i uparty. A ty, młody człowieku, czym się zajmujesz? Studiujesz?

– Ukończyłem właśnie studia medyczne i muszę wybrać specjalizację. Wizyta na tym oddziale pomogła mi dokonać wyboru.

Jacques pogłaskał kota USB o wygolonej głowie, który zdążył już zasnąć.

– W każdym razie wybrał pan właściwego kociaka. To najlepszy z naszych śniących kotów.

– Nazwaliśmy go USB – powiedział Jacques.

– Uesbe? Ładne imię.

Giacometti wykonał przyjacielski gest ręką w stronę młodego człowieka.

– Co się zaś tyczy neurofizjologii, wydaje mi się, że to również dobry wybór. Zobaczysz, to zawód, który daje dużo satysfakcji, a także poczucie, że pracuje się w przyszłościowej dziedzinie, w której wszystko jest jeszcze do odkrycia.

Mężczyzna z włosami ułożonymi na żel rzucił spojrzenie Caroline.

– Mówiłaś mu? Ten projekt powinien być tajny.

– Jeśli się powiedzie, trzeba będzie któregoś dnia o tym porozmawiać.

– Nie dziel skóry na niedźwiedziu, Caroline.

– O czym rozmawiacie? – wtrącił się Jacques.

– Osobiście z początku nie wierzyłem w ten projekt, ale teraz myślę, że może się udać – powiedział Éric Giacometti.

Badaczka spojrzała porozumiewawczo na przełożonego.

– Na pewno nam się uda, ale kiedy? Zrobię wszystko, żeby to nastąpiło jak najszybciej.

Jacques nie miał już odwagi więcej pytać o „tajny projekt", który zdawał się tak bardzo ich pochłaniać. Stwierdził przy okazji, że matka doskonale dogaduje się ze swoim szefem.

Zajął się głaskaniem USB, który w zamian polizał go w palec szorstkim języczkiem. Jacques popatrzył na kota i zadał sobie pytanie, czy dzięki tej wtyczce będzie mógł wgrywać mu muzykę bezpośrednio do mózgu.

Kot zrezygnował z lizania, ziewnął i zasnął.

19

Łagodna melodia harfy zwróciła jego uwagę i sprawiła, że miał ochotę podejść bliżej. Dochodziła z okna wystawowego z napisem „BAR SJESTA".

W październiku Jacques Klein rozpoczął zajęcia z neurofizjologii na uniwersytecie medycznym. Spędzał jeszcze więcej czasu na wycieńczającej nauce.

Bar Sjesta?

Nigdy nie był w podobnym miejscu i przeczytał niczym menu usługi, jakie oferował butik:

Na „Fotelu w stanie nieważkości" albo na „Łóżku masującym shiatsu":

Mikrosjesta – 15 minut: 12 euro
Sjesta kompaktowa – 25 minut: 17 euro
Sjesta relax – 35 minut: 22 euro
Sjesta królewska – 45 minut: 27 euro

Abonament: 9,90 euro/miesiąc

W lokalu proponowano również sjesty z wykorzystaniem urządzeń do masażu i w kręcącym się przytłumionym świetle. A także, jak wynikało z karty napojów, „Napary i herbaty".

Ciekawość kazała Jacques'owi przekroczyć próg. Trzy klientki już czekały. Zwrócił się do jednej z nich.

– Nigdy tu wcześniej nie byłem... Czy dobre są te płatne sjesty?

– Ja je uwielbiam. To prawdziwy odpoczynek od gwaru wypełniającego dzień.

– Często tu pani przychodzi?

– Codziennie. Mam zawód, który zmusza mnie do pracy nocą. Późno się kładę – wyjaśniła.

Kupił bilet na kwadrans i usiadł obok dziewczyny.

– Jaka to praca?

– Studiuję filmoznawstwo. Nie mamy zajęć rano, więc wykorzystujemy wieczory po zajęciach, żeby chodzić do kina. Zdarza mi się oglądać trzy filmy dziennie.

– Chce pani zostać aktorką czy realizatorką?

– Raczej technikiem kina. Specjalizuję się w nowych technologiach rejestrowania obrazów, z gatunku tych niemożliwych ze względu na dużą prędkość, brak światła i rozmiary. Uczę się manipulować kamerami, które skupiają się na tym, co nieskończenie małe, nieskończenie duże, nieskończenie szybkie, nieskończenie ciemne lub nieskończenie jasne, krótko mówiąc, na tym, czego ludzkie oko nie zauważy. A pan?

– Studiuję medycynę. Ja również się specjalizuję, moją docelową dziedziną jest neurofizjologia i mam zamiar skupić się w szczególności na badaniu patologii związanych ze snem.

– Czy dlatego zaintrygował pana ten bar? Jeśli o mnie chodzi, usiłuję zredukować liczbę godzin snu w nocy – powiedziała dziewczyna – żeby móc więcej pracować. Dzięki dziesięciominutowej sjeście udaje mi się to.

– Nie jestem przyzwyczajony do sjest.

– Niesłusznie. Krótka drzemka może skompensować długi sen. Dawniej robiłam sobie dziesięciominutowe minisjesty na sedesach na uczelni, ale zawsze ktoś się niecierpliwił...

Wybuchnęli śmiechem, zaskoczeni, że tak łatwo nawiązali nić porozumienia.

– Dobijali się do drzwi?

– Niektórzy błagali, żebym wyszła!

Znów się serdecznie roześmiali.

– Czasami bywali agresywni. Dlatego zrezygnowałam ze sjest w WC (chociaż uważam, że to jedyne spokojne miejsce w tym nowoczesnym świecie) i odkryłam ten bar, do którego przychodzę teraz regularnie.

Jacques przyjrzał jej się uważnie i stwierdził nagle, że przypomina mu jego matkę, w młodszym wydaniu, dlatego też podświadomie zwrócił się do niej, a nie do którejś z pozostałych klientek.

– Firma padła ofiarą swojego sukcesu: wszystkie kabiny są zajęte. Może ma pan ochotę na herbatę z werbeny?

– Wolę rumianek.

– Świat zawsze będzie dzielił się na dwa obozy „wolę werbenę" i „wolę rumianek". Szczególnie w domach starców.

Już mieli podejść do baru, kiedy hostessa ogłosiła, że zwolniły się właśnie dwie kabiny.

– Spotkajmy się po sjeście – zaproponował.

Jacques ułożył się na dość miękkim łóżku. Rozległa się monotonna muzyka fortepianowa. Nie zdołał zmrużyć oka.

Zaczął rozmyślać o swoich związkach z kobietami.

Do tej pory postrzegał je jako formę wynajmu. Co oznaczało, że romans był niczym wynajęcie mieszkania na trzy, sześć albo dziewięć miesięcy, z odnawialnym za cichym porozumieniem kontraktem i z wypowiedzeniem w wypadku wcześniejszej wyprowadzki. O ile jednak wynajem trwa mniej więcej trzy, sześć lub dziewięć miesięcy, o tyle jego życie miłosne kręciło się raczej wokół trzech, sześciu lub dziewięciu tygodni. Już sama myśl o zaangażowaniu się go przerażała. Jego credo brzmiało: „Jestem wierny… dopóki nie znajdę czegoś lepszego".

Teraz zaś nie mógł się doczekać, aż ponownie zobaczy kobietę, którą spotkał w holu. Kiedy zadzwonił budzik, wyszedł i czekał na nią przy barze. Sprawiała wrażenie w pełni zrelaksowanej.

– Było dobrze, ale chyba wolę spać w nocy, niż ucinać sobie popołudniowe drzemki. Swoją drogą, jak pani na imię?

– Charlotte, Charlotte Delgado, a pan?

– Klein, Jacques Klein.

– Klein, jak *Pan Klein*, film Loseya z Alainem Delonem?

– Hm… i tak, i nie. Jestem małym normalnym Kleinem, który odkrył dzisiaj sjestę, będąc długoletnim wyznawcą snu nocnego.

Obserwowali się w milczeniu, nieco zakłopotani.

– Cóż… miałaby pani ochotę na wspólną kolację dziś wieczorem? – spytał.

– Ja…

– Znam bardzo dobrą włoską restaurację w okolicy – ciągnął Jacques.

– Przykro mi, jestem uczulona na gluten.

– Nie znam bezglutenowych restauracji – stwierdził z żalem.

Charlotte zawahała się, po czym westchnęła i zaproponowała:

– W takim razie zróbmy zakupy i chodźmy do pana.

– Moja matka ciągle u mnie przesiaduje, będzie nam trochę niekomfortowo.

– Możemy zjeść kolację u mnie – oznajmiła. – Ale potem będzie pan musiał wrócić do siebie, rozumiemy się?

– Sądziłem, że spędza pani wieczory na oglądaniu filmów w kinie.

– Od czasu do czasu dobrze jest przełamać rutynę – odparła buntowniczo. – Poza tym możemy obejrzeć film razem. Pozostając w temacie snu, znam horror, który powinien się panu spodobać, *Koszmar z ulicy Wiązów*.

– Nie jestem wielkim kinomanem, a już na pewno nie amatorem dreszczowców. O co w nim chodzi?

– Morderca pojawiający się we śnie zabija z wnętrza marzenia sennego. Ludzie boją się więc zasypiać z obawy przed Freddym. Byłam naprawdę przerażona, kiedy obejrzałam ten film po raz pierwszy.

– Nie bardzo mam ochotę na film, który sprawi, że będę bał się śnić, ale mimo wszystko zaintrygowała mnie pani…

Był nią zauroczony. Przypomniał sobie uwagę matki: „Twoja nieświadomość od pierwszego spojrzenia rozpoznaje osoby, które obdarzą cię energią i te, które będą ci ją odbierać".

Patrzyła na niego wielkimi czarnymi oczyma.

– Daleko mieszkasz? – zapytał Jacques.

– Godzinę jazdy samochodem stąd. Mieszkam w willi moich rodziców w Fontainebleau.

Zamrugała powiekami i gestem poprosiła o rachunek.

– Ja płacę – powiedziała. – Jeśli chodzi o willę, jestem w niej sama. Mojego ojca i macochy chwilowo nie ma. Przebywają w Stanach i poprosili, żebym podlewała im kwiatki i karmiła psa.

– Ma pani psa?

– Wabi się Pompon. Ma gęstą sierść i praktycznie rzecz biorąc, nigdy się nie rusza. Lubi pan psy?

– Wolę koty. Mam wrażenie, że bardziej się uzupełniamy, niż jesteśmy do siebie podobni. To gdzie dokładnie i o której widzimy się dzisiaj?

Kobieta zapisała wszystkie wskazówki na wizytówce.

20

Willa w Fontainebleau stała na uboczu.

Charlotte Delgado nie potrafiła gotować, jej specjalnością były mrożone lazanie... bezglutenowe. Przypaloną potrawę popili słonecznym włoskim winem. Po posiłku przeszli do salonu i zasiedli do obejrzenia filmu.

Tak jak Charlotte zapowiedziała, za każdym razem kiedy ktoś zasypiał, przydarzały mu się nieszczęścia. Niezauważalnie, przy każdej przerażającej scenie, Jacques przysuwał się do niej, jak gdyby potrzebował wsparcia w wytrzymaniu napięcia. Była to jedna z wielkich tajemnic kina: dreszczowce zbliżały do siebie pary widzów (którzy w końcu tulili się do siebie, aby chronić się nawzajem), z kolei filmy miłosne, w szczególności sceny seksu, wywoływały paradoksalnie przeciwny efekt.

Kiedy postać Freddy'ego Krügera wysunęła szpony, żeby rozorać nimi ścianę, a następnie ciało śpiącego, Charlotte zacisnęła dłoń na udzie swojego gościa. Kiedy morderca w swetrze w czerwono-zielone pasy zbliżał się nieubłaganie do ofiary w celu dobicia jej, Jacques opiekuńczym gestem otoczył kobietę ramieniem. Następnie, podczas ponurej sceny zabójstwa, pochylił się, żeby ją pocałować. Dziewczyna zrobiła unik, ale go nie odepchnęła.

Później Jacques próbował objąć ją raz jeszcze podczas sceny usunięcia trzewi, ale Charlotte odsunęła się nieco bardziej.

Chłopak odczekał kilka minut i podjął kolejną próbę. Dziewczyna wysyłała mu sprzeczne sygnały. Nie wiedział już, w jaki sposób odblokować sytuację. Przy czwartym podejściu ustąpiła, ale obdarzyła go jedynie lekkim pocałunkiem z zaciśniętymi wargami.

Spróbował raz jeszcze. Tym razem dziewczyna całkowicie mu uległa. Zaczął ją gwałtownie rozbierać. Ich dłonie szukały się, znajdowały punkty odniesienia na obcym ciele, ich oddechy przyspieszały, uzupełniały się, harmonizowały ze sobą.

Wymienili życiodajne fluidy.

Po akcie miłosnym każde z nich opadło na swoją stronę łóżka i oboje zasnęli łagodnie, uśmiechnięci, trzymając się za ręce.

W środku nocy Jacques'a Kleina obudziły krzyki.

– Nie! Nie! – wołała Charlotte.

Z początku pomyślał, że zwraca się do niego, ale miała spuszczone powieki. Ponieważ drżała, otoczył ją ramieniem.

– Cofnij się, macocho, nie, nie chcę tego widzieć!

Silnie go kopnęła w kolano. Z trudem powstrzymał krzyk bólu. Dziewczyna wciąż wrzeszczała z zamkniętymi oczyma.

– NIE! TYLKO NIE TO! Zostaw pokrywkę! NIE! Nie chcę zobaczyć jogurtu, macocho!

Charlotte walczyła z niewidzialnym napastnikiem. Jeden z kopniaków trafił w podbrzusze jej nocnego towarzysza, co sprawiło, że zgiął się on wpół z bólu. Następnie Charlotte załkała.

Chłopak cofnął się na bezpieczną odległość w łóżku i odwrócił się do niej plecami. Przypomniało mu się zdanie, które kiedyś wypowiedziała jego matka: „Dopóki nie prześpisz się z kimś, nie będziesz wiedział, z kim masz do czynienia".

Nazajutrz rano przy śniadaniu wahał się, czy podjąć temat. Nie wiedział, jak Charlotte zareaguje, jeśli postawi ją wobec problemu, który musiał stanowić rysę na jej nieświadomości. Ostatecznie zdecydował się nic nie mówić.

Zobaczył psa Pompona i stwierdził, że istotnie jest on nietypowo spokojny i nieruchomy. Nie zaszczekał ani razu, odkąd Jacques się pojawił, nie wykonał też żadnego ruchu.

– Od dawna masz tego psa?

– Od roku. Wiem, zaskakuje, nie rusza się, nie szczeka, spokojnie śpi i wstaje tylko po to, żeby przejść kilka kroków do miski.

Jacques przyjrzał się dokładniej zwierzęciu, kładąc się na podłodze.

– Czyżbyś był również weterynarzem? – spytała Charlotte, z nutą ironii w głosie.

Chłopak stwierdził, że pies ma sierść tak długą, iż z trudem dało się określić, gdzie ma głowę, a gdzie zad. Poszukał oczu. W końcu znalazł dwa czarne paciorki pod grzywą.

– Nie myślałaś nigdy, żeby mu przyciąć sierść na pysku?

– O nie, to Lhasa apso, tybetański pies o długiej sierści, która ma chronić go przed zimnem. Są naturalnie bezkształtne. Właściciele psów tej rasy wiedzą, że nie powinno się im przystrzygać sierści. Mam przyjaciół, którzy mają takiego samego i zachowuje się on identycznie.

Jacques znalazł na komodzie gumkę do włosów i zebrał Pomponowi kudły zasłaniające mu oczy w kitkę na czubku głowy. Pies natychmiast się podniósł, zdziwiony. Jakby po raz pierwszy odkrył otaczający go świat. Zaczął biegać, zaglądać w każdy kąt, obwąchiwać buty Jacques'a i Charlotte, aż wreszcie wskoczył na kanapę i zaszczekał radośnie.

– Mam wrażenie, że miał mały problem z natury „optycznych".

Charlotte zmarszczyła brwi.

– Byłam przekonana, że Lhasa apso powinny być…

– Chyba woli widzieć, niż być ślepym.

Pies wciąż wesoło poszczekiwał. Oboje wybuchnęli śmiechem.

– Tak czy owak, mniej mi się teraz podoba. Przykro mi, kiedy sobie pójdziesz, przywrócę mu dawny wygląd. Chociażby z szacunku dla jego szlachetnego rodowodu.

Pies eksplorował teraz ogród i wydawał się oczarowany istnieniem ślimaka, mrowiska i zwykłego kwiatka.

– Muszę jednak przyznać, że rozszerzyłeś jego pole postrzegania świata za pomocą… zwykłej gumki.

Wykonała w jego stronę czuły gest. Postanowił wtedy poruszyć przykry temat.

– Muszę ci powiedzieć coś na temat naszej ostatniej nocy.

– Podobało ci się?

– Nie wiem, o czym śnisz, Charlotte, ale to dość… brutalne – powiedział, pokazując jej swoje siniaki.

Spojrzał na dziewczynę, która świeżo wykąpana, uczesana i umalowana, wydawała mu się inna.

– Mam wrażenie, że przeżywasz jakieś konkretne wydarzenie i mówisz przez sen.

– Tak? Jesteś pierwszą osobą, która mi to mówi. Ciężko mi w to uwierzyć. Co takiego niby powiedziałam?

– Powiedziałaś… – zawahał się, po czym ciągnął – mówiłaś coś o jogurcie.

Wyraz twarzy Charlotte natychmiast się zmienił, jednym haustem wypiła duży łyk kawy.

– To jeden z moich nawracających koszmarów, związany z traumą z dzieciństwa.

Zaproponowała, żeby usiedli w salonie i tam kontynuowali rozmowę. Trochę czasu zajęło jej odtworzenie sceny w głowie. Wypiła jeszcze jeden łyk kawy, zamknęła oczy, żeby przywołać obrazy, po czym wyartykułowała powoli:

– Miałam dziewięć lat. Moja matka Solange umarła na raka, a ojciec wziął sobie starszą od siebie kobietę, Christine. Czułam, że ta kobieta mnie nie lubi. Pewnego dnia podeszła do mnie, trzymając… kubeczek z jogurtem z pogniecioną aluminiową przykrywką. Spytała: „Chcesz wiedzieć, do jakiego stopnia twoja obecność tutaj jest dla mnie nie do zniesienia?", po czym podsunęła mi pod nos kubeczek z podniesioną pokrywką. Wewnątrz… znajdował się…

Przerwała, jak gdyby na nowo przeżywając tę scenę.

– …mały ludzki płód… Poroniła… Włożyła płód do kubka, żeby mi go pokazać. Na różowym lśniącym ciałku widać było jeszcze resztki jogurtu, miało już oczy…

Charlotte przełknęła ślinę i zrobiła głęboki wdech. Jacques wziął ją w ramiona, pocieszył, pocałował. Pies zbliżył się do niego i polizał go w rękę. Młodemu człowiekowi przyszła do głowy pewna myśl:

Określenie „odstręczający" daje do zrozumienia, że ktoś ma „strąki", być może więc ludzie bywają odstręczający, bo nie widzą wyraźnie prawdziwego świata…

Postanowił nieco ograniczyć kontakty z Charlotte do czasu, aż znajdą rozwiązanie jej problemu.

Nazajutrz jadł kolację z matką. Caroline oznajmiła mu, że jej projekt nabrał rozpędu i ma nadzieję uzyskać wkrótce niepodważalne wyniki. Umilkła w końcu i przyjrzała mu się uważnie, po czym rozciągnęła usta w szerokim uśmiechu.

– Masz nową dziewczynę? – spytała.

– Skąd wiesz?

– Masz na szyi malinkę. Sprawiasz wrażenie zrelaksowanego. Miłość ci służy.

– Jest inna niż pozostałe. Nigdy nie połączyło mnie coś podobnego z kobietą, poczułem swego rodzaju natychmiastową bliskość. Rozumiemy się. Poznaliśmy się na sjeście.

– Sen to najlepsze miejsce na spotkanie miłości. Jeśli uważasz, że jest wyjątkowa, nie bój się, zaangażuj się emocjonalnie.

– Niestety ma pewien osobisty problem, który może skomplikować nasze przyszłe noce.

Opowiedział matce o koszmarze Charlotte.

– Jeśli tylko o to chodzi, wystarczy – jak w przypadku komputera – usunąć wirusa. Zorganizuj jej seans snu z przewodnikiem i na nowo ją zaprogramuj.

– Nie bardzo wiem, jak odblokować nawracające koszmary.

Caroline Klein wyjaśniła mu dokładnie, jak powinien się do tego zabrać. Jej syn stwierdził, że spróbuje wyleczyć swoją nową dziewczynę już następnego dnia.

Siedząc w salonie willi jej rodziców, Jacques Klein polecił Charlotte Delgado położyć się na sofie. Ona zaś uspokoiła psa Pompona, zdejmując mu gumkę zbierającą sierść na czubku łba. Zwierzak powlókł się w stronę fotela i skulił na nim, zaniepokojony, czy aby te wszystkie odkryte niedawno rzeczy nie wykorzystają jego odpoczynku, żeby zaatakować.

Charlotte, zgodnie z zaleceniami towarzysza, ułożyła się wygodnie na kanapie. Jacques zaczął przemawiać do niej szeptem:

– Użyjemy trybu szybkiego nurkowania… więc… zamknij oczy. Zrób głęboki wdech. Policzę do pięciu. Raz… opuszczasz tę czasoprzestrzeń, dwa… wzlatujesz ku niebu, trzy… docierasz do granicy przestrzeni i atmosfery, cztery… widzisz linię czasu, pięć… cofasz się w czasie i docierasz do traumatycznego wydarzenia. Miałaś dziewięć lat. Jesteś tam?

– Jestem.

Oddech dziewczyny przyspieszył nagle i wstrząsnęły nią dreszcze.

– Co się dzieje?

Otworzyła oczy.

– Przyszła Christine, już tu jest!

Zakrył jej dłonią powieki.

– Zamknij oczy, stawimy jej czoło razem.

Charlotte nie sprzeciwiła się.

– Będziemy postępować stopniowo. Raz… dwa… trzy… cztery… pięć… Wyobraź sobie, że jesteś w kuchni, ale twojej macochy jeszcze tam nie ma. Udało ci się to zwizualizować?

– …Tak.

– Nie bój się. Jestem przy tobie. Wyobraź sobie, że dwudziestotrzyletnia Charlotte stoi obok tej dziewięcioletniej. Jest nas trójka przeciwko Christine. Widzisz, że nadchodzi?

Charlotte ponownie wstrząsnął nieprzyjemny dreszcz, ale nie otworzyła już oczu. Skrzywiła się.

– Trzyma kubeczek po jogurcie.

– OK! Nie patrzysz na ten kubeczek, ale na nią, na Christine, patrzysz jej prosto w oczy. Nie spuszczasz z niej wzroku. Dajesz radę?

– Próbuję.

– Co się dzieje?

– Mówi: „Chcesz wiedzieć, jak bardzo twoja obecność jest dla mnie nie do zniesienia?".

– Odpowiedz jej: „Nie, nie chcę wiedzieć". Dalej, powiedz to głośno! Powiedz. POWIEDZ JEJ TO!

– Yyy… nie… yyy… nie chcę wiedzieć!

Gałki oczne poruszyły się pod powiekami Charlotte.

– Jak ona na to reaguje?

– …Odpowiada: „I tak się dowiesz, Charlotte, bo musisz o tym wiedzieć. Patrz". Podnosi pokrywkę. Co mam zrobić?

– Nie spuszczaj oczu, nie patrz! Wbijaj nadal w nią wzrok. Udaje ci się to?

Wreszcie kobieta na sofie zaczęła się uspokajać.

– A teraz, co się dzieje?

– Christine podsuwa mi kubeczek pod nos i mówi: „Patrz, a zrozumiesz, co czuję. Patrz, idiotko!".

– Nie patrz. Powiedz, że to jej problem, a nie twój.

– To twój problem, a nie mój!

– I co teraz?

– Nalega, mówi, że „to wszystko moja wina", że „gdyby mnie nie było, to nigdy by się nie stało". Podsuwa mi kubeczek po jogurcie pod nos. Krzyczy: „PATRZ, KRETYNKO!".

– Nie patrz, nie spuszczaj z niej oczu.

Charlotte skinęła głową na znak zgody.

– Powiedz jej: „Zresztą kubeczek po jogurcie jest pusty".

Powtórzyła jego słowa, kręcąc lekko głową:

– Twój kubeczek po jogurcie jest pusty, Christine.

Leżącą z zamkniętymi oczyma Charlotte znów wstrząsnął dreszcz.

– Ona odpowiada: „Ależ skąd, debilko! POPATRZ, MAM TU DLA CIEBIE PREZENT!".

– Bardzo dobrze. Teraz siłą myśli sprawiasz, że to, co znajduje się w kubeczku, znika. Albo jeszcze lepiej: umieść tam karteczkę z napisem „NIC". Dzięki ironii lepiej nad tym zapanujesz. I powiedz jej: „Sama sobie popatrz".

– Popatrz sama, Christine.

– Co teraz?

Gałki poruszyły się pod opuszczonymi powiekami Christine. Zadrżała po raz kolejny i zmieniła pozycję.

– Christine wyciąga karteczkę z napisem „NIC". Jest bardzo zdziwiona i odwraca kubeczek, jak gdyby miała nadzieję, że odkryje podwójne dno. Jest wściekła. Drze karteczkę na małe kawałeczki i robi z nich konfetti. Uderza zdenerwowana w kubeczek i przestaje się mną interesować.

Ruchy pod powiekami zwalniają.

– Doskonale. Ta scena nigdy więcej ci się już nie przyśni, bo zrozumiałaś, że – po pierwsze, to nie jest twój problem, tylko jej, a po drugie, ta chwila nie niesie ze sobą już ładunku emocjonalnego dla ciebie.

Charlotte nie wygląda jednak na w pełni uspokojoną.

– Co się dzieje? Ona wciąż tam jest?

– Ona nie, ale zapomniałam, że jest tu ktoś jeszcze. Nie zauważyłam go do tej pory, ale teraz go widzę.

– Kto to?

– Mój ojciec.

– Twój ojciec?

– Tak, nie zwracałam na niego do tej pory uwagi, ale tak naprawdę to nie żywię urazy do macochy, tylko do niego. Mam mu za złe, że porzucił moją matkę i wybrał tę harpię. To znaczy... mam mu za złe, że nie zrobił nic, żeby mnie przed nią chronić. To jego najbardziej nienawidzę.

Jacques nie przewidział takiego obrotu sprawy. Pomyślał o matce, która opowiadała mu o wirusie i ponownym programowaniu, po czym postanowił zaimprowizować.

– Opuść tę scenę w kuchni. Teraz poproszę cię, żebyś pomyślała o najmilszym momencie, jaki spędziłaś kiedykolwiek z ojcem.

Charlotte nie otwierała oczu, te jednak poruszały się pod powiekami, jak gdyby kartkowała album ze zdjęciami-wspomnieniami. Wreszcie znalazła scenę, która pasowała do prośby Jacques'a.

– To było... w górach, w Font-Romeu w Pirenejach. Miałam pięć lat. Byliśmy na wakacjach: tata, mama i ja. Zjedliśmy naleśniki i poszliśmy do kina w ośrodku narciarskim, żeby wziąć udział w festiwalu kreskówek Teksa Avery'ego. Dostałam ataku śmiechu, a mój tato, również rozbawiony, wręczył mi w pewnym momencie chusteczkę, żebym otarła łzy radości.

Jacques wpadł na pewien pomysł.

– Zastąpisz wspomnienie o agresywnej macosze i tchórzliwym ojcu wspomnieniem filmu oglądanego z czułym ojcem i obecną jeszcze matką. Kiedy pomyślisz o przeszłości albo o rodzinie, pierwszym obrazem, jaki pojawi ci się w głowie, będzie właśnie widok ojca w kinie w Font-Romeu i śmiech podczas oglądania Teksa Avery'ego.

Oddech Charlotte przyspieszył, po czym stopniowo dziewczyna się uspokoiła.

– Teraz możesz otworzyć oczy, już koniec. Uwaga, kiedy powiem „zero". Pięć... cztery... trzy... dwa... jeden... zero!

Studentka otworzyła oczy, przypomniała sobie całą scenę i rozpłakała się. W końcu się pozbierała, uśmiechnęła i zaczęła oddychać pełną piersią.

– Oddychaj, Charlotte.

Wręczył jej kieliszek wina.

– Ten pomysł „snu z przewodnikiem" jest genialny! Kto cię tego nauczył?

– Matka.

– Mimo wszystko to bardzo, bardzo dziwne. Znaleźć się, dzięki sile własnej woli, w scenie, która najbardziej nas dotknęła... i odegrać ją w inny sposób. A następnie zastąpić trudną chwilę radosną. To się wydaje takie proste. Jak gdyby można było zrealizować na nowo montaż filmu naszego życia.

– Jest to jedna z możliwości naszego mózgu, której nie wykorzystujemy. „To, co tworzy wyobraźnia, staje się realne", uczyła mnie matka. Można by dodać: „Na dobre i na złe".

Charlotte przysunęła się do młodego człowieka.

– Chciałabym poznać twoją matkę – powiedziała.

– Nie teraz. Prowadzi badania, które odbierają jej całą energię. Wraca do domu wycieńczona, późnym wieczorem.

Charlotte ujęła dłoń Jacques'a i pogłaskała ją pieszczotliwie.

– W każdym razie to, czego dokonałeś dzięki jej naukom, jest wspaniałe. Odblokowałeś mi umysł. Przeszłam swego rodzaju ultrakrótką terapię, dzięki której oszczędziłam być może dwadzieścia pięć lat psychoanalizy.

Wzruszył ramionami, jak gdyby dając do zrozumienia, że nie ma co przesadzać, ale był zadowolony.

– Zdjąłem jedynie kilka kosmyków, które przysłaniały ci pole widzenia – powiedział, zakładając ponownie gumkę na głowę Lhassa apso, który zaczynał się już zastanawiać, dlaczego jego świat na przemian rozrasta się i kurczy.

W tej chwili Pompon zazdrościł ludziom zdolności zarządzania osobiście systemem włosowym. Szczególnie temu z czarną sierścią na głowie. W swoim psim umyśle stwierdził, że w następnym życiu chciałby nie tylko mieć ręce, ale na dodatek być fryzjerem.

Siedzący przed nim ludzcy samiec i samica zbliżyli się do siebie i pocałowali.

– Robisz dla mnie dużo dobrego – powiedziała kobieta.

– Sprawiłaś, że odkryłem w sobie moc czynienia dobrego – odparł mężczyzna. – Sądzę, że jesteś także bardzo podatna. Udało się, bo zgodziłaś się na ponowne zaprogramowanie. Prawdę mówiąc, nie usunąłem twojego wspomnienia, po prostu je zrelatywizowałem. Odtąd, kiedy pomyślisz o swojej rodzinie, zamiast jogurtu pojawi się kino w Font-Romeu. Jakbym zmienił tło na ekranie twojego komputera.

– Jesteś genialny! – zawołała Charlotte, tuląc się w jego ramionach.

Po tym seansie Jacques Klein doszedł do wniosku, że może również być kochany za swoją umiejętność panowania nad światem snu.

21

Dzwonek.

Spał.

Kolejny dzwonek.

Spał mniej.

Jacques Klein już miał wyciszyć komórkę, kiedy – zdjęty przeczuciem – spojrzał na ekran.

Dzwoniła matka. Odebrał połączenie. Prosiła, żeby natychmiast przyjechał. Pocałował śpiącą jeszcze Charlotte w czoło, ubrał się w ciszy, przełknął szybką kawę w kuchni, siadł za kierownicą swojego samochodu i ruszył w stronę Hôtel-Dieu.

Szpital nadal był otoczony porannymi mgłami. A taniec karetek pogotowia jeszcze się nie rozpoczął. Nawet strażnik przy drzwiach drzemał. Matka przywitała go przy głównym wejściu.

– Wreszcie możemy przeprowadzić test! – rzuciła zamiast „dzień dobry".

– O czym mówimy?

– O moim „tajnym projekcie".

Przetarł oczy.

– Jestem przekonana, że istnieje szóste stadium snu, poza snem paradoksalnym – ciągnęła.

– Zawsze mnie uczyłaś, że po piątym stadium następuje okres utajenia, po czym wznawia się cały cykl. Albo śpiący się budzi. Jak mogłoby być coś jeszcze?

Caroline Klein odgarnęła do tyłu jasne włosy.

– Szóste stadium nie pojawia się w naturalny sposób. To sztucznie osiągany stan jeszcze głębszego snu. Moim zdaniem niektóre cywilizacje, jak na przykład Hindusi i ich nirwana, nazywają tę fazę „snem poza snem". Już samo określenie „nirwana" oznacza „wyłączenie". W Tybecie nazywa się to „yolban", co znaczy „stadium poza cierpieniem". Dla Hebrajczyków to „Olam Atzilut", co przetłumaczyć można dosłownie jako „świat poza światem".

– Mówiąc bardziej naukowym językiem, uważasz, że to stadium znajduje się wyżej czy niżej na krzywej hipnogramu?

– Na tym etapie moich badań niczego jeszcze nie wiem. Jestem jak Krzysztof Kolumb, który wyrusza, kierując się prosto na zachód. Nie wiem, jaki odkryję kontynent, ale intuicja podpowiada mi, że nowe terytorium czeka na odkrycie.

– O ile dobrze pamiętam, Krzysztof Kolumb szukał krótszej drogi do Indii.

Minęli amfiladę korytarzy i zeszli po schodach do podziemi.

– Chyba już wiem, po czym rozpoznać szóste stadium. Rytm serca jest jeszcze wolniejszy, ciało bardziej rozluźnione, a mózg jeszcze bardziej aktywny. Elektroencefalogram mógłby wskazać nawet czterdzieści pięć herców. Miałaby miejsce emisja nowego typu fal. Nazwalibyśmy ją falą epsylon. Byłoby to stadium, w którym inaczej pojmowałoby się czas. W epoce Krzysztofa Kolumba na mapach mianem *terra incognita* określano dziewicze i niezbadane obszary. Podobnie ja, zapożyczając to określenie, nazwałam badane stadium *Somnus incognitus*, czyli dosłownie „nieznanym snem".

Caroline Klein zrobiła głęboki wdech, przybrała tajemniczą minę i dodała:

– Skoro już mam odsłonić rąbka tajemnicy na temat mojego projektu, zasługujesz, żeby dowiedzieć się jako pierwszy. Chodź ze mną. Sądzę, że odkrycie *Somnus incognitus* może przetrzeć szlaki prowadzące poza zwykły świat snu: ku filozofii, fizyce kwantowej, neurologii i duchowości.

Za ostatnimi drzwiami, które przeszli, znajdowało się przestronne pomieszczenie badawcze z pięcioma laborantami w jasnoniebieskich kitlach. Pośrodku stało łóżko oświetlone reflektorami i otoczone ekranami komputerów.

– Jest tutaj? – spytała kolegów Caroline.

Przystojny mężczyzna o nagim torsie, wyraźnie zarysowanych mięśniach i smagłej cerze wyszedł z pomieszczenia przypominającego łazienkę.

– Dzień dobry, profesor Klein.

– Witaj, Akhileshu.

Zwracając się do syna, wyjaśniła:

– Akhilesh pochodzi z Waranasi, jest moim mistrzem, joginem i świetnym spaczem. Jego imię oznacza „niezniszczalny" w języku hindi. Nikt inny nigdy nie zaszedł równie daleko drogą ku szóstemu stadium snu, w każdym razie nie na tym wydziale.

– Zbliżył się do twojego słynnego *Somnus incognitus*?

Jogin zdawał się również bardzo cenić jego matkę. Ujął dłoń badaczki, jego twarz promieniała.

– Jestem w świetnej formie, profesor Klein. Dzisiaj się uda. Czuję to. Nadszedł wielki dzień.

Caroline poklepała swojego czempiona na zachętę i zwróciła się do Jacques'a:

– Zobacz, jaki jest zmotywowany. To sama przyjemność pracować z tak entuzjastycznie nastawionym królikiem doświadczalnym.

Założyła niebieski kitel i poprosiła syna, żeby uczynił to samo, po czym umyła ręce. Gesty te stanowiły bardziej element rytuału niż rzeczywistą potrzebę, ponieważ nie mieli wykonywać żadnych chirurgicznych czynności, a jedynie towarzyszyć w zasypianiu.

– Dobrze, nie traćmy czasu, obiekt jest gotowy, wszyscy na miejsca. Przystępujemy do nurkowania. Pamiętasz instrukcje, Akhileshu?

– Pozostaję w nasłuchu świata zewnętrznego i komunikuję się, przesuwając wzrokiem po horyzoncie, z lewa na prawo, jeden ruch na „tak", dwa na „nie".

Hindus położył się na łóżku, rozluźnił i zamknął oczy.

Asystentka przyczepiła czujniki do jego klatki piersiowej i czaszki. Włączono ekrany. Na aparaturze można było śledzić przejścia do kolejnych stadiów snu dzięki elektroencefalogramowi.

Stadium pierwsze: elektroencefalogram wskazał zasypianie poprzez niewielkie kreseczki na ekranie. Wejściu w świat snu towarzyszyła cyfra osiem, wskazująca poziom częstotliwości.

– Zobaczysz, Akhilesh jest prawdziwym fenomenem, potrafi nurkować szybko i głęboko.

Rzeczywiście, kilkanaście sekund później zamanifestowało się stadium drugie. Ekran wskazywał, że częstotliwość wynosi cztery herce, co odpowiada falom theta. Kilkadziesiąt sekund później – już tylko trzy herce. Spacz zszedł do stadium trzeciego. I kontynuował. Przy dwóch hercach znajdował się w czwartym stadium snu.

Caroline Klein włączyła inny ekran, na którym można było obserwować jego trójwymiarowy hipnogram w kolorze.

– Zszedł na dno – oznajmiła badaczka.

Gałki oczne zaczęły się poruszać pod powiekami, jak gdyby Akhilesh reagował na obraz, tętno spadło, a aktywność mózgowa wzrosła gwałtownie, osiągając poziom trzydziestu herców.

– Stadium piąte: sen paradoksalny – rozpoznał Jacques.

Tymczasem krzywe wykresu elektroencefalogramu wciąż pięły się ku górze. Wskazywały kolejno trzydzieści jeden, trzydzieści dwa i trzydzieści trzy herce. Potem trzydzieści pięć, a wreszcie czterdzieści herców.

– Widziałeś to? Szybko nurkuje i spektakularnie się wspina – powiedziała Caroline Klein z podziwem. – To istny akrobata snu.

Kiedy wszystkie ekrany wykazywały, że czynność zasypiania jest coraz bardziej intensywna, Akhileshem wstrząsnęły niemal niezauważalne drgania. Jego oczy poruszały się szybko pod powiekami. Koc z trudem ukrywał erekcję.

– Nie wiem, co teraz widzi, ale znajduje się we śnie, który angażuje cały jego umysł – zauważyła badaczka neutralnym tonem.

– A co by się stało, gdybyśmy go teraz obudzili?

– Znajduje się w tak głębokim śnie paradoksalnym, że z łatwością opowiedziałby nam o swoim śnie. Ale spójrz, wspina się wyżej, chociaż jego serce bije coraz wolniej. Jest na poziomie czterdziestu pięciu herców! Mózg karburuje, musi znajdować się w widowiskowym filmie pełnym dźwięków i napięcia.

Ruchy oczu pod powiekami stają się coraz gwałtowniejsze. Penis wciąż sterczy pod kocem niczym antena.

Wokoło pozostali naukowcy krzątają się, sprawdzają ekrany kontrolne i czujniki odruchów życiowych.

– Słyszysz nas, Akhileshu? – pyta Caroline, nachylając się nad jego uchem.

Mężczyzna wygląda, jak gdyby analizował pytanie, wreszcie reaguje. Porusza gałkami z lewej strony na prawą.

– Czy wiesz, na jakim etapie nurkowania we śnie się znajdujesz?

Dwa poziome ruchy.

– Jesteś w piątym stadium. Czy chcesz kontynuować?

Gałki oczne poruszają się pod powiekami, po czym przesuwają się wyraźnie jeden raz z lewej strony na prawą.

Caroline Klein odetchnęła z ulgą, po czym nerwowym tonem wydała polecenie swojemu królikowi doświadczalnemu:

– Szykuj się zatem. Za chwilę zaczniemy. Uwaga, czy wszyscy są gotowi? Dalej, Akhileshu, nurkuj!

Caroline przekręciła gałkę regulującą kroplówkę.

– Co robisz? – zapytał Jacques.

– Pomagam mu w zwolnieniu rytmu serca za pomocą koktajlu na bazie potasu i magnezu.

Na ekranie elektroencefalogramu wszystko wskazywało na to, że aktywność mózgowa Akhilesha jeszcze bardziej wzrasta, tymczasem cyfry na ekranie elektrokardiogramu malały: ciało zmieniało się w nieruchomy obiekt. Nagle niespokojne ruchy gałek ocznych pod powiekami ustały i przyjęły ponownie zwykły rytm. Caroline przyjrzała się ekranowi hipnogramu. Obraz wykresu przypominał głębokie jezioro na szczycie góry snu paradoksalnego, jezioro, którego dno znajdowało się poniżej poziomu najgłębszego snu.

– Potwierdzenie na hipnogramie: schodzi, płynie ku głębinie – oznajmiła asystentka, z trudem panując nad entuzjazmem.

Jeden z laborantów rejestrował scenę smartfonem. Pozostali wkrótce do niego dołączyli.

– Dotarłeś na dno jeziora, Akhileshu?

Poruszył oczyma.

Udało im się rozróżnić dwa szybkie ruchy w poziomie.

– Schodź głębiej.

Oddech zwolnił jeszcze bardziej, rytm serca również, ciało przypominało obecnie szmacianą lalkę. Elektroencefalogram osiągnął poziom sześćdziesięciu herców.

– Emisja fal epsylon – zauważył ktoś.

– Nigdy jeszcze tak daleko nie zszedł, to robi się niebezpieczne, lepiej przerwać doświadczenie – zaniepokoił się inny asystent.

– Akhileshu, czy możesz zejść jeszcze głębiej?

Odpowiedź: pojedynczy ruch. Tak.

Elektroencefalogram wskazywał obecnie sto herców.

– Zbliżasz się do dna?

Pojedynczy ruch.

– Wszystko w porządku?

Brak odpowiedzi.

– Akhileshu, czy mnie słyszysz? Dobrze się czujesz?

Wciąż brak odpowiedzi.

Nagle mężczyzna wykonał dwa poziome ruchy oczyma, po czym jego ciałem wstrząsnął spazm i seria szybkich skurczów. Oczy jogina wykonywały teraz szybkie i gwałtowne ruchy, jak gdyby w głębi swojego jeziora napotkał potwora z Loch Ness. Mężczyzna zaczął szybciej oddychać, a rytm serca stał się nierównomierny. Elektroencefalogram jeżył się wysokimi szczytami, a elektrokardiogram rysował nieregularne krzywe. Caroline dała obecnym znak, żeby byli w gotowości, gdyby trzeba było wyciągnąć go awaryjnie na powierzchnię. Ale Akhilesh zebrał się w sobie, napiął wszystkie mięśnie. Otworzył oczy o rozszerzonych źrenicach. Jego stężałe ciało rozluźniło się i jogin głęboko westchnął, niczym balon, z którego uchodzi powietrze. Wykresy elektroencefalogramu i elektrokardiogramu przestały układać się w fale, tworząc linie ciągłe, po chwili zaś dał się słyszeć przeciągły pisk.

– Defibrylator! – krzyknęła Caroline.

Asystent podał urządzenie elektryczne i przystąpiono do wyładowań.

– Zastrzyk z adrenaliny! SZYBKO!

Mimo wysiłków wszystkich obecnych jogin nie odzyskał przytomności. Ostatecznie reanimator wskazał, że nie sposób nic już więcej zrobić. Zapadła długa cisza.

Caroline Klein przyniosła czarny pokrowiec, aby zakryć nim zwłoki nieszczęsnego pioniera onironautyki. Z trudem powstrzymując złość, powiedziała:

– To musi pozostać tajemnicą. Proszę, żebyście nikomu o tym nie mówili. Od tego zależy przetrwanie tego wydziału. Udamy, że zgon nastąpił w wyniku ataku serca, zrozumiano?

Wszyscy przytaknęli, jednak na niektórych twarzach malował się niepokój. Badaczka, na skraju wyczerpania, oznajmiła:

– Niech to będzie dla was jasne! Jeśli ktokolwiek złamie obietnicę, nie będziemy mogli kontynuować prac. Liczę na waszą dyskrecję, chcę, aby ten godny pożałowania incydent pozostał między nami. Zajmę się formalnościami związanymi z usunięciem ciała Akhilesha.

Mimo zakazu palenia na terenie obiektu zapaliła papierosa, zaciągnęła się łapczywie dymem i na długo zatrzymała go w płucach.

22

Nazajutrz na pierwszej stronie największego dziennika widniało:

SKANDAL W SZPITALU

SPECJALISTKA OD SNU ZABIJA CZŁOWIEKA PODCZAS EKSPERYMENTU NA GRANICY NAUKI

Poniżej zamieszczono zdjęcia Akhilesha, Caroline Klein i bramy szpitala Hôtel-Dieu.

Specjalistka od patologii snu została jeszcze tego samego ranka wezwana przez swojego szefa, Érica Giacomettiego. Poprosiła Jacques'a, żeby towarzyszył jej w tym nietypowym spotkaniu.

– Co on tutaj robi? – spytał Giacometti nerwowo.

Przełożony Caroline porzucił sympatyczny wyraz twarzy, jaki przybrał, gdy Jacques widział go po raz pierwszy.

Obietnica zatrudnienia przepadła, pomyślał chłopak.

Twarz mężczyzny wyrażała niezadowolenie.

– Liczę, że pewnego dnia syn będzie ze mną pracował. Im wcześniej dowie się, jak działa krajowy system medyczny, tym lepiej.

Giacometti skrzywił się, rozdrażniony. Pohamował kpiący uśmiech i zaczął miąć w dłoniach gazetę.

– Nie sądzę, żeby uczestnictwo osoby trzeciej było wskazane w chwili kryzysu, któremu sami powinniśmy stawić czoło.

– Bardzo mi na tym zależy – upierała się Caroline.

Oboje spojrzeli na siebie wyzywająco. Ostatecznie dyrektor szpitala poddał się.

– Przejdźmy do sedna sprawy. Caroline, jest pani wyjątkową badaczką, cenioną na całym świecie, szanowaną przez kolegów, asystentów i mnie samego, ale... to, co się wydarzyło wczoraj, trafiło na najgorszy moment – zaczął Giacometti, splatając i rozplatając długie palce.

Jacques zauważył, że nie zwraca się już do jego matki po imieniu.

– Doświadczenie źle się potoczyło – powiedziała Caroline bez przekonania.

– Zgon jest zgonem. Cokolwiek by się powiedziało, życie ludzkie zostało poświęcone.

– ...Na ołtarzu nauki – dodała badaczka.

Giacometti zerwał się.

– O czym my mówimy? O nauce? Czy mam pani przypomnieć, że pan Akhilesh nie był myszą, kotem, świnią czy szympansem, ale człowiekiem, jak pani albo ja!

Zrobił głęboki wdech, jak gdyby potrzebował większej ilości tlenu, aby znaleźć odpowiednie słowa do wyrażenia myśli.

– Gdyby to zależało ode mnie, moglibyśmy uznać to za incydent związany z procesem eksperymentalnym. Fakt, że osobnik ten pochodził z innego kraju i był bezdzietną sierotą bez partnera, mógłby pomóc w zatuszowaniu afery, ale prasa się uwzięła.

Wciąż ugniatał w dłoniach gazetę, jak gdyby parzyła go w palce.

Caroline ze stoickim spokojem czekała na wyrok.

– Zarzuca mi pan, że zdradziła mnie jedna z uczestniczących w eksperymencie osób? Przyznaję, że skoro ktoś się wygadał, musiałam źle dobrać swoją ekipę.

– W każdym łańcuchu znajdzie się słabe ogniwo. Co sobie pani myślała? Że zachowają tajemnicę?

– Miałam taką nadzieję.

– Zszargane zostało dobre imię szpitala. To plama na honorze tej instytucji. Ludzie nie odróżniają „sektora naukowego" od „sektora medycznego". W ich opinii odpowiedzialność za tę śmierć ponoszą akademicy w kitlach, których zadaniem jest dbanie o to, żeby wszystko toczyło się dobrze. Tylko to zapamiętują. A tu nagle tracą zaufanie. Boją się. Nie będzie to dla pani odkryciem, jeśli powiem, że ufny pacjent to pacjent już w połowie wyleczony, tymczasem zaniepokojony pacjent to pacjent, który już w połowie nie żyje.

Na jego twarzy znów pojawił się uśmiech z lekką nutą okrucieństwa.

Caroline Klein przyjęła pozycję do walki, z uniesionymi ramionami i schowaną brodą. Ku ich zaskoczeniu Giacometti powiedział w końcu:

– Naturalnie będę panią krył, nie dojdzie do śledztwa, a ubezpieczenie pokryje koszty pochówku.

Caroline Klein nie okazała satysfakcji. Nie mogąc dłużej wytrzymać, wyciągnęła zapalniczkę i zapaliła cygaretkę w gabinecie szefa.

– Cała ta sprawa jest dla nas mocno kłopotliwa. Rozumie pani, że w interesie szpitala (i pani również) leży nasze rozstanie się w najlepszych możliwych stosunkach, i to jak najszybciej.

– Pełnię rolę bezpiecznika, tak?

Spojrzał na nią, po czym rzekł, nie kryjąc już złości:

– To ty jesteś na pierwszych stronach gazet! Powinnaś była działać dyskretniej!

– Jesteś tchórzem. Wiedziałeś, że przeprowadzam to doświadczenie, obiecałeś, że będziesz mnie kryć!

– Kryję cię, kiedy to jest możliwe! Tym razem podjęłaś ryzyko, które przekroczyło nasze uzgodnienia! Musiałaś zakładać, że sprawy mogą źle się potoczyć, bo przeprowadziłaś eksperyment za moimi plecami.

– Wynik miał być niespodzianką dla ciebie.

– No to ci się udało!

– Łatwo ci teraz odwrócić się do mnie plecami, w chwili, kiedy najbardziej cię potrzebuję!

– Przestań, Caroline! Nie pogrywaj ze mną. Wiesz, jaka jest rzeczywistość. Odpowiadam za oddział, który musi przetrwać niezależnie od tego, co przytrafi się jego pracownikom. I tak wychodzisz z tego obronną ręką, przypomnę ci, że zginął człowiek! Przekonałem szpitalnego prawnika, że był to tylko wypadek i takiej oficjalnej wersji będzie się trzymała nasza wewnętrzna administracja.

– Ty draniu!

– Ty chyba nie rozumiesz! Zamordowałaś faceta na oczach świadków, niektórzy nawet nakręcili tę scenę! Musiałem odzyskać wszystko, co by mogło posłużyć jako dowody, i zniszczyć. Podziękuj mi raczej. Mogłabyś trafić do więzienia, gdybym cię nie ochronił.

Caroline zaciągnęła się kilkakrotnie cygaretką w pozłacanej fifce.

– Co mam teraz zrobić?

– Zwolnię cię jak należy i przeleję odpowiednią odprawę. Obejmie cię oczywiście klauzula poufności. Potem pójdziesz na bezrobocie.

– Czego ty się właściwie boisz, Éricu? Co sprawia, że jesteś taki surowy? Ciężko mi uwierzyć, że chodzi tylko o nieudane doświadczenie. Powiedz mi prawdę.

– Ja też sporo ryzykuję i nie chcę, żeby medialna niełaska, w jaką popadłaś, wpłynęła na istnienie oddziału zajmującego się snem w Hôtel-Dieu. Twoje poświęcenie to cena za nasze przetrwanie.

Wyciągnął czek, wpisał kwotę, podpisał i rzucił go przed nią na biurko pogardliwym gestem.

– Przyjdę jutro po moje rzeczy punktualnie o dziewiątej. Później już nigdy więcej o mnie nie usłyszysz – powiedziała.

– Co zrobisz?

– Poszukam sobie innej pracy. Gdzie indziej. Chociaż... nikt mnie pewnie nigdzie nie zechce, jak się domyślam. W najgorszym razie zacznę znów od najniższego szczebla. Jako lekarz rejonowy, na przykład. Podobno brakuje ich na peryferiach miasta.

– Nie bądź cyniczna.

– Jestem realistką: „Badaczka zabijająca ludzi podczas eksperymentów ze snem" źle wygląda w CV. Nie martw się, coś sobie znajdę, zawsze coś sobie znajduję. Muszę mieć po prostu nieco czasu do namysłu.

Schowała czek do kieszeni.

– Nie miej mi tego za złe, Caroline.

– Jestem po prostu rozczarowana. Sądziłam, że jako przyjaciel będziesz mnie bronił.

– To by nie miało sensu i oboje poszlibyśmy na dno. Poświęcam cię, żeby ta sprawa skończyła się na jednej ofierze i żeby oddział przetrwał, ale wierz mi, gdybym mógł postąpić inaczej…

Jacques nie odezwał się ani słowem. Dogonił matkę, która opuściła biuro szybkim krokiem i ruszyła ku wyjściu ze szpitala. Na zewnątrz około dziesięciu dziennikarzy zaatakowało ją błyskami fleszy i zasypało pytaniami:

– Czy to prawda, że Akhilesh odmówił poddania się eksperymentowi i został do tego przez panią zmuszony?

– Na czym polega pani „tajny projekt" związany ze snem? Czego pani szuka?

– Czy zataiła pani jeszcze jakieś inne zgony?

Caroline Klein dała gestem do zrozumienia, że nie ma ochoty odpowiadać na żadne pytania, co jeszcze bardziej rozjuszyło dziennikarzy.

Kiedy Jacques i matka dotarli do domu, czekał już na nich agresywny komitet złożony z ludzi w maskach kotów. Skandowali: „STOP RZEZI!" i miauczeli, trzymając transparenty:

NAJPIERW KOTY, A TERAZ MORDUJE LUDZI!

CENA ZA ZROZUMIENIE SNÓW: ŚMIERĆ!

Caroline Klein potrząsnęła jasnymi włosami, zrobiła zrozpaczoną minę i spojrzała na syna, po czym otworzyła drzwi samochodu, gotowa stawić czoło nieprzyjaznemu tłumowi. Manifestanci natychmiast rzucili się w jej stronę.

– Chciałeś poznać wady tego zawodu, oto one – powiedziała do Jacques'a.

– Nie zostawajmy tutaj, mamo, jedźmy do mojej nowej dziewczyny, Charlotte. Uprzedzę ją, a ona przygotuje dla nas kolację, mieszka w Fontainebleau.

Po krótkim namyśle Caroline Klein zatrzasnęła drzwi, zanim najbardziej zajadli manifestanci zdążyli uniemożliwić jej ucieczkę.

– Fontainebleau?

– Będziemy na miejscu za godzinę.

– Daleko, to dobrze. Twój ojciec mawiał: „Większość problemów rozwiązuje geografia". Kiedy coś nie gra, przede wszystkim nie można siedzieć w miejscu, trzeba podróżować, nabierać dystansu. Jeźdźmy zatem do twojej dziewczyny w Fontainebleau. Chętnie ją poznam, jestem pewna, że jest urocza. Najpierw jednak podwieź mnie do garażu, wezmę mój czerwony samochód, będę miała czym wrócić.

23

JACQUES OTWIERA OCZY. Cały ten czas od chwili narodzin służył jedynie przetrwaniu do tego doskonałego momentu. Spogląda w gwiazdy, na pełny, okrągły i świetlisty księżyc. Zaciąga się głęboko ciepłym powietrzem dusznej letniej nocy. W oddali rozlega się cichy krzyk sowy.

Charlotte wychodzi z łazienki i wślizguje się pod kołdrę.

– Kładziesz się?

Jacques nie odwraca się od razu.

– O czym myślisz?

– Stwierdzam, że moja matka jest naprawdę wyjątkową kobietą.

– Dobrze jest kochać własną matkę – przyznaje Charlotte. – Chciałabym mieć taką jak twoja, zamiast mamy umierającej zbyt wcześnie i macochy, która mnie nienawidzi.

– Nie ma w tym mojej zasługi ani w tobie winy. To kwestia szczęścia.

– Matka, która cały czas cię czegoś uczy, jest mimo wszystko cudowna. Chciałabym się wkrótce znów z nią spotkać.

Jacques nie odpowiada.

– Chodź do łóżka, Jacques, jestem zmęczona.

– Już idę.

– Nie, nie mów „już idę", tylko chodź!

– OK.

Kładzie się obok niej, a ona natychmiast przylega swoimi wiecznie zimnymi stopami do jego ciepłych ud. Chłopak drży, ale nie protestuje. Potem, w miarę jak ogarnia ich sen, oddalają się od siebie, odwracając każde w inną stronę. Jacques pogrąża się we śnie, nagle jednak Charlotte odwraca się do niego, całuje go w szyję i szepcze do ucha:

– Na czym polega ten jej „tajny projekt"? Byłeś tam, więc na pewno wiesz! Powiedz mi, nikomu nie powtórzę.

– Zostaw mnie w spokoju, jutro ci powiem.

Podczas gdy jego system trawienny zabiera się do pracy nad rozpuszczaniem pożywienia, unisono ze zmywarką szumiącą w kuchni, jego umysł przełącza się na tryb czuwania, podobnie jak ekran komputera w salonie. Wokół nich gasną ostatnie sztuczne światła, pozwalając jedynie księżycowi oświetlać noc.

24

Dzwonek telefonu przeszywa mu bębenki.

Otwiera gwałtownie oczy. Dzwonek rozlega się ponownie. Zerka na budzik. Wpół do dwunastej. Nieznany numer.

Odbiera połączenie i rozpoznaje głos profesora Érica Giacomettiego.

– Znalazłem twój numer komórki w jej komputerze, Jacques. Niepokoję się o Caroline… Jak wiesz, mieliśmy się spotkać dzisiaj rano, żeby mogła zabrać swoje rzeczy, ale wciąż jej tu nie ma. Nie powinna się spóźniać, w przeciwnym razie przekażą wszystko do przechowalni. Czy jest z tobą?

– Nie.

– Czy mógłbyś się z nią skontaktować i powiedzieć jej, żeby zadzwoniła do mnie jak najszybciej?

Jacques dzwoni do mieszkania na Montmartrze. Nikt nie odbiera. Charlotte podaje mu filiżankę kawy.

– Kiedy spałeś, poszłam po croissanty.

– Moja matka chyba ma kłopoty.

– Przecież wczoraj wieczorem wszystko było w porządku.

– Mam złe przeczucie.

– Śnił ci się koszmar?

– Nie, dzwonił jej szef, mama nie przyszła dzisiaj do szpitala.

– Nic dziwnego po tym, co się wczoraj wydarzyło.

– Miała odebrać swoje rzeczy. Bardziej niepokoi mnie jednak fakt, że nie odbiera ani komórki, ani telefonu stacjonarnego. Spóźnienie plus milczący telefon, to nie leży w jej zwyczajach…

Jacques nie dojada śniadania, zakłada płaszcz i wskakuje do samochodu. Kieruje się w stronę Paryża z uczuciem, że coś jest nie tak. Kiedy wreszcie dociera przed budynek na Montmartrze, stwierdza, że czerwony sportowy samochód stoi przed wejściem. Zatem matka wróciła poprzedniego dnia do domu. Wspina się na szóste piętro i zastaje puste mieszkanie. Dwie duże walizki, których zazwyczaj używa, zniknęły, podobnie jak liczne ubrania. Jacques zagląda do łazienki i stwierdza, że matka zabrała szczoteczkę do zębów i kosmetyczkę z przyborami toaletowymi. Lustro jest stłuczone, brak jednak innych śladów przemocy. Nie mogło chodzić o włamanie albo porwanie. Usiłuje ponownie skontaktować się z nią przez komórkę i z kuchni dobiega go dzwonek telefonu. Biegnie tam, żeby stwierdzić, że Caroline zjadła śniadanie, lecz nie zadała sobie trudu, żeby po sobie posprzątać. Jacques podsumowuje. Matka ubrała się, zjadła, spakowała rzeczy do dwóch dużych walizek i wyjechała. Bez telefonu. Bez uprzedzenia. Bez pozostawienia jakiejkolwiek wskazówki, dokąd się udaje.

Chłopak siada, przygnębiony.

Coś tu nie gra. To nie w jej stylu. Eksperyment się nie powiódł, nastąpił zgon, to prawda, media zwróciły się przeciwko niej, została wylana z pracy, ale zjadła z nami kolację w dobrym nastroju, opowiadając o projekcie, jak gdyby była przekonana, że wkrótce powróci do badań.

Wraca do łazienki i podnosi kawałek stłuczonego lustra, na którym zauważa plamy krwi.

Nie ma sensu wpadać w panikę. Działajmy metodycznie.

25

Komisariat w osiemnastej dzielnicy, Barbès, przypomina niewielką fortecę, która tylko czeka na oblężenie. Policjanci, którzy nie pełnią akurat służby, nie paradują po okolicy w mundurach, żeby uniknąć wściekłości mieszkańców.

Jacques stoi w kolejce w niewielkiej poczekalni, pośród pijanych, rannych i starszych osób. Wreszcie przyjmuje go sympatyczny porucznik policji, niejaka Hélène Pau. Ma długie czarne włosy i sprawia wrażenie bardzo dynamicznej. Notuje informacje, jakie podaje jej Jacques Klein, lecz po chwili przerywa i odkłada długopis.

– Ucieczka pełnoletniej, pięćdziesięciodziewięcioletniej osoby? Wie pan, pańska matka ma prawo podróżować bez uprzedzania syna albo męża.

– Mój ojciec zmarł czternaście lat temu. Matka jest wdową. Jestem jej jedyną rodziną.

– Jest dorosła. To badaczka, która została zaatakowana przez media, groziły jej stowarzyszenia na rzecz obrony zwierząt, wreszcie przełożony zwolnił ją z pracy. Na mój gust to trzy dobre powody, żeby trochę się oderwać.

– Czy możemy rozpocząć poszukiwania?

Hélène Pau pokręciła przecząco głową.

– Dawniej istniała procedura, która umożliwiała uruchomienie służb policyjnych i żandarmerii, ale już w tamtym okresie, w 1945 roku, musiał istnieć swego rodzaju „obiektywny powód do niepokoju", aby wszcząć tę procedurę.

– Ale ja jestem zaniepokojony!

– To „subiektywny powód". Czy znalazł pan ślady świadczące o porwaniu, przemocy, gestach rozpaczy?

– Na stłuczonym lustrze widnieją ślady krwi.

– To trochę mało.

– Powiedzmy zatem, że ją znam i mogę potwierdzić, że nie jest typem osoby, która by w ten sposób zniknęła!

– Zresztą, tak jak już panu mówiłam, ta procedura *istniała*. W kwietniu 2013 roku Ministerstwo Spraw Wewnętrznych uchyliło ją, stwierdziwszy, że w czasach mediów społecznościowych i GPS-ów wbudowanych w smartfony każdego można z łatwością odnaleźć, gdziekolwiek by się udał.

– Nie zabrała ze sobą komórki.

Policjantka na ekranie komputera wyświetla zdjęcie Caroline Klein zrobione w chwili, gdy wychodziła ona z Hôtel-Dieu.

– Nie sprawia wrażenia osoby cierpiącej na zaburzenia psychiczne.

– Oczywiście, że nie! To zdrowa na umyśle kobieta!

– Czy ostatnio nie przeżywała gorącego romansu? Czy ja wiem, z jakimś młodym mężczyzną spotkanym na imprezie…

– Moja matka nie jest typem kocicy, jeśli to pani sugeruje. Od śmierci ojca nigdy nie sprowadziła do domu żadnego mężczyzny. Cały czas poświęcała pracy, więc nie bardzo ją widzę w klubie nocnym tańczącą z żigolakami!

– Może kolega z pracy?

– Należy do tych „poważnych" ludzi, jeśli rozumie pani, co mam na myśli.

– Często kobiety, które sprawiają wrażenie, jak gdyby nie prowadziły życia seksualnego, łatwo padają ofiarą drobnych oszustów. Mają zahamowania, a oni je odblokowują, potem one przestają rozsądnie myśleć, robią się z nich odmóżdżone dziewczątka! Zaczynają się malować i seksownie ubierać. Mają wrażenie, że się odradzają. To pierwsze symptomy. Potem…

– Moja matka nie jest typem „odmóżdżonego dziewczątka" i nie ubiera się seksownie.

– Ach, ta ślepota synów, którym wydaje się, że znają swoje matki!

– Moja matka ma tylko jedną pasję i jest nią nauka!

– Proszę mi wierzyć, często seksualność stanowi przyczynę gwałtownych zmian zachowania. Proszę przyznać, że pańska matka mogła nagle się zakochać.

– Między północą a ósmą rano?

– Może to autostopowicz? Poświęciła życie pańskiemu ojcu, panu, a następnie nauce i nagle odkryła coś nowego, świeżego. Mężczyznę… albo kobietę! Wie pan, mamy tu do czynienia z niesamowitymi historiami! Tak! Myślę, że mogę odtworzyć ten scenariusz: opuszcza pana po kolacji w Fontainebleau, o ile się nie mylę. Jedzie przez noc, jest ciepło. Widzi zepsuty samochód, w środku siedzi ładna dziewczyna. Pomaga jej zmienić koło. Ciąży jej miniony dzień i zwolnienie z pracy. Tamta ją pociesza. Potem dwie zakochane kobiety wpadają na pomysł, żeby wyjechać na romantyczną podróż do Wenecji. Matka chce pana o tym poinformować, ale ta druga serwuje jej coś w stylu: „Ależ nie, trzeba odciąć się od przeszłości". Całują się i pędzą (to znaczy kiedy pańska matka już spakuje bagaże) ku Italii.

Oszołomiony Jacques stwierdza, że porucznik Hélène Pau wcale nie żartuje. Zauważa, że na jej biurku leży stos kryminałów i romansideł. Dochodzi do wniosku, że kobieta egzorcyzmuje stres wywołany nieprzyjemnymi sprawami, jakie słyszy przez cały dzień, czytając powieści kryminalne i historie miłosne, niestety jednak zaczyna to powoli zaburzać jej zdolność oceny.

– Niech pan przyzna, że to możliwe.

– Możliwe, ale mało prawdopodobne.

– Proszę się nie niepokoić, nie pierwszy raz staję w obliczu takiej sytuacji, małe uderzenie gorąca, mama chciała nieco się przewietrzyć, pospacerować po lesie, po wsi, na świeżym powietrzu, z dala od stresującego życia stolicy.

Policjantka budzi zaufanie i wydaje się bardzo pewna siebie.

– Matka przetrawi sobie ostatnie wydarzenia, zrelatywizuje je, być może odpuści sobie trochę, a potem wróci. Wtedy trzeba będzie jej wysłuchać, wspierać ją. To wrażliwa i wykształcona kobieta, powiedział pan, więc nie ma się czego obawiać. Paradoksalnie, nieprzewidywalne bywają raczej osoby niedouczone. Pańska matka po prostu musi wykonać pewien parkur psychologiczny, sama, z daleka od znanych jej punktów odniesienia.

Jacques robi minę człowieka niezrozumianego.

– Jeśli nie wróci dzisiaj wieczorem, wróci jutro, proszę mi wierzyć. Jeśli wyjechała, tak jak podejrzewam, z autostopowiczką do Wenecji, wkrótce wyśle panu kartkę pocztową.

Jacques udaje, że się z nią zgadza, ale policjantka przytrzymuje go za rękaw.

– Swoją drogą, czy mógłby mi pan powiedzieć, na czym polegał „tajny projekt", dla którego pańska matka poświęciła tego Hindusa?

– Ja...

– Nie chodzi o zawodową dociekliwość, nie prowadzę tej sprawy, pytam z ciekawości. Podobno uczestniczył pan w tym katastrofalnym eksperymencie, który...

– Nie mogę pani powiedzieć nic poza...

– W gazetach twierdzą, że próbowała odkryć tajemniczy fenomen, jaki ma miejsce podczas snu. Czy o to chodziło? Proszę nie zaprzeczać. W tym się specjalizowała i wszyscy o tym mówią. Osobiście źle sypiam. Jeśli pańska matka miała naprawdę dokonać postępu w dziedzinie wiedzy o naszym śnie, szkoda, że... to znaczy, szkoda, że jej się nie udało.

Jacques powstrzymał się przed wyrażeniem swoich myśli, spojrzał na zegarek i zakończył rozmowę głuchych, która do niczego nie prowadziła.

– Do widzenia, pani porucznik.

– I, hm... pan również jest lekarzem i specjalizuje się we śnie, co mógłby mi pan doradzić, żeby mi się lepiej spało?

– Przepraszam, że przeszkodziłem pani w sjeście.

– Proszę tak tego nie odbierać. Nawet gdyby było prawnie dopuszczalne jakieś działanie, to brakuje nam ludzi i nie mamy czasu ani środków, żeby zajmować się tego typu sprawami.

– Moja rada na lepszy sen? Proszę pomyśleć o liście wszystkich śledztw, których nie wszczęła pani z braku czasu i środków.

– Uraziłam pana, mówiąc, że pańska matka nie jest święta i mogła rozbudzić w sobie ponownie seksualność w wieku sześćdziesięciu lat?

– Do widzenia, pani porucznik.

Jeszcze tego samego wieczoru Jacques śni o swojej matce w ramionach innej kobiety w weneckiej gondoli. Kobieta ma taką samą twarz jak policjantka. Całują się. Jacques wie, że to siła sugestii, że wystarczy stworzyć słowami mentalny obraz i scena zaczyna istnieć. Hélène Pau wprowadziła wyimaginowany film w rzeczywisty ciąg wydarzeń. Całą noc Jacques ogląda więc gorące sceny z udziałem jego matki i porucznik Hélène Pau. I, co zadziwiające, czuje się przez to spokojniejszy.

Przynajmniej żyje i dobrze się bawi, stwierdza we własnym śnie.

26

Caroline Klein nie wraca ani tego wieczoru, ani następnego dnia, ani też jeszcze kolejnego. Ani śladu pocztówki z Wenecji. Jacques Klein postanawia wówczas udać się do prywatnego detektywa, Francka Thillieza. To rudy chudzielec z akcentem z północy Francji.

– Jedenaście tysięcy zaginięć dorosłych rocznie, tak podają oficjalne źródła. W rzeczywistości liczba ta zbliża się raczej do trzydziestu tysięcy. Najczęściej mówi się o rodzicach szukających dzieci-uciekinierów, ale prawdziwy problem wygląda odwrotnie. Nie jest pan pierwszym dzieckiem, które szuka zaginionego rodzica i nie będzie pan ostatnim w tym tygodniu.

– Moja matka jest osobą rozsądną. Nie miała żadnego powodu, żeby nie powiadomić mnie o tym, że zamierza ruszyć w podróż. Zawsze to robiła.

– Któż nigdy nie marzył o rzuceniu wszystkiego i wyjechaniu daleko od miejsca pracy i od rodziny? To syndrom z *Podróży rozpieszczonego dziecka*, filmu Claude'a Leloucha, w którym Belmondo odchodzi, porzucając wszystko, pamięta pan? Cholernie dobry film! Lubi pan kino?

Jacques zauważa na ścianach gabinetu Francka Thillieza afisze amerykańskich filmów noir z lat 50. XX w., a na stole statuetkę z podobizną Humphreya Bogarta.

– Niech mi pan opowie o okolicznościach ostatniego spotkania z doktor Caroline Klein.

– Spędziliśmy uroczy wieczór. Piliśmy, śmialiśmy się, przedstawiłem jej moją dziewczynę, z którą świetnie się dogadywała.

– Mogła w nocy poczuć nagłe wyrzuty sumienia. W końcu „zamordowała", to znaczy „zabiła", była „odpowiedzialna" za śmierć człowieka, o ile dobrze sobie przypominam artykuły na ten temat w gazetach.

– To nieudane doświadczenie naukowe, wypadek – przypomina Jacques, zaciskając szczęki.

– Zanim pan do mnie przyszedł po naszej wcześniejszej rozmowie telefonicznej, zacząłem zbierać informacje. Mam przyjaciół, którzy dostarczyli mi nagrania z kamer miejskich. Nie mnie oceniać, ale mogę stwierdzić, że wzięła taksówkę, a zostawiła swoje auto. Mogła przesiąść się do pociągu, na statek, do samolotu, do wynajętego samochodu. Może być już daleko.

– Nie moglibyśmy przesłuchać personelu lotnisk, dworców, agencji wynajmujących samochody? Pańskich przyjaciół?...

– Tam ich nie mam. Co się tyczy urzędników, nie mają uprawnień do przekazywania informacji, dopóki nie zostaje wszczęte oficjalne dochodzenie, tymczasem pańska matka jest pełnoletnia i może podróżować sama, nie informując o tym syna. Przykro mi. Chociaż istnieją nowoczesne metody namierzania, to równolegle istnieją nowoczesne metody kamuflażu. Czy wie pan, że niektóre agencje specjalizują się w załatwianiu „anonimowości”? Ludzie płacą za to, żeby w sieci nie było ani jednego ich zdjęcia, żadnego po nich śladu. Formalnie rzecz biorąc, pańska matka ma prawo zniknąć i nigdy więcej nie dać o sobie znać. Gdybym miał zreferować najbardziej prawdopodobny scenariusz, powiedziałbym, że wskutek stresu zawodowego matka pana wypaliła się i zamiast zażyć środki uspokajające albo wpaść w depresję, postanowiła udać się w podróż. To raczej oznaka siły charakteru i dobrego zdrowia.

– A jeśli mimo wszystko zechcę, żeby wszczął pan poszukiwania?

– Ponieważ wydaje mi się pan sympatyczny, podsumuję sytuację: siedem miliardów ludzi na planecie, pięć kontynentów, dwieście krajów, pięć tysięcy samolotów latających stale po niebie: poszukiwania będą długotrwałe, a szanse na pozytywny ich rezultat bliskie zeru. Jeśli konkurencyjny detektyw mówi panu, że mu się to uda, najwyraźniej jest oszustem. Jeśli chce mi pan dać pieniądze, zmarnuje je pan.

– Co mam więc robić? – pyta Jacques, uderzając pięścią w stół i przewracając statuetkę Humphreya Bogarta.

Franck Thilliez nic sobie z tego nie robi, podnosi przedmiot i ze zmartwioną miną oświadcza:

– Na tym etapie widzę tylko jedno rozwiązanie: modlitwę.

Detektyw przytrzymuje Jacques'a za rękaw.

– Swoją drogą, na czym polegał „tajny projekt” pańskiej matki? Ten, za który Hindus oddał życie?

27

Pies Pompon znów ma swoją pierwotną fryzurę, długa sierść opada mu gęstą grzywką na oczy. Mimo to zwierzę usiłuje, wykorzystując pamięć, poruszać się po pomieszczeniu i nie wpadać na meble.

Drepcze powoli i zatrzymuje się, gdy wyczuje przeszkodę – ścianę, krzesło lub stół. Zachowuje się trochę jak automatyczne odkurzacze wyposażone w radar, które przesuwają się naprzód albo cofają w zależności od tego, na co natrafią. Czasami Pompon maszeruje naprzód tak długo, aż uderzy w przeszkodę, po czym, nie tracąc animuszu, kontynuuje spacer w innym kierunku.

Charlotte trzyma Jacques'a w ramionach i kołysze go jak dziecko.

– Jestem przekonana, że twoja matka wróci.

– Policja zdaje się uważać, że uciekła z jakimś żigolakiem (musiałaby go spotkać w czasie pomiędzy naszą wspólną kolacją a porankiem!) albo z autostopowiczką. Detektyw myśli, że się wypaliła zawodowo.

– Jeśli dobrze sobie przypominam ostatnie chwile, jakie z nią spędziliśmy, wyjechała w dobrym nastroju. Niemożliwe, żeby cierpiała na tak gwałtowne zmiany nastroju.

– Detektyw zalecił mi modlitwę. Może od razu udam się w pielgrzymkę do Lourdes!

– Nie denerwuj się.

– Matka była przeciwna wierzeniom. Mówiła, że istnieje świat poza tym, w co wierzymy. A dokładniej, mówiła: „Rzeczywistość to coś, co istnieje nadal, kiedy my już przestaniemy wierzyć". Przeczytała to w książce, w jakiejś powieści, nie pamiętam już czyjej.

Wzrusza ramionami.

– Ale mówiła też, że wszystko istnieje dlatego, że sobie to wyobrażamy.

– Tak naprawdę cierpisz z tego powodu, że cię nie uprzedziła, że nie wyjaśniła swojego postępku. Zniknęła nagle, jak twój ojciec.

Jacques przygląda się psu włóczącemu się po domu i czuje nić porozumienia łączącą go z tym zwierzęciem, tak jak i pies oślepiony jest iluzoryczną grzywką, której źródła nie zna. Charlotte całuje go, ale Jacques nie reaguje. Dziewczyna staje przed nim.

– A gdybym spróbowała zrobić dla ciebie to, co ty zrobiłeś dla mnie? Chcesz, żebym pokierowała cię we śnie, żebyś poczuł się lepiej?

Dlaczego nie? stwierdza. *To nie może mi zaszkodzić.*

Kładzie się na sofie, rozluźnia pasek i zdejmuje zegarek.

Kobieta wykorzystuje swój talent realizatorki kina, żeby zanurzyć go w sytuacji, której scenerią jest rodzinne mieszkanie. Każe mu wyobrazić sobie chwilę, w której – po spakowaniu bagaży – matka podchodzi do niego i mówi: „Wyjeżdżam na kilkudniowe wakacje, żeby wypocząć, nie próbuj mnie szukać, wrócę, kiedy poczuję się lepiej".

Strategia Charlotte polega na sprawieniu, żeby Jacques przeżył „oficjalne, jasne i wyraźne" odcięcie, uważa bowiem, że jej towarzysz cierpi najbardziej z powodu nagłości całej sytuacji. Kiedy jednak proponuje mu, żeby uściskał matkę i pożegnał się z nią, chłopak otwiera oczy:

– To nie działa. To nigdy nie zadziała, bo nie wiesz, co się tak naprawdę wydarzyło.

– Wybacz, ja…

W tym momencie pies wydaje z siebie ciche szczeknięcie – spadł ze schodów łączących salon z jadalnią.

– Utrzymujesz swojego psa, swojego Pompona w stanie ślepoty! Chciałabyś też, żebym i ja przestał widzieć, ale ja się na to nie nabiorę! Nigdy mnie nie nabierzesz.

Jacques siada gwałtownie, wstaje i wychodzi, trzaskając drzwiami. O dziwo, wybuch gniewu na Charlotte daje mu poczucie, że odzyskuje kontrolę nad własnym życiem. Przeżywa to, ale przynajmniej ma możliwość oddziaływania na kogoś innego. Wychodzi z willi w Fontainebleau, nie odwróciwszy się nawet, ze stanowczym zamiarem, że nigdy już nie postawi tu nogi i nigdy nie spotka się ponownie z tą kobietą.

28

Pięć dni bez jakiejkolwiek nowiny.

Pięć dni problemów ze snem.

Kot USB, który wciąż ma łysą czaszkę z zatkaną wtyczką nośnika pamięci, podchodzi do niego i domaga się jedzenia. Pan serwuje mu karmę do miski.

Jacques chce zjeść w kuchni, ale myśl ta wydaje mu się nieprzyjemna, przypomina sobie atak somnambulizmu Caroline, w trakcie którego podpiekała DVD z serem w mikrofali i prawie podpaliła pomieszczenie. Przygotowuje sobie jedzenie na tacy: bresaolę, wędzoną mozzarellę, pomidory, korniszony i bajgle, po czym wraca do pokoju i siada na łóżku z baldachimem.

Przysypia i śni mu się, że łóżko jest statkiem unoszącym się na falach oceanu. Wczepia się rękoma w kolumny baldachimu. Zasłony służą za żagle. Wychyla się poza krawędź materaca i widzi płetwy grzbietowe rekinów krążące wokół łóżka. W oddali dostrzega Caroline w gondoli z policjantką, matka woła do niego: „Nie próbuj mnie znaleźć". Ojciec jest na swoim katamaranie i mówi: „Przykro mi, ale nie mam czasu się tobą zająć, muszę pobić rekord w żegludze dookoła świata w pojedynkę". Na niego również czyhają rekiny. Wciąż wychylony poza materac, Jacques widzi twarz Akhilesha, który daje mu znaki i woła poprzez wodę: „NIGDY nie schodź z łóżka! Nigdy! Nigdy! NIGDY!". Następnie zanurza się w głębinie i znika. Charlotte dryfuje w olbrzymim kubku po jogurcie, wiosłuje łyżeczką i krzyczy: „Chodź, Jacques, nie można bać się wody. Zorganizujemy seans snu z przewodnikiem, żebyś mógł pokonać swoją fobię".

Jacques budzi się zlany potem i uświadamia sobie, że jego łóżko jest jedynym miejscem, w którym czuje się bezpiecznie.

Postanawia się w nim urządzić. Na przysuniętych krzesłach umieszcza zapasy jedzenia, puszki dla kota, butelki z wodą i telewizor. Używa pilota, żeby przeglądać strony z filmami na życzenie i wybiera te, które nawiązują tematem do świata snów: *Incepcja*, *Ucieczka w sen*, *Jak we śnie*, kolejne części *Koszmaru z ulicy Wiązów*. Wybiera filmy z jak największą ilością efektów specjalnych i niezwykłych scenerii. Po trzech godzinach oglądania próbuje zasnąć, nie udaje mu się jednak nawet dotrzeć do pierwszego stadium. Leży więc z otwartymi oczyma i obserwuje czarną plamkę w kształcie litery Y na suficie, która zdaje się kpić z niego, naśladując jego bliznę na czole.

Wmawia sobie, że poza łóżkiem czyha na niego niebezpieczeństwo.

Wmawia sobie, że ludzie powinni siedzieć w łóżku całe życie, wtedy mieliby mniej problemów.

Położył się o trzeciej na ranem i, nie licząc krótkiej wyprawy w sen pomiędzy wpół do czwartej a wpół do piątej, nie zdołał zasnąć. Obserwuje zegar rzucający na sufit czerwone defilujące cyfry. Chwilę wytchnienia przynosi mu lekka drzemka między wpół do ósmej a ósmą, po czym wstaje dzień i Jacques wie, że noc została przegrana.

Aplikacja w smartfonie wykazuje realny czas snu: 15%.

Jacques stwierdza, że ma ochotę spróbować zostać w łóżku przez cały dzień.

Wstaje tylko za potrzebą i żeby przygotować sobie nową tacę z jedzeniem. Życie w skupieniu na sobie w łóżku wydaje mu się ostatecznie czymś oczywistym. Organizuje się. Oprócz filmów o świecie snów ogląda też naukowe filmy dokumentalne o snach, w tym jeden o zoologu, który obserwował zwierzęta w trakcie odpoczynku. Naukowiec wyjaśnia, że im wyżej zwierzę znajduje się w łańcuchu pokarmowym, tym dłużej śpi. Lwy i tygrysy śpią niezwykle długo, prawdopodobnie aby skompensować sobie gwałtowność wysiłków, jakie podejmują w trakcie pogoni za zwierzyną i uśmiercania jej. Podobnie pytony i węże boa śpią, żeby strawić ofiary większe od nich samych. Z filmu dokumentalnego Jacques dowiaduje się, że koty są mistrzami snu i potrafią również lunatykować. Z kolei gazele niewiele śpią, robią sobie jedynie krótkie drzemki. Innymi stworzeniami, które mało śpią, są: krowa, koń, osioł i słoń – zaledwie trzy godziny na noc. Surykatki śpią, nadstawiając czujnie uszu. Różowe flamingi na długich nogach otwierają od czasu do czasu oczy, chcąc się upewnić, że nie grozi im żadne niebezpieczeństwo. Mątwy i ośmiornice poruszają szybko oczyma we śnie, co świadczy o tym, że miewają sny. Wieloryby potrafią zdrzemnąć się pod wodą, ale budzą się co dwadzieścia minut, żeby zaczerpnąć powietrza na powierzchni. Wśród mistrzów snu znajdują się nietoperze, które śpią po dziewiętnaście godzin na dobę, oraz leniwce – śpiące po osiemnaście godzin. Niedźwiedzie w Laponii kładą się spać dwudziestego dziewiątego września, żeby obudzić się trzeciego kwietnia.

Jacques gromadzi te odkrycia na temat zwierzęcego snu, zajadając chipsy i kiełbaski, po czym wyłącza telewizor i kładzie się. Jest dwudziesta. O dwudziestej drugiej wciąż wpatruje się w czarny kształt litery Y na suficie i stwierdza, że musi to być komar, którego rozgniótł dawno temu, ale nikomu nie przyszło do głowy, żeby go zetrzeć, ze względu na jego umiejscowienie.

O wpół do jedenastej powraca myślami ku matce.

Na pewno gdzieś jest, ale skoro do mnie nie dzwoni, najwyraźniej mnie nie kocha.

Za kwadrans jedenasta przypomina sobie o Charlotte.

Za dziesięć jedenasta podejmuje kolejną próbę zaśnięcia, ale wciąż mu się to nie udaje. Postanawia użyć pierwszej techniki usypiania, jakiej się nauczył: policzyć barany.

Liczy do stu, do pięciuset, do tysiąca.

Przy tysiącu pięciuset baranach poddaje się, a czarny ślad na suficie wciąż go drażni. Technika numer dwa: oddychać powoli.

Zaczyna od uświadomienia sobie swojego oddechu i próbuje sprawić, by był pełniejszy i głębszy.

Pięć po jedenastej, z szeroko otwartymi oczyma, przechodzi do fitoterapii. Zaczyna od soku z wiśni, substancji zawierającej silne stężenie melatoniny, której zadaniem jest produkcja serotoniny, słynnego „hormonu snu". Dziesięć po jedenastej wypija herbatkę z melisy, następnie z macierzanki i przechodzi do waleriany, głogu i kasztanowca.

Wpół do dwunastej ma nadzieję, że zasnął, nie zdając sobie z tego sprawy, ale hipnogram na jego smartfonie niszczy tę iluzję. Dwadzieścia minut przed północą Jacques próbuje olejków eterycznych: dwie krople *Lavanduli angustifolii* zmieszane z sokiem z mandarynki i mirtu wciera w splot słoneczny, w stopy i w nadgarstki. Za dziesięć dwunasta: refleksologia. Uciska czubek dużego palca u nogi, stymulując gruczoł szyszkowaty.

Za pięć dwunasta przechodzi do metody siłowej: niemiecki serial policyjny. Zerkający spode łba komisarz przesłuchujący kolejno podejrzanych ma zapewne usypiające właściwości i jedna z powiek opada, robiąc Jacques'owi nadzieję, ale w szczytowym momencie akcji, w którym bohater wypija piwo, unosząc brew, każe mu wstrzymać oddech, co z kolei uniemożliwia mu zaśnięcie.

O północy wypróbowuje francuski film nowofalowy o parze, która stara się podsumować niepowodzenie swojego związku. Następuje obiecujące ziewnięcie, ale podobnie jak w przypadku niemieckiego filmu produkcja nie pozwala mu jednak pogrążyć się w objęciach Morfeusza.

O pierwszej nad ranem, po filmach telewizyjnych i kinowych, Jacques wypróbowuje literaturę. Stara się wybrać najnudniejsze dzieła francuskie i zauważa, że nagrody literackie wyselekcjonowały pięciusetstronicowy tom zatytułowany *Pępek*, w którym autor dowodzi zdaniami, których długość przekracza często jedną stronę, że jego życie jest jedyne w swoim rodzaju. Tym razem, po kilkukrotnym pieczeniu oczu, Jacques – dzięki talentowi pisarza – zaznaje chwili błogości: powieki opadają na trzydzieści sekund i chłopak czuje rozkoszny zawrót głowy zrodzony z czystego znudzenia. Oczy w końcu znów się otwierają, a wzrok natrafia na dręczącą plamkę na suficie.

Jacques przechodzi do techniki numer siedem: alkoholu. Dwudziestopięcioletnia whisky, czysty słód z Japonii. Wie, że substancja działa na niego uspokajająco, ale odpowiednio duża dawka zmienia napój w pobudzający. Jacques nie wie, gdzie dokładnie znajduje się granica, dlatego z obawy wypija – bez przyjemności, niczym lekarstwo – dwa kieliszki.

I czeka.

Stwierdza, że cała ludzkość powinna siedzieć w łóżku, a wtedy wszystko toczyłoby się lepiej. Żadnych korków, wojen, manifestacji ani strajków. Żołnierze? Niech leniuchują do późnego ranka. Zatruwający atmosferę? Narzekacze? Fanatycy? Rozwścieczeni? W łóżku, oglądając telewizję, tak jak on.

Jedlibyśmy mniej, konsumowali mniej, bylibyśmy spokojniejsi, łagodniejsi.

Dochodzi do wniosku, że nawet jeśli nie śpi, czuje się naprawdę bezpiecznie na tej przestrzeni dwóch metrów na dwa, delikatnie miękkiej, z chroniącymi go kołdrą i narzutą. Wszystko, co nie jest jego łóżkiem, to „niebezpieczne terytorium".

Kot USB ziewa, przyznając mu rację, po czym zasypia, kuląc się w jego ramionach. Jacques Klein czeka, ale sen wciąż nie nadchodzi. Ogarniają go złe myśli. Wspomina ojca, Charlotte, Wilfrida i matkę, jeszcze raz matkę i jeszcze raz matkę…

Mama powinna była zostać w łóżku.

Wstaje i przeszukuje apteczkę w poszukiwaniu środków nasennych, żadnego jednak nie znajduje. Przypomina sobie słowa matki, która uważa, że należy unikać tego rodzaju ułatwień. Mimo to zakłada płaszcz na piżamę i wsuwa stopy bez skarpetek w buty, po czym wyszukuje dyżurną aptekę i wychodzi po leki.

Wyrozumiały aptekarz proponuje mu liczne specyfiki, przyznaje jednak, że wszystkie zawierają ten sam aktywny czynnik: benzodiazepiny.

Wróciwszy do domu, Jacques połyka dwie różowe tabletki i popija je szklanką wody, po czym ponownie kładzie się do łóżka. Kot ociera się o jego stopy i mruczy, pomagając mu zanurkować w sen.

Jacques zamyka oczy i czeka.

Wydarza się cud, coś powala go niczym podmuch wiatru, jak gdyby wypił duszkiem niszczycielski alkohol, czuje się ciastowaty, ciężki, bardzo ciężki. Łóżko ugina się pod jego ciężarem jak elastyczna membrana. Zagłębia się w materac, który zmienia się w studnię, w fosę, w otchłań bez dna.

Wreszcie znika otwór rzeczywistości, ustępując miejsca otaczającej go pustce, która go pochłania, zalewa.

Jest to nowy rodzaj snu, uciążliwy i sztuczny, bez światła i marzeń sennych. Sala kinowa o wygaszonych światłach, z brzęczeniem sączącym się z głośników i źle wyregulowaną klimatyzacją. Ciemność umniejsza go, Jacques traci grunt pod nogami, przestaje myśleć, wokół tylko czerń.

Ale to jednak sen.

29

Siedział w lodowatej sali kinowej, aż w końcu na suficie zapalił się czerwony punkcik, jakby znak wskazujący drogę ewakuacyjną.

Czołgając się, wspiął się po ścianie studni i wyłonił się na powierzchnię materaca.

Pierwsze odczucie jest nieprzyjemne, jak gdyby poprzedniego dnia za dużo wypił. Czoło przygniata mu ciężki pręt, uszy są rozpalone. Ma napiętą skórę. Hipnogram wskazuje, że zanurkował do stadium drugiego i pozostał w nim. Już odczuwa zmęczenie. Spał, nie regenerując się, tylko się rozluźnił.

Jacques dochodzi do wniosku, że skoro Francja jest krajem, w którym spożywa się najwięcej tej substancji, musi istnieć globalny problem w społeczeństwie, które sztucznie zasypia, nie wypoczywając głęboko i naturalnie. Przeszukuje Internet i odkrywa, że benzodiazepiny są stosowane nie tylko na sen, ale też jako środek uspokajający dla ludzi zestresowanych i cierpiących na depresję, służą też do uspokajania zwierząt w rzeźniach, żeby nie panikowały w chwili, gdy się je zabija.

Jeść mięso to uzależniać się od środków nasennych, którymi faszerowano stworzenia, aby stały się bezwolne, a więc uleglejsze podczas podrzynania im gardeł. Całe nasze społeczeństwo jest trute zdradliwą substancją, a sytuacja wciąż się pogarsza.

Jacques woli nie spać, niż ponownie zaznać nieprzyjemnego uczucia po przebudzeniu.

Pije, nawadnia się, ma nadzieję, że benzodiazepiny zostaną w końcu usunięte z jego organizmu, nie rozwiązuje to jednak problemu bezsenności.

Co ciekawe, USB, który nabrał zwyczaju zasypiać w jego nogach, postanowił schronić się w kącie pomieszczenia, skąd wbija w Jacques'a wzrok, jak gdyby ten stał się dla niego obcą osobą.

– Nie martw się, USB, chciałem to tylko przetestować, teraz już wiem. To nie jest dobre rozwiązanie.

Dni mijają i Jacques'a ogarnia poczucie dyskomfortu.

Je kompulsywnie. Potrafi pochłonąć trzy paczki chipsów, oglądając w łóżku filmy albo reportaże. Przerywa, kiedy zaczynają mu przeszkadzać drapiące okruchy.

Jest nieustannie zmęczony.

Postanawia poszukać oryginalnych rozwiązań w Internecie. Odkrywa Stowarzyszenie Anonimowych Osób Cierpiących na Bezsenność, które zdaje się funkcjonować w taki sam sposób jak Anonimowi Alkoholicy. Pomysł go intryguje, ale nie czuje się jeszcze gotów, aby się zapisać do Stowarzyszenia.

Pewnego wieczoru, gdy drzemie w pokoju, słyszy dobiegający z góry odgłos. Otwiera okno i zauważa kota USB przechadzającego się po dachu. Zwierzę utyło i z trudem się porusza. Ma zamknięte oczy. Odkąd dotknięto partii jego mózgu umożliwiającej oddzielenie systemu motorycznego od systemu mięśniowego, zwierzę cierpi na ataki somnambulizmu. Jacques waha się, czy go zawołać, wie, że gwałtowne wybudzanie nie jest wskazane w takiej sytuacji. USB mógłby spaść. Jacques próbuje więc do niego dołączyć. Ale kot, utrzymując z trudem równowagę na szczycie dachu domu na Montmartrze, zdaje się gonić niewidzialną mysz. Nagle daje susa, z trudem łapie się krawędzi, pazurami orze twardą dachówkę. Otwiera oczy i zbyt późno uświadamia sobie sytuację. Tłusty kocur usiłuje się przytrzymać, ale ciężar działa na jego niekorzyść i zwierzę spada w przepaść.

Jacques zamyka oczy, oczekując odgłosu uderzenia o ziemię.

Ten nie następuje i chłopak odzyskuje nadzieję.

Koty posiadają zdolność spadania na cztery łapy nawet w wyniku niesamowitych upadków.

Mimo sześciu pięter budynku pozostał cień nadziei. Jacques zbiega po schodach, przeskakując po cztery stopnie, ale na chodniku odkrywa nieruchomą masę zakrwawionej sierści.

USB nie żyje. Był za gruby, nie zdołał upaść sprężyście na łapy.

Jacques idzie po worek na śmieci i łopatę, z trudem zbiera ciało towarzysza i grzebie je we wspólnym ogródku. Stojąc przed kopczykiem, uświadamia sobie, że oto sen zebrał żniwo w postaci kolejnej niewinnej ofiary. Następnego dnia pójdzie do Stowarzyszenia Anonimowych Osób Cierpiących na Bezsenność.

30

Zebrania odbywają się w lokalu w dzielnicy Montrouge, na południu Paryża.

Jacques Klein udaje się tam na otwarty seans zaplanowany na godzinę wpół do dziewiątej. W Młodzieżowym Domu Kultury, w którym swoją siedzibę ma wiele różnych stowarzyszeń, spotkanie osób cierpiących na bezsenność wypada dokładnie pomiędzy zebraniami „nałogowych graczy" i „maniaków seksualnych" chcących zerwać ze swoimi skłonnościami. Jak gdyby bezsenność była nałogiem.

Pomieszczenie oświetla neon rzucający zielone refleksy, a około dziesięciu obecnych osób ma matową szarą cerę. Mężczyźni są nieogoleni. Kobiety nieuczesane. Starsza kobieta opowiada o swoim piekle.

– Mam na imię Hortense.

– DOBRY WIECZÓR, HORTENSE! – woła chór zebranych.

– Jestem emerytką. Mam dziewięćdziesiąt dwa lata. Od sześciu miesięcy praktycznie nie spałam. Łykam środki nasenne, ale te przestały już właściwie na mnie działać.

Prowadzący spotkanie, Jean-Claude Ramirez, jest otyłym brodatym mężczyzną. Siedzi przed zgromadzonymi na ustawionym na estradzie krześle, które wygląda, jak gdyby lada chwila miało się pod nim załamać. Poci się obficie i nie przestaje wycierać czoła wierzchem dłoni.

– Być może sypia pani, ale problemy z pamięcią sprawiają, że zapomina pani o tym? – sugeruje.

Wszyscy się śmieją, oprócz starszej pani.

– Z moją pamięcią wszystko w porządku, dziękuję! – oburza się.

– W takim razie to dowód, że pani sypia, gdyż brak snu wpływa niekorzystnie na pamięć.

Starsza pani odnosi wrażenie, że mężczyzna kpi sobie z niej, więc milknie.

– Kolejna osoba! – rzuca Jean-Claude.

Dziewczyna o kruczoczarnych włosach i białej cerze, ubrana w czarną skórzaną kurtkę nabijaną ćwiekami podkreślającą jej chude ramiona, podnosi rękę. Ma kolczyki w nosie i uszach, tatuaże na karku i nadgarstkach, a kiedy się odzywa, widać, że ma rozdwojony jak wąż język. Lekko sepleni.

– Mam na imię Justine. Studiuję filozofię.

– DOBRY WIECZÓR, JUSTINE! – powtarzają bywalcy spotkań.

– Od jak dawna cierpisz na bezsenność, Justine?

– Od trzech miesięcy. Zaczęło się od balowania na uczelni, zorganizowaliśmy swego rodzaju klub nocny, a ja zgłosiłam się do zarządzania nim. Organizowałam imprezy, nazywano mnie „nietoperzem", bo ubierałam się na czarno i spałam z głową zwieszoną w dół, z nogami przy suficie.

Zebrani okazują zdziwienie, a ci drzemiący – budzą się.

– Nie, żartuję, chciałam po prostu sprawdzić, czy mnie słuchacie. W każdym razie w tamtym okresie lubiłam pić krew, tak jak nietoperze. Był to napój na bazie soku pomidorowego, wódki i tauryny. Sięgałam też po amfetaminę, kwasy, kofeinę, przeróżne środki pobudzające, które pozwalały mi przetrwać noc. Spałam w dzień. W końcu przeżyłam swoje pierwsze czterdzieści osiem godzin bez snu. Zamknęłam okiennice i usiłowałam zmienić moje mieszkanie w miejsce, które przedłuża noc. Nie lubię słońca, nie lubię światła, nie lubię ciepła. Lubię księżyc, lubię czerń, lubię zimno.

Drży, a jej chude wytatuowane w skomplikowane wzory ramiona poruszają się.

– Chyba przypominam wampira – przyznaje. – Z tym że wampiry mimo wszystko trochę śpią, a ja nie. Cały czas jestem na środkach pobudzających, żeby wytrzymać, zawsze noszę je ze sobą.

Pokazuje futerał na skrzypce i otwiera go, wnętrze wypełnione jest opakowaniami lekarstw. Organizator spotkania kiwa głową ze zrozumieniem.

– Myślę, że twój przypadek będzie łatwy do wyleczenia – mówi. – Powinnaś po prostu oczyścić krew. Następnie musisz przestać brać te świństwa. Wyrzuć futerał na skrzypce prosto do śmieci, a sytuacja się poprawi. Kolejny bezsenny!

Jacques Klein podnosi rękę.

– Mam na imię Jacques.

– DOBRY WIECZÓR, JACQUES!

– Studiuję medycynę. Niedawno straciłem matkę.

– Nie żyje?

– Zniknęła z dnia na dzień, nie pozostawiając po sobie śladu. Odkąd nie daje znaku życia, nie jestem w stanie spać. Testowałem łagodne metody zasypiania, a następnie środki nasenne. Zażywając leki, czuję się, jakbym był z waty, mam wrażenie, że zmieniają mój umysł w papkę.

Zebrani przytakują, jak gdyby wszyscy przez to przeszli i znają to nieprzyjemne uczucie.

– Mów dalej, Jacques – proponuje prowadzący.

– Śpię niewiele, śpię źle, a kiedy się budzę, miewam zawroty głowy, wiem, że gdybym siadł za kierownicą, stanowiłbym zagrożenie.

Znów wiele osób przytakuje.

– Czego się spodziewasz po tym spotkaniu, Jacques?

– Już sam fakt, że mam świadomość, iż nie jestem w tym osamotniony, wiele mi daje. Odnoszę wrażenie, że nie tylko zostałem ukarany za coś, czego nie rozumiem, ale jeszcze nie mogę o tym rozmawiać z innymi. Jak gdyby bezsenność była czymś wstydliwym.

Zebrani ponownie dają wyraz aprobacie dla jego słów. Następnie mistrz ceremonii oddaje głos prowadzącemu audycję radiową, który odkąd pracuje nocą, nie potrafi normalnie spać. W dalszej kolejności przemawiają ochroniarz parkingu, policjant pełniący służbę w niebezpiecznej dzielnicy, prostytutka z Lasku Bulońskiego, autor horrorów, słynny humorysta (któremu zależy na utrzymaniu swojej obecności na spotkaniu w tajemnicy), latarnik, matka o krok od zabicia swojego nadaktywnego dziecka, piekarz, który wstaje zbyt wcześnie, jeżdżący nocą taksówkarz, który nie potrafi zregenerować się w dzień. Cierpiący na bezsenność kierowca ciężarówki ogłasza, że udało mu się wreszcie zasnąć i wszyscy mu gratulują, mimo iż zasnął za kierownicą na autostradzie. Nie spowodował jednak żadnego wypadku, dodaje, gdyż droga była prosta i samochód nie zboczył z trasy. Do innych sukcesów zaliczono świadectwo jednego z uczestników spotkania, który spędzał czas na graniu w gry wideo i ucinaniu sobie tylko krótkich drzemek. Ogłosił, że udało mu się przespać całą noc dzięki nowej grze, w której nie trzeba nikogo zabijać, a która „i tak jest wciągająca".

Na koniec wszyscy zostają zaproszeni na szklaneczkę łagodnego cydru w plastikowych kubeczkach, aby uczcić dołączenie nowych osób do stowarzyszenia.

Jacques podchodzi do Justine, gotyckiej ćpunki.

– Mógłbym zobaczyć twój rozdwojony język? – pyta. – Nigdy jeszcze nie widziałem czegoś podobnego.

Dziewczyna przytakuje i prezentuje mu nawet sztuczkę: chwyta orzeszek i trzyma go między dwiema końcówkami języka, który tworzy swego rodzaju szczypce.

– Nie bolało cię to?

– Nie mam uprzedzeń do bólu – odpowiada. – Dzięki niemu silniej czuję, że żyję. Wykonanie niektórych z moich tatuaży bolało bardziej niż ta mała operacja ze znieczuleniem.

– Ach tak! Zapomniałem, że studiujesz filozofię. Stoicką?

– Nie, filozofię masochistyczną. Trzeba cierpieć, żeby czuć, że się żyje. Poza tym to takie przyjemne doznanie, kiedy ból ustaje... A ty jesteś studentem medycyny w jakiej specjalizacji?

– Jestem neurofizjologiem. Moją specjalnością jest sen.

Dziewczyna wybucha śmiechem i prawie dławi się orzeszkiem.

– Żartujesz!

– Nie! Szewc często chodzi bez butów.

– Jestem pod wrażeniem.

– Nie ma w tym nic nadzwyczajnego, zawsze szukamy tego, czego nam brakuje. Ty studiujesz roztropność, a z tego, co zrozumiałem, nie zawsze jesteś roztropna. Ja badam sen i nie śpię. Chociaż testowałem wszystkie znane sposoby.

Dziewczyna przygląda mu się uważniej. W jej spojrzeniu pojawia się błysk, mruga powiekami.

– Poza tym ostatnio jestem naprawdę rozleniwiony, włóczę się, nie chodzę na zajęcia, nie pojawiam się w szpitalu, jestem w fazie „trzykropka".

– Jeśli chcesz, mogę ci zaprezentować pewien sposób na zaśnięcie, o jakim nie wspomniał żaden z tych wariatów.

Ich twarze nachylają się ku sobie. Ich usta dzieli zaledwie kilka centymetrów.

– Jest już późno – szepcze Justine. – Mieszkam niedaleko stąd. Chcesz, żebyśmy się nawzajem uśpili?

Justine i Jacques opuszczają szybko Młodzieżowy Dom Kultury w Montrouge.

Minąwszy kilka ponurych uliczek i przekroczywszy ciała kloszardów śpiących na ciepłych kratach wentylacyjnych, docierają przed zrujnowany budynek. Justine otwiera drzwi wejściowe zamknięte na dużą kłódkę, po czym wspinają się na piąte piętro do uroczej kawalerki na poddaszu. Pomieszczenie wypełnione jest przeróżnymi sprzętami, piętrzącymi się ubraniami, tabletami i przypomina graciarnię. Jacques brodzi po niepewnym podłożu, kierując się w stronę czarnej sofy. Na ścianach wiszą plakaty z wizerunkami poetów – Rimbauda, Baudelaire'a, Préverta – oraz grup rockowych – Led Zeppelin, Iron Maiden, AC/DC, Deep Purple.

– Amatorka poezji i staroświeckiego hard rocka?

– Obecnie słucham tego.

Puszcza ze smartfonu *Wish You Were Here* Pink Floydów.

– Idealnie pasuje do naszego seansu „wzajemnego usypiania się".

Dziewczyna rzuca się na niego, całuje go, zrywa z niego ubrania, gryzie, liże, pieści, szczypie, rozbiera siebie, podkręca głośność piosenki, której odtwarzanie zaprogramowała w pętlę. Kochają się w skomplikowany sposób. Justine dysponuje przeróżnymi urządzeniami, plastikowymi zabawkami o podejrzanych kształtach, kremami, smarowidłami, pudrami, przedmiotami, które wibrują, świecą, hałasują, nawilżającymi olejkami i pachnącymi oparami.

– Nie znałem tych wszystkich gadżetów – przyznaje Jacques.

– Kobiety są po to, żeby uczyć mężczyzn. To „majeutyka", sztuka pomagania w wydobywaniu nieuświadomionej wiedzy innych, kobiet i mężczyzn.

– Dziękuję za tę lekcję. Chyba rzeczywiście zanim cię poznałem, byłem z tych „klasycznie banalnych".

– Cóż, teraz jesteś „wyjątkowo rock'n'rollowy". Mówiłeś, że nazywasz się Klein, czy jesteś krewnym Naomi Klein, tej dziennikarki?

– Hm, nie, nie sądzę.

Justine porusza wężowym językiem.

– Boisz się kobiet?

– Oczywiście. Każdy inteligentny mężczyzna boi się kobiet.

– A przecież łatwo nas zrozumieć. Streszczę ci kilka kluczowych etapów. W wieku dwudziestu lat kobiety są nieco postrzelone, biegają, paplają, eksperymentują, szybko pojmują i opanowują psychologię oraz emocje. Wszystkie są księżniczkami. Po trzydziestce chcą mieć dzieci, szukają więc stabilizacji z odpowiednim reproduktorem, najchętniej przystojnym, bogatym i z poczuciem humoru (często w tej kolejności). Po czterdziestce mają już dzieci, ale zastanawiają się, czy nie pomyliły się w wyborze partnera życiowego (bo ten chrapie, pierdzi, sypia z sekretarką). W wieku pięćdziesięciu lat są już tego pewne i zastanawiają się nawet, czy nie zmarnowały sobie całego życia. Po sześćdziesiątce dochodzą do wniosku, że dokonały złego wyboru, ale jest już za późno, dlatego poddają się i zajadają ciastkami, tyją, wyżywając się na dzieciach i swoim partnerze życiowym (który garbi się i chowa głowę w ramiona).

Jacques Klein uśmiecha się.

– A ty?

– Niektóre kobiety nie zostały stworzone po to, żeby je tresować, kochają wolność i szukają wolnych mężczyzn, aby spędzać z nimi pewien czas, nie snując żadnych planów na przyszłość.

– Która godzina?

– Zapomnij o godzinie. Czas nie istnieje.

Jacques rozgląda się i znajduje swój zegarek, ale Justine wyrywa mu go i odrzuca, zanim zdążył spojrzeć na tarczę.

– Myślę, że jest jedenasta z hakiem – mówi. – Dzisiaj mam dwadzieścia siedem lat, ale tej nocy to się zmieni. Będę miał dwadzieścia osiem – przyznaje.

– Jutro są twoje urodziny, Jacques?

– Urodziłem się punktualnie o północy.

– Czas nie jest ważny, ale celebracja urodzin z kolei to rzecz święta. Uwielbiam rytuały.

Dziewczyna przeszukuje szufladę, wyciąga z niej świeczki różnej wielkości i wtyka je w mrożone ciasto wyjęte z zamrażalnika. Wyłącza muzykę, zapala świeczki, sięga po gitarę elektryczną i odgrywa „Sto lat" nasyconymi tonami. Jacques zdmuchuje świeczki.

– Proszę, za kilka minut skończysz dwadzieścia osiem lat, a ja oświadczam, że twoje życie się zmieni. Nie sypiałeś dobrze, teraz będzie ci się spało doskonale. Nie pieprzyłeś się dobrze, teraz będziesz robił to dobrze. Znosiłeś czas, patrząc na zegarek i kalendarze, teraz wyzwolisz się spod władzy boga Chronosa. Byłeś nieszczęsnym niewolnikiem swoich studiów, a wybrana profesja zamknęła cię w budynkach szpitali i uniwersytetów, teraz staniesz się człowiekiem wolnym i szczęśliwym, który przemierzy całą planetę.

W ciągu nocy kochają się jeszcze trzykrotnie, wreszcie opadają z sił.

– To najlepszy środek nasenny – mówi Justine. – Korzystaj z niego! Śpij teraz.

Jacques zdąża jeszcze uruchomić aplikację na smartfonie, która przeanalizuje jego noc. Justine przykłada palce do jego powiek, zmuszając do opuszczenia zasłony na świat. Całuje go po raz ostatni i chłopak zasypia, na wpół z ulgą, na wpół zaciekawiony tym, co się wydarzy, z nadzieją, że wreszcie prześpi całą noc. I będzie śnił.

Wchodzi w pierwsze stadium, następnie w drugie, wreszcie w trzecie. Szyszynka wydziela serotoninę. Zasypia głęboko i osiąga fazę snu paradoksalnego.

31

Jacques Klein znajduje się na Wyspie Różowego Piasku.

Stwierdza, że naturalnym sposobem „dośnił", czyli powrócił do scenerii onirycznej ze swojego dzieciństwa.

Czuje się cudownie we śnie wymyślonym przez ojca i pielęgnowanym przez matkę. Wreszcie czuje, że jest sam, że jest bezpieczny na wyspie, w głębi marzenia sennego. W oddali wstaje pomarańczowe słońce, harmonizując idealnie z różem piasku. Jacques widzi lśniące muszelki. Czerwone drzewa matki szumią listowiem. Lubi tu być. Nagle pojawia się przed nim jakaś postać.

Jacques jest zaskoczony widokiem człowieka na swojej osobistej wyspie. Przeciera oczy. Ma wrażenie, że zna osobnika, który wyłania się z mgły zasnuwającej las. Ma on siwe włosy.

– Do licha, to działa! – woła nowo przybyły.

Jacques przygląda się znajomej twarzy. Tamten sprawia wrażenie podekscytowanego, najwyraźniej targają nim silne emocje. Całe jego ciało wyraża rozradowanie i zdziwienie.

– To działa… TO DZIAŁA! Udało mi się! – powtarza, zachwycony.

Postać bierze różowy piasek w dłonie i pozwala mu przesypać się przez palce, po czym zatrzymuje spojrzenie na Jacques'u. Oczy mężczyzny są wilgotne ze wzruszenia.

– Wiem, że to może się wydawać zaskakujące, ale przede wszystkim nie obawiaj się.

– Nie obawiam się. Nie wiem, kim pan jest, ale wiem, że jesteśmy w moim śnie.

– Nie jestem zwykłą postacią ze snu i nie znalazłem się tu przypadkiem.

Jacques ponownie odnosi wrażenie, że mężczyzna ten nie jest mu nieznany. Widział już tę twarz wielokrotnie, ale kiedy? Wreszcie pojmuje. Mężczyzna ma taki sam nos jak on, ten sam kolor oczu, ten sam podbródek, te same brwi, a przede wszystkim taką samą bliznę na czole w kształcie litery Y. Przygląda mu się z ciekawością. Mimo że postać wyłaniająca się z mgły przypomina go w onieśmielający sposób, jest jednak nieco bardziej pomarszczona, a jej włosy są siwe, znacznie jaśniejsze niż u Jacques'a.

Gdyby miał opisać mężczyznę, powiedziałby, że to „on sam, tylko znacznie starszy". Myśl ta bawi go. Jacques podchodzi bliżej do tego człowieka i dotyka skóry na jego twarzy i swojej, porównując zmiany w teksturze.

– Nie mam czasu wyjaśniać ci teraz wszystkiego, Jacques. Musisz jak najszybciej wyjść ze snu i działać. Mama jest w niebezpieczeństwie. Szybko! Szybko! Obudź się i leć.

– Kim pan jest?

– Jestem tobą za dwadzieścia lat. Czyli tobą w wieku czterdziestu ośmiu lat.

– Co pan robi w moim śnie?

– Musisz zaakceptować te trzy fakty, które mogą wydać ci się dziwne, przyznaję: 1) ja naprawdę istnieję, 2) jestem człowiekiem, którym staniesz się w przyszłości, 3) przemawiam do ciebie dzięki własnemu wynalazkowi (czyli temu, który ty sam zrealizujesz w przyszłości). Ale chwilowo zaistniał stan wyjątkowy: mama naprawdę jest w wielkim niebezpieczeństwie! Obudź się! Pędź! Rób, co mówię!

– Jest pan postacią z mojego snu, dlaczego miałbym być panu posłuszny?

– Już ci mówiłem, że nie jestem tylko postacią ze snu: jestem prawdziwy. Oto dowód: informacja, której nie przekaże ci nikt inny poza mną – mamie grozi śmiertelne niebezpieczeństwo. Tylko ty możesz ją ocalić. Więc obudź się, szybko! Uratuj mamę!

– Proszę dać mi jeden dobry powód, żebym uwierzył, że naprawdę pan istnieje, tylko jeden.

– Jestem wynikiem tajnego projektu mamy. Szóstego stadium snu: *Somnus incognitus*. Dzięki niemu zdołałem się z tobą zobaczyć! Jeśli wciąż masz wątpliwości, zaufaj swojej głębokiej intuicji, coś w tobie musi wiedzieć, że mówię prawdę!

Jacques przygląda się uważnie mężczyźnie.

– Przykro mi, jest pan w moim śnie, więc nie istnieje pan.

Tamten wzdycha głęboko.

– Zapomniałem, że byłem aż tak uparty. Obiecuję ci, że jeśli się znowu zobaczymy, dzięki dośniewaniu, wyjaśnię ci wszystko szczegółowo, ale na razie, proszę, zaufaj mi. Trzeba ocalić mamę, jest w niebezpieczeństwie. To kwestia minut, o ile nie sekund.

– Skąd pan wie, że moja mama żyje? Skąd pan wie, gdzie się znajduje, skoro zrobiła wszystko, żeby starannie się ukryć?!

Mężczyzna spogląda na niego i namyśla się długo, zbity z tropu.

– Zaufaj mi, wiem to.

– Gdzie ona jest? Skoro jest pan taki mądry, panie-postać-z--moich-snów-która-uważa-się-za-mnie-starszego.

– W... Malezji. Tam musisz się udać, żeby ją uratować.

– Co ona robi w Malezji?

– Przypomnij sobie, wspominała o członkach plemienia Senoi, o „ludziach snów". Ci ludzie przywiązują więcej wagi do czasu spędzonego na śnie niż na jawie. Po wiadomym zdarzeniu i reakcji otoczenia była tak zdegustowana, że wyjechała tam. Żeby uciec z Paryża, ale też żeby dokończyć poznawanie świata snów, aby móc z sukcesem zrobić kolejne pionierskie kroki w stronę szóstego stadium.

– Dlaczego miałaby znajdować się w niebezpieczeństwie?

– Senoi to ludzie lasu, teraz coś im grozi, a ona ich chroni, ale jej nie chroni nikt. Tymczasem w obecnej chwili istnieje ryzyko, że...

– Nie wierzę panu.

– Posłuchaj mnie, Jacques! Masz wybór między obudzeniem się i działaniem albo spaniem i pozwoleniem, aby sprawy toczyły się bez ciebie. Zawsze masz ten wybór, ale pamiętaj, że jeśli to prawda, jeśli jestem tą osobą, którą twierdzę, że jestem, jeśli mama znajduje się w niebezpieczeństwie, a ty nic nie zrobisz, będziesz tego żałował przez całe życie. Jesteś gotów podjąć to ryzyko? Pamiętasz, co mówił tato? „Ten, kto nie chciał, kiedy mógł... nie będzie mógł, kiedy zechce".

Dwaj mężczyźni wpatrują się w siebie intensywnie, starając się przewidzieć reakcję drugiego.

W mieszkaniu w dzielnicy Montrouge Jacques Klein otwiera gwałtownie oczy. Raptowne wynurzenie się przy pominięciu kolejnych poziomów snu wywołuje w nim mdłości.

Naga Justine śpi obok niego i głośno chrapie.

Jacques grzebie w kieszeniach w poszukiwaniu notesu snów i zapisuje w nim to, co się przed chwilą wydarzyło, z najdrobniejszymi szczegółami.

„Inny ja, starszy o dwadzieścia lat, prosi mnie, żebym ratował mamę w Malezji, wśród ludu Senoi".

Chwilowo ma tylko jedno życzenie: ponownie zanurzyć się w odzyskanym śnie. Kładzie się i tuli do pleców Justine, starając się, aby jak największa powierzchnia jego skóry zetknęła się z ciałem partnerki.

Tym razem Jacques nie chce już wracać na Wyspę Różowego Piasku. Jego sen jest więc bardziej powierzchowny, nie przekracza czwartego stadium.

32

Granica między snem a jawą wisi czasami na jednym tylko promyku słońca. Ponieważ rolety są całkowicie opuszczone, Jacques nie zauważył, kiedy wstał dzień i światło nie obudziło go od razu. Jasny promień, który wdarł się przez dziurę w tkaninie zasłony, w końcu się tym zajął.

– Która godzina? – mamrocze.

Czołga się do smartfonu i patrzy na niego uważnie pod kilkoma kątami. W końcu na jego siatkówce pojawia się „15:34".

Krzywi się.

– Chyba jest już za późno, żebym poszedł do pracy.

– Dla mnie też – mówi Justine, która budzi się obok niego. – Ale co mi tam. Fajnie było wczoraj.

Dziewczyna puszcza do niego oko.

– Nie za dobrze pamiętam…

– Nie pamiętasz, jak wymiotowałeś?

Jacques okazuje zaskoczenie.

– Żartuję. Kochaliśmy się cztery razy, miałam dwa orgazmy, a ty zasnąłeś jak niemowlę.

– Niemowlęta źle sypiają. Budzą się co godzinę i płaczą. Naprawdę nie idziesz dzisiaj na uczelnię?

– To nie jest ciekawe miejsce, uczy się tam jedynie teorii, a ja wolę praktykę. Prawdziwą filozofią jest nauczyć się kochać.

– O czym śniłaś? – pyta Jacques.

– Śniłam, że byłam uwięziona przez piratów, przywiązali mnie do masztu szorstkim sznurem, który kłuł mnie w nadgarstki i kostki. Rozerwali moją białą bluzkę, ale w końcu wyzwoliłam się i przejęłam władzę na statku, aby stać się kapitanem piratów i atakować inne okręty. Miałam bardzo długie kręcone włosy i rozchełstaną koszulę, o tak.

Obrazuje słowa gestem.

– Jesteś dziwna, śnią ci się rzeczy, które przypominają raczej męskie fantazje.

– A tobie co się śniło? Jeśli miałeś mocno erotyczne sny, możesz mi opowiedzieć, uwielbiam je. Szczególnie jeśli są „politycznie niepoprawne” albo wręcz perwersyjne. Nic mnie nie szokuje.

– Przykro mi. Śniłem tylko, że spotkałem samego siebie z przyszłości, który mówił mi, co powinienem zrobić.

– Aha, to „obraz ojca”.

– To była naprawdę moja twarz, a nie jego. Najbardziej zadziwiające było to, że wydawał się rzeczywisty, naprawdę realny.

– Masz ochotę przelecieć kapitana piratów przed śniadaniem?

Kochają się, odpoczywają nieco i znów to robią. Justine proponuje nowy składnik dla dodania ich relacji pikantności: skręt z marihuaną. Palą. Jacques dostaje ataku śmiechu. Wszystko wokoło rozmywa mu się przed oczyma.

– Nigdy tego nie próbowałem, to naprawdę… wytrąca z równowagi.

Kaszle, krzywi się, przechodzi go nieprzyjemny dreszcz.

– Wstać o piętnastej. Wypalić trawę. Być z prawdziwą kobietą filozofem. Tych trzech doświadczeń ci brakowało, a ja jestem szczęśliwa, że mogę ci je ofiarować.

Justine porusza rozdwojonym językiem.

– Zobaczysz, twoje sny będą barwniejsze i bardziej psychodeliczne.

Jacques znów kasła. Justine pokazuje mu, jak palić poprawnie: trzeba pozwolić, aby dym pokonał barierę obronną w gardle. Wreszcie mu się to udaje i z zaskoczeniem odbiera uczucie, jakiego dostarcza mu owa substancja.

– Chcesz, żebym zrobił zakupy na dzisiejszą kolację?

– Nie, mam wszystko co trzeba, w zamrażalniku.

Justine kieruje się w stronę aneksu kuchennego, po czym pokazuje danie, które przypomina bardziej biało-czerwoną cegłę niż makaron.

Jacques przygląda się bezkształtnej masie, a jego mina nie wyraża entuzjazmu.

– Co jest? Nie lubisz makaronu? Wszyscy to lubią.

– Kojarzy mi się z pewnym zdarzeniem związanym z moją mamą i przyjaciółką.

– Matki naszego pokolenia to chodzące katastrofy. Moja to nadęta baba, która spędza czas na włóczeniu się po sklepach i nawiedzaniu salonów piękności oraz fryzjerskich.

– Moja matka zawsze mnie wspierała, uczyła, zaszczepiła we mnie miłość do książek i do medycyny, nauczyła mnie śnić, jest cudowna… Jedyny problem z nią jest taki, że zniknęła.

– Porzuciła cię. Używaj właściwych słów.

– Nie wiem. To się stało tak nagle. Musiała…

Zawiesza głos, a milczenie powoduje zakłopotanie. Justine zapala czerwone świeczki i siada okrakiem na Jacques'u, unieruchamiając mu ramiona kolanami.

– Co to za długie blizny na nadgarstku? – pyta chłopak.

– Próby samobójcze przy użyciu żyletki.

Całuje go w czoło.

– Ale nie chcieli mnie w piekle, prawdopodobnie było tam już za tłoczno. A żeby trafić do raju, okazałam się za mało wiarygodna.

– A to? – pyta Jacques, wskazując ślady układające się półkolem wokół jej ramienia, źle zamaskowane tatuażami. – Nie trafiłaś w nadgarstek, bo celowałaś za wysoko?

– Skaryfikacje plemienne, zrobiłam je sobie nożem myśliwskim.

Dziewczyna wstaje, odwraca się i pokazuje mu plecy.

Jego oczom ukazują się tatuaże przedstawiające szkielet, japoński ogród, kość, asa pikowego, motocykl i kilka zdań zapisanych gotykiem: „Jak udowodnić, że istniejemy?", „Co cię nie rozerwie, uelastyczni cię", „Niech cię rozsadza, w końcu staniesz się kwiatem".

– Robiłaś notatki z zajęć na skórze? – ironizuje Jacques.

Justine pokazuje mu swój brzuch, na którym widnieją trudne do odczytania z powodu niezręczności tatuażysty zdania. Jacques rozszyfrowuje je:

Do zrobienia dzisiaj:

1) podjąć ryzyko,

2) kochać mnie,

3) kochać kogoś,

4) mieć orgazm.

Chwilę później jedzą makaron i słuchają muzyki. Jacques traci poczucie czasu. Kiedy są już wyczerpani, Justine wyjmuje z szafy kolejne plastikowe woreczki wypełnione wysuszonymi liśćmi. Palą, zamawiają dwie pizze, jedzą, popijając piwem. W końcu włączają Pink Floydów ze smartfonu. Zasypiają objęci wśród dźwięków albumu *Wish You Were Here*. Jacques stara się nie schodzić do poziomu piątego z obawy, że znowu spotka tam „starego samego siebie".

Nazajutrz jedyną osobą, z którą spotykają się w ciągu dnia, jest diler narkotyków. Brzuchaty jasnowłosy mężczyzna z długą brodą i łysą czaszką, którego ciało również pokrywają mniej lub bardziej gotyckie tatuaże. Kolczyk w nosie upodabnia go do byka z hodowli. Najwyraźniej doskonale zna Justine.

– Chyba fajnie tu macie – mówi, rozglądając się po zabałaganionym pomieszczeniu, którego podłoga usłana jest ubraniami i resztkami jedzenia.

– Patrick wykłada filozofię – wyjaśnia Justine.

– Specjalizuję się w Nietzschem, a moimi ulubionymi tematami są „radość poprzez destrukcję" oraz „czy można zyskać wolność w inny sposób niż poprzez podporządkowanie sobie innych".

– Dość… że tak powiem… oryginalne.

– Młodzi to uwielbiają, ale mimo wszystko jestem dość surowy w kwestii ocen. Nie chcę popierać niestaranności w tak ważnych, kształtujących charakter sprawach. Studenci muszą argumentować, znajdywać odpowiednie punkty odniesienia, być logiczni.

– A fucha dilera?

– Zarobek urzędnika państwowego wystarcza jedynie na mieszkanie. Żeby spłacić mojego harleya-davidsona, muszę mieć drugą robotę. Chcecie sensimillę? Będę miał niedługo z dobrego źródła w Amsterdamie.

Po wyjściu Patricka jedzą kolację przy świecach, znowu pizzę.

– Zanim cię poznałem, ciągle siedziałem w łóżku. Sam. To był błąd. Można żyć w łóżku we dwoje, to znacznie zabawniejsze – przyznaje Jacques.

– Miałam starą ciotkę, która w wieku sześćdziesięciu lat uznała się za chorą. Jej córka szybko zmieniła się w służącą-pielęgniarkę domową. Ciotka przestała opuszczać pokój i cały czas spędzała w łóżku. Zmarła w wieku stu pięciu lat. Zawsze jej zazdrościłam.

– To może być całkiem miłe życie.

– Proponuję, żebyśmy spróbowali pobić rekord w niewychodzeniu z łóżka. Obowiązujący aktualnie rekord to trzy miesiące. Ale naprawdę nie wolno wyściubić nosa poza łóżko. Przysuniemy tu wszystkie sprzęty, a resztą będziemy zarządzać z telefonu i komputera. Nie podnosimy rolet, jedzenie i narkotyki będziemy zamawiać z dostawą, będziemy się pieprzyć, słuchać muzyki, pić, a wychodzić z łóżka tylko w koniecznych sytuacjach. Będziemy się fotografować, prowadzić bloga i domagać się, żeby wpisano nas do księgi rekordów.

Jacques jest urzeczony pomysłem. Dni płyną, a on nawet sobie tego nie uświadamia. Odsłuchawszy z opóźnieniem automatyczną sekretarkę, Jacques dowiaduje się, że Charlotte nie chce go więcej widzieć. W drugiej wiadomości dziewczyna zastrzega, że *naprawdę* nie chce go widzieć. W trzeciej oznajmia, że nawet gdyby wrócił, nie wybaczyłaby mu. W czwartej proponuje, żeby się spotkali i szczerze porozmawiali. W piątej stwierdza, że nie ma mu już niczego za złe, ale chciałaby się spotkać i „wyjaśnić sobie pewne kwestie".

Szósta wiadomość pochodzi od kolegi, studenta medycyny, który dopytuje, dlaczego Jacques nie przychodzi już na zajęcia. Siódmą zostawia dozorczyni, informując, że korespondencja gromadzi mu się w skrzynce.

Jacques Klein w ogóle nie przejmuje się tymi wiadomościami. Zresztą nie ma ochoty słuchać aktualności, żeby dowiadywać się, jakie sposoby na autoregulację gatunku znaleźli jego rodacy: wojnę, epidemię, wypadki, fanatyzm, zatrucie środowiska...

Pewnej nocy, kiedy śpi z zaciśniętymi w pięść dłońmi, nieopatrznie schodzi aż do piątego stadium i zanim ma czas temu zapobiec, trafia na Wyspę Różowego Piasku.

33

Mężczyzna, którego twarz przypomina jego własną, z tym że ma siwe włosy i kilka zmarszczek, ubrany jest w hawajską koszulę i szorty, na nogach ma japonki, a w ręce trzyma szklankę z piña coladą ozdobioną plastrem ananasa. Kołysze się w fotelu na biegunach, który trzeszczy na piasku.

– O nie! Znowu ty!

– Dzień dobry, „dawny ja".

– Zostaw mnie w spokoju.

– Przykro mi, ale poza mieszkaniem Justine dzieją się złe rzeczy. Mama wciąż jest w niebezpieczeństwie.

– Przestań nazywać ją „mamą", tylko ja mam prawo tak o niej mówić.

– To również moja matka. Jestem tu, ponieważ sytuacja jest poważna. Posłuchaj mnie uważnie: mama żyje. Wyjechała do Malezji. Przebywa wśród leśnego plemienia Senoi. Grozi jej wielkie niebezpieczeństwo. Musisz pojechać i ją ocalić!

– Skąd to wiesz?

– Już ci mówiłem: jestem twoim przyszłym ja. Wiem rzeczy, o których nie masz pojęcia. Widzę świat, który będzie twoim za dwadzieścia lat, i pamiętam, jakie było moje życie, kiedy znajdowałem się w twojej teraźniejszości.

– W takim razie powiedz mi, jak będzie wyglądał świat w przyszłości.

– Tego nie mogę zrobić. Z powodu efektu motyla. Jakakolwiek drobna zmiana w twojej teraźniejszości (będącej moją przeszłością) może w sposób radykalny zmodyfikować twoją przyszłość (a moją teraźniejszość). Nazywamy to paradoksem czasowym, który tak często wykorzystuje się w powieściach science fiction, jak *Wehikuł czasu* H.G. Wellsa albo w filmach typu *Powrót do przyszłości*. Jeśli podam ci jedną informację, a ty ją wykorzystasz, wszystko może się zmienić, a ja ryzykowałbym, że zniknę.

– Na przykład?

– Jeśli podam ci wygrywającą liczbę w Lotto, a ty staniesz się bogaty, złodziej może cię napaść i zabić. Wtedy ja przestaję istnieć. Mój wynalazek nie powstanie. Nie będę mógł więc znaleźć się tu, przy tobie. A mama nie będzie miała szans na ocalenie!

– Wykręcasz się, bo wcale nie pochodzisz z przyszłości, jesteś tylko jednym z moich majaków spowodowanych zapewne zażyciem tego cholernego narkotyku!

– Do licha! Zapomniałem, że byłem tak głupi w młodości. Musisz zrozumieć, że nasza rozmowa jest możliwa dzięki „naszemu" wynalazkowi.

– Czym jest ten twój wynalazek? Wciąż chodzi o szóste stadium?

– Tak, jest to związane z szóstym stadium, ale nie tylko o to w tym chodzi. Nazwałem urządzenie ATON od „Aczasowy Transport Oniryczny i Naturalny".

– Jak Aton, egipski bóg, od którego wziął swoje imię faraon Echnaton?

– Właśnie. Echn-Aton oznacza „dedykowany Atonowi".

– Twój Aton miałby być maszyną do podróżowania w czasie?

– W moich czasach, to znaczy za dwadzieścia lat dla ciebie, będzie już wiadomo: nie można podróżować w czasie, ponieważ nie da się przekroczyć prędkości światła. Na razie udało nam się jedynie cofnąć o setne sekundy. Nie ma więc mowy o cofaniu się w przeszłość wiele minut, a już na pewno nie wiele lat, aby człowiek mógł uczestniczyć we własnych narodzinach.

– Czym więc jest maszyna Aton?

– Przede wszystkim to nie jest maszyna, tylko zasada działająca jedynie w wymiarze snu, gdzie nie obowiązują prawa fizyki newtonowskiej, a nawet einsteinowskiej. Świat snów stanowi inną czasoprzestrzeń, gdzie możliwe staje się to, czego nie da się zrobić w świecie materialnym. Świat snów wymyka się temu, do czego zmusza nas rzeczywistość. Dlatego mogę teraz stać przed tobą.

– Czy twój Aton byłby więc zasadą umożliwiającą podróże w czasie… we śnie, zgadza się?

– Dokładniej Aton umożliwia powrót do własnych snów z młodości.

Mężczyzna wstaje z fotela na biegunach i zaczyna iść, zachęcając młodszego siebie, żeby ruszył za nim, jak gdyby byli turystami spędzającymi wakacje na tropikalnej wyspie. Jacques trawi informację. Powtarza ją sobie, żeby samego siebie przekonać.

– Maszyna do podróżowania we własnych snach z młodości… Ponieważ pozwala uniknąć praw fizyki materii… Chcesz, żebym w to uwierzył?

– Sam jestem dowodem.

Mężczyzna zatrzymuje się i staje przed nim. Są dokładnie tego samego wzrostu. Jacques o czarnych włosach zbliża się i ponownie dotyka twarzy człowieka o siwych włosach, żeby przekonać się, że ten naprawdę istnieje. Trzyma przez chwilę palec na bliźnie w kształcie litery Y pozostawionej przez Wilfrida. Dotyka podbródka, przesuwa palcem po zmarszczkach.

– Żeby się połapać, możemy nazywać się naszymi inicjałami połączonymi z liczbą odpowiadającą naszemu wiekowi. Ty jesteś dwudziestoośmioletnim Jakiem Kleinem, więc moglibyśmy cię nazwać „JK28”, a ja jestem czterdziestoośmioletnim Jakiem Kleinem, czyli „JK48”.

Młody mężczyzna nie odpowiada, tylko wciąż dotyka twarzy, zafascynowany postarzającym przestrzennym lustrem.

– I to ja wynajdę sposób, który umożliwia nasz dzisiejszy kontakt?

– Dokładnie za dwadzieścia lat.

JK28 kiwa głową, dotykając siwych włosów, jak gdyby chciał się upewnić, że nie jest to peruka.

– Oczywiście, to byłoby niesamowite... Maszyna do podróżowania po młodzieńczych snach, żeby rozmawiać z młodszym samym sobą.

– „To jest" niesamowite.

– Nie wierzę ci. Jesteś majakiem wyprodukowanym przez moją nieświadomość. Nic w moich snach nie może pochodzić spoza mnie. Nic.

– Tak czy owak, twoja wiara niczego tu nie determinuje. Ważne jest, żebym zdołał przekonać cię do wyjazdu do Malezji i ocalenia mamy.

– Powinienem posłuchać rady pochodzącej ze snu? Zostawić Justine i wsiąść do samolotu lecącego do kraju, którego nie znam, i w którym nie mam nic do roboty? Naprawdę myślisz, że to zrobię?

– Tak by było lepiej. I dla ciebie, i dla mnie, i dla mamy.

– Otworzę oczy, a ty znikniesz i wszystko wróci do normy.

JK48 wpatruje się w niego z żalem w oczach.

– Wolałem tego uniknąć, ale ponieważ mnie nie słuchasz, zmuszony jestem użyć groźby.

– Przyszły ja sam grożę sobie we śnie. Tego jeszcze nie było – stwierdza z ironią młody człowiek.

– Mam sposób, żeby oddziaływać na ciebie ze świata snów. Sposób, którego nie chciałem użyć, gdyż jest bardzo uciążliwy, ale skoro mnie do tego zmuszasz...

– Myślisz, że się ciebie boję?

– Mam taką nadzieję.

– Nawet nie... we śnie. Podjąłem decyzję: nie pojadę do Malezji. Ciao!

Jacques usiłuje się obudzić, ale nic się nie wydarza. Zdziwiony próbuje ponownie otworzyć oczy, ale wciąż tkwi we śnie. Wtedy JK48, nadal oburzony, strzela palcami i odgłosy morza, ptaków i wiatru szumiącego w listowiu zostają zastąpione chrapaniem Justine.

– Co się dzieje?

– Medyczny termin to „paraliż senny". Zdarza się czasami w wyniku wypadku, ale tym razem to ja wywołałem ten fenomen, żeby zmusić cię do posłuszeństwa. To mój sposób wywierania na ciebie wpływu.

– Postać ze snu nie może…

– Wierz mi, nie chcę ci robić krzywdy, ale naprawdę musisz jak najszybciej wyruszyć w podróż i odnaleźć plemię Senoi w Malezji. Od ciebie zależy, czy wszystko wróci do normy.

Potem następuje inne kłopotliwe zdarzenie. Słońce wstające nad Wyspą Różowego Piasku gaśnie nagle, a jedyną rzeczą, jaką Jacques jest w stanie zobaczyć, jest brązowa powierzchnia, którą tak dobrze zna, a są nią jego powieki widziane od środka. Próbuje poruszyć rękami, palcami u nóg i nogami: bez skutku.

34

Jest więźniem w nieruchomym ciele.

Czuje, że Justine porusza się obok niego: liczy, że mu pomoże, ale ona wstaje z łóżka, całuje go w czoło i zostawia samego.

Myśli, że śpię! Muszę ją zawołać.

„JUSTINE! JUSTINE!"

Jest przekonany, że przesłał odpowiedni impuls nerwowy, ale jego gardło, wargi i język nie wypuszczają słów. Jacques Klein zastanawia się, czy to wszystko nie jest złym snem, nie może jednak uszczypnąć się i o tym przekonać!

Pozostaje mu jedynie czekać i modlić się o ponowne nawiązanie połączenia między umysłem a ciałem.

Albo liczyć na Justine, która w końcu uświadomi sobie, że Jacques nie jest w stanie się poruszyć.

Istotnie, dziewczynę zaczyna w końcu niepokoić nienaturalnie długi sen przyjaciela. Potrząsa nim. Coraz gwałtowniej. Odwraca go na plecy, dotyka klatki piersiowej i krzyczy. Jacques słyszy, jak z paniką w głosie rozmawia przez telefon, ale nie rozróżnia wszystkich słów. Rozłączywszy się, wciąż nim potrząsa, na próżno.

Wreszcie rozlega się dzwonek do drzwi.

Jacques rozpoznaje głos Patricka, profesora filozofii i dilera narkotyków.

– Niesamowite! Tego się nie spodziewałam! To się stało rano! Wcale się nie rusza.

Jacques czuje, że mężczyzna sprawdza mu puls, obmacuje klatkę piersiową i żyłę szyjną.

Może moje serce przestało bić albo ledwo da się je wyczuć? Doznałem udaru we śnie głębokim i nie mogę się poruszyć, jestem niezdolny do czegokolwiek. Gdybym tylko mógł unieść powieki albo otworzyć usta!

Jacques próbuje się uspokoić i na chłodno przeanalizować sytuację.

Mama już kiedyś wspominała o paraliżu sennym, który – jej zdaniem – spowodowany jest zbyt szybkim tempem wynurzania się z najgłębszego snu na powierzchnię. Tak, na pewno dotknął mnie paraliż senny. JK48 wypchnął mnie ze stadium piątego do zerowego, nie przestrzegając kolejnych etapów. To spowodowało „awarię". Utknąłem między światem snów i rzeczywistością. JK48 przestrzegał, że mnie ukarze, jeśli go nie posłucham.

Znów czuje, że ktoś go szczypie, maca, potrząsa nim. Niemożność wydawania poleceń swojemu ciału jest niezwykle nieprzyjemnym uczuciem. Powiekę unosi mu czyjś gruby palec. Tak bardzo chciałby móc poruszyć źrenicą. Ta jednak pozostaje nieruchoma, nie sposób czegokolwiek zrobić.

– Czy on nie żyje? – pyta Justine.

– Na to wygląda.

– Przedawkował?

– Co wczoraj braliście?

– Twoje produkty. Wzięłam mniej od niego.

– Alergia?

– Alergia na marihuanę może zabić?

– Nie jestem lekarzem, ale raz miałem obrzęk naczynioruchowy po zjedzeniu krewetki i zapewniam cię, że mało brakowało, a byłoby po mnie. Wystarczy, że w Amsterdamie ktoś zabawiał się w dodawanie strychniny albo morfiny do marihuany dla zwiększenia efektu i coś takiego mogło mu się przytrafić. Któż to wie, co Holendrzy robią ze swoją trawą. Dzisiaj wszyscy handlują, nie można ufać żadnemu dilerowi, pakują pastę do butów do zioła, płyn do WC do kokainy, słomę do trawy. Kto ośmieli się mówić o trudnościach w znalezieniu czystych narkotyków?

Jacques znów czuje, że ktoś nim porusza. Patrick unosi mu powiekę i przysuwa bliżej twarz: źrenica w źrenicę.

– Całkiem martwy ten twój koleżka – diagnozuje profesor filozofii. – Zostało po nim dobrze zaprawione mięso.

– Co mam z nim zrobić? Wezwać lekarza? Pogotowie? – pyta Justine.

Powieka opada, odbierając Jacques'owi możliwość obejrzenia dalszego ciągu sceny. Pozostaje mu tylko dźwięk:

– Z całą pewnością zostanie wszczęte śledztwo. Sprowadzą gliny, pobiorą krew i zrozumieją, że facet ćpał. Oglądałaś *Kryminalne zagadki Las Vegas*? Znajdą DNA albo odciski palców. Zarówno ja, jak i ty będziemy mieli poważne kłopoty. Nie możemy ryzykować.

– Co zatem robimy? Patrick, co robimy?

Justine wpada w histerię i Jacques bardziej niż kiedykolwiek czuje się więźniem swojego ciała. Usiłuje poruszyć rękoma. Żadna część ciała nie odpowiada. Jest jedynie umysłem uwięzionym w nieruchomym ciele o wadze siedemdziesięciu trzech kilogramów, pozbawionym kontroli nad systemem nerwowym.

– Musimy pozbyć się zwłok. Czy ktoś widział, że z nim tu przyszłaś?

– Dostawcy pizzy stali w drzwiach. Nie, oprócz ciebie nikt nie wie, że on tu jest.

– OK, w takim razie nie mamy wyboru, trzeba zrobić to, co trzeba.

– Co masz na myśli? Kwas? Rozdrabniarkę? Spalimy go?

– Nie, zawsze zostaną zęby.

– Zatem co? Musimy coś zrobić! Nie możesz mnie tak zostawić! Nie chcę tego u siebie.

– Czekaj, mam pomysł, jak pozbyć się bezpiecznie ciała.

Uszu Jacques'a dobiega odgłos przesuwanych mebli. Ktoś chwyta go za ramiona i za nogi, układa na dywanie. Zostaje zawinięty. Następnie diler filozof zarzuca go sobie na ramię. Jacques słyszy, że drzwi się otwierają.

– Twoja winda jest za mała, muszę go znieść po schodach. Pomóż mi, chwyć go za nogi.

Jacques czuje, że jego ciało się wygina i drży przy każdym stopniu pokonywanym przez dwoje ludzi. Daje się słyszeć głos: pojawia się sąsiad.

– Dzień dobry, proszę pani.

– Dzień dobry, panie Khara.

– Idzie pani sprzedać stary dywan na targu staroci?

– Właśnie.

– Wygląda mi na dość ciężki, chce pani, żebym pomógł?

– Dziękuję, nie trzeba.

Schodzą dalej. Nagle Justine upuszcza dywan. Dojmujący ból przeszywa Jacques'a, ale sygnał nerwowy pokonuje jedynie trasę od ciała do mózgu, a nie odwrotnie. Justine i Patrickowi udaje się w końcu wcisnąć nieruchome ciało do bagażnika samochodu dilera.

Jacques Klein zaczyna tracić nadzieję.

Muszę się poruszyć.

Po półgodzinnej podróży Jacques słyszy, że bagażnik znów się otwiera. Zostaje wyrzucony na ziemię.

– Trzeba czymś go obciążyć – stwierdza Patrick tonem znawcy.

– Duży kamień się nada?

– Nie, to musi być coś cięższego. O! Złap za sznur i zwiąż mu nogi, a ja doczepię te betonowe bloki: powinien pójść gładko na dno.

Gładko na dno? Czy on naprawdę powiedział gładko na dno? Do licha! Oni usiłują pozbyć się mojego ciała, wrzucając je do wody!

– Nie potrafię wiązać mocnych węzłów – mówi Justine – myślisz, że taki będzie wystarczająco solidny?

– Nie, zaciśnij mocniej, w przeciwnym razie on wypłynie. Topielcy zawsze wypływają.

Nagle Justine zamiera.

– Wydawało mi się, że kogoś słyszę!

– Przestań się bać! O tej porze nikt nam nie przeszkodzi. Tak czy owak, mówiłaś, że twój trup nie ma rodziny, a jego matka zaginęła. No dalej, Justine, weź go za nogi, rozkołyszmy ciało i wrzućmy go jak najdalej w głąb kanału... Poczekaj, połóż go, coś nie gra.

– Co jest nie tak?

– Obciążnik – mówi Patrick. – Nie dość ciężki. Musimy znaleźć trzeci blok. Patrz! Ten.

Pojąwszy, że ma tylko jedną drogę ratunku, Jacques postanawia zejść ponownie do świata marzeń sennych. Wykorzystując umiejętność dośniewania, przenika przez drugie, trzecie, a następnie czwarte stadium, aż wreszcie znajduje się we śnie paradoksalnym na Wyspie

Różowego Piasku. Stary on sam w hawajskiej koszuli kołysze się w fotelu na biegunach, popijając piña coladę.

– JK48! Zrób coś!

– Chciałbyś, żebym zrobił coś w twojej sprawie? O to prosisz, JK28?

– Szybko, oni mnie utopią!

– Wiesz, jaki postawiłem warunek?

– Nie… to znaczy tak… czyli…

– Jeśli cię ocalę z tej trudnej sytuacji, musisz porzucić Justine, życie w łóżku, narkotyki, wyjechać bezzwłocznie do Malezji i odszukać plemię Senoi i mamę. Rozumiemy się?

– Pospiesz się!

– Obiecujesz?

– Najpierw mnie uratuj, potem pogadamy. Wyciągnij mnie stąd, JK48! Błagam!

– Przyznajesz teraz, że jestem wystarczająco realny, żeby mieć tę moc?

– Szybko!

– Zresztą, jeśli się wymigasz, powtórzę sztuczkę z paraliżem sennym. Uprzedzam.

– Dość gadania, wyciągnij mnie stąd, do licha!

– Szkoda, że trzeba użyć groźby, żebyś stał się posłuszny. Wolałbym, żebyś działał z entuzjazmem i dobrą wolą. Ale nie! Tylko strach popycha cię we właściwym kierunku.

„Stary Jacques" odstawia kieliszek z piña coladą na ziemię i obejmuje skronie dłońmi.

– Zamknij oczy, a kiedy powiem „zero", uniesiesz powieki. Pięć: opuszczasz piąty poziom; cztery: śpisz głębokim snem, ale wciąż wynurzasz się ku rzeczywistości; trzy: wspinasz się w górę i zbliżasz do płytkiego snu; dwa: jesteś w płytkim śnie; jeden: wkrótce się wybudzisz i tym razem będziesz miał możliwość otwarcia oczu i zobaczenia świata. Na hasło „zero" otworzysz oczy. Uwaga… ZERO!

Pierwszą rzeczą, jaką zauważa młody Jacques, jest księżyc. Chwilę potem słyszy krzyki. Cztery trzymające go ramiona upuszczają go jednocześnie. Ma wrażenie, że pękły mu plecy.

Justine wrzeszczy ze strachu:

– AAACH! ON ŻYJE!

Patrick cofa się, drżąc.

Jacques Klein rozgląda się wokół siebie: znajduje się na niezagospodarowanym terenie przy kanale. Uwalnia nogi z długiego sznura połączonego z trzema dużymi blokami betonu leżącymi na brzegu. Justine i Patrick zdążyli już wsiąść do samochodu i uciec w głęboką noc.

Jacques, samotny i zagubiony, wpatruje się w brunatną wodę kanału Ourcq. Przeszywa go nieprzyjemny dreszcz, kiedy przypomina sobie, co przed chwilą przeżył, i to, czego uniknął.

Zaczyna padać. Podczas marszu Jacques powoli dochodzi do siebie: ma teraz nadzieję na odnalezienie matki.

AKT II

Towarzysz we śnie

35

Jedna mucha, dwie muchy, trzy muchy, sto much. Ogłuszające brzęczenie.

Jacques Klein znajduje się na głównym targu w Kuala Lumpur. Obok ultranowoczesnych wieżowców, jak wieże Petronas (przez długi czas uważane za najwyższe na świecie), krąży wielobarwny, hałaśliwy tłum. Samochody trąbią. Najbardziej głusi i najwolniejsi uciekają sprzed aut bogaczy, traktowani tak czy owak jak istoty skazane przez los. Ludzie krzyczą, obrzucają się obelgami, usiłują sprzedać swój towar. Smród spalin przedpotopowych diesli miesza się z zapachem frytury i odpadków, których rozkład przyspiesza wilgotny upał.

Dotarłszy tego ranka do malezyjskiej stolicy, Jacques odkrywa schizofreniczne miasto, w którym – na dobre i na złe – współistnieją wpływy nowoczesności, średniowiecza, Zachodu, Dalekiego Wschodu, muzułmańskie i animistyczne. Przechodnie spluwają gęstą, zielono-beżową flegmą przypominającą ostrygi. Każde rozpryśnięcie poprzedzone jest ostrzegawczym charkotem z gardła. Jacques wie jednak, że wśród lokalnej ludności spluwanie uważane jest za doskonałe dla zdrowia, pozwala bowiem na usuwanie złych cieczy wewnętrznych.

Większość kobiet zakrywa chustami włosy i spuszcza wzrok, kiedy tylko w ich polu widzenia pojawi się mężczyzna. Mężatki otacza wianuszek dzieci, a boja, jaką stanowi ich brzuch, chroni je przed nieodpowiednią bliskością z innym człowickiem. Tylko Chinki i kobiety buddyjskie, stanowiące mniejszość, odsłaniają twarze, włosy i dłonie, chodzą jednak szybko, żeby nie narazić się na gwizdy. Młodzi mężczyźni z kolei trzymają się za ręce, jak pary, ponieważ kobiety nie wolno im dotknąć przed ślubem.

Nad tą mrowiącą się ludzką masą na olbrzymich ekranach przewijają się filmy reklamowe zachwalające na przemian napoje gazowane bez cukru, modlitwę w najbliższym meczecie, samochody niemieckie i rodzinne wartości, amerykańskie papierosy, tajlandzkie opery mydlane, chiński sprzęt gospodarstwa domowego, francuskie perfumy, bezpieczeństwo drogowe, a przede wszystkim nowego premiera wywodzącego się z partii Sprawiedliwość i Wolność, który zdaje się realizować program ascezy i surowej religijności. Plakat Ministerstwa Turystyki poleca nowe gigantyczne delfinarium z oswojonymi waleniami, gdzie dzieci mogą je głaskać, bowiem zwierzęta przebywają w maleńkich basenach, w których z trudem mogą się poruszyć.

Elektryczne skutery ujeżdżane przez dwie lub nawet pięć osób, czasami również z koszykami pełnymi kur lub workami pełnymi dzieci przemykają zygzakiem wśród tłumu. Twarze jednak są wesołe, a ludzie uśmiechają się szeroko, odsłaniając złote zęby świadczące o sukcesie społecznym.

Jacques Klein dociera do ambasady francuskiej mieszczącej się pod numerem sto dziewięćdziesiąt sześć przy Jalan Ampang, przechodzi przez białą bramę, okazuje straży swój paszport, uśmiecha się do kamer i wchodzi do dawnego hotelu kolonialnego przekształconego w bunkier, a następnie jest poddawany kilku kontrolom bezpieczeństwa połączonym z wielokrotną koniecznością dokumentowania swojej tożsamości. Po długiej godzinie oczekiwania wreszcie zostaje skierowany do oddziału kulturalnego ambasady.

– Caroline Klein, powiada pan?

Mężczyzna reagujący na nazwisko Michel de Villambreuse zbliża się do trzydziestki. Na głowie ma perukę o plastikowych refleksach, równoważącą gęste, nawoskowane wąsy nadające mu wygląd dziewiętnastowiecznej postaci. Stuka w klawiaturę komputera, po czym oznajmia z żalem:

– Nie, przykro mi, nikt o tym nazwisku się nie zameldował. Wie pan, przyjeżdżają tu tysiące francuskich turystów, nie każdego wpisujemy do akt. Jedynie tych pełnych obaw.

– A plemię Senoi? Moja matka poszukiwała tego ludu. Była, to znaczy jest, neurofizjologiem, specjalistką w dziedzinie snu, chciała za wszelką cenę się z nim spotkać.

Attaché kulturalny okazuje nagle zainteresowanie.

– Ciekawe, że wspomina pan o Senoi! Proszę sobie wyobrazić, że ja również ich szukałem. Fascynują mnie. Chciałem poświęcić im pracę naukową po tym, jak przeczytałem o nich w pewnej powieści.

– Gdzie można ich spotkać?

– Obecnie, nie wiem. To wędrowne plemię. Często się przemieszcza, zakłada wioski na jeden sezon, a następnie, w zależności od pogody, migruje w kierunku, gdzie może znaleźć więcej zwierzyny i owoców. To naprawdę bardzo stary lud.

Michel de Villambreuse wstaje, żeby przeszukać wypełnioną dokumentami szafę.

– Kilka miesięcy temu zgłosił się tutaj z ostrożności pewien dziennikarz. On...

Attaché kulturalny przygładza wąs, jak niegdyś świętej pamięci USB, wyraźnie zadowolony, że znalazł poszukiwany dokument.

– Oto on! To freelancer. Przybył tu pół roku temu, miał zamiar udać się do lasu i odszukać Senoi. Bał się, że wpadnie w tarapaty albo z ich powodu, albo w wyniku spotkania z drwalami lub kłusownikami, którzy bywają nieco agresywni. Więcej już o nim nie usłyszałem. Zatem albo zrealizował swój reportaż i wrócił do Francji, albo zrezygnował. W każdym razie z całą pewnością posiadał dużą wiedzę na ten temat.

– Jeśli przypadkiem ten dziennikarz wciąż jest w Kuala Lumpur, czy mógłby mi pan wskazać, gdzie mógłbym go szukać?

Urzędnik robi surową minę:

– Teoretycznie to dane chronione, nie jestem upoważniony, aby je panu udostępniać.

Jacques Klein wpatruje się w mężczyznę w peruce i z wąsem ze świadomością, że musi wszystko postawić na jedną kartę. Matka poradziła mu kiedyś, żeby mówić ludziom nie prawdę, lecz to, co chcą usłyszeć, ponieważ „każdy zamek ma swój pasujący klucz". Powstrzymał się więc od opowiedzenia o swoim specyficznym praktykowaniu snu i osobliwych okolicznościach, jakie sprowadziły go do Malezji wbrew jego woli. Fotografia attaché ambasady w otoczeniu licznej rodziny stoi na biurku, ale wytrych rodzinny nie wydaje mu się tu odpowiedni. Jacques przenosi wzrok na wypełnioną książkami bibliotekę. Stwierdza, że kilka z nich leży również na biurku, niektóre są otwarte.

– Piszę powieść.

Wyraz twarzy mężczyzny natychmiast się zmienia.

– Tak? Jest pan pisarzem?

– Nie chciałem o tym mówić, żeby nie…

– Uwielbiam pisarzy! Wie pan, sam nieco skrobię, obecnie wiersze, ale cóż… mam nadzieję, że kiedyś napiszę również powieść.

Jacques spogląda na mapę świata wiszącą na ścianie, gdzie pinezkami zaznaczono wszystkie miejsca pobytu attaché kulturalnego.

– Jestem przekonany, że ma pan wiele anegdotek do opowiedzenia, skoro tak często podróżuje pan po egzotycznych krajach.

Michel de Villambreuse staje się wyraźnie milszy.

– Zatem chce pan napisać o plemieniu Senoi, panie Klein?

– Owszem, wielką powieść o Senoi i o badaniach mojej matki na temat snu, do jakich zainspirował ją ten lud.

– W takim razie pomogę panu, to się rozumie samo przez się. Czy mogę jednak prosić o przysługę? Niech pan wspomni o mnie w podziękowaniach, żebym mógł pokazać przełożonym, że wspieram szlachetną kulturę francuską.

– Zatem jak nazywa się dziennikarz, który tak dobrze zna Senoi?

Michel de Villambreuse gładzi się po wąsie.

– Ma pan największe szanse na znalezienie go tam, gdzie często się włóczył, zanim zniknął, czyli w Raju. To speluna. Zapiszę panu nazwę i podam dokładny adres. Sam pan zobaczy, jest tam wielu dziennikarzy i wielu Francuzów.

36

Woń zastałej wody i uryny unosi się nad powierzchnią odnogi rzeki Sungai Klang, gdzie drewniane dżonki oblepione żółtymi algami mijają nowoczesne łodzie z białego plastiku należące do mafiozów, przyjaciół burmistrza. Ci wysiadają na ląd w towarzystwie postawnych ochroniarzy w ciemnych okularach, ze słuchawkami w uszach, z dłonią w okolicy serca, gdzie zapewne trzymają broń.

Szczury krążą między dżonkami, używając ogona do sterowania i napędu. Od czasu do czasu któregoś z nich za gardło łapie paszcza wodnego węża i wciąga w głąb mętnej wody.

Smród rzeki ustępuje miejsca zapachom kuchni: mieszaninie karmelu, papryki, kurkumy, wywaru z ryby i goździków.

Jacques zmierza pod wskazany adres.

Ulice roją się od masażystów stóp, żebraków, wróżbitów. Pełne klientów kramiki, z których osobliwe i silnie woniejące towary aż się wylewają, tłoczą się jeden na drugim. Kucający mężczyźni manipulują przy żywych wężach wijących się wokół kijów. Obdarte ze skóry gady, ociekające czarną krwią, wiszą na linkach przyczepione spinaczami do bielizny. Nieco dalej psy o spętanych sznurkami pyskach, żeby nie szczekały, zanurzane są żywcem we wrzątku, co ma nadać słonego smaku ich mięsu, które wykorzystane zostanie w zupie. Wielu ludzi je na ulicy, a dzieci bawią się w ściekach pełnych zakrwawionych odpadków.

Handlarze proponują mu trudną do zidentyfikowania smażeninę. Młode dziewczyny szepczą do ucha swoją cenę. Dziesięcioletni chłopiec zachęca go do skosztowania smażonych w głębokim oleju na dnie czarnego woka karaluchów. Inny, nieco zniewieściały, proponuje mu oprowadzenie po mieście, zapewniając doskonałą angielszczyzną: *I speak French, sir.*

Jacques Klein chłonie scenerię i atmosferę, pozostaje jednak skupiony na swoim celu.

Żebracy czepiają się jego spodni. Przeczesuje dłonią czarną czuprynę, żeby dodać sobie otuchy i daje im znak, że nie jest zainteresowany. Kolejni jednak już wyciągają w jego stronę konające powoli, obdarte ze skóry gady, wręczają ptaki w klatkach i szklanki pełne brązowego płynu: krwi węża, którą należy wypić duszkiem, aby nabrać sił. Jacques idzie swoją drogą. Dalej pokazują mu w charakterze smakołyków jaszczurki i pająki maczane w lepkim, brunatnym oleju.

Jacques Klein przez dłuższą chwilę szuka numeru Raju przy Jalan Petaling. Wreszcie zauważa napis na łuszczącym się murze.

Z zewnątrz lokal przypomina restaurację, nie ma jednak menu, a wejście do niej zakrywa czerwona zasłona z olbrzymim czarnym smokiem trzymającym w szponach jaspisową kulę. Za kotarą znajduje się przestronna sala z rzędami łóżek przypominających szpitalne. Na ciemnoczerwonych kocach widnieją plamy w kolorach szarości i ochry. Tutaj nie sprzedaje się towaru w postaci stałej lub płynnej, lecz gazowej. Większość klientów zaciąga się długimi fajkami, w kominach których trzeszczą pachnące kuleczki.

Palarnia opium.

Mężczyźni są w większości rozebrani do pasa, siedzą rozparci lub leżą z przymkniętymi powiekami, jakby spali. Młode, szczupłe dziewczęta, owinięte w bawełniane sarongi, krążą między łóżkami i wymieniają brązowe kuleczki na nowe, kiedy te zmienią się już w popiół. Kiedy usta wciągają, kominy fajek rozświetlają się pomarańczowym blaskiem, który ukazuje pomarszczone twarze i blade, przygaszone spojrzenia.

Jacques Klein odszukał w Internecie podobiznę dziennikarza, lecz większość klientów ma twarze ukryte w ramionach. Zwraca się więc do jednej z dziewczyn.

– Szukam niejakiego Charrasa, Franckiego Charrasa.

Dziewczyna odpowiada po angielsku, że nie zna ani nazwisk, ani imion klientów. Pozostaje mu przejść między rzędami łóżek w poszukiwaniu dziennikarza.

– Pan Charras? Franckie Charras? – szepcze w pobliżu postaci, której twarz, jak mu się wydaje, ma zachodnie rysy.

Nieliczni zadają sobie trud, żeby otworzyć oczy. Wielu jedynie pomrukuje albo kaszle.

Do Jacques'a podchodzi starsza kobieta i daje mu do zrozumienia, że jego zachowanie zaczyna przeszkadzać w prowadzeniu biznesu. Ale Jacques się nie poddaje, niewzruszony szuka mężczyzny. Klienci zaczynają się uskarżać. Szefowa wzywa siłacza, który staje przed Jakiem i wykrzykuje mu w twarz uniwersalne polecenie:

– *Out!*

Ale Jacques nie chce zrezygnować. Posuwa się naprzód między rzędami posłań, powtarzając w nieskończoność: „Charras? Franckie Charras?". Nagle grube malezyjskie ramię łapie go i wyrzuca na ulicę.

Uparty Jacques postanawia stanąć przy wejściu do Raju. Wreszcie, po upływie godziny, zauważa zataczającego się klienta opuszczającego lokal. Mimo nabrzmiałej twarzy rozpoznaje zarośnięty podbródek i wielkie niebieskie oczy, takie same jak na zdjęciu znalezionym w sieci. Jacques waha się, czy zaczepić go od razu, ostatecznie decyduje się go śledzić. Dziennikarz idzie powoli, z trudem. Często się potyka, czasami zatrzymuje się, żeby nabrać sił. Nagle, przechodząc przez ulicę, przewraca się na samym jej środku.

Pierwszy samochód omija go o włos. Inny robi to samo i trąbi, ale mężczyzna się nie podnosi. Młody chłopak, będący świadkiem sceny, pochyla się nad ciałem i – udając, że chce pomóc – przeszukuje mu kieszenie. Jacques przegania go i pomaga dziennikarzowi się podnieść. Docierają do krawędzi jezdni, tymczasem samochody trąbią nerwowo. Kiedy tylko Jacques układa ciało na chodniku, mężczyzna zaczyna chrapać. Jacques rozważa, czy go nie obudzić, w końcu postanawia zostać przy nim, chroniąc przed ewentualną powtórką przygody z kieszonkowcem. Po upływie dziesięciu minut Charras budzi się gwałtownie.

– Jakiś facet próbował obrobić panu kieszenie. Przegoniłem go – mówi Jacques na powitanie.

– Hm... dziękuję. Jest pan francuskim turystą?

– Przyszedłem do Raju, żeby pana odnaleźć. Czy moglibyśmy porozmawiać? Podobno zna pan plemię Senoi?

Mężczyzna obmacuje się mimo wszystko, sprawdzając, czy niczego nie zgubił, wyczuwa portfel i rozluźnia się.

– Kto panu o tym powiedział?

– Attaché kulturalny ambasady, Michel de Villambreuse.

– Przykro mi, ostatecznie nie zrobiłem tego reportażu, nie będę mógł panu pomóc.

– Chciałbym mimo wszystko z panem porozmawiać, czy to możliwe?

– W takim razie może mnie pan zaprosić do restauracji. Jestem głodny. Jedzenie porządkuje mi myśli.

– Z przyjemnością. Co pan proponuje?

– U Ling, to najbardziej typowa restauracja w mieście. Jeśli nie zna pan kuchni malezyjskiej, jest to właściwe miejsce do odwiedzenia.

Na fasadzie restauracji można przeczytać angielski napis: „PRAWDZIWA MALEZYJSKA GASTRONOMIA".

Siadają przy stoliku obok akwarium.

– Zaufa mi pan co do menu?

Franckie Charras składa zamówienie po malezyjsku i gdy czekają na dania, zaczyna opowieść o swoim życiu.

– Służyłem w Legii Cudzoziemskiej. Podczas jednej z misji w Afryce, w strefie wysokiego ryzyka, zaszczepiono nas na grypę H1N1. Źle zareagowałem.

– Chyba pojmuję. Jestem lekarzem i pamiętam, że dwadzieścia procent osób, które przyjęły tę szczepionkę, cierpiało następnie na ataki narkolepsji.

– Nie mogłem podać do sądu firmy farmaceutycznej, ponieważ skutki uboczne zostały wymienione w ulotce. Nie mogłem też oskarżyć armii, która narzuciła nam tę szczepionkę.

– A przypadłość ta nie jest traktowana jako poważna, jedynie jako „uciążliwa"...

– Z kolei armia nie mogła zachować w swoich szeregach faceta, który miał skłonność do zasypiania w trakcie akcji.

Kelner przynosi im wino palmowe. Popijają je niewielkimi łykami.

– Problem z tą chorobą jest taki, że budzi uśmiechy. Albo bierze się nas za leni, albo za narkomanów. Ciężko jest wzbudzić empatię. Kiedy opowiada pan, że zasypia wszędzie, w dowolnej chwili, ludzie z początku uważają, że to „intrygujące", potem „komiczne", a wreszcie „żałosne".

– Kiedy zobaczyłem, jak upada pan pośrodku ulicy zatłoczonej jadącymi z dużą prędkością samochodami, na oczach kieszonkowców, którzy czyhają niczym hieny, poczułem współczucie. To naprawdę niebezpieczne.

– Nie może pan pojąć, co znaczy cierpieć na narkolepsję: nie można prowadzić samochodu (doprowadziłem do wielu wypadków, zanim odebrano mi prawo jazdy), zasypia się, rozmawiając przez telefon i budzi się, nie wiedząc, kogo ma się na linii. Musiałem poszukać sobie zawodu dostosowanego do nieregularnego snu i w końcu go znalazłem.

– Reporter?

– Jest trochę tak jak w wojsku: podróżuje się, celuje, ale nie ze strzelby, tylko z obiektywu, naciska się spust i dostaje żołd. Moja przeszłość żołnierska sprawiła, że potrafię dążyć naprzód, nie obawiając się kul, więc szybko wyrobiłem sobie nazwisko w tej profesji. Trzeba też przyznać, że jest to zawód obarczony wysokim ryzykiem wypadków przy pracy, więc posady szybko się zwalniają…

Charras robi gest ręką.

– Jako jedyny nie bałem się zbliżyć do miejsc, gdzie świszczą kule. Inni pismacy ograniczają się zazwyczaj do wersji oficjalnych zebranych po pałacowych barach. Mają nadzieję, że opłacając drinki żołnierzom, zdobędą swój gorący temat… Ach, ależ wolna ta obsługa. Czemu jeszcze nie przynieśli nam jedzenia?

Franckie Charras zamawia kolejną butelkę wina palmowego i kontynuuje swoją opowieść.

– Wyspecjalizowałem się w ludach na wyginięciu. Byłem w Brazylii, w Amazonii, wśród ostatnich plemion Janomamów, w Libanie wśród bojówek chrześcijańskich maronitów, którzy usiłują opierać się wzrastaniu w siłę Hezbollahu, wśród Papuasów na Nowej Gwinei walczących z Indonezyjczykami, a w Mjanmie odwiedziłem dyskryminowaną grupę etniczną Karenów. Tam zasnąłem, kochając się z dziewczyną (pogrążyłem się we śnie, kiedy jeszcze w niej byłem!), a ona, zamiast poczuć się urażona, opowiedziała mi o Senoi. Uważała, że tylko oni mogą mnie wyleczyć z narkolepsji. Przyjechałem więc do Malezji, żeby zrobić reportaż, mając nadzieję, że to osobliwe plemię znajdzie sposób na moją specyficzną chorobę. Skontaktowałem się z jedną z paryskich gazet, która zdecydowała się kupić mój artykuł, a następnie rozpocząłem śledztwo. W końcu udało mi się zlokalizować ich w puszczy. Tuż przed moim wyjazdem gazeta stchórzyła. Żaden inny tytuł ani stacja telewizyjna nie chciały się zaangażować. Mówili, żebym najpierw wykonał pracę, a oni później ocenią wyniki. Nie jestem już w wieku, żeby pracować za darmo. Otrzymałem kilka ustnych obietnic, ale jak mówi przysłowie: „Na gębę sto obietnic warte tyle co nic".

Śmieje się.

– W oczekiwaniu na jakiekolwiek wsparcie, żeby się nie zanudzić, korzystałem z lokalnego lekarstwa.

– Opium?

– Nie leczy narkolepsji, ale sprawia, że zapomina się o chorobie. Przynajmniej, kiedy tam zasnę, nie ma to żadnych konsekwencji i nikt mnie nie ocenia.

– Niszczy mózg.

– Tak, ale czyż mózg, który zawodzi, nie zasługuje na zniszczenie? Według mnie to raczej substancja enteogeniczna.

– Co to znaczy?

– „Która łączy cię z boską częścią ciebie samego".

W restauracji rozlegają się krzyki przypominające dziecięcy płacz.

– Wydawało mi się, że dania w tej restauracji są zarezerwowane dla dorosłych – dziwi się Jacques.

– To nie są dzieci.

Franckie Charras zachęca go, żeby przeszedł z nim do sąsiedniego pomieszczenia. Kucharze krzątają się wokół małych makaków, których głowy unieruchomione są w drewnianych obręczach. Odcinają im wierzch czaszki, po czym podają je otyłym Malezyjczykom, którzy zdają się rozbawieni piskami żywych potraw. Podczas gdy małpy wrzeszczą w panice, klienci degustują różowy mózg przy użyciu łyżeczki, jak gdyby to były jajka na miękko.

– To specjalność U Ling – wyjaśnia Charras. – Kiedy tylko małpka przestaje krzyczeć, uznaje się, że danie nie jest już świeże i preparuje się kolejne.

Wskazuje palcem spiętrzone klatki, w których nieszczęsne zwierzątka tłoczą się w oczekiwaniu na „podanie".

– Ależ to orangutany! Są zagrożone wyginięciem i chronione, o ile mi wiadomo.

– W takich sytuacjach przekupuje się strażników leśnych, więc dania są nieco droższe, ale Malezyjczycy nie są skłonni z nich zrezygnować.

– Ze względu na sam mózg?

– Je się również pełną witamin wątrobę, a penis uważany jest za afrodyzjak.

Po powrocie do stolika dziennikarz anuluje zamówienie i prosi o coś innego.

Na pewno zamówił małpkę…

– Podają tu duriany. Polecam. To zwykły owoc, ale też lokalny specjał.

– Byle to nie był oskórowany wąż albo mózg małego orangutana…

Kelner przynosi im wino palmowe, żeby wypełnić czas oczekiwania.

– Czego pan chce od Senoi, panie…

– Klein, Jacques Klein.

– Klein? Jest pan spokrewniony z fizykiem Étienne'em Kleinem?

– Nie, jestem synem Caroline Klein, neurofizjolożki. Prawdę mówiąc, to właśnie jej szukam. Matka wyjechała, żeby odnaleźć plemię Senoi, i nie mam od niej żadnych wieści.

– Od jak dawna?

– Od zbyt dawna.

W tym momencie kelner stawia przed nimi owoc durian. Kiedy tylko danie przypominające najeżonego beżowymi kolcami melona trafia na stół, wokół roztacza się nieznośny smród.

– Cóż to za odór?

– Nie można zawierzać zapachowi, smakuje wybornie. To król

tutejszych owoców. Cały jeden targ zajmuje się sprzedażą durianów i wszyscy je tu uwielbiają.

– Mam wrażenie, że to wyciśnięty i sfermentowany sok ze śmietnika pełnego zdechłych szczurów zmieszanych z odpadkami! Smród nie do zniesienia! – stwierdza Jacques, zatykając nos.

– Przyznaję, że niektóre lokale zabraniają wstępu osobom posiadającym ten owoc. Ale proszę nie zwracać uwagi na zapach i skosztować, żeby nie umrzeć w niewiedzy.

– Nie jestem w stanie, czułbym się, jakbym jadł wymiociny!

– To roślina, a Malezyjczycy nie zwariowali, jedzą go i delektują się smakiem. Niech pan spróbuje. Nie nalegałem w sprawie małpiego móżdżku, ale tym razem warto się przemóc.

Dziennikarz podaje mu ćwiartkę żółtego miąższu pozbawionego soku, o miękkiej teksturze. Jacques bierze do ust mały kawałek i przełyka. Ku jego ogromnemu zdziwieniu cuchnący owoc smakuje jak ser z migdałami o lekkim aromacie łagodnej, słodkiej cebuli. Usta wypełnia mu mocny smak, którego ani wino, ani herbata nie wypłukują. Cały jego język i podniebienie ostatecznie przesiąkają tym klejem.

– Tłusty.

– Bardzo kaloryczny i z dużą ilością siarki. Jak się panu kojarzy?

– Dziwnie.

– W przeciwieństwie do sera, którego smak nie stoi w opozycji do zapachu, tutaj owoc śmierdzi, ale smakuje łagodnie, niech pan sam przyzna.

– Durian? Nigdy wcześniej o nim nie słyszałem.

– Nie tylko oddziałuje na wątrobę i jelita – zresztą nie zawsze pozytywnie – ale ma też właściwości afrodyzjaku. A zapach wszystko przenika. To symbol Azji, złowróżbny i fascynujący, zmieniający na zawsze tych, którzy go spróbowali.

Jacques, zaintrygowany liryzmem towarzysza, sięga po jeszcze jedną ćwiartkę cuchnącego owocu.

– Nauczyłem się go doceniać – chwali się dziennikarz, bekając cicho. – Ach tak, zapomniałem dodać, że jest ciężkostrawny.

– Czy wie pan, gdzie można spotkać Senoi?

– Jestem zawodowcem i nie zabieram się do pracy, żeby rozwiązywać rodzinne problemy, rozumie pan?

– A żeby pozbyć się choroby?

– Przestałem wierzyć, że to możliwe.

– Co mam zatem zrobić, żeby rozbudzić w panu ponownie zainteresowanie ludem Senoi?

Franckie Charras zamawia dwie kawy. Kiedy znajomy przecież napój trafia na stół, Jacques spogląda na niego sceptycznie, nie mając odwagi zbliżyć filiżanki do ust.

– Jeśli miałbym panu pomóc, musiałbym otrzymać zapłatę.

– Ile?

– Trzy tysiące euro. I zachowuję wyłączne prawo do sprzedaży reportażu albo książki, którą bym napisał. Po pana stronie leżą też koszty transportu.

Krzyki małpich dzieci nasilają się: kolejni malezyjscy klienci zamawiają swoje ulubione żywe i wrzeszczące dania. Jacques nie ma ochoty przebywać dłużej w restauracji. Wychodząc, proponuje dziennikarzowi spotkanie robocze następnego dnia.

– Zobaczy pan, Malezja to kraj niespodzianek – żegna się z nim Franckie Charras, drapiąc się po zarośniętym podbródku.

37

Wsiedli do zardzewiałego pociągu, zatłoczonego i bez klimatyzacji, jadącego do miasta Gombak. Na dworcu Franckie Charras wynajął dwa słonie, tak jak się wynajmuje skutery. Przytroczyli torby do grzbietów gruboskórnych zwierząt i ruszyli powoli w drogę.

– Jest pan pewien, że to najlepszy środek transportu?

– Przez dżunglę? Oczywiście.

– Na razie nie widzę ani śladu dżungli na horyzoncie! Jesteśmy na autostradzie.

Kierowcy samochodów wymijają ich, klnąc.

– Kiedy znajdziemy się na nierównym terenie, będziemy się cieszyć, że opony naszych pojazdów nie ucierpią na stokach. Słonie mogą wspiąć się na każde wzniesienie, przemierzyć bagna i jeziora, przenieść pnie drzew tarasujące drogę. Żaden nowoczesny pojazd nie jest do tego zdolny. Na dodatek nie trzeba ich tankować, jedzą trawę.

Zdaniem Jacques'a zwierzę jest przede wszystkim wolne i bardzo niewygodne, nieznośnie cuchnie i przy każdym jego kroku ma się wrażenie, że się spadnie.

– Proszę przysunąć kolana nieco bliżej jego uszu i ułożyć stopy w ten sposób, zobaczy pan, że to stabilniejsza pozycja.

– Często korzysta pan z tego środka transportu?

– Najczęściej, jak to tylko możliwe – mówi Franckie Charras, siedząc wygodnie na wielkim zwierzęciu – bo nawet jeśli zasnę, nie grozi mi wypadek. To jedyny pojazd, który może sam sobą kierować, nie zderzając się z niczym. Mam wrażenie, że nie bardzo przypadł panu do gustu, prawda, panie Klein?

– Mój słoń cały czas puszcza gazy!

– Niech pan nie nastawia się tak negatywnie! Jest egzotyczny, sprawdza się w każdym terenie, chroni przed tygrysami, a nawet przed muchami, dzięki ogonowi chłoszczącemu powietrze wokoło.

– Są tu tygrysy?

– Nieliczne.

Ciężarówka trąbi, ale słonie, zawiedzione rodzajem ludzkim, nie zwracają na nią uwagi i na znak pogardy spuszczają na drogę porcję nawozu.

Franckie Charras, widząc, że jego towarzysz nie docenia oryginalności sytuacji, zbliża się do niego.

– Nie mają wbudowanego radia, ale mogę pana zabawiać rozmową.

– Niech mi pan powie, co wie na temat Senoi.

– W Malezji istnieje dziewiętnaście grup etnicznych: Orang Asli, co po malezyjsku oznacza „pierwsi ludzie".

– Jak „orang-utan"?

– „Orang" to „człowiek". „Orangutan" znaczy „człowiek lasu". Ludom Orang Asli żyło się tu dobrze przed inwazjami muzułmańskimi i powstaniem Malezji, są zazwyczaj animistami, a podczas ostatniego spisu ludności naliczono ich trzynaście tysięcy. Dziś są prześladowani, maltretowani, wykorzystywani jako siła robocza, gwałceni, a żadne stowarzyszenie ani grupa nacisku się nimi nie interesuje.

– A Senoi?

– Amerykanin Kilton Stewart sprawił, że poznała ich szersza publiczność. Napotkał ich po raz pierwszy w tysiąc dziewięćset trzydziestym szóstym roku.

– Był antropologiem?

– Przede wszystkim niespełnionym pisarzem i niezręcznym hipnotyzerem. Studiował psychoanalizę na Sorbonie, był zrujnowany i szukał sposobu na odbicie się od dna. Lud Senoi został odkryty przez angielskiego etnologa H.D. „Pata" Noonc'a. Stewart wyjechał z nim na jego poszukiwanie, dokładnie tak jak my, czyli na grzbiecie słonia.

Głośny sygnał klaksonu akcentuje jego zdanie. Wkrótce potem opuszczają autostradę i wchodzą na wąską ścieżkę prowadzącą do drogi ciągnącej się wzdłuż rzeki.

– A to rzeka Temiar. Idąc w stronę jej źródeł, jak my, tamci dwaj mężczyźni odnaleźli Senoi.

Wciąż wokół nich nie widać śladu lasu, jedynie pola porośnięte palmami, z których wytwarza się olej, ciągnące się wzdłuż rzeki aż po horyzont.

– Stewart wspomina o szoku podczas pierwszego spotkania z nimi, jaki wywołała w nim specyficzna ceremonia zwana „Chinchem", polegająca na wprowadzeniu całego plemienia w trans na podstawie tematu najpiękniejszego snu, jaki przyśnił się jednemu z jego członków. Swego rodzaju katharsis wokół współdzielonego snu.

– Trochę jak wspólny sen paradoksalny? – nie może się powstrzymać przed zadaniem pytania zaintrygowany Jacques Klein.

– Pat Noone znał plemienne dialekty. Pracował jako tłumacz dla Kiltona Stewarta, który zapisał wszystkie te sny z Chinchem i podjął próbę zinterpretowania ich metodą freudowską. W wyniku tego doświadczenia wydał *Dream Experience and Spirit Guides in the Religion of the Temiar Senoi of Malaya*. W tekście, który pobieżnie przeczytałem, opisał niekończącą się poranną paplaninę, podczas której Senoi Temiar opowiadają swoje sny.

– Sądzi pan, że istnieje społeczeństwo, którego kultura opiera się na śnie, a nie na jawie?

– Stewart zaznacza, że rodzice zachęcają nastolatków do snów o rozkoszy. W pierwszej ze swoich książek pisze: „Senoi uważają, że każdy człowiek, z pomocą przyjaciół, może stawić czoło istotom i siłom pojawiającym się w świecie jego własnych snów, opanować je i ich użyć".

Jacques jest zachwycony, że może korzystać z wiedzy dziennikarza.

– Dla Senoi wszystko, co dzieje się we śnie, ma znaczenie, można je oczywiście utracić po przebudzeniu, jednak rozszyfrowuje się je później. Sen o akcie seksualnym pozwala osiągnąć orgazm. Sen o walce – zwycięstwo. Jeśli sen nie zawiera „sukcesu życiowego", uważany jest za nieudany. Sen o upadku musi zostać zrównoważony następnej nocy snem o wzlocie. Jeśli mężczyzna śpi z kobietą innego we śnie, musi mu wręczyć prezent, jeśli ktoś nie okaże szacunku drugiemu człowiekowi we śnie albo jest w stosunku do niego agresywny, musi przeprosić go na jawie.

– Rozumiem, że fascynowało to moją matkę.

– Społeczność Senoi jest, zdaniem Stewarta i Noone'a, pokojowo nastawiona, stabilna i radosna. Nie ma tam gwałtów, zbrodni, szaleńców ani samobójców. Pojęcie szacunku jest niezwykle istotne. Dzieci wychowywane są w poszanowaniu dla rodziny, innych i dla natury.

– Przypomina mi to społeczeństwo idealne.

– Senoi nie boją się przyszłości, gdyż zapoznają się z nią we śnie, nie boją się natury, gdyż godzą się z nią we śnie.

Dwaj Francuzi jadą naprzód na słoniach wzdłuż spokojnej rzeki Temiar, z której od czasu do czasu wynurzają się krokodyle.

– Jak długo Senoi żyli odcięci od współczesnego świata? – pyta Jacques.

– Podczas wojny z Japonią Senoi zostali zmuszeni do udziału w obronie kraju. Powstała nawet brygada żołnierzy Senoi.

– Sądziłem, że nie są skłonni do przemocy.

– Kontakt z Japończykami zapewne sprowadził ich nieco na ziemię. Przeżyli wiele okrucieństw i postanowili walczyć z najeźdźcami.

– Uczestniczyli w wojnie?

– Słono za to zapłacili. Kilton Stewart wspomina, że jego towarzysz Pat Noone ożenił się z dziewczyną Senoi. Zginął, broniąc jej przed Japończykami. Pod koniec drugiej wojny światowej Senoi byli również wykorzystywani do walk z guerillą malezyjskich komunistów.

– A potem?

– Wiele lat później, już dobrze po wojnie, w tysiąc dziewięćset osiemdziesiątym piątym roku, inny amerykański naukowiec,

William Domhoff, wrócił na miejsce, żeby sprawdzić, jak miewają się Senoi. Stwierdził, że żyją normalnie, jak inne plemiona aborygenów Orang Asli, i doszedł do wniosku, że Kilton Stewart był mitomanem i wymyślił całą tę historię „ludu snów", żeby sprzedać swoją książkę.

– A co pan myśli na ten temat, Franckie?

– Stewart dostarczył zbyt wiele szczegółów, żeby mogło to uchodzić za majaczenie człowieka chcącego zyskać popularność. Według mnie…

Nagle Charras zamyka oczy i pochyla się naprzód, jego ciało utrzymuje się jednak na słoniu dzięki uprzęży. Mężczyźni jadą trasą wzdłuż rzeki, wokół rozciągają się pola drzew palmowych nawadniane przez jej wody. Jacques czeka cierpliwie, aż Franckie się obudzi, co następuje dziesięć minut później. Dziennikarz kontynuuje, jak gdyby przerwa wcale nie miała miejsca.

– Ach! Chyba odbywa się tu wycinka, będziemy mogli zasięgnąć informacji.

Mężczyźni pracują na traktorach. Nadzoruje ich agronom Europejczyk. Jacques i Franckie zwracają się do niego po angielsku. Ten w końcu przyznaje:

– Jeszcze do zeszłego roku przebywał tu wędrowny lud Orang Asli. Zostali przepędzeni ze swojej ziemi, ale nie stawiali oporu. Faceci opłaceni przed przedsiębiorców leśnych niszczyli nocą ich barykady, więc wycofywali się oni, w miarę jak drwale karczowali las, a my zakładaliśmy tu plantacje.

Mężczyzna zdaje się niewzruszony problemem: zwykłe zagospodarowanie techniczne. Odpowiada na pytania podróżników, jak gdyby wskazywał drogę zagubionemu turyście.

– W którą stronę odeszli Orang Asli? – pyta Jacques.

– Na wschód. Tylko tam zostały jeszcze tereny leśne – odpowiada mężczyzna.

– Wiedziałem, że Malezja jest mistrzem świata w wycince lasów, ale nie sądziłem, że to się dzieje tak szybko – mówi Franckie, spoglądając na palmy ciągnące się wokół nich po horyzont.

Nad ich głowami przelatuje samolot rozpylający środek owadobójczy, mający chronić plantacje.

– Oficjalnie to tutaj znajduje się najstarszy na świecie las, liczący sto trzydzieści pięć milionów lat. Dla porównania, Amazonia ma „jedynie" czterdzieści pięć milionów lat.

– I można stwierdzić, że „oficjalnie" nie znaczy „w rzeczywistości" – mówi Jacques, który wciąż nie dostrzega nawet śladu dżungli. – Las musiał zostać przerobiony na wykałaczki albo jednorazowe chusteczki. Odnoszę wrażenie, że tutejsza ziemia wydaje jedynie plon w postaci roślin, które posłużą za olej roślinny do produkcji słodyczy i gotowych dań sprzedawanych w supermarketach.

Franckie nie potrafi ukryć niezadowolenia.

– Wiem, że organizacje ochrony lasów usiłowały spowolnić karczowanie drzew, ale politycy i przedsiębiorcy sektora drzewnego zawarli tajne porozumienie. Rząd finansuje instytucje propagandowe, które zachwalają jakość oleju palmowego i kauczuku „made in Malaysia", a podczas międzynarodowych kongresów wmawiają światu, że szanują naturę i aborygenów.

Dwaj towarzysze ruszają dalej na słoniach. Droga robi się coraz szersza, zauważają tablice reklamowe z wizerunkami radosnych Malezyjczyków na tle nowoczesnego świata, z telewizorami i samochodami.

– To plakat partii rządzącej, Barisan Nasional.

– A opozycja? Czy przejmuje się prawami Orang Asli?

– Opozycja to Pakatan Rakyat i jest równie skorumpowana.

Droga ciągnie się kilometrami, a dżungli wciąż ani śladu.

Jacques się niecierpliwi.

– Nadzorca mówił, że Senoi uciekli przed drwalami na wschód.

Chodźmy więc w tamtym kierunku, w końcu znajdziemy las i... jego mieszkańców.

Kilka kilometrów dalej natrafiają na starą stację benzynową. W trawie leżą porzucone rowery.

– Proponuję, żebyśmy zostawili nasze słonie i wzięli te rowery, będziemy przemieszczać się szybciej – mówi Jacques.

Franckie spluwa na ziemię na znak aprobaty.

38

PEDAŁUJĄ PRZEZ WIELE godzin. Kiedy zapada noc, zatrzymują się na krótki odpoczynek i znów ruszają w drogę o świcie. Wreszcie, dzięki wytrwałości, ich oczom ukazuje się malezyjskie wschodnie wybrzeże.

Dziennikarz wpatruje się w horyzont, oszołomiony:

– O nie! Nie zrobili tego! Zniszczyli cały las! Najstarszy las świata!

Plantacje drzew palmowych i kauczukowca brazylijskiego graniczące z plażą ustąpiły miejsca ziemi niczyjej pełnej ściętych pni.

Franckie przygląda im się z bliska.

– To drzewo zostało ścięte kilka miesięcy temu. Nie zdążyli go jeszcze wykarczować.

– Zatem sprawa jest przegrana! Senoi znikli wraz ze swoim lasem. Jak orangutany – stwierdza Jacques.

– Nie spodziewałem się, że zetną wszystko w takim tempie.

W oddali dostrzegają chatkę rybacką i kierują się w jej stronę. Mieszka w niej stary mężczyzna z rodziną, młodymi ludźmi kołyszącymi się w plastikowych hamakach. Wiszące na ścianach plakaty ku chwale Jezusa Chrystusa wskazują, że są członkami malezyjskiej mniejszości chrześcijańskiej. Wszyscy mają spojrzenia utkwione w telewizorze, gdzie rozgrywa się walka kogutów.

– Dzień dobry – rzuca Franckie po angielsku.

Nikt nie zwraca na niego uwagi. Kiedy decyduje się odezwać po malezyjsku, bezzębny starzec łaskawie mu odpowiada. Dialog przypomina partię ping-ponga, w której każde zdanie pociąga za sobą ciąg kłapnięć ustami, chichotów i odgłosu „heee".

– Co on mówi? – pyta Jacques.

– Rok temu przybyła tu z zachodu grupa aborygenów z całym swoim dobytkiem – tłumaczy Franckie. – Było ich może trzystu. To Orang Asli wygnani z lasu. Byli wycieńczeni. Biwakowali przez kilka dni na plaży.

– Może to oni? Co się z nimi stało?

– Stary mówi, że trzeciego dnia przypłynął duży statek i wszyscy wsiedli na jego pokład.

– I co potem?

– Na czele grupy stała gruba jasnowłosa zachodnia kobieta, która mogłaby być pańską matką.

Franckie powraca do rozmowy z Malezyjczykiem, który sprawia wrażenie coraz bardziej niezadowolonego, wreszcie gani swoją własną żonę, która również podnosi głos, tymczasem młodzi ludzie wrzeszczą, chcąc ich uciszyć, bo nie słyszą komentatora walki kogutów w telewizji. W końcu jeden z nastolatków mówi coś, co najwyraźniej wszystkich zadowala. Jedno słowo się powtarza. Młody człowiek wraca z pudełkiem pełnym niedopałków. Wybiera jeden z nich i wręcza staremu, powtarzając to samo słowo. Bezzębny dzierży niedopałek niczym trofeum i chwali młodego. Następnie zaczyna trajkotać.

Franckie komentuje:

– Mówi, że gruba jasnowłosa Europejka paliła cygaretki. Coś to panu mówi?

Wzruszony Jacques rozpoznaje złotą końcówkę ulubionej przez matkę marki.

– Chcę wiedzieć, co się dokładnie stało – prosi.

Stary mężczyzna wyciąga Biblię i wskazuje na obrazek przedstawiający Mojżesza, wylewając z siebie potok słów, które Franckie z trudem tłumaczy:

– Mówi, że „gruba jasnowłosa zachodnia kobieta, która paliła cygaretki ze złotą końcówką", chyba przewodziła grupie Orang Asli. Sprowadziła statek, żeby umożliwić im przepłynięcie przez morze. Porównuje to do „Exodusu" i wspomina o „ziemi obiecanej".

Prezentując swój najpiękniejszy uśmiech, bezzębny starzec wskazuje ponownie na Mojżesza.

– Mówi, że z tą tylko różnicą, że prowadziła ich kobieta, a nie mężczyzna, i zamiast sześciuset tysięcy niewolników było kilkaset osób i…

Malezyjczyk opowiada długo, naśmiewając się z jasnowłosej kobiety i ludzi wsiadających na statek.

– …że przeprawa przez wodę nie miała nic wspólnego z cudem, bo odbyła się na pokładzie dużego nowoczesnego statku.

– W jakim kierunku popłynęli?

Następuje kolejna wymiana zdań między Franckiem i starcem.

Pada odpowiedź:

– Jeszcze dalej na wschód.

Malezyjczyk powtarza zdanie, które wyraźnie go bawi.

– Mówi, że ich nigdy nie znajdziemy.

– Dlaczego?

– Ponieważ wszyscy zginęli podczas burzy, która rozpętała się niedługo po tym, jak wyruszyli w drogę.

Mężczyzna chichocze, odsłaniając czarne kikuty i złote zęby, po czym znów wylewa się z niego potok słów.

– Mówi, że możemy u nich zostać, zjeść i się przespać. To wynika z ich gościnności.

Starzec wręcza im miskę wypełnioną podejrzanie wyglądającym daniem. Podczas gdy Franckie delektuje się chrupiącymi w zębach karaluchami, z których wypływa zielonkawy sok, Jacques ogranicza się do ciepłej wody, po czym kładzie się w kącie chaty.

Nie wie, czy powinien się cieszyć, że wreszcie trafił na ślad matki, czy też rozpaczać na wieść o fatalnej burzy, dla czystego sumienia postanawia więc dośnić.

39

Zasypianie. Płytki sen. Sen głęboki. Aktywacja szyszynki. Sen paradoksalny. Dośniewanie. Pojawienie się Wyspy Różowego Piasku. JK48 siedzi w fotelu na biegunach, wciąż w hawajskiej koszuli w kwiaty, w szortach i japonkach, z piña coladą ozdobioną plastrem ananasa i małą czerwoną parasolką. Jacques Klein o czarnych włosach staje naprzeciw siwego Jacques'a Kleina.

– Dzień dobry, „młody ja" – mówi JK48, nie patrząc na niego, z oczami utkwionymi w horyzoncie. – Wolę cię widzieć w tych spokojniejszych okolicznościach. Ostatnim razem byłeś nieco zestresowany.

– Proszę mi powiedzieć: czy mama zatonęła wraz ze statkiem podczas burzy?

Tamten waha się, po czym odpowiada, krzywiąc się.

– Nie.

JK28 siada z ulgą na leżaku ustawionym przy nim samym z przyszłości.

– Czy dowodziła statkiem Senoi?

– Tak.

– Naprawdę udało jej się ich ocalić, wywożąc ich poza kontynent?

– To cała mama, znasz ją! Wzięła sprawy w swoje ręce. Między nami mówiąc, kosztowało ją to sporo pieniędzy, będziesz mieć o tyle mniejszy spadek. Ale cóż, na tym etapie nie będziemy się martwić o taki drobiazg.

– Dokąd się udała? Musiała gdzieś dotrzeć z tymi trzystoma osobami!

– Zgadnij!

– Na wyspę?

– Brawo!

– Popłynęła na wschód na statku z uchodźcami na pokładzie, na wyspę, żeby wreszcie nie zagrażali im przemysłowcy sektora drzewnego i ich drwale, zgadza się?

– Widzisz, wiesz już wszystko! Nie jestem ci potrzebny.

Starszy mężczyzna proponuje młodszemu koktajl, ale ten odmawia.

– Gdzie się znajduje wyspa, do której brzegu przybili? Gdzie jest ich ziemia obiecana?

JK48 uśmiecha się, nie odpowiadając.

– Drogi panie, pragnę przypomnieć, że to pan nalegał, żebym się tu stawił. Bez sensu jest teraz bawić się w sekrety.

– Skoro podjąłeś wyzwanie, nie mogę cię teraz zostawić. Zatem oto informacja: mama jest tutaj – mówi, wskazując punkt na mapie, która właśnie się pojawiła.

Robi krótką pauzę i ciągnie:

– Na tej wyspie (po malezyjsku „wyspa" to *pulau*), na tej długości i szerokości geograficznej. Zapamiętaj dobrze współrzędne.

– Wysepka w archipelagu. Dlaczego właśnie ta konkretna?

– Jest bardzo dzika. Nie ma tam żadnej plaży, więc turyści jeszcze jej nie opanowali. Pośrodku znajduje się niewielkie wzgórze, z którego tryska źródło słodkiej wody. Przed pojawieniem się mamy i Senoi wyspa była całkowicie dziewicza. Nie miała nawet oficjalnej nazwy.

– Wyspa Robinsona Crusoe?

– Mama obdzwoniła lokalne agencje nieruchomości. Kupiła ją, zresztą całkiem niedrogo, i wraz z Senoi urządziła tam wioskę dla nich wszystkich, dokładnie dla trzystu osób. Tam żyje. Czy to zaspokaja twoją ciekawość?

– Dziękuję za te informacje, JK48.

– Przede wszystkim zapamiętaj dokładnie szerokość i długość geograficzną.

– Co jeszcze?

– Nie ma tam benzyny, jedynym środkiem lokomocji jest żaglówka. Powinieneś kupić mały katamaran. Znajdziesz je w sąsiedniej wiosce na wybrzeżu.

Mężczyźni spoglądają po sobie.

– Skąd pan to wszystko wie? Kim pan naprawdę jest? – złości się młody Jacques.

– Mówiłem ci! Jestem twoim trenerem życiowym, który porozumiewa się z tobą za pośrednictwem snów. Co chcesz jeszcze wiedzieć?

– A jeśli oszalałem, jeśli mam atak schizofrenii i wymyśliłem tę postać?

– ...To możliwe. Ale jedno musisz przyznać: do tej pory mogłeś zweryfikować prawdziwość moich słów. Dlaczego więc chcesz za wszelką cenę mnie zrozumieć, ocenić, uznać za prawdziwego albo wyobrażonego, racjonalnego albo szalonego? Korzystaj z mojej wiedzy i przestań zadawać sobie pytania.

– Mimo wszystko, to wyjaśnienie na temat Atona, Aczasowego Transportu Onirycznego...

– ...i Naturalnego. Ponieważ nie ma żadnej machiny ani elektroniki w tym sposobie podróżowania w czasie.

– Tak... naturalnego. Dość to szalone!

– I proszę. Znów masz potrzebę oceniania. To szalone dla człowieka, jakim byłem w twojej epoce, do przyjęcia dla tego, którym się staniesz za dwadzieścia lat. Czy elektryczność mogła wydawać się racjonalna ludziom starożytnym? Czy lądowanie na Księżycu było wyobrażalne dla człowieka prehistorycznego? Wszystko jest kwestią otwartości drzwi percepcji. Jak z psem Pomponem. Jest świat, którego nie widzimy, aż nagle ktoś podnosi zasłonę i wszystko staje się jasne. Pamiętasz wiersz Williama Blake'a? „Gdyby oczyścić drzwi percepcji, każda rzecz jawiłaby się taka, jaka jest: nieskończona".

– Chodzi o tego, który inspirował Doorsów?

– Tak, i Aldousa Huxleya. Ale naszym celem nie jest dyskusja o kulturze w samym środku twojego snu! Myślę, że jeśli chodzi o dzień jutrzejszy, masz co robić. Pogódź się z myślą, że w twoim wieku, w twojej epoce i przy ciasnocie umysłowej twoich rodaków nie można jeszcze przewidzieć świata takim, jakim stanie się za dwadzieścia lat. Historia przyspiesza. Obecne technologie zostaną zastąpione tak dalece nowoczesnymi narzędziami, że nie będą one nawet wykonane z materii. Jacques, zaufaj mi, daj się ponieść podmuchowi czasu, który gna cię w moją stronę i przygotuj się na niespodzianki.

40

Katamaran sunie z wiatrem po Morzu Chińskim kierunku w południowo-wschodnim.

Tu i ówdzie pojawiają się turystyczne wyspy: Pulau Seri Buat, Pulau Tioman (największa w tej części morza) i, dalej na południe, Pulau Pemanggil. Żeby ochronić się przed skutkami ewentualnego ataku narkolepsji Franckie Charras uczy szybko Jacques'a Kleina podstaw sztuki żeglarskiej.

– Trzeba trzymać kurs i obserwować żagle. Fok musi być napięty, a duży żagiel wypełniony wiatrem. Czuwasz też nad kierunkiem i siłą wiatru za pomocą wiatrowskazu na szczycie masztu. Jeśli dostanę ataku narkolepsji i pojawi się problem, położysz żagle, co powinno zmniejszyć prędkość lub nawet zatrzymać łódź, zgoda? Przede wszystkim jednak nie możesz zapomnieć o…

I tu Franckie Charras zasypia jak głaz. Jacques, który zaczyna przyzwyczajać się do tej sytuacji, podtrzymuje go, żeby chory nie roztrzaskał sobie czaszki o mostek. Ułożywszy go w bezpiecznej pozycji horyzontalnej, uniemożliwiającej udławienie się językiem, podkłada mu koszulkę pod głowę, żeby kręgosłup się nie wyginał. Następnie staje przy sterze i próbuje przypomnieć sobie wszystkie zalecenia towarzysza podróży.

Jacques'a szybko ogarnia przyjemne uczucie, które zdaje się dochodzić z głębi komórek jego ciała. Robi głęboki wdech i zamyka oczy.

Jestem jak tata. Nauczył mnie tego we śnie, a teraz działam w rzeczywistości. Żeby dopłynąć na wyspę, gdzie znajdują się odpowiedzi na wszystkie moje pytania.

Katamaran trzęsie się, przełamując fale. Jacques rozkoszuje się chwilą.

Uniknąłem upadku i śmierci, na które skazała mnie Justine. Uniknąłem banalnego życia, które szykowała dla mnie Charlotte. Żyję! Żyję i działam w świecie przy wsparciu JK48 – mojej uosobionej nieświadomości? Mojego anioła stróża? Człowieka z przyszłości, który wynalazł maszynę do podróżowania w snach?

Franckie chrapie, pogrążony w głębokim śnie. Zazwyczaj napady narkolepsji nie trwają dłużej niż pięć do dziesięciu minut. Jacques widzi skaczące wokół łodzi towarzyszące im delfiny.

Delfiny, a nie krótkowzroczne rekiny czy orki ludożercy.

Wkrótce zauważa wynurzającą się z wody rafę, zbyt rozległą i zbyt bliską, aby dało się ją ominąć. Żaglówka pędzi prosto na nią. Jacques wpada w panikę, ale Franckie budzi się w odpowiednim momencie. Analizuje problem i luzuje duży żagiel, żeby zmniejszyć tempo katamaranu, dzięki czemu udaje mu się prześlizgnąć między niebezpiecznymi skałami.

– Jak w samochodzie: zwalniamy przed przeszkodami – mówi Franckie.

– Teraz będę już wiedział – mówi Jacques, czując ulgę, że ktoś wykonał manewr zamiast niego.

– Pamięta pan swoje sny? – pyta Jacques, wbijając wzrok w horyzont.

– Ja? Nigdy.

– Miałby pan na to ochotę?

– Nie widzę w tym sensu.

– Senoi to plemię snów, a my mamy się z nim spotkać.

– Zależy mi tylko, żeby pomogli mi zwalczyć narkolepsję, cała reszta…

– A świadomy sen pana nie interesuje?

– Och, nie. Jest tylko jedna chwila, kiedy uciekam przed napięciem codziennego życia: podczas snu. W tych momentach cenię sobie właśnie brak potrzeby kontroli, więc wcale nie mam ochoty znaleźć się w sytuacji, w której musiałbym podejmować decyzje we śnie.

Ta nieoczekiwana i słuszna uwaga rozbawia Jacques'a.

– Gdyby miał pan możliwość porozmawiania we śnie z samym sobą z przyszłości, który wie już, co się panu przydarzy i może dawać panu rady, o co by go pan zapytał?

– Cóż za osobliwe pytanie!

– Proszę odpowiedzieć.

– Zapytałbym go o… nie zapytałbym go o nic. Naprawdę o nic! Czułbym się tak, jak gdybym miał ojca, który wciąż chce wszystko robić za mnie. Opuściłem ojca w wieku osiemnastu lat, żeby zaciągnąć się do wojska, podróżować i zarabiać na życie. Gdyby był przy mnie, nie mógłbym dojrzeć.

– A gdyby nalegał, że mimo wszystko chce panu pomóc?

– Powiedziałbym, że wolę w spokoju i samotności popełniać własne błędy. Jeśli ktoś podpowiada nam właściwe odpowiedzi, jaki sens ma zdawanie egzaminu? Jaki sens ma odnoszenie sukcesów, jeśli nie podejmujemy ryzyka? Jak sens ma życie, jeśli nie będziemy obawiać się śmierci?

Wzrusza ramionami.

– Dlaczego zadaje mi pan te dziwne pytania?

– Ponieważ we śnie dowiedziałem się od siebie samego z przyszłości, że powinienem przyjechać do Malezji i że moja matka znajduje się na wyspie, na którą zmierzamy.

– Pan żartuje?

– Do tej pory, przyszły ja sam, który pojawia się w moim śnie, dawał mi tylko dobre rady, więc go słucham. Jest w pewnym sensie trenerem mojego życia wewnętrznego.

– Gdyby powiedział mi pan o tym wcześniej, nigdy nie zgodziłbym się na towarzyszenie panu! Do licha! Coś się panu przyśniło i dlatego tu jesteśmy! To naprawdę szczyt szczytów!

– Tak czy owak płacę panu, więc co za różnica, dlaczego tu jesteśmy?

– Tracę swój czas.

– Spędzał pan czas na paleniu opium i robieniu sobie wody z mózgu!

Franckie Charras nie przestaje narzekać, ostatecznie jednak godzi się z osobliwą sytuacją.

– Dobrze, teraz, kiedy już potrafi pan trzymać kurs, proszę stanąć przy sterze, ja przygotuję posiłek. Miejmy z tego chociaż miłą wycieczkę łódką i dania z grilla.

Napina mocniej żagle, żeby katamaran nabrał prędkości.

– ...Gdybym zobaczył we śnie faceta, jakim mam się stać za dwadzieścia lat, nie tylko nie spytałbym go o żadną radę, nie tylko...

To znaczy... Trzymałbym go z dala od mojego życia. Ponadto myślę, że nie byłbym w stanie znieść widoku swojej osoby zniszczonej przez alkohol, narkotyki i kobiety. Powiedziałbym mu: „Stary, co ty z sobą zrobiłeś?" Czułbym się zmuszony dodać: „Przepraszam, że zmusiłem cię do stania się tym, kim jesteś".

Jacques uważa, że rozmowa jest zabawna.

– A gdyby znalazł się pan w obliczu osoby, którą był pan dwadzieścia lat temu?

– Dwadzieścia lat temu miałem dziesięć lat. Powiedziałbym temu dzieciakowi: „Ucz się, zamiast się wygłupiać". Potem wyjaśniłbym mu, że we Francji dobrze się żyje, że nie ma sensu tyle podróżować. Wie pan, że byłem zdolnym uczniem? Mogłem zajść znacznie dalej, ale miałem ochotę uciec od życia, jakie wiódł mój ojciec urzędnik, chciałem żyć silniej... i mieć niesamowite przygody z dala od banalnego świata.

Ustawiają kurs na Pulau Aur, wyspę wysuniętą najdalej na południowy wschód archipelagu. Katamaran przecina fale z odpowiednią prędkością, ale niebo zaczyna przybierać antracytowy kolor.

– Wygląda na to, że będzie pan miał więcej do powiedzenia dziecku, którym pan był, niż pięćdziesięciolatkowi, którym dopiero się pan stanie.

– Zgoda, wciągnął mnie pan w swoją gierkę. Tak czy owak, jednak nie pamiętam tego, co mi się śni...

– Być może sny pana nie zapominają.

Kilka kabli przed Pulau Aur Jacques orientuje się, że dotarli do punktu o współrzędnych, które podał JK48.

– To z pewnością ta wyspa – oznajmia. – Nie ma nazwy, nie jest zaznaczona na mapach, widzą ją jedynie satelity.

Franckie przygląda się przez lornetkę miejscu, które sprawia niezachęcające wrażenie. Zauważa wynurzające się z wody przybrzeżne skały.

– Chyba „przyszły pan sam", który nas tu pokierował, zakpił sobie z pana.

41

Mewy skrzeczą, jak gdyby chciały ostrzec ich przed niebezpieczeństwem. Woń wodorostów miesza się z zapachem drobinek wody z rozpryskujących się o skały fal. Jacques i Franckie podpływają od strony wschodniej, gdzie wybrzeże wydaje się mniej strome. Cumują katamaran i zaczynają się wspinać, żeby dotrzeć na szczyt górującej nad nimi falezy. Wokół rozbiegają się setki krabów, stukając nóżkami po skale. Mężczyźni pną się aż na samą górę, skąd dostrzegają położoną pośrodku wyspy polanę oraz krąg chat, w którego centrum znajduje się palenisko.

– Wygląda na to, że mieszkają tu ludzie, być może dotarliśmy do celu... – szepcze Jacques.

– Musimy tam zejść, żeby się tego dowiedzieć.

Franckie wyciąga kamerę i zaczyna kręcić.

Kiedy docierają w pobliże osady, Franckie kroczy naprzód, wykonując pokojowe gesty, ale wszystkie kobiety i dzieci chowają się. Dwóch Francuzów zostaje otoczonych przez osobników, którzy celują do nich z dmuchawek. Franckie próbuje wyjaśnić im w kilku językach, że nie są wrogo nastawieni.

Po chwili wahania kilku żwawych mężczyzn chwyta ich i związuje im ręce za plecami oraz nogi w kostkach. Zostają unieruchomieni przy dwóch palach.

– Jest pan pewien, że są pokojowo nastawieni? – pyta Jacques.

– Jeśli trafiliśmy na Dajaków, sytuacja jest bardziej skomplikowana.

– Dlaczego?

– Dajakowie są również Orang Asli, ale w odróżnieniu od Senoi są „trochę" kanibalami.

Podchodzi do nich jeden z mężczyzn i, wciąż do nich celując, przeszukuje ich kieszenie. Znajduje portfel Jacques'a, przegląda go, po czym tubylcy zdają się zastanawiać nad dalszym postępowaniem. Portfel przechodzi z ręki do ręki, wreszcie któryś z mężczyzn zabiera go i znika w jednej z chat.

– Ej! Poczekajcie, to nasze paszporty! – woła Jacques.

– Wszystko się ułoży – przepowiada Franckie, po czym zasypia.

Jacques rozgląda się po wiosce. Składa się ona z drewnianych domków na palach, połączonych pomostem tworzącym idealne koło. Dachy pokryte są suchymi liśćmi, a ściany mają wzmocnione kilkoma warstwami bambusa. Pośrodku znajduje się palenisko, na którym gotują się potrawy. Z boku ustawione są ramy z suszącymi się skórami oraz warsztaty tkackie. Po wiosce krąży kilka kotów. Mężczyźni wytwarzają strzałki do dmuchawek, inni strugają bambus na dzidy. Stopniowo kobiety i dzieci wracają i podchodzą bliżej, wciąż czujne.

– Przybyliśmy w pokojowych zamiarach… – Jacques podejmuje kolejną próbę, podczas gdy jego towarzysz chrapie, zwisając na przytrzymujących go sznurach.

42

Jacques Klein, który w końcu również zasnął, budzi się, gdy coś dotyka jego twarzy. Obawiając się pająka, otwiera oczy. Ale to, co wziął za odnóża, to tylko szczupłe palce. Na końcach palców dłonie, na końcu dłoni ramiona, na końcu ramion – twarz. W pierwszej chwili odsuwa się przerażony, gdyż postać, która dotyka jego twarzy, ma całkowicie białe źrenice. Zastanawia się, czy to nie senny koszmar, ale odczucia w jego ciele są wystarczająco wyraźne, żeby wiedział, iż nie śpi. Słońce stoi już wysoko na niebie i Jacques dochodzi do wniosku, że musiał spać przywiązany do słupa przez dziesięć godzin. Dłoń dotyka jego włosów, podbródka, ust i oczu. Ślepa kobieta wypowiada kilka słów w swoim języku, a mężczyzna, który zabrał mu portfel, wraca z nożem w ręce. Jacques zamyka oczy. Ale człowiek uwalnia ich, przecinając więzy.

– Dziękuję – mówi Jacques z ulgą.

Kobieta nadal obmacuje jego twarz, wyraźnie bawiąc się niektórymi zmarszczkami i zgrubieniami. W szczególności intryguje ją blizna w kształcie litery Y. Jacques nie czuje się komfortowo podczas dotykowego badania, ale nie rusza się, czekając, aż kobieta skończy. Kobieta maca jego oczy, zamykając je na siłę. Naciska na gałki i jest to niemal bolesne, ale Jacques nie śmie protestować.

A jeśli ona maca mnie jak rzeźnik wołu przed poderżnięciem mu gardła?

Przepędza tę myśl, powtarzając słowa, które chciałby przekazać telepatycznie:

Nie jestem jadalny. Jestem łykowaty. Podnoszę poziom cholesterolu. Jestem toksyczny. Proszę mnie nie jeść, nie jestem nawet smaczny.

Zebrani wokół nich mężczyźni i kobiety przyglądają im się niczym dzikie zwierzęta.

Teraz ślepa kobieta rysuje palcem niewidzialną linię wokół jego warg.

– Ma pan usta – mówi wreszcie.

– Kim pani jest? Mówi pani po francusku?

– Pana matka nauczyła mnie waszego języka.

– Moja matka? Wie pani, kim jestem?

Ślepa kobieta jest szczupła, ma długie czarne włosy, oczy osadzone blisko siebie i całkowicie białe, wysokie czoło, mięsiste usta i złocistą skórę. Jej dłonie są wyjątkowo delikatne, a palce drobne i zakończone długimi paznokciami. Ma na sobie sarong w kolorze fuksji i obwieszona jest biżuterią.

– Tak, panie Klein. Ma to pan zapisane w portfelu.

Wypowiedziała to zdanie tak naturalnie, że Jacques waha się, czy nie wybuchnąć śmiechem.

– Gdzie jest moja matka? Chcę z nią porozmawiać.

– To niemożliwe, panie Klein.

Teraz budzi się Franckie. Ślepa kobieta obmacuje mu twarz, po czym naradza się z pozostałymi członkami plemienia, którzy odpowiadają jej oschle. Wygląda na to, że się nie zgadzają.

– Czy jesteście Senoi? – pyta Franckie.

– Istotnie, tak się nazywamy.

– Dlaczego tu przebywacie?

– Pojawiła się pani Klein i dała nam do zrozumienia, że musimy wyjechać daleko, bardzo daleko, znacznie dalej niż kiedykolwiek podróżowaliśmy. Pomogła nam. Potem nie było już dokąd się udać, więc wsadziła nas na statek i przywiozła tutaj. Większość z nas nigdy wcześniej nie widziała morza.

– Gdzie jest moja matka? Gdzie? Proszę powiedzieć!

Kobieta ujmuje dłoń Francuza i prowadzi go przed świeżą mogiłę, przy której postawiono duży owalny kamień z wyrytym napisem: „KLEIN".

– Tutaj ją pochowaliśmy.

Jacques upada na kolana i zaczyna zawodzić:

– Och, nie! Nie! Och, nie!

Nikt nie śmie mu przerywać.

Kobieta podchodzi do Jacques'a i ponownie dotyka jego twarzy, chwytając go pod brodę.

– To się wydarzyło kilka dni temu.

– Co się stało?

– Przybyli uzbrojeni mężczyźni. Chcieli nas wystraszyć. Mieli strzelby, byli zawodowymi żołnierzami.

– Najemnicy Malezyjczyków? – sugeruje Franckie.

– Kiedy przypływają motorówkami, zabijają kilkoro spośród nas, a potem odjeżdżają. Po prostu chcą, żebyśmy opuścili wyspę.

Mogłem przybyć tu na czas, gdybym wcześniej posłuchał JK48! Dlaczego byłem tak uparty? Mogłem ją ocalić!

Ślepa kobieta, szanując jego cierpienie, cofa się i przemawia do swoich w ich języku. Oni również komentują zachowanie mężczyzny. Słowo „Klein" powtarza się kilkakrotnie.

Jacques trwa w bezruchu, z otwartymi oczyma, próbując wyczuć, co mogło jeszcze pozostać z jego matki w tej sypkiej ziemi.

– Mamo... Och, mamo... Dlaczego? Dlaczego? – szepcze.

Tubylcy wracają do swoich zajęć, polegających głównie na odbudowywaniu zniszczeń dokonanych przez żołnierzy. Franckie przyłącza się do nich, podczas gdy Jacques nadal tkwi przy mogile.

Po wielogodzinnej lamentacji wraca do pozostałych na kolację. Dwaj Francuzi siadają do stołu razem z Senoi.

– Kim byli żołnierze, którzy zamordowali moją matkę?

– Wysłali ich ludzie, którzy chcą odzyskać wyspę – odpowiada ślepa kobieta.

– Chcę wiedzieć, co się wydarzyło! Po to tu przyjechałem. Niech mi pani wszystko opowie, skoro mówi pani po francusku!

– Mam na imię Shambaya. Jestem córką wodza i pełnię konkretną rolę w naszym plemieniu: jestem „Panią w snach". Dysponuję kilkoma informacjami, które stanowią część odpowiedzi na pana pytanie, ale nie wiem wszystkiego.

– A kim on jest? – pyta Franckie, wskazując tubylca, który rozciął im więzy.

– To mój brat Shuki. On również zna francuski. Pańska matka była naszą nauczycielką.

– Chcę poznać prawdę! – denerwuje się Jacques.

Shambaya sięga po kij i rysuje kółka na piasku.

– Pańska matka przybyła w zeszłym roku, żeby badać nasz sposób życia i kulturę. Nauczyła nas języka francuskiego, a my podzieliliśmy się z nią wiedzą na temat świata snu. Mamy jednak problemy.

Cicho wzdycha.

– Kiedy jeszcze żyliśmy w lesie, nad brzegiem rzeki Temiar, przybyli drwale. Malezyjczycy. Rozmawialiśmy z nimi, powiedzieliśmy im, że to święte drzewa, zamieszkane przez bóstwa. Odpowiedzieli, że ich bóg jest lepszy od naszych bogów, gdyż znajduje się w niebie, tam nikt nie może go zobaczyć ani skrzywdzić. I zaczęli wycinać drzewa, chcąc nam pokazać, że nasi bogowie są słabi, a ich niepokonany. Ustawiliśmy barykadę. Ale oni przybyli nocą, zabijali mężczyzn i gwałcili kobiety. Było to dla nas coś nowego. Taki poziom niewiedzy nas zaskoczył. Wycinać drzewa, mordować nocą ludzi... Zrozumieliśmy, że rozmowa z nimi nie ma sensu. Trzeba odejść. Drwale wygrali. Ogołocone z drzew tereny zostały przekształcone w pola uprawne.

– Zauważyliśmy – powiedział Franckie Charras, uruchamiając kamerę, żeby nagrać jej wypowiedź.

– Niszczyciele lasu posuwali się naprzód, a my się wycofywaliśmy, wraz ze wszystkimi dzikimi zwierzętami. Kiedy dotarliśmy nad brzeg morza, tej wielkiej niebieskiej przestrzeni pozbawionej pionowych linii przecinających horyzont, zakręciło nam się w głowach. Dla nas to był koniec świata. Nikt z nas nigdy wcześniej nie widział morza. Byliśmy zrozpaczeni, z dala od naszych świętych drzew. Pańska matka szukała sposobu, żeby nas ocalić. Podjęła decyzję, obdzwoniła bankierów i agencje nieruchomości, a następnie wydała fortunę na zakup najdalej położonej i najdzikszej wyspy.

– Zapewne użyła pieniędzy z odprawy – dodaje szeptem Jacques.

– Następnie wynajęła statek. Wszyscy wsiedliśmy na pokład, trzysta sześćdziesiąt osób, i dopłynęliśmy tutaj. Pańska matka wybrała tę wyspę, gdyż była bezludna i nie interesowała agencji nieruchomości ze względu na brak plaż o drobnoziarnistym piasku.

– Wyspa jest rzeczywiście otoczona stromymi skałami, przekonaliśmy się o tym – przyznaje Franckie Charras.

– Pańska matka sfinansowała naszą ucieczkę i osiedlenie się tutaj. Wreszcie znaleźliśmy się poza zasięgiem drwali i niszczycieli lasu. Lecz pewnego dnia pojawił się statek z nurkami badającymi morską głębinę w poszukiwaniu miejsca do uprawiania speleologii. I odkryli „niebieską dziurę".

– „Niebieską dziurę"?

– To swego rodzaju naturalna studnia na pełnym morzu w pobliżu wyspy. Jest bardzo głęboka, a jej wodę cechuje niezwykła przejrzystość. Takich miejsc poszukują amatorzy freedivingu. Ów skarb natury stał się naszym przekleństwem. Kiedy tylko rozeszła się o tym wieść, agencje turystyczne, które do tej pory gardziły naszą wyspą, skierowały na nią swoją uwagę. Chciały oczywiście założyć tu centrum nurkowe z hotelami dla miłośników podwodnych przygód. Jedna z tych agencji posunęła się nawet do zaproponowania pańskiej matce odkupienia wyspy za podwójną cenę. Ale ona odmówiła. Wtedy po propozycjach finansowych pojawiły się groźby. Ale ona się nie poddawała. Pewnego dnia zakotwiczył w pobliżu znacznie większy statek. Z początku sądziliśmy, że to łódź turystyczna, jak wiele innych. Jednak w nocy zostaliśmy zaatakowani. Na statku znajdowało się blisko dwudziestu najemników, którym zapłacono za przepędzenie nas.

– Rozumiem – mówi Franckie – byłem świadkiem podobnych sytuacji w Afryce.

– Z początku ograniczali się jedynie do podpalania naszych domostw. Broniliśmy się za pomocą dmuchawek. Miesiąc temu pojawiła się pierwsza śmiertelna ofiara. Użyli karabinów maszynowych i zabili jedną osobę. Zanim odpłynęli, pozostawili za sobą napis po malezyjsku na ścianie jednej z chat: „Pierwsze ostrzeżenie: wyjedźcie albo zginiecie”. Pańska matka powiedziała nam, że nie wolno nam się poddać. Zorganizowaliśmy armię obronną.

– Dmuchawki przeciwko karabinom maszynowym?

– Mieliśmy przewagę w terenie. Potrafimy wspinać się na drzewa i ukrywać. Wielokrotnie udawało nam się zmusić ich do wycofania się. Ale trzy dni temu wrócili i podczas tej dzikiej napaści pańska matka została zamordowana.

Jacques zaciska pięści.

– Mimo wszystko udało nam się ich odeprzeć.

– Gdzie się teraz znajdują?

– Ich statek zakotwiczył w pobliżu zachodniego wybrzeża – mówi Shuki. – Moda na nurkowanie w Morzu Malezyjskim stanowi nasze przekleństwo. Na wszystkich wyspach wokoło znajdują się hotele i bazy nurkowe. Studnia morska jest dla nas wyrokiem. Tym bardziej że woda jest w niej tak czysta, że delfiny przypływają, aby tam się rozmnażać. Dla turystów to miejsce idealne.

– A policja?

– Po pierwszym ataku (z jedną ofiarą śmiertelną) pańska matka zadzwoniła na najbliższy komisariat znajdujący się na sąsiedniej wyspie – wyjaśnia Shambaya.

– Ale nie znała „naszej policji” – dodaje Shuki.

– Przyjechali. Zrobili zdjęcia szkód, udawali, że się rozglądają po okolicy. Uznali, że było to dzieło piratów, co stanowi nieunikniony aspekt życia, jak orangutany czy burze. Nie chcieli nam uwierzyć, kiedy wspomnieliśmy o obecności najemników. Pańska matka w końcu pojęła, że władze są w zmowie z agencjami turystycznymi i deweloperami. Podobnie, kiedy wznosiliśmy barykady utrudniające dostęp drwalom, policjanci wspierali ich pod pretekstem „utrzymania porządku”.

– W rzeczywistości ministrowie mają udziały w przedsiębiorstwach zarabiających na sprzedaży drewna i terenów pod budowę hoteli – dodaje Franckie Charras, który jako dziennikarz zna się na rzeczy. – Cały malezyjski system polityczny jest od dawna przegniły na wskroś. Faceci, których zabiliście, są być może nawet policjantami, którzy w ten sposób sobie dorabiają.

– Co zamierzacie zrobić? – pyta Jacques Klein.

– Teraz, kiedy pańskiej matki nie ma już z nami i nie może ona działać oficjalnie w naszym imieniu, będzie nam znacznie trudniej. Nie znamy nowoczesnych procedur sądowych. Będziemy starali się wytrwać tak długo, jak to będzie możliwe.

– Najwyraźniej pojawiliśmy się w odpowiedniej chwili! – woła Franckie. – Jestem żołnierzem. Pomogę wam się bronić, ale trzeba będzie skonstruować system obronny. Wszyscy będą nam potrzebni. Zaczniemy od przekształcenia wioski w oszańcowany obóz. Trzeba otoczyć chaty murem i fosą, przed którymi zastawimy pułapki. Nauczyłem się, jak to robić, kiedy walczyłem u boku Karenów w Mjanmie.

Shuki tłumaczy słowa Franckiego pozostałym Senoi i zdaje się, że w zebranych ponownie wstępuje energia.

Jacques, który do tej pory nie zwracał uwagi na to, co je – kurczak? – uświadamia sobie, że prawdopodobnie to wcale nie jest ptak. Dyskretnie odsuwa talerz i zadowala się gotowanym maniokiem.

Po posiłku każdemu z gości zostaje przydzielona chata należąca do kręgu tworzącego wioskę. Urządzają się w nich i przenoszą bagaże z katamaranu.

Pozostała część dnia mija spokojnie, Jacques i Franckie poznają tryb życia Senoi. Shuki proponuje im poprawną francuszczyzną, że oprowadzi ich po włościach.

– Obecnie nasza społeczność liczy trzysta pięćdziesiąt osiem osób – komentuje. – Żyjemy wszyscy w strukturze cyrkularnej, którą tworzą dwadzieścia trzy rodziny.

Wokół wioski, poza kręgiem chat, Senoi wykarczowali nieco drzew, żeby zasiać maniok, kukurydzę, warzywa i założyć sad. Trochę dalej, na płaskowzgórzu powstało ryżowisko.

Ale Senoi zdają się niezbyt zainteresowani rolnictwem i mężczyźni spędzają więcej czasu na struganiu strzałek do dmuchawek i polowaniu niż na sadzeniu ryżu.

Źródłem protein są wiewiórki, nietoperze, małpy, ale też małe dzikie świnki, które podchodzą w okolice wioski skuszone zapachem odpadków.

Jako nowo przybyli na wyspę, Senoi nie ośmielają się jeszcze łowić w morzu, nie mają ani piróg, ani żaglówek.

Kobiety rozdrabniają maniok na tapiokę, którą spożywają w zupie lub w formie mąki. Plotą kosze, wytwarzają maty na krosnach.

Większość przedmiotów – naczynia, meble, broń, instrumenty, a nawet ozdoby – produkowana jest z bambusa. Matki poświęcają dużo czasu opiece nad dziećmi i zabawie z nimi. Noszą luźne suknie. Z tego, co dwaj Francuzi zrozumieli, nie istnieje tu podział prac, każdy robi to, na co w danej chwili ma ochotę. Wódz wioski, ojciec Shambayi, jest starym mężczyzną, który nie wydaje żadnych rozkazów, lecz ogranicza się do udzielania porad. Pełni funkcję „mędrca", strażnika pamięci historii przodków.

Shambaya jest kapłanką, nie zyskuje jednak przez to żadnej magicznej mocy. Pomaga śniącym lepiej śnić i interpretować znaczenie marzeń sennych.

– Nasze noce – wyjaśnia Shuki – są ważniejsze od waszych dni.

– Zaczynam pojmować tę ideę. Jesteście niczym sowy, nietoperze, koszatki...

– Nie, jesteśmy tacy jak wy. Różnimy się tylko kulturą. Jak się wam podobają nasze kobiety? – pyta.

– Osobliwe pytanie – dziwi się Jacques.

– Bardzo nas ciekawi seksualność, stanowi element wieczornych czynności. To też złościło malezyjskich drwali. Wiedzieli, że nasze kobiety są „bardzo dobrze wykształcone" w dziedzinie seksu, w przeciwieństwie do ich. Wieczorem, jako że wszystkie chaty ze sobą sąsiadują, z łatwością usłyszycie, jak pary się kochają.

Shuki najwyraźniej widzi w tym przyczynę dobrego zdrowia psychicznego swojej społeczności.

– Jesteśmy bardzo tolerancyjną i otwartą społecznością. Nie istnieją u nas tabu, zachęcamy do seksu. Zachowania nieco bardziej fantazyjne bawią i są akceptowane przez wszystkich. Niepokoi nas brak stosunków seksualnych. Nawet jeśli związek i małżeństwo tu istnieją, pozostają nieformalne. Senoi mogą być niestali w uczuciach, o ile rodzice wychowują razem dzieci, mężczyzna zaspokaja potrzeby materialne swojej partnerki, a ta zajmuje się gospodarstwem. Edukacja dzieci również nie jest sztywno określona, działa raczej w trybie „im więcej wiecie, tym łatwiejsze będziecie mieć życie". Dlatego też młodzi chętnie pytają starszych o radę.

– Macie religię?

– To, co praktykujemy, nie jest tak naprawdę religią, raczej sposobem komunikowania się, między nami przede wszystkim, a następnie z naturą. Zresztą nie mamy księży. Cała nasza edukacja opiera się na dwóch pojęciach: tolerancji i szacunku. Konflikty rozwiązujemy poprzez wspólne rozmowy, podczas których wódz zachęca do negocjacji. Dzieciom zalecamy przyznawanie się do błędów w celu otrzymania przebaczenia, chcemy, żeby mówiły prawdę, nawet jeśli cena jest wysoka, żeby opowiadały o swoich lękach i prosiły o pomoc w ich przezwyciężaniu.

– Nikt się nie złości?

– Owszem, ale tylko podczas rozmów, nigdy też nie posuwamy się w złości za daleko. Uwielbiamy dyskutować – wyjaśnia Shuki. – Rozmawiać można o wszystkim. Podczas niektórych oratorskich starć ci, którym brakuje argumentów, wzywają na pomoc przyjaciół. Wspólnie popieramy pokorę. Nierzadko można usłyszeć Senoi mówiącego: „Ostatecznie to ja się myliłem, a ty miałeś rację".

– Ludzie Zachodu powinni brać z was przykład! – woła Franckie. – Już sobie wyobrażam debatę polityczną, podczas której wypowiedziano by te słowa!

Trzej mężczyźni krążą po wiosce, a dzieci chowają się na ich widok.

– Większość naszych pociech jeszcze się was boi, ale to minie, kiedy zrozumieją, że różnicie się od najemników.

Wkrótce Franckie zabiera się do pracy i z pomocą miejscowych mężczyzn podejmuje się zorganizowania systemu obronnego wyspy. Strzałki pokrywa się kurarą. Tą samą trucizną są smarowane zaostrzone tyczki bambusa rozmieszczone na dnie dołów pokrytych plecionymi matami z trawy, które mają ugiąć się pod ciężarem nieostrożnych najemników. Praca jest długa i męcząca. Franckie uważa, że na ukończenie fosy potrzeba wielu dni.

– Mam nadzieję, że do tego czasu najemnicy będą siedzieć spokojnie i…

Dziennikarz zasypia znienacka i Jacques w ostatniej chwili chwyta go, zanim ten wpadnie do fosy i nadzieje się na jedną z pułapek. Dwaj Senoi odnoszą go do jego chaty, trzymając za ręce i nogi.

– Dołączmy do pozostałych, pora na posiłek – proponuje Shuki.

Kobiety przygotowują jedzenie w tradycyjny sposób. Mięso i warzywa są pieczone na kawałkach bambusa ułożonych w żarze paleniska. Tym sposobem warzywa gotują się w mięsnym sosie i przesiąkają smakiem bambusa. Z przypraw używa się papryczek i malutkich włochatych kawałków białego mięsa, które bardzo przypominają odnóża pająka, ale Jacques woli się co do tego nie upewniać. Siada na pniu drzewa pełniącym rolę ławy i wkrótce dołącza do niego Franckie, który szybko się przebudził. Shambaya również siada przy nich i rozpoczyna rozmowę:

– Pańska matka nauczyła nas języka, ale też opowiadała nam o świecie na zewnątrz. Jak się nazywa wasza wioska, bo zapomniałam?

– Paryż.

– Tak, Paryż. Chciałabym kiedyś tam pojechać. Wydaje mi się, że musi być bardzo ładny.

Ślepa kobieta pochyla się do przodu, sięga po dwa ciepłe kawałki bambusa z gulaszem: jeden dla niej i drugi dla Franckiego. Jedzą.

– Smakuje wam?

Przytakują w milczeniu.

– Proszę mi jeszcze opowiedzieć o mojej matce – mówi Jacques. – Jak się tutaj czuła?

– Łączyła nas wyjątkowa relacja. Ponieważ uczyłam się języka znacznie szybciej od pozostałych, dużo rozmawiałyśmy.

– Czy mówiła pani o mnie?

– Mówiła mi o panu i o Francisie, pańskim ojcu.

– Dlaczego nie próbowała się ze mną skontaktować?

– Odniosłam wrażenie, że bała się, iż odkryje pan jej wielką tajemnicę. Coś, czego się wstydziła i czego się bała.

Jacques spuszcza głowę.

– Mama miała tajny plan, sekretne życie, sekretną osobowość i czasami zachowywała się… niezrozumiale. Odeszła bez słowa wyjaśnienia czy pożegnania. Chyba mam jej to za złe i chciałbym, żeby się z tego wytłumaczyła. Czuję się sfrustrowany, że nie mogę porozmawiać z nią twarzą w twarz.

– Może się pan z nią spotykać we śnie, prawda? Wystarczy, że wtedy zada jej pan te pytania.

– Matka nigdy nie pojawia się w moim śnie. Nawet teraz milczy.

Shambaya uśmiecha się.

– Mówiła, że nauczyła pana spać i śnić.

– Tak, ale mam wrażenie, że wasza wiedza znacznie przekracza moją. To tak, jak gdyby francuski nauczyciel jogi pojawił się w Tybecie i uczył się buddyzmu od Dalajlamy. Chodzi o zupełnie inny wymiar.

– Nie znam słów „joga" i „Tybet". Wie pan, znam wasz język, ale brakuje mi odniesień do kultury, historii i geografii. Z trudem nadrabiam zaległości.

– Powiedziała pani, że jest kapłanką snów, na czym to polega?

– Pańska matka używała określenia „onironautka". Mówiła, że praktykuję „świadomy sen".

– Istotnie, matka chciała się z panią spotkać, żeby zdobyć dodatkową wiedzę w tej dziedzinie.

Shambaya długo przeżuwa kęs.

– Jak nas znaleźliście na tej wyspie? – pyta.

– Przyszły ja sam pojawiłem się w moim śnie i przekazałem sobie informację o waszym miejscu pobytu. Nigdy nie śniła pani o sobie samej młodszej lub starszej? – pyta Jacques, zadowolony na widok zaskoczonej miny specjalistki.

– Czy pan sam z przyszłości kazał panu przypłynąć właśnie na tę wyspę?

Podchodzi Shuki i wręcza każdemu kawałek durianu. Jacques je, zatykając nos. Przez smak sfermentowanych odpadków przebijają się ponownie cebula i ser z migdałami.

– Być może kiedyś mi zasmakuje – stwierdza. – Kiedy byłem mały i podsunięto mi po raz pierwszy kawałek sera camembert, prawie zwymiotowałem, a teraz go uwielbiam.

– Chciałabym kiedyś móc spróbować waszego camemberta – mówi Shambaya.

Mężczyźni, którzy skończyli posiłek, wracają do przerwanej pracy.

– Budujemy chaty na palach, żeby chronić się przed wężami, szczurami i wielkimi pająkami – wyjaśnia kobieta. – Łączymy domy w jeden krąg, żeby nie zapomnieć o jedności, a zapalamy duży ogień pośrodku, żeby nie zapomnieć, iż świat kręci się wokół osi. Odkryjemy przed wami naszą kulturę, panie Klein. W zamian chcę, żeby pan zapoznał nas ze swoją. Dzięki temu będę kontynuować to, co zaczęłam z pańską matką.

– Chciałbym opanować umiejętność świadomego snu.

Kobieta wykonuje szeroki gest w stronę morza.

– Teraz pora na ochronę, budowę, być może na wojnę. Dopiero później nadejdzie czas nauki.

Ujmuje go za rękę.

– Mimo wszystko mam dla pana prezent, panie Klein. To piosenka. Niech pan zapamięta melodię i słowa. Przydadzą się panu do odpędzania komarów. Jest ich tu wiele. Bez tego jutro byłby pan cały pokłuty.

Robi głęboki wdech i zaczyna nucić. Jacques powtarza melodię i słowa, a ślepa kobieta poprawia go.

Następnie przychodzi pora na sjestę, pracę przy fosie, kolację i śpiewy oraz tańce przy ognisku.

Głównym instrumentem muzycznym plemienia Senoi jest swego rodzaju drewniana tuba, wydrążona przez termity, z której muzycy wydobywają niski dźwięk, wprawiający w wibracje klatkę piersiową. Ustnik wykonany jest z pszczelego wosku. „Mooloo" przypomina didgeridoo aborygenów australijskich albo tybetańskie rogi. Aby uzyskać ciągły dźwięk, trzeba kolejno dmuchać i wciągać powietrze. Kiedy pięć albo sześć mooloo gra jednocześnie, atmosfera robi się hipnotyczna. Towarzyszą temu rytmy wybijane na wydrążonych korzeniach i gardłowe śpiewy. Francuzom zajmuje nieco czasu przyzwyczajenie się do tej osobliwej, egzotycznej muzyki. Szybko jednak zostają porwani przez melodię.

Wróciwszy do swojej chaty po dniu spędzonym wśród Senoi, Jacques kładzie się, wycieńczony, na materacu niewiele grubszym niż jego dłoń. Próbuje przypomnieć sobie piosenkę, której uczył się wcześniej i śpiewa ją, w miarę jak noc postępuje w orszaku komarów.

43

Zasypianie. Sen płytki. Sen głęboki. Sen paradoksalny. Dośniewanie. Wyspa Różowego Piasku.

JK48 stoi, fotel na biegunach i piña colada zniknęły. Siwe włosy ma zmierzwione i sprawia wrażenie mocno zdenerwowanego.

– Dobry wieczór, JK48.

– Wkurzasz mnie.

– Co jest nie tak?

– TY!

– Zrobiłem wszystko, co mi pan kazał, słuchałem pańskich rad i dotarłem do celu. Teraz fortyfikujemy wioskę Senoi, żeby ją chronić przed…

– Nic nie rozumiesz, JK28! Chwilami twoja naiwność mnie zasmuca. Kiedy pomyślę, że właśnie taki byłem w twoim wieku. Do cholery! Zapomniałem, jak bardzo byłem nieświadom otaczającej mnie rzeczywistości.

– Jest coś, o czym powinienem wiedzieć?

– Oczywiście! Coś, co powinieneś zrozumieć, i to szybko! Grozi ci wielkie niebezpieczeństwo.

– Co? Mnie?

– Nasz sposób komunikacji stanowi pewien problem: mogę ci uświadomić obecny stan rzeczy, mogę podać ci kilka brakujących informacji, ale nie mogę cię uprzedzać o tym, co gotuje dla ciebie przyszłość… bardzo bliska. A jest już blisko, uwierz mi!

– Zaczynam się niepokoić.

– Oczywiście, taki jest mój cel. Ja też się niepokoję. Jeśli twoja przyszłość się zmieni choćby o jotę, moje istnienie i sukces projektu Aton staną pod znakiem zapytania. Wystarczy, że… potkniesz się na drodze przeznaczenia, a wszystko runie. A ja nie mogę nic na to poradzić! Jestem niczym duch, niczym bezsilny widz! Ach, jakież to frustrujące! Tak bardzo chciałbym, żeby istniała prawdziwa maszyna do podróżowania w czasie i żebym mógł znaleźć się przy tobie, z moimi mięśniami z krwi i kości, a nie z bicepsami ze snu. Kto zdoła wyrazić smutek niepełnego istnienia? Kto ośmieli się pewnego dnia poruszyć tak drażliwy temat, jakim jest brak materializacji, bycie jedynie myślą... na dodatek w wyobraźni... człowieka bez sumienia!

JK28 już ma się obrazić, postanawia jednak się opanować.

– Co się ze mną stanie? – pyta pojednawczo.

– Najgorsze. Najgorsze, co może przytrafić się człowiekowi – oznajmia JK48, drżąc na wspomnienie tego, co mu się przydarzyło dwadzieścia lat wcześniej.

– Proszę mi chociaż powiedzieć, o co chodzi!

Siwowłosy mężczyzna zaczyna przechadzać się tam i z powrotem po plaży, wykrzykując ze złością:

– Co robić? Nawet gdybym ci powiedział, niczego by to nie zmieniło.

– Więc po co mi pan w ogóle o tym wspomina?

JK48 waha się między kilkoma odpowiedziami.

– Tak czy owak, po co to wszystko? Na tym etapie twojego życia nie da się nic już zrobić – ucina, zrozpaczony.

– Chcę wiedzieć, o co chodzi!

– Nie mogę powiedzieć.

– Proszę mi przynajmniej pomóc przygotować się na to rzekome wielkie niebezpieczeństwo, które mi grozi.

– Dobrze. Musisz wiedzieć, że jesteś znacznie silniejszy, niż ci się wydaje.

– W porządku, skoro pan tak twierdzi, ale co to zmienia?

– Potrafisz znieść próby znacznie trudniejsze, niż możesz sobie wyobrazić.

JK28 siada, żeby wygodnie wysłuchać dalszego ciągu wywodu. JK48 wciąż narzeka na samego siebie:

– Zrobiłem wszystko, żeby zapomnieć, ale teraz sobie przypominam, że już mnie to spotkało, że teraz mnie to spotka! Co za pech! Tak bardzo chciałbym zapomnieć, ale Aton zmusza mnie do pamiętania.

Ponownie wstrząsa nim dreszcz przerażenia.

– Pan…

– Możesz mi mówić po imieniu, to zaczyna się robić komiczne.

– Nie, wolę nie. Oto jakie mam refleksje (zabawne zresztą: „refleksje"): pan wciąż stoi naprzeciw mnie, zatem cokolwiek mi się przydarzy, dożyję czterdziestu ośmiu lat.

– Teoretycznie tak. W praktyce sprawa jest bardziej skomplikowana. Możesz bowiem polec tam, gdzie ja wytrwałem.

– Proszę mi to wyjaśnić.

– Mówiłem ci to już tysiące razy! Przez tę przeklętą wolną wolę. Przypomnij sobie mamę, która nacięła sobie linie dłoni, żeby ci pokazać, że w każdej chwili możemy wpływać na swój los.

– Może to ją zabiło?

– Nie w tym rzecz. Chodzi o to, że w chwili obecnej autostrada prowadząca od ciebie (w twojej czasoprzestrzeni) do mnie (w mojej czasoprzestrzeni) jest bezpośrednia, najprostsza i najbardziej normalna, jaka tylko może być. Ale dzięki wolnej woli możesz postanowić, że z niej zjedziesz, zatrzymasz się albo zawrócisz.

– Dzięki panu czuję się bezpiecznie.

– Czy naprawdę nie rozumiesz, co usiłuję ci wytłumaczyć? Teraz, wkrótce, w bardzo bliskiej przyszłości, staniesz w obliczu strasznego problemu, a ja nie będę mógł nic dla ciebie zrobić! NIC! Będziesz musiał wykazać się siłą, ogromną siłą! Nie pękaj, błagam cię. Cokolwiek się wydarzy, trzymaj się.

JK48 wygląda, jakby był u kresu wytrzymałości.

– Udało się! Mam! – woła nagle. – Żeby się nie załamać, żeby nie oszaleć, dam ci jedną radę: kiedy znajdziesz się twarzą w twarz z najgorszym, wróć, choćby na krótką chwilę, na naszą Wyspę Różowego Piasku. Nawet na ułamek sekundy, rozumiesz? Ale uciekaj przed wyobraźnią. Słyszysz? Tylko tutaj znajdziesz siłę, żeby się oprzeć. I przede wszystkim… jak by to powiedzieć? Powodzenia!

Jacques budzi się gwałtownie. Powraca do rzeczywistości zlany potem. Poprzez brzęczenie komarów przebija się inny, bardzo bliski, trudny do zidentyfikowania odgłos. Rozglądając się po pokoju, dostrzega pełznącego po podłodze węża. Co zadziwiające, uspokaja się, widząc, że to tylko gad.

JK48 prawie mnie przestraszył, stwierdza Jacques. *Chyba nadużywa wpływu, jaki może na mnie wywierać.*

Młody człowiek podziwia z balkonu kolistą wioskę, palenisko z przygasającymi węglami i cudownie rozgwieżdżone fioletowe niebo. Z sąsiednich chat docierają do niego ekstatyczne westchnienia, dowody, że nie wszyscy śpią. *Shuki nie przesadzał.*

Nietoperze trzepoczą skrzydłami w koronie jednego z drzew. Jacques Klein przesuwa chłodną dłonią po spoconej twarzy. Dochodzi do wniosku, że język francuski sprzyja niedomówieniom: „powodzenia" brzmi jak „czuję, że spotka cię coś złego" albo „mam nadzieję, że nic ci się nie stanie", kiedy trzeba by raczej powiedzieć: „mam nadzieję, że spotka cię coś cudownego".

Jacques powraca myślami do Shambayi, która wydaje mu się subtelna i pełna wdzięku mimo swojej niepełnosprawności. Zastanawia się, czy jest już mężatką – pani snów z pewnością ma wielu adoratorów.

Kiedy wraca do pokoju, żeby znów się położyć do łóżka, jakaś postać wślizguje się na palcach tuż za nim i przykłada mu do nosa i ust chusteczkę nasączoną chloroformem. Zrobiwszy głęboki wdech, Jacques czuje, że nogi się pod nim uginają. Dwa silne ramiona chwytają go, zanim zdąży upaść na podłogę.

44

Cierpka woń cygara drażni mu nozdrza. Przez sen dobiega go słowo, które rozpoznałby w największej wrzawie: „Klein". Jego mózg potrafi wytropić tę sylabę nawet pośród hałasu.

Na twarz chlusta mu lodowata woda z wiadra: nigdy nie zaznał tak gwałtownego przebudzenia.

– Pan Klein? – dopytuje po angielsku piskliwy, obłudny głos.

Otwierając oczy, dostrzega, że znajduje się w pomieszczeniu przypominającym ładownię statku, z rurami pod sufitem. Neonowe światło drażni jego źrenice.

– Dzień dobry, panie Klein. Czy jest pan krewnym słynnego Kleina? Mam na myśli Calvina Kleina, tego, który robi dżinsy i perfumy?

Jacques obrzuca wzrokiem nachyloną nad nim postać: stary człowiek wygląda na osiemdziesiąt lat, ma pomarszczoną twarz o ciemnej karnacji, elegancki garnitur, koszulę i krawat.

– Nazywam się Abdullah Kiambang i jestem dyrektorem agencji organizującej podróże turystyczne. Nasz slogan reklamowy to: „Kiambang Tour, podróże, których nigdy nie zapomnisz". Staramy się wprowadzać innowacje w dziedzinie, w której niestety konkurencja jest bardzo silna. Społeczeństwo korzysta z rozrywek, ale też cierpi na nadmiar ofert, nie sądzi pan? Dlatego też proponuje się podróże coraz niższej jakości, aby obniżyć ceny. Ale Kiambang Tour zależy na utrzymaniu doskonałości i oryginalności z myślą o satysfakcji konsumenta. Czy wie pan, że zostaliśmy zaklasyfikowani na dwunastym miejscu przez najważniejsze czasopismo branżowe w kategorii „rozrywka i relaks"? Dwunaste miejsce za stosunek ceny do jakości. Naturalnie nie spodziewam się od pana gratulacji, ale chcę, aby pan wiedział, że liczymy się w przemyśle turystycznym. To efekt wieloletnich starań.

Jacques Klein siedzi na krześle. Chętnie by opuścił to miejsce, ale dwa zbiry w drelichach stojące po bokach rzeczonego Kiambanga odwodzą go od tego zamiaru. Starszy mężczyzna wydmuchuje mu dym z cygara prosto w twarz.

– Wiem, że zapyta pan, po co po niego posłałem. Podobnie jak mógłby się pan zastanawiać, co tutaj robi, pan, który być może należy do rodziny Calvina Kleina. Cóż, znam początki odpowiedzi na te pytania. Znalazł się pan tutaj, ponieważ chciałem się z panem spotkać i podejrzewałem, że gdybym wysłał oficjalne zaproszenie, nie przyjąłby go pan.

Mężczyzna rechocze ze swojego dowcipu, a zbiry wyrażają aprobatę dla poczucia humoru szefa. Kiambang zaciąga się dymem.

– Powiem panu to, co wiem, panie Klein. Wiem, z pańskiego paszportu i od moich przyjaciół w policji, że jest pan synem Caroline Klein, właścicielki Pulau Harang. Sądzę, że przybył pan tutaj, aby skorzystać ze swojego spadku, co zarazem mnie urządza i komplikuje mi życie. Urządza mnie, ponieważ kontaktowałem się z pańską matką w celu zakupienia wyspy, a ona mi odmówiła, chociaż proponowałem jej kwotę dwukrotnie wyższą niż ta, którą zapłaciła. Niezły interes. Pozwoliłem sobie nalegać, ale była uparta.

– To pan ją zamordował!

Jacques rzucił się w stronę starca, ale zbiry natychmiast osadziły go na krześle.

– Spokojnie. Nie ponosimy odpowiedzialności za jej śmierć. To zwykły zbieg okoliczności. Być może ugryzł ją jadowity wąż albo pająk. Wie pan, tutaj natura się nie cacka.

Znów rechocze.

– Panie Klein, nie znajduje się pan na odpowiedniej pozycji, żeby mi utrudniać życie, ale ja jestem w stanie skomplikować pańskie. Wróćmy więc do tematu. Pańska matka była właścicielką Pulau Harang. Nie żyje. Pan się pojawia. My przyjeżdżamy po pana i oto jest pan tutaj.

Wydmuchuje przez nozdrza matowy dym cygara.

– Wiem również, że studiuje pan medycynę, a specjalizuje się w badaniu snu, jak pańska matka. Osobiście cierpię na bezdech senny, ale to nie pora, żeby prosić o konsultację, czuję, że nie miałby pan do tego serca.

Jacques Klein, oślepiony blaskiem świetlówki, nie jest w stanie dokładnie przyjrzeć się porywaczowi.

– Podejrzewam, że nie ma pan zamiaru osiedlać się tutaj na stałe. Za dużo komarów, za mało restauracji i fast foodów, jak dla człowieka Zachodu. Wnioskuję zatem, że przyjechał pan tutaj, aby sprzedać ziemię mojej konkurencji. Jestem pewien, że już się z panem kontaktowali i być może złożył pan wstępną obietnicę sprzedaży którejś agencji lub sieci hoteli. Hilton? Accor? Sheraton? Club Med? Barrière? Best Western? Marriott? Amerykanie, Chińczycy, Niemcy?

Jacques oddycha głośno, powstrzymując złość.

– Proszę mnie dobrze zrozumieć, panie Klein. Jestem dyrektorem Kiambang Tour, ale ja również mam wspólników i akcjonariuszy. Popełniliśmy błąd, ignorując tę wysepkę, którą pochopnie oceniliśmy na podstawie wyglądu zewnętrznego: brak plaży, skaliste wybrzeże, wydawała nam się zbyt niewygodna dla przyszłych klientów. Zapomnieliśmy o głębinie morskiej. Teraz już wiemy, że jest wyjątkowa. Naturalnie chcemy naprawić to zaniedbanie i liczymy na pana, że nam pan w tym pomoże. Rozumie pan, chodzi wyłącznie o interesy. Tylko o to. Ale moi koledzy akcjonariusze, wśród których znajdują się członkowie rządu, nie życzą sobie, aby ten skrawek malezyjskiego terytorium znalazł się w rękach cudzoziemskich kapitalistów zainteresowanych wyłącznie krótkoterminowymi zyskami, na pewno pan to rozumie. Proszę uznać moją motywację za swego rodzaju formę nacjonalizmu czy też poczucia jedności terytorialnej, jak pan woli. Na pewno zdaje pan sobie sprawę, że niedawno odkryto przy tej wyspie tak zwaną niebieską studnię, rzadką i bardzo cenioną przez delfiny. Szkoda by było, gdyby korzystali z niej cudzoziemcy, prawda? Na pewno nie chciałby pan, żeby wasza wieża Eiffla należała do Chińczyków. Identyczna sprawa.

Strzela palcami i jeden z jego ludzi przynosi plik zadrukowanych żółtych papierów oraz długopis.

– Proszę tu podpisać! Kupujemy od pana Pulau Harang za jej trzykrotną wartość i wraca pan do domu. My budujemy tam hotel dla amatorów nurkowania, pan otrzymuje rabat na pobyty z zakwaterowaniem i jednym posiłkiem, i wszystko gra.

– A co z Senoi?

– Tymi Orang Asli? Cóż, ci, którzy są wystarczająco wykształceni, zostaną zatrudnieni w charakterze personelu hotelowego, jako kelnerzy, pokojówki czy magazynierzy. Niechętnym nowoczesnemu trybowi życia zapewnimy bezpieczną ewakuację na kontynent i rozlokujemy ich w dużych miastach, gdzie wreszcie otrzymają malezyjską edukację. Będą dysponować paszportami i staną się członkami cywilizowanego świata.

– Skończą w dzielnicach dla ubogich, gdzie będą upijać się i ćpać, albo jako niewolnicy w waszych fabrykach, o to chodzi?

– Każdy ma szansę na sukces, ale jeśli zostaną na wyspie, nigdy nie przekroczą stadium prehistorii.

Wybucha gromkim śmiechem, wkrótce dołączają się oba zbiry.

– Niech pan podpisze, panie Klein, w interesie nas wszystkich.

– Nigdy.

– OK! Widzę, że jest pan uparty w interesach. Podoba mi się to. Jeśli pan podpisze, dam poczwórną stawkę. Spryciarz z pana. Brawo! Na pana miejscu zrobiłbym to samo, niewielki opór sprawia, że poprawiamy warunki kontraktu.

Mężczyzna wręcza mu kartkę, a Jacques ją rozdziera.

– Nie ma pan prawa mnie tutaj przetrzymywać, niech mnie pan natychmiast odwiezie na wyspę.

Malezyjczyk daje znak głową i przynoszą mu nową umowę.

– Ależ z pana niezdara, panie Klein! Ale ja jestem przewidujący. Oto kopia umowy. Niech pan podpisze!

– Chcę się skontaktować z moją ambasadą.

– Zgodnie z moją wiedzą istotnie pojawił się pan w ambasadzie, lecz zapomniał pan poinformować o celu i miejscu swojej obecności. Oficjalnie jesteście panowie (pan i pański kolega Franckie Charras) jedynie turystami, którzy zapuścili się w głąb kraju. Wiele czasu upłynie, zanim ktoś zaniepokoi się waszym zniknięciem. Niech pan podpisze!

Jacques Klein robi upartą minę.

– Dobrze, skoro tak, użyjemy metod, których osobiście nie popieram. Musi pan wiedzieć, że zanim zostałem deweloperem, pracowałem w tajnych służbach malezyjskich. Przeżyłem swoje chwile chwały w lipcu 2011 podczas tłumienia manifestacji Bersih, malezyjskiej koalicji na rzecz wolnych i sprawiedliwych wyborów... Podejrzewam, że nic to panu nie mówi...

Mężczyzna gasi cygaro zdecydowanym gestem.

– Spędziłem w tajnych służbach pięćdziesiąt lat. Pięćdziesiąt lat, panie Klein! Poświęciłem całe życie wywiadowi, a w chwili odejścia na emeryturę stałem się deweloperem. Zachowałem jednak kilka gadżetów z czasów, kiedy pracowałem w wywiadzie.

Na rozkaz Kiambanga zbiry zmuszają Jacques'a, żeby usiadł na podłodze.

– Torturowałem wielu studentów. Student ma twardą głowę. Szczególnie malezyjski... Każde pokolenie chce zgrywać bohaterów... zapewne, żeby zrobić wrażenie na dziewczynach. Tak więc torturowałem wielu, żeby zdobyć nazwiska przywódców. Zaskoczę pana, ale my, oprawcy, jesteśmy jak wy – lekarze, mamy swoje coroczne kongresy, podczas których wymieniamy się doświadczeniami. Jest to być może jedyna chwila, kiedy nie liczy się polityka. Czas prawdziwej międzynarodowej wspólnoty ekspertów. Każdy ma swój „styl". Mogę pana zapewnić, że znalazłoby się wielu prawdziwych wirtuozów wartych poznania (*reality show* z konkursem zadawania cierpień?). Ja lubię tortury przyszykowane na miarę: pan specjalizuje się we śnie, wezmę więc to pod uwagę.

Jacques Klein marszczy brwi. Mężczyzna zapala cygaro.

– Powiem panu, co jest najśmieszniejsze: torturowałem komunistycznych malezyjskich studentów, a to właśnie od rosyjskich komunistycznych oprawców nauczyłem się najlepszych sztuczek. Ci ludzie naprawdę pracowali nad tym, żeby za bardzo nie uszkodzić swoich ofiar, nie dając im jednocześnie żadnej szansy na wytrwanie. Pewien Sowiet podsunął mi torturę, której pana poddam.

Jacques Klein usiłuje się podnieść, ale jeden z mężczyzn w mundurze mu to uniemożliwia.

– Jest to męka wymyślona podczas czystek stalinowskich w latach tysiąc dziewięćset trzydzieści sześć do trzydzieści osiem. Komuniści zadali sobie sporo trudu, żeby odkryć, co może sprawić istocie ludzkiej największe cierpienie. Ogień? Elektryczność? Topienie? Amputacje? Ciało w końcu zawsze się poddaje – mdleje – żeby odciąć ból. A ten w końcu mija. Natomiast pozbawienie snu stanowi najgorszą z tortur. Potrzeba było stalinowskiego geniuszu, żeby ją wypromować.

Starzec ponownie wręcza Jacques'owi kontrakt na sprzedaż wyspy.

– Wiemy, że średnia granica wytrwania bez snu to sześć dni, chociaż Guinness odnotował rekord jedenastu dni, przypisany osobie, która cierpiała na zaburzenia hormonalne. Uważa się, że po sześciu dniach brak snu powoduje nieuleczalne uszkodzenia mózgu. Niech pan podpisze, a pozwolę panu spać.

Kiambang i jego ludzie zostawiają go w zamkniętej celi z włączoną świetlówką. Kiedy tylko zamykają się za nimi drzwi, z głośnika umieszczonego nad Jakiem zaczyna wydobywać się głośna muzyka. Dziecięca piosenka: „Panie Janie, panie Janie, rano wstań! Wszystkie dzwony biją, wszystkie dzwony biją, bim-bam-bom, bim-bam-bom". Ogłuszające bicie dzwonów wypełnia pomieszczenie. Następnie piosenka zaczyna się do nowa.

Przy piątej powtórce Jacques kuli się w kącie na podłodze w pozycji embrionalnej, zasłania uszy dłońmi, żeby nie słyszeć dzwonów.

45

W CIĄGU DWÓCH DNI w tych warunkach Jacques nie zmrużył oka. Kiedy Kiambang zagląda do celi, zastaje więźnia leżącego w bezruchu w kącie.

– Brawo! Jest pan bardziej uparty, niż sądziłem. Tylko od pana zależy, kiedy to się skończy: niech pan podpisze umowę.

– Niech mi pan da spać – szepcze Jacques, znajdując w sobie siłę, żeby odepchnąć rękę starca trzymającą kartki. – Spać. Chcę spać.

– Wie pan, panie Klein, uciążliwość tej męki nie polega jedynie na zmęczeniu czy uszczerbku, jakiego doznają narządy, lecz również na długotrwałym kontakcie z rzeczywistością. Żadne zwierzę, owad czy roślina, żadna żyjąca istota obdarzona minimalną inteligencją czy też świadomością nie może znieść ciągłego kontaktu z rzeczywistością. Może to doprowadzić do szaleństwa. Pan jest na dobrej do tego drodze. Rzeczywistość w dużych dawkach jest nie do zniesienia. Niech pan podpisze, a będzie pan mógł wrócić do świata snów.

46

Kiedy trzeciego dnia bez snu drzwi otwierają się i staje w nich Abdullah Kiambang z jednym ze swoich ludzi, Jacques Klein jest bezwolny, wstrząsają nim drgawki i niekontrolowane tiki. Starzec pochyla się nad więźniem, zbliża twarz do jego twarzy. Jacques Klein wybucha wtedy gromkim śmiechem i usiłuje uderzyć Malezyjczyka. Ochroniarz chwyta go natychmiast za ramię, ale Jacques, przewracając oczyma, wymierza mu cios, który rozcina skórę aż do krwi. Śmieje się głośno.

Kiambang wycofuje się.

– Czy pan mnie rozumie, panie Klein?

W odpowiedzi słyszy śmiech.

– Oszalał pan, zgadza się?

Jacques warczy jak zwierzę, po czym wybucha śmiechem.

– Pan zwariował!

Abdullah Kiambang zwraca się do drugiego mężczyzny po malezyjsku. Prawdopodobnie gani go za to, że źle dozował męczarnie: więzień miał pozostać zdatny do użytku. Przemawia surowym tonem, podwładny nie przestaje przepraszać. Padają rozkazy.

Nagle wyliczanka urywa się, a świetlówka gaśnie. Cisza, która następuje, jest cudowna. Jacques, wciąż wstrząsany niekontrolowanym śmiechem, zamyka oczy.

Czuje, że ktoś go podnosi za ramiona. Przenosi w inne miejsce. Jacques jest zadowolony. Ma nadzieję, że trafi do łóżka. I znów czuje wzbierający w gardle – niczym kaszel – nieopanowany śmiech.

Jacques Klein zasypia od razu. Pokonuje pierwsze i drugie stadium płytkiego snu. Jego ciało się rozluźnia. Wchodzi w trzecie stadium. Serotonina. Szyszynka. Dawka melatoniny. Chce jak najszybciej opuścić nieznośny kontynent rzeczywistości.

Docenia własną umiejętność kierowania umysłu w stronę wymyślonych terytoriów.

Przypomina mu się zdanie wypowiedziane przez matkę: „Ci, którzy nie potrafią używać wyobraźni, muszą zadowolić się rzeczywistością". On w tej chwili nie chce rzeczywistości. Chce czystej imaginacji. W postaci filmu, zabawy, marzenia sennego, książki, opowieści, bajki, poezji, czegokolwiek, co pozwoli mu uczepić się nierzeczywistych obrazów i opuścić obecną czasoprzestrzeń.

Stadium czwarte, piąte. Statek zostawił daleko za sobą. Daleko za sobą ma okropną piosenkę. Daleko zostawił oczy o piekącej rogówce. Daleko zostawił Jacques'a Kleina, który cierpi i bliski jest szaleństwa.

Umysł wymyka się z ciała.

Dośniewanie. Ukrywa się na Wyspie Różowego Piasku. Dociera na plażę i kładzie się na gruboziarnistym piasku niczym rozbitek. Przygląda się palmom kokosowym, słońcu, ptakom, motylom. Nie sądził, że taką przyjemność sprawić może dawna sceneria jego młodzieńczych snów. Leży na brzegu, niewielkie fale obmywają mu stopy.

Nie chcę już nigdy się obudzić, stwierdza Jacques, *chcę zostać tutaj do końca życia. Kiambang ma rację, nikt nie jest w stanie znosić bez przerwy rzeczywistości. Musimy dać upust ciśnieniu w świecie wyobraźni.*

Uśmiecha się, wciąga powietrze pełną piersią, chce mu się śmiać.

Ogarnia go poczucie wolności, kiedy tak kroczy ścieżką wśród przybrzeżnych traw, oddycha świeżym powietrzem znad oceanu.

Biegnie, tańczy wśród roślinności „swojej" wyspy.

Kiedy stoi z nosem zanurzonym w kępie fioletowych i różowych kwiatów, pojawia się roztrzęsiony JK48.

– Ach! Wreszcie! – woła JK28. – Nawet pan nie wie, jak bardzo się cieszę, że pana widzę! Udało mi się! Zniosłem próbę i nie załamałem się. Nie podpisałem! Czy jest pan ze mnie dumny?

Ale tamten nawet go nie słucha.

– Nie ma czasu na pogawędkę. Obudź się natychmiast, JK28.

– Mam wrócić do rzeczywistości? Nie ma mowy!

– Nie masz wyboru. Musisz.

– Po trzech dniach tortur mam chyba prawo do wypoczynku.

– Obudź się natychmiast, JK28!

– Nie otworzę oczu. Poza tym, jeśli się znalazłem w tej sytuacji, to mimo wszystko trochę z pana winy. Niech mi pan da spokój i pozwoli pospać. Należy mi się.

– Wstawaj!

– Ostatecznie zmuszony jestem pana określić mianem „uciążliwego". Nigdy nie usłyszałem z pana ust miłego słowa. Nigdy pochwały. Dobrze, że mnie pan nie uprzedził co do natury tej straszliwej próby, bobym spanikował. Ale teraz, kiedy przebrnąłem przez nią, należy mi się minimum wdzięczności. Nie śmiem marzyć o gratulacjach, ale mimo wszystko…

– Obudź się, ośle! Wstawaj natychmiast! Nie rozumiesz, że twoje życie znów jest zagrożone?

– Chcę spać.

– Ach, co za uparciuch… był ze mnie! Tracimy cenny czas, szczególnie ty. Wszystko jest kwestią minut. Zapewniam cię, że nie mamy czasu na uprzejmości. Liczy się każda sekunda.

– Z panem zawsze wszystko musi być takie ważne i poważne. Mam prawo do przerwy. Chce mi się spać.

– Będziesz miał całe życie na odpoczywanie. Chwilowo jednak zagraża ci straszne niebezpieczeństwo.

– Sądziłem, że w świecie snów percepcja czasu jest skompresowana. Tak jak u tego faceta obudzonego w chwili, gdy spadł mu na głowę drążek łóżka z baldachimem, który opowiada, że miał czas śnić o tym, jak policja go aresztuje i prowadzi na szafot.

– To tylko psychologiczne dyrdymały. O ile mi wiadomo, czas

płynie na zewnątrz w takim samym tempie, jak wewnątrz. W każdym razie mogę ci zagwarantować, że jeśli tu zostaniesz, może być za późno na ocalenie życia w rzeczywistości. Zaufaj mi, obudź się. Im dłużej zwlekasz, tym sytuacja staje się gorsza.

– Ale co takiego dzieje się na zewnątrz? Niech mnie pan przygotuje na to, co się stanie, gdy otworzę oczy. Poproszę o peryskop do rzeczywistości.

– Przykro mi, jeśli ci powiem, nie będziesz miał już nigdy ochoty otworzyć oczu. Przypomnij sobie zdanie taty: „Ten, kto nie chciał, kiedy mógł… nie będzie mógł, kiedy mu się zachce".

47

Jacques Klein z trudem podnosi powieki, ciężkie niczym zasłony z zardzewiałego żelaza. Otacza go noc, lecz kwadra księżyca oświetla lekko otoczenie. Nad nim stoi dwóch najemników w drelichach, wyposażonych w czołówki. Podłoga kołysze się, a on sam leży skrępowany na pokładzie motorówki typu Zodiac. Na pełnym morzu, daleko od statku Kiambanga. Jeden z mężczyzn pochyla się nad nim z nożem w ręku. Zdecydowanym gestem najemnik nacina mu udo, rana zaczyna silnie krwawić.

Skrępowany linami Jacques szamocze się.

Drugi zbir spogląda na niego z drwiną, jak gdyby mówił: „Ech, cudzoziemcu, lepiej by było, gdybyś nadal spał". Wrzuca do wody krwawe kawałki ryb. Już wokół zodiaca krąży kilka łatwych do rozpoznania trójkątnych płetw grzbietowych.

Jacques przywołuje słowa ojca, który twierdził: „Nie ma złych rekinów. Są tylko dwa rodzaje rekinów: te, które już zjadły, i te, które jeszcze nie jadły". Mawiał też: „Rekin nie lubi ludzi, atakuje człowieka, ponieważ myli go z dużą rybą albo z uchatką. Zresztą nie lubi jego smaku, zazwyczaj wypluwa go po pierwszym kęsie. Jedyne zagrożenie stanowi orka, która jest prawdziwym ludożercą. Na pięćset gatunków rekinów jedynie pięć jest niebezpiecznych. Większe szanse ma się na śmierć w wyniku upadku orzecha kokosowego..."

Mężczyźni wciąż komentują po malezyjsku liczbę pojawiających się wokół statku płetw grzbietowych. Sprawiają wrażenie bardzo zadowolonych z wyników swojej pracy.

Jacques Klein odczuwa wielką samotność. Tym razem nie wie, jak droga łącząca go z JK48, wynalazcą Atona, będzie mogła nadal istnieć.

Dlaczego tak późno mnie uprzedził? Wiedział, że to się wydarzy. Dlaczego nie zrobił wcześniej nic, żeby temu zapobiec?

Drży na myśl, że pożrą go te wielkie szczęki, a on nie będzie miał nawet możliwości się bronić, mając ręce związane na plecach.

Tak czy owak, nie potrafię nawet pływać. Totalna porażka. Im szybciej to się skończy, tym lepiej, myśli zrezygnowany.

Mężczyźni wstają i chwytają Jacques'a. Zaczynają odliczać po malezyjsku, żeby mieć pewność, iż puszczą go jednocześnie. Zanim jednak wrzucą go do wody, dwie strzałki zatapiają się w ich szyjach. Pod wpływem działania trucizny wypuszczają z rąk ciało Jacques'a, który upada, uderzając się boleśnie o dno łódki.

Nadlatuje kolejna seria strzałek i dwaj najemnicy w drelichach wpadają do wody. Rekiny pożerają ich natychmiast, wbrew wszystkim teoriom na temat ich krótkowzroczności i braku apetytu na ludzkie ciało wygłaszanym przez świętej pamięci Francisa Kleina.

– Wybacz spóźnienie, Jack! – rozbrzmiewa głos Franckiego Charrasa. – Zatopili nasz katamaran i potrzebowałem wielu dni, żeby zbudować pirogę i zacząć przeszukiwać morze. Byłem pewien, że znajdujesz się na zachodzie, ale statek popłynął na północ. Nie mogliśmy tego wiedzieć, prawda? Shambayi przyśniła się jego lokalizacja.

Dziennikarzowi towarzyszy trzech Senoi wyposażonych w dmuchawki. Jacques zostaje uwolniony z więzów.

Wszystkich przebiega dreszcz, gdy spoglądają na pozostałości dwóch najemników unoszące się w zabarwionej na czerwono wodzie, wciąż jeszcze bulgocącej w świetle księżyca. Francis sięga po ich karabiny maszynowe.

– Oto dysponujemy bronią palną.

Wyczerpany Jacques przygląda się widowisku, jakie zgotowały rekiny, i chwyta za burtę motorówki ze strachu, że wpadnie do wody.

– My dwaj weźmiemy zodiaca, a Senoi popłyną pirogą. Chociaż nie lubią morza, nauczyli się żeglugi.

Widmo pożarcia przez rekiny sprawia, że Jacques pozostaje w szoku, dopóki nie dotknie stopami stałego lądu. Dopiero wtedy się rozluźnia.

Pierwszą rzeczą, jaką robi, jest udanie się do chaty z zamiarem zaśnięcia i opuszczenia przerażającej rzeczywistości.

48

Jacques schodzi do czwartego stadium, osiąga fazę snu paradoksalnego i – jak gdyby znajdował się na kolejce górskiej – wspina się w górę i opada pięciokrotnie. Wreszcie rozpoczyna szósty cykl i ulega pokusie dośniewania, żeby spotkać się ze swoim przyszłym „ja".

Na Wyspie Różowego Piasku panuje spokój. JK48 kołysze się w hamaku zawieszonym między dwoma palmami kokosowymi, degustując piña coladę z plastrem ananasa i kandyzowaną wisienką.

– Nie zaczynaj od wyrzutów. Byłem pewien, że wyjdziesz z tego cało, i rzeczywiście dałeś sobie radę doskonale…

Nie ma czasu dokończyć zdania, bo Jacques wymierza mu cios sierpowy w podbródek.

JK48 wypada z hamaka i wybucha śmiechem na widok JK28 szykującego się do kolejnego ataku. Starszy z dwóch mężczyzn nie próbuje się nawet bronić. Wstaje i strzepuje różowy piasek, który przylgnął do jego hawajskiej koszuli.

– Jesteś na mnie zły, tak? Winisz mnie za to, co ci się przydarzyło? Cóż, to nie ja cię torturowałem! Nie myl wrogów. Ja jestem tym, który za każdym razem radzi ci, żebyś ruszył na poszukiwanie matki, ratował się przed wrzuceniem do wody z betonowym obciążnikiem u nogi albo między rekiny. Teoretycznie powinieneś raczej mi dziękować.

Ale złość nie opuszcza JK28. Rzuca się ze spuszczoną głową, celując prosto w brzuch przeciwnika, i okłada go pięściami, co wywołuje jedynie jeszcze większe rozbawienie jego towarzysza.

– Przestań, jesteśmy we śnie, JK28, nie możesz mnie skrzywdzić. Ja nie mam ciała!

Czarnowłosy Jacques Klein wymierza kopniaka siwowłosemu, w wyniku czego tamten zostaje odrzucony kilka metrów w tył. Mężczyzna leżący na ziemi znów wybucha śmiechem, krwawiąc z wargi.

– Naprawdę masz mi to za złe?

– Stawaj do walki!

– Mam się bić tutaj, we śnie, z młodym człowiekiem, którym sam kiedyś byłem? To nie ma sensu, przybyłem tutaj, żeby ci pomóc, a nie żeby z tobą walczyć.

Podnosi się, a rana na wardze natychmiast się zabliźnia.

– Koniec? Wyżyłeś się? Możemy porozmawiać?

– To przez pana znalazłem się w tej okropnej sytuacji.

– Nie, to twoje życie, twój los, twoja droga. Jak w grze w karty: masz rękę, musisz ją zagrać.

– Nie chcę już grać. Mama nie żyje, a ja chcę tylko wrócić do Francji, spać, mieć spokój.

– Przejść na emeryturę w wieku dwudziestu ośmiu lat? Czy to nie za młody wiek? Mam większe ambicje.

– Widziałem, dokąd prowadzą.

– Próby życiowe stymulują. Czego się spodziewałeś? Szczęśliwej egzystencji, satysfakcji, chwały i bogactwa podanych na tacy? Coś takiego nie istnieje. Wiesz o tym. Brakowałoby… suspensu.

– Kim pan jest, żeby decydować, czy moje życie wymaga suspensu?

– Jestem twoim przyszłym „ja", dysponuję więc odrobiną perspektywy, nie patrzę w jeden punkt. Nie to, co ty, który żyjesz rozdarty między strachem a pożądaniem. Postrzegam cię jako kapryśne i lękliwe dziecko. Powinieneś mi podziękować, gdyż nie tylko oferuję ci szersze pole widzenia, ale też postawiłem przed tobą cel: Atona.

Młody Jacques powstrzymuje wściekłość i wreszcie siada obok JK48.

– Co więc teraz robimy, panie Wiem Wszystko?

– Cóż, po tym trudnym zakręcie, szczęśliwie pokonanym, należy nam się okres nauki i wypoczynku. O ile dobrze pamiętam, „potem" było chyba dość przyjemne. Przygotuj się więc na spokojne chwile. Zdołasz je docenić?

JK48 wręcza mu piña coladę.

– Spójrz, czyż nie jest nam tu dobrze, w tym śnie?

Zamiast odpowiedzi młodszy sączy wyimaginowany koktajl.

– Właściwie po co pan to dla mnie robi? Żeby przetestować Atona?

– Być może dla samej przyjemności skontaktowania się z moim dawnym „ja". Pamiętasz sentencję: „Ach, gdyby młodość wiedziała. Ach, gdyby starość mogła"?

– To stare przysłowie. Teraz, dzięki Internetowi, młodość „wie", a starość, dzięki pieniądzom, „może".

– Nie mówię o sferze materialnej, mówię o uczuciach, o świadomości, o emocjach. Tego nie mogą zagwarantować ani pieniądze, ani zdrowie. Dlatego tutaj jestem. Nie tylko po to, żeby cię informować czy wskazywać drogę. Jestem tutaj, żebyś uświadomił sobie swoją teraźniejszość i przyszłe możliwości. Świadomość i perspektywa. Oto słowa, które niosą mnie ku tobie.

JK28 nie wydaje się przekonany. Dwaj mężczyźni obserwują wschód słońca, który bez końca trwa na horyzoncie.

– Ach! Jeszcze jedno: co sądzisz o Shambayi?

49

Chłodna dłoń dotyka jego twarzy. Jacques rozpoznaje ją po dotyku.

– Obudził się pan, panie Klein?

Shambaya kładzie palce na jego powiekach.

– Śpi pan już od dwóch dni bez przerwy i zaczynaliśmy się o pana martwić. Dobrze się pan czuje?

Zauważa, że jest zlany potem. Jest gorąco, powietrze drży, a muchy brzęczą.

– Pana ciało musiało się zregenerować po tych wszystkich przejściach. Czekaliśmy. Mam nadzieję, że pana nie obudziłam.

– Co się stało?

– Po tym, jak został pan porwany, Malezyjczycy zatopili wasz katamaran, a następnie Franckie wziął sprawy w swoje ręce. Jest świetny. Sprowadził pana z powrotem na wyspę. Był pan pozbawiony snu. To musiało być nieznośne.

– Myślałem, że oszaleję.

– Wie pan, my, Senoi, sen cenimy sobie bardziej od jawy, ponieważ to on jest najważniejszy. Można długo spać, ale nie da się długo wytrwać na jawie. Brak snu zabija. Wycofanie się z rzeczywistości nie stanowi natomiast żadnego problemu.

– Zaczynam istotnie pojmować wszystkimi komórkami mojego ciała te ważne informacje.

Kobieta wręcza mu kubek wody, którą Jacques wypija ze smakiem.

– Wszystko na świecie jest kwestią równowagi. Zdradzimy panu nasze sekrety, a pan zdradzi nam swoje. Pańska matka skąpiła nam informacji na temat waszej wioski, Paryża, i zwyczajów tam panujących. Jakby uważała, że tutaj wszystko toczy się dobrze, a tam wszystko źle. Wiem, że to nieprawda. Chcę się dowiedzieć wszystkiego na temat waszego języka, waszych piosenek, projektów, przedmiotów życia codziennego.

Jacques Klein wstaje, żeby przyjrzeć się wiosce, w której Franckie finalizuje budowę ogrodzenia.

– Pański przyjaciel jest zdania, że najemnicy na tym nie poprzestaną, że znów przypuszczą nocny atak, chociażby po to, żeby usunąć wszystkie ślady po sobie. Franckie uważa, że najlepszą formą obrony jest atak. Wygra szybszy. Pański przyjaciel to człowiek czynu. Takich tu potrzebujemy. Kultura snu i marzeń sennych, jaką rozwinęliśmy, czyni nas – paradoksalnie – słabo dostosowanymi… do przemocy w rzeczywistości.

– Skoro chce pani poznać naszą kulturę, mogę opowiedzieć o wierszu Charles'a Baudelaire'a *Albatros*. To wielki ptak, majestatyczny w locie, który nie radzi sobie, gdy stąpa po ziemi:

„Poeta jest jak książę przestrzeni i blasków,
Który wyzywa burze, drwi z strzałów i sidła,
Lecz na ziemię wygnany wśród szyderstw i wrzasków
Nie zdole chodzić, że mu zawadą są – skrzydła"*.

– „Nie zdole chodzić, że mu zawadą są – skrzydła…" To znaczy, że potrafi latać, ale nie umie chodzić po ziemi?

– To, co stanowi zaletę w jednym wymiarze, jest równocześnie

* Charles Baudelaire, *Albatros*, tłum. Bronisława Ostrowska.

ułomnością w innym, tak. Wy potraficie śnić, ale nie umiecie radzić sobie z agresywnymi i uzbrojonymi ludźmi.

Ślepa kobieta kiwa głową ze zrozumieniem.

– Tego właśnie chcę się nauczyć: waszych piosenek.

– To nie są piosenki, tylko wiersze.

– Chcę wypowiadać teksty, które was łączą, jednoczą, pozwalają rozplątywać węzły. Nie nazywacie tego „piosenkami"?

Franckie pojawia się w wejściu.

– Jak tam śpiąca królewna, obudził cię pocałunek księżniczki Shambayi? Miałem już tobą potrząsnąć. Zamierzamy zaatakować ich dziś wieczorem, ale jesteś mi potrzebny na wypadek, gdybym zasnął podczas akcji. Chociaż jest ze mną coraz lepiej, wciąż grożą mi ataki narkolepsji.

– Ale ja nie jestem żołnierzem! I pomysł powrotu na ten statek nie bardzo mi się podoba…

– W takim razie nie będę mógł przypuścić ataku, a oni mogą wrócić nocą i cię porwać, Jacques. Możesz wybierać między działaniem, inicjatywą i niespokojnym czekaniem, cierpieniem.

– Chyba wolałbym spać. Szczerze mówiąc, jestem nadal zmęczony i…

Wtrąca się Shambaya:

– Przygotuję cię we śnie do bycia wielkim wojownikiem na jawie, Jacques. Chodź.

Prowadzi go do pomieszczenia pełnego malowanych tkanin przedstawiających kwiaty, motyle i ptaki o żywych kolorach. Każe mu się położyć i rozluźnić. Z dłonią na jego powiekach rozpoczyna seans przypominający sen z przewodnikiem, jaki organizowała dla niego matka. Prosi go, żeby wyobraził sobie walkę z psem, następnie z tygrysem, a wreszcie z rekinem. Za każdym razem Jacques'a ogarnia lęk i chce uciekać, ale ona zmusza go, żeby został i stawił czoło przeciwnikowi. Kiedy już pokonał zwierzęta, Shambaya stawia przed nim ludzi ze strzelbą, z nożem, z dmuchawką… I za każdym razem Jacques walczy, dopóki nie pokona przeciwnika. Wkrótce udaje mu się wygrać ze wszystkimi napastnikami, jakich przygotowała dla niego Shambaya.

Seans trwa trzy godziny, cały poranek. Koło południa Jacques się myje i udaje na wspólny posiłek z plemieniem, żeby nabrać sił.

– Zaatakujemy nocą – mówi Franckie. – Trzeba będzie udać się na długą sjestę, żeby być w formie.

– Czy mamy strzelby?

– Chciałbym, żebyś najpierw nauczył się posługiwać lokalną bronią: dmuchawką. Jej główną zaletą jest to, że jest cicha. W przeciwieństwie do nowoczesnej broni.

Jacques spędza całe popołudnie na nauce strzelania z tradycyjnej dmuchawki Senoi. Uczy go Franckie.

– Ma zasięg czterdziestu metrów. Nie możesz z niej celować jak ze strzelby, gdyż rurka nie znajduje się na linii oka. Za to dysponujesz stereoskopową wizją, gdyż celujesz, używając obu oczu. Strzałki są posmarowane kurarą, więc uważaj, żeby ich nie wciągnąć do ust.

– Celując, widzę dwie dmuchawki! Jesteś pewien, że nie powinienem zamknąć jednego oka?

– W żadnym razie, musisz się przyzwyczaić do wyznaczenia celu mimo tych dwóch dmuchawek. Zostawiam cię z Shukim, jest strzelcem wyborowym. Będzie z nami dziś wieczorem.

Młody Senoi zajmuje miejsce Franckiego.

– W pierwszej kolejności musisz określić własną pozycję w przestrzeni między twoim celem a tobą, następnie wyobrażasz sobie niewidzialną nić, która łączy te dwa punkty. Ta nić pokieruje twoją strzałką.

– Dmuchawki wydają mi się bardzo długie.

– Jest to konieczne, im jest dłuższa, tym silniejsza i bardziej precyzyjna.

Jacques ustawia się w pozycji do strzału.

– Musisz pochylić się naprzód, z dłońmi złączonymi jak do modlitwy, rozumiesz?

Uczeń wykonuje polecenie.

– Próbuj!

Strzałka wylatuje zbyt wysoko.

– Za mocno dmuchasz. Nie można dmuchać byle jak – wyjaśnia Shuki – trzeba uzależnić siłę od celu.

Jacques dochodzi do wniosku, że wszystkie te rady sprowadzić można do jednej: wchłonąć cel myślą, a oko i usta już poprowadzą strzałkę w odpowiednią stronę z właściwą prędkością.

Wieczorem członkowie plemienia oraz ich dwóch gości jedzą duże ilości mącznych potraw, bogatych w cukry proste, żeby nabrać sił, po czym kładą się wcześnie spać.

Jacques waha się przed wezwaniem wyimaginowanego przyjaciela. Ma dość JK48 i jego przerażających przepowiedni. Daje się ponieść słowom Shambayi, Shukiego, a przede wszystkim Franckiego, który daje mu praktyczne rady dotyczące wieczornego ataku.

Żeby podnieść go na duchu, pani snów kładzie się obok niego. Jacques nie ma odwagi się odezwać. Kobieta jest jak przytulanka i przypomina mu kota USB. Swego rodzaju mruczącą ochronę.

Jacques przechodzi przez pięć faz, nie dośniewa, żeby udać się na Wyspę Różowego Piasku, lecz wizualizuje sobie przyszły atak na statek.

Widzi, jak nadciągają nocą, wspinają się całą gromadą po drabinie i strzelają z dmuchawek, żeby unieruchomić straże. Niestety Jacques chybia i wróg bierze go do niewoli. Następnie najemnicy zabijają Franckiego i Shukiego, po czym wrzucają ich zwłoki do morza.

Przywódca najemników, Kiambang, zmusza Jacques'a do stanięcia na desce wiszącej nad wodą, jak to mają w zwyczaju robić piraci ze swymi jeńcami. Pod nim krążą rekiny, a Kiambang uprzedza, że jeśli zaśnie – spadnie. Ze statku dobiegają dźwięki *Panie Janie*. Malezyjczyk wybucha śmiechem.

Jacques Klein budzi się gwałtownie, czujny. Shambaya również siada obok niego, a on opowiada jej swój zły sen.

– Mózg testuje negatywne scenariusze, żeby ciało było na nie przygotowane. To normalne. Przed próbą ja też śnię, że ponoszę porażkę – wyjaśnia.

– To było straszne.

– Przynajmniej, jeśli coś takiego się wydarzy, będziesz przygotowany, a twój mózg postara się przygotować inny scenariusz.

– Boję się. Nie chcę już tam iść.

– Wykorzystamy twój zły sen w inny sposób. Będziemy go kontynuować razem. Potrafisz wracać do swoich snów?

– Tak, matka mnie tego nauczyła. Nazywała to „dośniewaniem".

– Dobrze! Zatem „dośnij".

Jacques robi głęboki wdech, po czym znajduje w sobie odwagę, aby zamknąć oczy i, słuchając wskazówek Shambayi, powraca na plan akcji koszmaru. Znów stoi na desce, a Kiambang pilnuje go, rechocząc. Słychać nieznośną piosenkę. Jacques'owi udaje się jednak zejść z deski i ogłuszyć strażników. Kiedy staje naprzeciw Kiambanga, pokonuje go i wyrzuca jego ciało za burtę, gdzie pożerają je rekiny. W porządku, już może się obudzić. Jest gotów stawić czoło wszelkim możliwym scenariuszom.

– Zwycięstwo zawsze stanowi jedną z możliwości. Wystarczy, że będziesz o tym wiedział – oznajmia Shambaya w charakterze konkluzji.

Nieco później Jacques Klein dołącza do niewielkiej grupy szykującej się na misję.

Ponieważ zależy mu na jak najcichszym dotarciu do celu, Franckie postanawia użyć pirogi zamiast motorówki. Zaatakują w dwanaście osób. Najlepsi strzelcy i ci, którzy nie obawiają się wody.

Księżyc stoi jeszcze wysoko, kiedy dziesięciu Senoi i dwóch Francuzów wypływa w morze. Niepokój Senoi jest wręcz namacalny. Dla tych ludzi gór i lasów, morze pełne jest potworów mniej lub bardziej rzeczywistych, a chybotanie pirogi wstrząsanej falami przyprawia ich o chorobę morską. Wielu wymiotuje, ale Franckie tego nie zauważa, zbyt przejęty planem misji.

Wreszcie statek Kiambanga pojawia się przed nimi, Franckie cumuje pirogę przy jego burcie i zarzuca chwytaki. Senoi, przyzwyczajeni do wspinania się po drzewach, nie mają żadnych trudności z dotarciem na pokład.

Kiedy przychodzi kolej Jacques'a, paraliżuje go strach.

– Nie, nie mogę się wspiąć na ten statek.

Franckie daje mu do zrozumienia, że nie jest to odpowiednia chwila na wahanie się, i wręcza mu dmuchawkę. Przy świetle księżyca Jacques wspina się na burtę i również staje na pokładzie. Dwaj strażnicy leżą już na deskach.

Posuwając się niepewnyn krokiem, Jacques uderza o krawędź burty dmuchawką, którą niesie na ramieniu, co powoduje suchy trzask rozbrzmiewający ostro pośród nocy.

Idący tuż za nim Franckie daje mu znak, żeby bardziej uważał. Na palcach podąża w stronę kajut i, korzystając z faktu, że najemnicy jeszcze śpią, neutralizuje dziesięciu spośród nich. Jeden jednak się budzi i otwiera do nich ogień, alarmując pozostałych towarzyszy. Wokoło padają strzały. Ukryci za skrzyniami Senoi odpowiadają zatrutymi strzałkami. Śmiertelne ofiary są po obu stronach.

Jacques przez cały czas trwania ataku trzymał się ostrożnie z tyłu. Szuka teraz wzrokiem przyjaciela i wreszcie zauważa go... śpiącego za jedną ze skrzyń.

– O nie! To nie pora na atak narkolepsji!

Franckie pogrążony jest w głębokim śnie. Jacques nim potrząsa, na próżno.

Wielu Senoi zostało zmiecionych pociskami z broni maszynowej, pozostali jednak wciąż są gotowi do walki i czekają na rozkazy. Bitwa zaczęła się dla nich dobrze, teraz jednak szala zwycięstwa przechyla się na ich niekorzyść. Kolejny Senoi pada, trafiony kulami nieprzyjaciela. Jego współbracia zaczynają tracić pewność siebie, gorzej mierzą i nie trafiają w cel. Wydaje się, że scenariusz z koszmaru bardzo szybko się urzeczywistnia. Jacques robi głęboki wdech, usiłuje przyjąć postawę pasującą do sytuacji. Daje znak Senoi, żeby wspięli się na maszt.

Jacques Klein celuje, strzela z własnej dmuchawki i udaje mu się trafić jednego z najemników. To małe zwycięstwo sprawia, że wstępuje w niego energia. Jeden z żołnierzy zachodzi go jednak od tyłu i rozpoczyna się walka wręcz. Kiedy tamten unosi sztylet, Jacques sądzi, że oto nadeszła jego ostatnia godzina.

W chwili kiedy zamyka oczy, zdaje mu się, że JK48 zagrzewa go do walki. Kiedy otwiera oczy, okazuje się, że nie otrzymał ciosu nożem: w szyi jego przeciwnika tkwi strzałka. Ocalił go Shuki. Jacques dziękuje mu skinieniem głowy, czuje wzbierającą w sercu odwagę. Ponieważ Franckie wciąż śpi, Jacques zmuszony jest wziąć sprawy w swoje ręce: wydaje rozkazy i stopniowo strzały zastępuje świst strzałek oraz odgłos upadających ciał.

Wreszcie na pokładzie zalega cisza.

Dwaj ostatni najemnicy poddają się i zostają wzięci w niewolę. Senoi zbierają rannych i martwych Malezyjczyków.

Tę właśnie chwilę wybiera Franckie, żeby się obudzić. Ziewa, jak gdyby dopiero co wstał z łóżka.

– Wszyscy tu są? – pyta.

– Nie, brakuje Kiambanga.

– Kto to?

– Ich szef.

Przeszukują wszystkie kajuty, bezskutecznie. Więźniowie zdradzają w końcu, że ich przywódca znajduje się obecnie na Pulau Dayang. Franckie szybko podejmuje decyzję. Konfiskuje paszporty oraz resztę dobytku osobistego dwóch pozostałych przy życiu najemników, po czym rozkazuje im dołączyć do Kiambanga na jego wyspie i uprzedzić go o odwróceniu się układu sił, jaki właśnie nastąpił.

Ocalali najemnicy wraz z rannymi i ciałami zabitych oddalają się na łodzi ratunkowej, tymczasem Jacques rekwiruje ich okręt. Franckie staje za sterem i bezpiecznie sprowadza uczestników wyprawy do domu, gdzie są witani z radością. Statek zostaje zakotwiczony przy skalistym nadbrzeżu, gdzie nie zagrażają mu jednak podwodne skały. Ranni i zabici zostają ewakuowani z pokładu, na ląd Senoi znoszą również zdobytą aparaturę.

– To dla nas niezła gratka – cieszy się Franckie – wreszcie będziemy dysponować nowoczesnym sprzętem: bronią, a przede wszystkim komputerami i nadajnikiem satelitarnym.

Jacques nie podziela jego entuzjazmu.

– Trzeba będzie znaleźć prawne rozwiązanie, w przeciwnym razie oni tu wrócą.

Jacques wyjaśnia mu, że Kiambang jest w zmowie z ludźmi z rządu, i że ma po swojej stronie cały malezyjski system prawny i ekonomiczny. Być może są w stanie walczyć z garstką najemników, ale nie z policją, wojskiem i malezyjskimi sędziami. Muszą znaleźć długoterminowe rozwiązanie.

– Daj mi się zastanowić przez noc. Chwilowo mam ochotę tylko na sen – oznajmia Jacques na zakończenie rozmowy.

Kiedy już leży w łóżku, przywoławszy w pamięci wydarzenia ostatniej nocy, zamyka oczy i pozwala swojej nieświadomości poszukiwać długotrwałego rozwiązania korzystnego dla Senoi. Nie zauważa już nawet brzęczenia komarów ani krzyku ptaków w pobliskim lesie. Nie słyszy również szumu morza. Mobilizuje zasoby swojego umysłu w jednym tylko celu: rozwiązać kłopotliwy problem.

50

Jacques zasypia i ląduje na Wyspie Różowego Piasku.

JK48 wciąż kołysze się w fotelu na biegunach, niemal w tej samej pozycji, w jakiej JK28 opuścił go poprzednim razem.

– Potrzebuję oświecenia, „przyszły ja sam".

– Podsumujmy: mamy wyspę, która stanowi własność prywatną mamy, zakupioną za jej oszczędności. Nie zapłaciła za nią wiele, ponieważ w tamtym okresie ten skrawek ziemi nie interesował firm zajmujących się turystyką. Niemniej jednak obecnie, kiedy nurkowie odkryli, iż w jednej z zatok naszej wyspy znajduje się głęboka niebieska studnia, na dodatek ceniona przez rozmnażające się delfiny, stała się ona pożądanym obiektem.

– Pech.

– Lokalne przedsiębiorstwo turystyczne nieco bardziej energiczne niż inne odkrywa, że wyspę posiada pewna Francuzka. Przybijają do brzegu... i orientują się, że mama nie jest sama, że mieszka z nią całe plemię Senoi. Składają jej propozycję odkupienia ziemi, którą ona odrzuca. Podnoszą cenę, ale gdy ona nie chce nawet słuchać, przechodzą do gróźb. A następnie do czynów: statek z najemnikami na pokładzie zostaje wysłany na wyspę, żeby mamę przestraszyć i zmusić do sprzedaży. Podczas ostatniej ekspedycji zabijają ją, a trzy dni później pojawiasz się... ty.

Dwaj Jacques'owie idą przez chwilę w milczeniu po różowym piasku plaży.

– Zadajmy sobie pytanie: jaka jest motywacja Kiambanga? – zastanawia się JK48.

– Pieniądze? Nie uda się nam go kupić.

– Możemy pokonać zło złem. Co najbardziej niepokoi Kiambanga?

– Że sprzedamy wyspę obcemu deweloperowi, a on straci zyski.

– Zatem chodzi tu wyłącznie od interesy deweloperów dotyczące eksploatacji turystycznej wyspy, nie mamy co do tego wątpliwości?

– Do czego pan zmierza, JK48?

– W sztukach walki mówi się, że zamiast zablokować cios przeciwnika, lepiej jest podążyć za nim i zwrócić jego impet przeciwko niemu. Musimy się skontaktować z deweloperem o obcym kapitale i sprzedać mu wyspę, dzięki czemu będzie chronił cię przed malezyjskim rywalem!

– Ale jeśli ktoś się tu osiedli i zniszczy to miejsce? Jeśli ewakuują Senoi?

– Właśnie to będzie stawką w grze. Zaproponujesz wyspę „szlachetnemu" przedsiębiorstwu. One istnieją.

– Jakiś przykład?

– Nie podaję konkretnych danych. Tylko uświadamiam. Wystarczy, że poszukasz, leniu. Nie zapominaj, że ze statku Kiambanga wynieśliście komputer. Czas pomyśleć o komunikacji ze światem zewnętrznym.

– Ale siłą Senoi jest ich powściągliwość.

– Już nie. To, co w danym okresie było dla nich dobre, może kiedy indziej skazać ich na zagładę. Musicie dostosowywać się do biegu wydarzeń. Kiedy cały świat dowie się, że istniejecie, najemnikom będzie trudniej na was napadać i wszystko niszczyć. Szczególnie jeśli macie możliwość przesyłania obrazów. Malezyjskie władze nie zdołają ukryć przed szeroką publicznością swoich prób zastraszania was.

– Radzi mi pan dokładnie coś przeciwnego, niż zalecała mama. Dyskrecja, oddalenie, sekretność.

– Mieliśmy możliwość przyjrzeć się rezultatom: grabieże, bezkarne morderstwa, porwania, tortury… Czy mam ci przypomnieć epizod z twoim uprowadzeniem?

JK28 siada na fotelu na biegunach i kołysze się powoli.

– Zatem radzi mi pan zbudować hotel, wybrać klientów…

– Ustalając wysokie ceny: to, co stracisz na ilości, zyskasz na jakości.

JK28 sączy piña coladę.

– I co jeszcze mam zrobić?

– Ty? Ucz się i korzystaj z życia.

– Jaka kolejna przeszkoda stanie mi na drodze?

Siwowłosy mężczyzna uśmiecha się tylko tajemniczo, po czym również sięga po koktajl.

JK28 spogląda na przyszłego siebie w inny sposób. Pierwsze wrażenie nieufności, wręcz niechęci, ustępuje miejsca nowemu uczuciu, niemal sympatii do człowieka, jakim być może stanie się za dwadzieścia lat. Nie udaje mu się tego ukryć przed starszym sobą, który mruga do niego porozumiewawczo.

– Wiesz, JK28, chyba nigdy do tej pory o tym nie myślałeś, ale moglibyśmy się zaprzyjaźnić. Czy chcesz mieć za przyjaciela człowieka, którym się staniesz, tak jak ja chciałbym przyjaźnić się z mężczyzną, jakim kiedyś byłem?

Wyciąga do niego dłoń.

51

Czarne fale rozbijają się wysoko na skałach z odgłosem podobnym do brzęku tłuczonego szkła. Kraby kołyszą się tam i z powrotem unoszone prądem, jak gdyby tańczyły walca. Niebiesko-żółte ary latają nad dżunglą Pulau Harang. Niżej, pod koronami drzew, małpy nosacze o komicznych pękatych nosach rozglądają się po okolicy. Dzioborożec o podwójnym żółtym dziobie wydaje z siebie wrzask. Wszędzie pełno wiewiórek, węży, pająków, żab, jaszczurek i motyli. Bioróżnorodność na wyspie jest ciągle nienaruszona i wszystkie te zwierzęta żyją w harmonii z otoczeniem.

Słońce wstaje, tymczasem przez środek uśpionej jeszcze wioski Senoi przemaszerowuje paw. Rozkłada ogon, wydaje z siebie krótki krzyk: „Leon!", czym budzi koguta, który z kolei woła gromko „Kukuryku!", wprawiając w drganie swoje struny głosowe. Niebo zmienia kolor na różowy, a następnie na pomarańczowy.

Kukuryku zostaje podjęte przez inne kuraki, co sprawia, że dawki kortyzolu, hormonu przebudzenia, przenikają do mózgów mieszkańców wioski. Wszyscy się wynurzają. Z piątego, czwartego, trzeciego, drugiego i pierwszego stadium. Rozklejają się powieki. Usta mlaskają, pięści pocierają oczy. Niemowlęta płaczą. Rozpoczyna się festiwal ptasich śpiewów, szumu drzew, wrzasku małp skaczących z gałęzi na gałąź.

Jacques Klein spał z korkami w uszach. Kiedy cała wioska się budzi, on nadal śpi, dopóki komar nie siada mu na czole, a promień słońca trafia dokładnie w jego oko, przesączając się przez otwór w bambusowej ścianie chaty.

Z fal delta snu przechodzi do emisji fal theta głębokiej relaksacji, potem do fal alfa płytkiej relaksacji, a następnie do fal beta normalnej aktywności.

Pierwszym gestem tego dnia jest sięgnięcie po smartfon (ładowany dzięki panelowi słonecznemu zdobytemu na statku) i sprawdzenie swojego hipnogramu: cztery pełne cykle z pięknymi zejściami do snu paradoksalnego. Ponad dwadzieścia minut marzeń sennych. Ocena: osiemdziesiąt procent. Udana noc.

W notatniku zapisuje sny, usiłując sobie przypomnieć jak najwięcej szczegółów i zachowując nielogiczności. Następnie opłukuje się w miednicy z letnią wodą, ubiera, myje zęby i wychodzi z chaty.

Wszyscy mieszkańcy wioski siedzą już wokół ogniska, rozmawiając z podnieceniem. Shambaya wskazuje mu wolne miejsce obok siebie na pniu drzewa służącym za ławę.

– Po raz pierwszy od wielu dni zebraliśmy się na ceremonii komentowania snów. Ostatnio rzeczywistość za bardzo nas angażowała. Wyczerpywała. Teraz powracamy do naszych zwyczajów – wyjaśnia.

Jacques siada i zauważa dwóch dyskutujących z ponurą miną mężczyzn.

– Ten z prawej wyjaśnia, że śnił mu się seks z żoną tego po lewej, przeprasza go za to i przekazuje dar – komentuje Shambaya.

– Dar?

– Piosenkę. Ta piosenka połączy go z duchem, który przybędzie mu z pomocą.

Istotnie, pierwszy z mężczyzn zaczyna nucić melodię, zebrani dołączają się, okazując mu tym samym wsparcie. Następnie mężczyzna od grzesznego snu wręcza mężowi kartkę ze słowami piosenki.

– U nas podarowanie piosenki jest jak wręczenie klucza do skrzyni z magiczną siłą – wyjaśnia ślepa kobieta.

Piosenka się kończy, problem znika. Wstaje kolejna osoba.

– Temu śniło się, że zranił towarzysza w czasie walki. Musi przeprosić i ofiarować prezent.

– Piosenkę?

– Rzeźbioną dmuchawkę.

Mężczyzna wskazuje na długiej rurze wszystkie miejsca, które ukształtowały jego dłonie, chcąc mieć pewność, że jego dar zostanie właściwie doceniony. Skinienie głowy oznacza, że sprawa zostaje zamknięta.

Wstaje młody człowiek, zaczyna mówić, ale zostaje zakrzyczany.

– To nastolatek. Żeby można było uznać go za mężczyznę, musi mu się przyśnić, że zabija tygrysa, ale on we śnie uciekł przed drapieżnikiem. Dlatego pozostali go krytykują.

– Potrafię sobie wyobrazić, że pierwsze spotkanie z tym zwierzęciem, nawet we śnie, może przestraszyć – przyznaje Jacques.

Z kolei zabiera głos wysoki mężczyzna o pociągłej twarzy, jego przemowa zostaje nagrodzona brawami.

– Temu się śniło, że spotkał przywódcę najemników, którego nazywacie Kiambangiem, i udało mu się go przekonać, żeby zrezygnował ze swojego przedsięwzięcia.

– Trochę to naiwne.

– Nie, żartowałam, śniło mu się, że go zabił, oczywiście!

Kolejny protagonista wypowiada się, machając ramionami jak ptak.

– Śnił o lataniu?

– Zgadza się, ale na pozostałych nie robi to wrażenia, często im się to zdarza. Latać jak ptak to podstawa poprawnego snu.

Inny Senoi opowiada długą historię, która zdaje się skomplikowana, na koniec wszyscy wybuchają śmiechem.

– Twierdzi, że bawił się z delfinami w niebieskiej studni, chociaż nie umie pływać. Wszyscy myślą, że nawet we śnie jest zbyt niezdarny, żeby zbliżyć się do delfina.

Mężczyzna sprawia wrażenie urażonego i zapewnia, że nie kłamał, co tylko wzmaga drwiny.

Po skończonej ceremonii biesiadnicy posilają się bambusem faszerowanym mięsem i ciepłym sorgo. Następnie wódz wioski zwraca się potężnym głosem do członków plemienia. Shambaya tłumaczy dla Jacques'a:

– Śniło mu się, że najemnicy wrócili i wszystkich wymordowali.

Zebrani sprawiają wrażenie zaniepokojonych, więc ślepa kobieta zabiera głos. Wszyscy włączają się do burzliwej dyskusji, a dwaj Francuzi są często wskazywani palcem. Rozmowa zdaje się skupiać na Jacques'u. Senoi, mający wyraźnie odmienne zdania, rozpoczynają głosowanie. Kolejne przemowy. Shambaya wraca wreszcie do Jacques'a.

– O czym teraz rozmawialiście?

– O niczym.

– Przeciwnie, miałem wrażenie, że chodzi o coś ważnego. Głosowaliście.

– Nie, nic się nie stało.

– Dlaczego coś pani przede mną ukrywa, Shambayo?

– Dobrze. Skoro pan nalega. Powiedziałam im, że chciałabym pana poślubić, ale oni uważają, że nie należy pan do tej samej klasy co ja i gdybym związała się z panem, zostałabym upokorzona. Przypomniałam im, że jest pan synem kobiety, która nas ocaliła, ale oni zwrócili uwagę, że zdarzenia w rzeczywistości mają mniejsze znaczenie niż to, co dzieje się we śnie. W chwili obecnej, jeśli chodzi o świat snów, jest pan... jedynie cudzoziemskim ignorantem.

– OK, OK. Niech im pani powie, że chciałbym z nimi porozmawiać, ze wszystkimi.

Jacques Klein wstaje i wygłasza przemowę po francusku, którą Shambaya tłumaczy zebranym:

– Myślicie, że nie potrafię śnić? Udowodnię wam, że wychodzi mi to bardzo dobrze! Sen przyniósł mi rozwiązanie, jak was ocalić i uczynić z tego miejsca centrum, z którego wasza kultura promieniować będzie na cały świat.

Jacques przedstawia swój pomysł: skontaktować się z konkurencją Kiambanga i zasugerować im budowę wyjątkowego centrum hotelowego. Proponowano by tutaj, po wysokich cenach, tygodniowe staże świadomych snów, w grupach dwunastoosobowych. Tym sposobem splatanie się kultur następowałoby stopniowo, bez zagrożenia dominacją którejkolwiek strony.

Senoi słuchają uważnie, lecz są sceptycznie nastawieni. Jedynie Franckie Charras sprawia wrażenie zafascynowanego strategią towarzysza. W miarę jak Jacques opowiada, nabiera pewności siebie i zdradza więcej szczegółów.

– Stworzymy drugą wioskę dla cudzoziemców obok wioski Senoi. Znajdą się tam nowoczesny hotel i port dla statków.

Zebrani szepczą między sobą.

– Posłuchajcie mnie. To jedyne długofalowe rozwiązanie. Najemnicy nie będą mieli już po co tu wracać.

Twarze pozostają jednak nieporuszone. Jacques wyjaśnia, że wioska cudzoziemców sfinansuje poprawę warunków życia Senoi i umożliwi założenie kliniki dla chorych…

Jeden z mężczyzn prosi o głos i zauważa, że jeśli propozycja zostanie przyjęta, wioskę zaleje fala obcych.

– Senoi zawsze będą w większości – odpiera zarzut Jacques. – W moim systemie przewiduję dwanaście osób z obsługi (kucharze, ogrodnicy, ochroniarze, kelnerzy i ekipa serwisowa) oraz dwunastu starannie dobranych turystów. Dwudziestu czterech obcych na trzystu sześćdziesięciu Senoi.

Inny mężczyzna pyta, w jaki sposób przebiegać będą okresy spędzane na jawie, przypominając, że obcy nie powinni zakłócać ich poranków.

– Pomyślałem o tym. Turyści będą szkoleni z technik świadomego snu popołudniami przez mistrzów Senoi. Poranki poświęcone będą tradycyjnym rytuałom.

Jacques Klein kontynuuje swoją argumentację: przewidział zamontowanie dużych paneli słonecznych, znacznie potężniejszych niż te zabrane ze statku. Wyspa jest korzystnie wystawiona na działanie promieni, dzięki czemu będą mogli przez cały rok korzystać z urządzeń elektrycznych i elektronicznych. Jacques wziął również pod uwagę kursy przez Internet w celu zapoznania świata z naukami Senoi z Malezji.

Wszyscy słuchają słów Jacques'a płynących z ust Shambayi:

– Cała planeta musi się dowiedzieć, że istniejecie, musi odkryć waszą wyjątkową kulturę. Nawet Tybetańczycy, którzy żyli samotnie w górach skupieni na technikach medytacji, ostatecznie zaczęli dzielić się swoją wiedzą. Odkrycie nowego sposobu życia niczemu nie służy, jeśli jedynie wy z niego korzystacie. Należy za wszelką cenę przekazywać wiedzę, dzięki czemu znajdziecie swoje miejsce w społeczności ludzkiej. Gdyby najemnicy zabili was wszystkich, wasza wiedza zniknęłaby razem z wami!

Zebrani łapią przynętę, wśród Senoi daje się zauważyć poruszenie. Jacques kontynuuje:

– Poza tym sądzę, że powinno się przemianować tę wyspę, nikt i tak nie zna jej nazwy, uznałem więc, że moglibyśmy nazwać ją po prostu Pulau Senoi. Wyspa Senoi. Rzeczy zaczynają istnieć, kiedy się je nazwie.

Zdaje się, że myśl ta ich ujęła, kilka osób przytakuje, powtarzając „Pulau Senoi". Nagle jeden z mężczyzn energicznie zabiera głos. Shambaya tłumaczy:

– Twierdzi, że wpuścić obcych to jak wprowadzić truciznę do organizmu.

– U nas mówi się, że „każda trucizna może okazać się lekarstwem, a każde lekarstwo może być trucizną, wszystko jest kwestią dawkowania" – odpowiada Jacques.

Reakcje są spokojne.

– Moi bracia i siostry boją się, że stracą swoją kulturę – komentuje Shambaya.

– Będą musieli wybrać między lękami a nadziejami – mówi Jacques. – Co niepokoi ich bardziej, utrata kultury czy życia?

Zdanie wywołuje śmiech u części Senoi, pozostali szemrają nieprzyjaźnie. Franckie prosi wówczas o możliwość zabrania głosu. Shambaya nadal tłumaczy.

– Poślubię jedną z was – oznajmia. – Poślubię Mugitę, ponieważ wierzę, że moja przyszłość jest tutaj, a nasze dwa światy mogą się spleść. Jestem obcy, chcę poznać waszą kulturę i pomóc wam w dzieleniu się nią.

Odpowiedzią na jego słowa jest cisza.

– Sny są dobre – ciągnie. – Ale czyny są lepsze. Uważacie, że świat nocy jest ważniejszy od świata dnia? Wierzycie, że świat snów jest ważniejszy od rzeczywistości? Cóż, ja odpowiadam, że to forma ucieczki, tchórzostwa. Ja poddaję się snowi. Z powodu mojej choroby śpię wbrew własnej woli i zapewniam was, że jest to nie do zniesienia!

– „Można umrzeć od nadmiaru rzeczywistości, nie można umrzeć z powodu nadmiaru snów" – odpowiada jeden z mężczyzn, cytując lokalne przysłowie.

– Gdyby rzeczywistość nie istniała, nie byłoby snów. O czym śnicie? O ptakach? Drzewach? Kwiatach? O rodzinie? Przyjaciołach? Wrogach? O ile mi wiadomo, wszystko to jest rzeczywiste.

– Jest pan pewien? – chce wiedzieć mężczyzna, który sprawia wrażenie, jak gdyby brał już udział w tego typu pojedynkach słownych. – A gdyby wszystko było snem i jedynie sen dawał nam dostęp do prawdziwego świata?

– Zresztą dwaj obcy nie zostaną z nami, łatwo im więc radzić, co powinniśmy zrobić! – rzuca inny.

W tym momencie Jacques wstaje i po raz kolejny domaga się głosu.

– Żeby udowodnić wam moje zaangażowanie w projekt, zostanę tutaj, żeby nadzorować budowę hotelu. A żeby pokazać, jak bardzo jestem z wami związany… będę zaszczycony, mogąc przyjąć propozycję ślubu z Shambayą, jeśli zezwolicie na ten związek.

Tym razem wszyscy wybuchają śmiechem.

– Dlaczego się śmieją?

– Ponieważ powiedział pan, że zgodzi się ze mną ożenić. U nas nie pyta się mężczyzn o zdanie. Są wybierani przez kobiety. To trochę tak, jak gdyby pytał pan psa, czy chce właściciela, czy też woli zostać włóczęgą.

Ślepa kobieta zwraca się do członków plemienia w ich języku.

– Co im pani teraz powiedziała?

– Że wyjdę za pana, ale nie będę się od razu z panem kochać. Oni się obawiają, że utrata przeze mnie dziewictwa spowoduje zaniknięcie moich mocy wielkiej pani snów. Jak mawiała pańska matka: „Przesądność stanowi nieodłączny element prymitywnych kultur".

Tę chwilę wybiera ojciec Shambayi, dotąd milczący, żeby wstać i zaśpiewać. Wkrótce pozostali mieszkańcy wioski dołączają do niego, tańczą i śpiewają. Nawet kogut im wtóruje.

Jacques rzuca pytające spojrzenie Franckiemu, który podnosi rękę w geście poparcia, po czym upada na bok i zasypia.

52

W NAJCIEPLEJSZEJ PORZE DNIA paw Leon ponownie przemaszerowuje, pokrzykując, przez opustoszały krąg wioski. Dwaj Francuzi nie uczestniczą w zbiorowej sjeście. Naradzają się przy stole, jak doprowadzić do realizacji projektu Jacques'a. Franckie podłącza pozyskany ze statku Kiambanga komputer do paneli słonecznych i anteny satelitarnej.

Dzięki tym trzem urządzeniom udaje im się wreszcie skontaktować z resztą świata i działać na odległość. Łączą się z malezyjskim adwokatem i płacąc mu kartą kredytową przez Internet, zlecają zajęcie się doprowadzeniem do uznania Caroline Klein za zmarłą i przeprowadzeniem postępowania spadkowego tak, aby wyspa przypadła jej jedynemu synowi, Jacques'owi Kleinowi. Franckie rejestruje następnie oficjalnie nową nazwę wyspy: Pulau Senoi.

Po ustaleniu podstaw prawnych z adwokatem Franckie zabiera się do wyszukania odpowiedniej firmy turystycznej. Ostatecznie wybiera taką, która wydaje mu się najpoważniejsza i najbardziej doświadczona: Sereinitis Associated. Jest to przedsiębiorstwo z Quebecu, utworzone przez byłego członka Cirque du Soleil, który zakładał już hotele ze spa o orientacji duchowej w lasach Amazonii (konsumpcja ayahuaski), w tundrze syberyjskiej (inicjacja szamańska i spożycie grzybków halucynogennych), w górach południowokoreańskich (wtajemniczenie do buddyzmu i zażywanie czerwonego żeń-szenia), a także na Seszelach (joga i jedzenie ajurwedyjskie).

Franckie proponuje Sereinitis sprzedaż kawałka ziemi, który wydaje mu się najlepiej dostosowany do budowy portu mimo stromego wybrzeża. Jacques wolałby wynająć, ale Franckie jest przekonany, że inwestycje niezbędne do założenia i budowy portu są tak duże, że jedynie możliwość zakupu jest w stanie zmotywować inwestorów.

– Nie rozpoczną potężnych prac na terenie, który do nich nie należy. Za bardzo będą się obawiać zerwania umowy najmu i przekazania wyników ich pracy w cudze ręce.

Jacques przyznaje, że jego przyjaciel lepiej od niego orientuje się w ekonomii, więc obaj zgadzają się, że odtąd to Franckie będzie zarządzał nieruchomościami Jacques'a.

Uregulowawszy kwestie administracyjne, mężczyźni podejmują temat komunikacji. Dzięki zwykłemu komputerowi zasilanemu energią słoneczną i podłączonemu do anteny satelitarnej udaje im się znieść izolację Senoi i otworzyć im okno na świat.

Zakładają stowarzyszenie mające na celu szerzenie nauk „ludu snów", przygotowują krótki tekst ilustrowany kilkoma zdjęciami zrobionymi smartfonem: historia plemienia, otoczenie, lokalizacja... W sieci umieszczają filmiki przedstawiające podstawowe informacje na temat sztuki świadomego snu. Link umożliwia ciekawskim zapisanie się z wyprzedzeniem na staże świadomego snu w oferującym inicjację hotelu spa należącym do Sereinitis Associated.

Fakt, że staże ograniczone są do dwunastu uczestników tygodniowo, zwiększa zainteresowanie nimi i zaledwie godzinę po uruchomieniu strony pierwszy tydzień zostaje wykupiony, a zaliczki w kwocie dziesięciu tysięcy euro przelane. Dwie godziny później miejsca zostają zaproponowane do odkupienia na licytacji, jak w przypadku lotów w kosmos.

Serwisy społecznościowe przekazujące informacje spisują się znakomicie, podsycają ciekawość i Senoi szybko zyskują popularność.

Podczas gdy Jacques i Franckie pracują w sieci, Senoi również się krzątają: trzeba przygotować wesela Shambayi i Mugity.

Wszystko jest gotowe jeszcze tego samego wieczoru. Niski dźwięk mooloo oznajmia, że ceremonia może się rozpocząć.

Jacques i Franckie odrywają się od swoich zajęć. Spodziewają się wielkiego święta, czeka ich jednak lekkie rozczarowanie, gdyż śluby przypominają codzienne biesiady na wyspie. Jedyną różnicę stanowią odmienne piosenki.

Shambaya na tę okazję założyła suknię z białego płótna. Daje znak Jacques'owi, żeby usiadł przy niej podczas kolacji.

– Biała suknia należy do waszej tradycji?

– Nie, do waszej. Założyłam ją z szacunku dla pana, gdyż mój brat Shuki poprosił Franckiego, żeby mu pokazał w komputerze ceremonię zaślubin u Francuzów. Przygotowaliśmy też tort. Podobno to obowiązkowy weselny deser.

Na stole istotnie króluje piramida z durianów. Ptysie z kremem zostały zastąpione lokalnym owocem.

– Czy będą prezenty? – pyta Jacques.

– Tak. Każdy podaruje taki sam. Będzie to typowy prezent Senoi.

– Ach tak? Czyli co?

– Nasza noc.

Jacques nie rozumie.

– Dzisiaj wieczorem, aby uczcić nasz związek, ani jeden Senoi nie będzie spał! Urządzimy białą noc!

Logiczne: dla ludu, który uświęcił sen, największym prezentem, jaki można podarować, jest poświęcenie nocy nowożeńcom.

– Chciałbym, żeby moja matka mogła uczestniczyć w ceremonii.

– Caroline dużo mi o panu mówiła – odpowiada Shambaya. – Podobno siusiał pan do łóżka.

Jacques odkasłuje.

– Zdradziła naprawdę intymne szczegóły. Jestem zażenowany. Co jeszcze?

Kobiety zaczynają tańczyć w rytmie, jaki nadają mężczyźni, uderzając w wydrążone pnie.

– Mówiła, że jest pan nieco lękliwy, że kiedyś uderzył pana jakiś chłopiec i czuł się pan bezsilny.

Dotyka blizny w kształcie litery Y na jego czole, dając do zrozumienia, że zna historię w najdrobniejszych szczegółach. Jacques pozwala jej na to.

– To znak strachu, prawda? Od tamtej pory pokazał pan, że potrafi walczyć, pokonał pan liczniejszych i lepiej uzbrojonych przeciwników. Nie ma już w panu lęku. Dlatego może odbyć się ślub.

Wręcza mu kubek z alkoholem na bazie mleka kokosowego. Jacques się rozkoszuje jego smakiem.

– Proszę mi jeszcze coś o niej opowiedzieć.

– Pana matka bardzo lubiła się kochać. Jak już mówiłam, my uznajemy to za oznakę zdrowia.

Jacques krztusi się i prycha odrobiną płynu, jaka pozostała mu w ustach.

– Kochała się z moim ojcem, co nas do siebie zbliża. Stanowimy już w pewnym sensie rodzinę.

– Czy naprawdę chodzi o moją matkę?

– Tak, sprytna kobieta o bardzo oryginalnej seksualności. Głośno krzyczała podczas orgazmów, bardzo nas to śmieszyło. Nigdy nie słyszałam, żeby kobieta dochodziła tak głośno. Mam nadzieję, że kiedy my będziemy się kochać, sprawi pan, że i ja będę tak krzyczeć.

Muzyka cichnie. Czas na ceremonię zaślubin Jacques'a i Shambayi oraz Franckiego i Mugity.

Oprócz sukni i tortu Shuki pomyślał również o świadkach. Są nimi dwie małpy, strażnicy ducha natury.

Reszta stanowi interpretację Shukiego na temat francuskiego ślubu. Zamiast ryżem, obsypują ich piaskiem. Próbują też tańczyć w parach, co jest dla nich egzotyczne, ale i zarazem nieco komiczne.

Po zakończonym rytuale Senoi siadają wreszcie wokół ognia do posiłku.

Jedna z kobiet wręcza Jacques'owi ciepły kawałek bambusa nadziewany mięsem guźca, maniokiem i warzywami duszonymi we własnym sosie.

– Czego się pani boi, Shambayo?

– Jak wszyscy Senoi, boję się pioruna. Według nas oznacza on, że nie spodobaliśmy się naturze. Kiedy uderza, musimy wszyscy po kolei wyznać, co złego zrobiliśmy. Jeśli burza nie ustaje, ten, kto zachował się najgorzej, musi naciąć sobie ramię, a my mieszamy jego krew z deszczem, dopóki ten nie ustanie.

– Przecież można się w ten sposób wykrwawić…

– Jeśli w wyniku tej metody dana osoba umrze, znaczy to, że było to uzasadnione. Przyznajemy naturze prawo sądzenia nas.

– A ludziom?

– Nie mamy wymiaru sprawiedliwości, mamy sumienie. Uważamy, że ludzie są odpowiedzialni i mogą sami siebie oceniać.

Jacques'owi podejście to wydaje się oryginalne.

– A jeśli ktoś odmówi poddania się osądzeniu?

– Będą go dręczyły koszmary. – Shambaya nie ma co do tego wątpliwości. – To najgorsza rzecz, jaka może się przydarzyć człowiekowi, nie sądzi pan, panie „mężu"?

Jacques stwierdza, że społeczeństwo bez policji, wymiaru sprawiedliwości i więzienia, które uważa, że występki same się regulują we śnie, musi być bardziej wyluzowane. Shamabya uznaje za stosowne sprecyzować:

– Naszym zdaniem wszystko, co najważniejsze, rozgrywa się w niewidzialnym świecie. Kiedy śpimy, nasz umysł opuszcza ciało i wspina się na wielką chmurę umysłów.

– Wszystkich umysłów… wioski?

– Oprócz śpiących mogą się tam również znaleźć nasi przodkowie, którzy chcą przy nas pozostać. Pradziadek albo prapradziadek może okazać się przydatny dla swoich potomków.

– Oczywiście, oczywiście.

Shambaya zauważa nutę ironii w głosie towarzysza, nie rezygnuje jednak.

– Z duszami jest jak z ludźmi. Jedne pomagają, inne komplikują życie. Te, które pomagają, nazywamy Gunikami. Te, które życie komplikują albo odmawiają pomocy, nazywamy Marasami.

– Marasi i Gunikowie – powtarza Jacques, żeby przesiąknąć tymi słowami.

– Prawdę mówiąc, wszystkie dusze są Marasami. Ale jeśli uda się z nimi zaprzyjaźnić, stają się Gunikami. Trochę jak ze zwierzętami. Pies włóczęga, na przykład, może ugryźć, ale jeśli będziemy go karmić i głaskać, pozwoli się oswoić i stanie się naszym wiernym obrońcą przed wrogami. Wszystkie żywe istoty tak funkcjonują w naturze. Albo się je oswaja, albo się je toleruje.

Jacques wyciąga swój notes i zapisuje kilka słów na temat filozofii Senoi.

– Kiedy już się go „pojmie", Gunik dostarcza nam piosenkę, która służy do wzywania go.

– Jak się łapie Gunika?

Shambaya zwraca się do muzyków i jednej z kobiet.

– Ona ci pokaże.

Rozlega się muzyka, do której kobieta tańczy sugestywnie.

– Gunik jest często nieśmiały, podejrzliwy, oddala się, kiedy próbujemy się do niego zbliżyć. Piosenka, którą słyszysz, oznacza w języku dusz: „Guniku, możesz podejść bliżej, jesteś tu mile widziany".

Taniec staje się coraz bardziej histeryczny, kobieta przyjmuje świadczące o gościnności pozy.

– Teraz zaproponowała Gunikowi, żeby jej użył, co pozwoli nawiązać dialog. Kiedy kobieta Senoi robi coś takiego, musi umieć zapomnieć się całkowicie i stać się *hala*.

– To rodzaj tańca szamańskiego?

– Jest ambasadorką świata ludzi dla Gunika, który staje się z kolei ambasadorem sobie podobnych. Dwa światy, Senoi i dusz, łączą się.

Istotnie, mieszkańcy wioski wstają i zaczynają śpiewać. Tancerka powtarza ich słowa, zwracając się do swojego Gunika, który przekazuje jej odpowiedź. Ton jej głosu zmienia się w trakcie rozmowy.

– Ten człowiek chciał się dowiedzieć, dlaczego jego żona nie zachodzi w ciążę, a Gunik, za pośrednictwem tancerki *hala*, odpowiedział: „Ponieważ nie kochacie się dość dobrze". Musi to poprawić, prosząc o radę własną matkę i robiąc to częściej.

– Szczera rozmowa.

– Tancerka *hala* służy czasami do przepędzania złych duchów.

Jacques przygląda się dzieciom tańczącym z dorosłymi.

– Nie uczymy świadomego snu małych dzieci, one po prostu nas naśladują, kiedy mają na to ochotę.

– A starsi ludzie?

– Starszyzna zbiera się co tydzień, żeby rozmyślać o planach dla wioski.

– Składają swoje propozycje?

– O nie, w żadnym wypadku. Wzywają przeszłość, żeby rozjaśnić obecne problemy.

– Cóż, nie mogą zatem liczyć na postęp! – dziwi się Jacques.

– Nie chcemy postępu – ucina Shambaya – chcemy żyć w harmonii z otaczającym nas światem.

Jacques dolewa sobie napoju kokosowego, żeby nie powiedzieć, co na ten temat myśli.

– Nigdy nie wpadłeś na to, żeby szukać szczęścia w świecie, który zamiast ewoluować, wciąż pozostaje taki sam?

– Nie! – odpowiada natychmiast.

– Zastanów się. Twoja matka w końcu pogodziła się z tą myślą: kontemplacja zamiast ruchu, zawieszenie zamiast marszu naprzód.

– Moja matka uważała się za Krzysztofa Kolumba odkrywającego nowy kontynent…

– Przy nas się zmieniła. Pewnego dnia zacytowała nam jednego z waszych filozofów, niejakiego Pascala: „Całe nieszczęście człowieka pochodzi stąd, że nie umie on siedzieć w swoim pokoju sam".

– Pascal cierpiał na agorafobię. Nie mógł patrzeć na swoich współbraci ani przebywać w nieznanych mu miejscach. Przekuł więc swoją chorobę na prawo.

– Być może moglibyśmy zaoferować wam nowy punkt widzenia: znaleźć szczęście w chwili obecnej i w trwaniu.

– W bezruchu i odrzuceniu postępu?

– To, co nazywasz „postępem", jest według nas ucieczką naprzód. Musi skończyć się upadkiem.

Jacques nie chce już kontynuować tej rozmowy, zmienia temat.

– Kiedy będziemy się kochać? – pyta.

– Musi ci się najpierw przyśnić nasza fizyczna więź i musisz mi ją opisać. Dopiero kiedy uda ci się dobrze ze mną kochać we śnie, będziemy mogli przełożyć to na rzeczywiste doświadczenie.

Jacques znów popija nieco alkoholu, ale krztusi się i zanosi kaszlem.

– Ale… przecież jesteśmy po ślubie.

– I co z tego? Czy dlatego mam się zadowolić niezdarnym kochankiem? Nie martw się, dam ci wskazówki dla zoptymalizowania tej cennej chwili między nami.

Nieco później tego wieczoru Jacques dołącza do swojego przyjaciela Franckiego.

– Czy tobie Mugita też powiedziała, że musi ci się najpierw przyśnić akt miłosny? – dopytuje.

– Nie, zrobimy to jutro. Z kolei ja się obawiam, że przytrafi mi się atak narkolepsji. Każdy ma swój problem, Jacques – żartuje dziennikarz, poklepując go po plecach.

Gdy nadchodzi pora deseru – tortu z cuchnących durianów – wódz wioski opowiada najpiękniejszy sen tego dnia i wszyscy zaczynają interpretować go w tańcu. Ponieważ mowa w nim o wężach, Senoi naśladują wijące się gady.

Zrezygnowany, wiedząc, że w noc poślubną będzie jedynie dyskutował i tańczył, Jacques unosi skorupę duriana i odruchowo żuje miękki miąższ owocu o paradoksalnym słodkim smaku.

53

– Dbaj o ciało, żeby twoja dusza miała ochotę się w nim schronić, dzięki temu będzie zawsze tęsknić, gdy się oddalisz.

Shambaya zachęca męża, żeby stał się bardziej wymagający w kwestii higieny życia.

– Dobrze się śni w zdrowym i czystym ciele.

Po spędzeniu przez Jacques'a wystarczająco długiego czasu pod prysznicem pani snów obwąchuje jego brzuch i miejsca pod pachami, po czym kiwa głową.

– Teraz opowiedz mi, jak się kochałeś ze mną we śnie tej nocy.

Jacques opowiada, dodając nieco szczegółów (mając jednocześnie wrażenie, że jego żona doskonale zdaje sobie z tego sprawę). Shambaya wyjaśnia mu z kolei, dlaczego powinien był zrobić niektóre rzeczy, a uniknąć innych. Naśladuje ruchy, pokazuje mu części ciała, które zapomniał pieścić, zachęca go, żeby położył na nich dłonie i poczuł, jakie są miękkie i wrażliwe.

– Myślałam, że jesteś lekarzem – mówi.

– Tak, ale na studiach medycznych nie uczą nas pieszczenia stref erogennych. W każdym razie nie na oficjalnych zajęciach!

W ciągu kolejnych dni Jacques Klein kształci się w dziedzinie sztuki świadomego snu Senoi.

Shambaya jest cierpliwym pedagogiem. Uczy go zadawania sobie wielokrotnie w ciągu dnia pytania: „Czy ja śnię?" (dzięki temu, nawet we śnie, będzie zapewne również się o to pytał). Uczy go kładzenia się spać codziennie dokładnie o tej samej porze i powtarzania sobie przed zaśnięciem: „Uświadomię sobie we śnie, że śnię, i przejmę kontrolę".

– Kiedy znajdziesz się w swoim śnie – wyjaśnia mu żona – musisz przestać patrzeć na siebie z zewnątrz. Oto kolejne ćwiczenie: spróbuj wyobrazić sobie swoje dłonie i stopy. Spójrz na niewyraźny kształt swojego nosa w dolnej części pola widzenia.

– Zabawne, nigdy o tym nie myślę, ale to prawda, mój rozmyty nos znajduje się nieustannie na pierwszym planie.

– Odtwarzając obraz podobny do rzeczywistości, staniesz się silniejszy w swoim śnie. Musisz być tam taki sam jak tutaj, z rękami, stopami i niewyraźnym nosem.

Proponuje mu następnie inne ćwiczenie. Stojąc przed świeczką, musi patrzeć na swoje wyciągnięte dłonie, po czym zdmuchnąć świeczkę, zamknąć oczy i wypowiedzieć słowa: „Początek snu". Jacques wie od razu, że celem zadania jest ujrzenie przed sobą wyciągniętych dłoni. Po nich przychodzi kolej na stopy. Widzi siebie przemierzającego świat we śnie. Ale to nie wystarcza. Istnieje wiele sposobów, żeby sprawdzić, czy dobrze śni: musi szukać luster i przeglądać się w nich (we śnie obraz jest zdeformowany), musi przestać oddychać (jeśli znajduje się w rzeczywistości, będzie się dusił), musi opierać się o ściany (we śnie są miękkie, łatwo przez nie przechodzić). Kiedy jest już całkowicie pewien, że śni, musi sobie powiedzieć: „Nie chcę się budzić".

Po uświadomieniu sobie ciała i miejsca przychodzi czas na kontrolę przebiegu samego marzenia sennego.

Jacques, postępując według wskazówek Shambayi, podskakuje coraz wyżej, aż w końcu wzlatuje w powietrze. Żeby zapanować nad nowym darem, Jacques staje się częściowo ptakiem: jego palce wydłużają się, pojawia się między nimi błona, zostaje wyposażony w coś, co przypomina skrzydła nietoperza.

Gdy czuje się już pewnie, młóci powietrze długimi rękoma o cienkiej, niemal przeźroczystej skórze i wznosi się coraz wyżej.

Ponieważ zasmakował już latania, żona prosi go, żeby wrócił do rzeczywistości. Pokonuje wszystkie etapy i otwiera oczy, jak przystało na przykładnego początkującego onironautę.

– Kiedy nasza dusza wzlatuje, ma dwie opcje do wyboru: połączyć się ze światem dusz (gdzie przebywają Marasi i Gunikowie), czyli światem poza człowiekiem, albo wymyślić własne otoczenie i doświadczyć prędkości lotu, walki itd.

– Czym jest świat dusz?

– Wielką chmurą znajdującą się nad nami – wyjaśnia Shambaya. – To unia dusz wszystkich żyjących i śpiących ludzi. Czy wy też macie na to nazwę?

– Poczekaj, gdy się tak zastanowić, mam wrażenie, że słyszałem już podobną koncepcję. „Noosfera". Wspominał o niej francuski naukowiec, ojciec Teilhard de Chardin. Mówił, że noosfera jest niczym warstwa atmosfery nad planetą, wielką chmurą, w której gromadzą się wszystkie śpiące umysły ludzkie i że – śniąc – możemy dobrowolnie się do niej podłączyć.

– Cóż, widzisz, czyli już wiesz. Powiedz coś więcej o Teilhardzie de Chardin.

– Twierdził, że twórcy i artyści potrafią nawiązywać kontakt z tym „zbiorowym umysłem gatunku" i pamiętać o tym. Wyjaśnia to jego zdaniem, że niektóre odkrycia dokonywały się symultanicznie na kilku kontynentach (ogień, tkactwo, rolnictwo, koło…).

– Również jestem o tym przekonana.

– My nazywamy to „myślą wiszącą w powietrzu".

– My również mówimy, że niektóre „rozwiązania latają niczym ptaki i wystarczy je pochwycić".

– Teilhard de Chardin uważał, że noosfera stanowi zbiorową myśl ludzkości, sumę wszystkich snów i wszystkich wyobraźni.

– Często się z nią łączę. Stamtąd mogę obserwować złożoność ludzkości. Czasami śnię o miejscach i przedmiotach, które są mi całkowicie nieznane. Do energii istot żywych mógłbyś jeszcze dodać tę należącą do Marasów i Guników. To dusze zmarłych, które zażyczyły sobie pozostać wśród nas, żeby pomagać, albo ze zwykłej ciekawości. Są niczym tłum ludzi, do których możemy zwracać się o pomoc. Ale jak już zapewne zrozumiałeś, większość z nich jest nieśmiała i niełatwo się do nich zbliżyć i je obłaskawić.

Jacques zamyśla się na chwilę, po czym ciągnie:

– Oprócz noosfery od niedawna istnieje również „infosfera".

– Co to takiego?

– Internet. To chmura, *cloud*, wszystkich informacji, jakie świadomie wymieniają między sobą ludzie za pośrednictwem komputerów.

– Fascynujące! Jak to wygląda?

– Ekrany i głośniki, z których płyną dźwięki, obrazy, muzyka, piosenki, filmy, teksty, pomysły. Wszystko można zarejestrować, pokazać innym osobom.

Shambaya jest zaintrygowana.

– Chciałabym, żebyś pokazał mojemu bratu Shukiemu, jak surfować po infosferze dzięki jego oczom, a ja nauczę cię, jak dotrzeć do noosfery dzięki twojej wyobraźni.

Kolejnej nocy Jacques waha się, czy stworzyć własną scenerię snu, czy też dołączyć do noosfery. Wybiera drugą opcję. Jest to swego rodzaju rozległa biała równina, niczym gigantyczna płyta złożona z twarzy o zamkniętych powiekach. Na czole każdej z tych twarzy widnieje mały krzaczek, również biały. Jego liście reprezentują poszczególne sny. O tym wspominała Shambaya: Internet żywych myśli. Można przemierzać noosferę tak, jak się zwiedza jakiś kraj.

Na czole jednego ze śpiących pojawia się liść przedstawiający budynek w kształcie kwiatu lotosu. Zrodziła się nowa myśl architektoniczna. Wkrótce wokoło wznoszą się inne podobne budynki. Myśli są „zaraźliwe" w noosferze, tak jak w Internecie, lecz skorzystać z nich mogą jedynie ci, którzy zapamiętują swoje sny.

Nieco dalej pewnej kobiecie śni się cały film, z intrygą i znanymi aktorami. Jacques zatrzymuje się, żeby pooglądać. W podobny sposób inni śpiący zostają „zarażeni" filmem. W noosferze nie ma praw autorskich.

Jacques nadal przemierza mlecznobiałe podłoże z twarzy o zamkniętych oczach. Nagle na jednym z czół pojawia się obraz szachownicy, na której toczy się szybka rozgrywka. Mężczyźnie śnią się jego partie szachowe.

Dalej pewien cukiernik wyobraża sobie nowy deser, inżynier projektuje nową linię samochodów, malarz tworzy abstrakcyjny obraz.

Ale na liściach krzewów wyrastających z śniących widać również sceny przemocy, morderstwa, podrzynanie gardeł, wieszanie, tortury.

Destrukcyjne myśli są równie zaraźliwe jak te konstruktywne. Istnieje nawet między nimi pewna równowaga. Tyle samo osób śni o czynieniu dobra, co o czynieniu zła. Im więcej ludzi, tym więcej skrajności można się dopatrzeć w dobru i złu. Zazwyczaj jednak złe sny są bardziej spektakularne, więc i bardziej zaraźliwe.

Jacques widzi pary oddające się kopulacji mniej lub bardziej skomplikowanej. Ci, którzy mają śmielsze sny, wpływają na swoich sąsiadów, chociaż ci śpią czasami tysiące kilometrów dalej w rzeczywistym świecie.

Wreszcie Jacques opuszcza noosferę i, pod chmurą, odkrywa dusze zmarłych, które chciały włóczyć się po ziemi. Astralna nizina... Trzyma się jednak od nich z daleka, po czym postanawia wynurzyć się ze snu. Unosi natychmiast powieki, żeby zapamiętać oniryczne przeżycia.

Shambaya radziła mu, żeby po przebudzeniu szczypał się w ucho, aby mózg otrzymał wyraźny sygnał oznaczający „koniec snu". W tej chwili może „wysłać" do pamięci film z minionego snu.

Jacques otwiera oczy i spogląda na hipnogram. Stwierdza, że ostatnio śni dłużej. Notuje sen, dołączając do niego szkice i rysunki.

Cała wioska wstaje o tej samej porze, po pianiu koguta, i zbiera się w kręgu wokół ognia. Jacques siada obok żony. Kiedy przychodzi jego kolej, szczegółowo relacjonuje swój sen. Opowiada o pierwszym śnie, kiedy nauczył się latać jak nietoperz. Wspomina drugi sen, w którym odkrył noosferę, czyli chmurę złożoną ze wszystkich ludzkich snów, i przyznaje, że oglądał z daleka „błądzące dusze" i nie chciał się do nich zbliżyć.

Shambaya kiwa głową na znak aprobaty. Następnie opowiada swój sen, w którym kochała się ze swoim mężem, i Jacques musi przyznać, że wyobraźnia jego żony znacznie przewyższa jego własną.

Po kolei wszyscy Senoi opowiadają swoje sny i wręczają prezenty – przedmioty lub piosenki – w zależności od czynów, jakie popełnili we śnie. Trwa to aż do godziny dziewiątej.

Następnie mieszkańcy wioski zabierają się do pracy. Kobiety zajmują się dziećmi i przygotowywaniem obiadu, a mężczyźni wyruszają na polowanie lub do pracy przy uszkodzonym murze obronnym.

Franckie założył w wiosce sprawnie działający system informatyczny i może wreszcie zarządzać Pulau Senoi jako oficjalną instytucją kultury. Prowadzi rozmowy z przedsiębiorstwem hotelowym Sereinitis, które obiecuje szybko przesłać odpowiedź i wsparcie.

Jacques pokazuje Shukiemu, jak korzystać z komputera, a ten, obejrzawszy z zainteresowaniem rozmaite krajobrazy (szczególnie ośnieżone przestrzenie Finlandii, Syberii i Kanady), odkrywa w sobie pasję do gier symulacyjnych, w szczególności wojennych.

– Te gry musiał opracować ktoś, kto potrafi śnić świadomie, gdyż obie ręce gracza umieszczone są z przodu, jak w naszych inicjacjach! – zauważa, pełen entuzjazmu.

– Wydaje mi się, że to czysty przypadek – poprawia go Jacques.

– W każdym razie: uwielbiam to! – przyznaje Shuki. – Odkrywam w waszych wirtualnych światach dalszy ciąg naszych światów onirycznych.

Shambaya uczy Jacques'a w ciągu dnia, jak być jeszcze uważniejszym na to, co dzieje się w rzeczywistości: na szczegóły wizualne, dźwiękowe, a nawet zapachowe.

– Trochę jak z waszymi aparatami cyfrowymi. Musisz zwiększać rozdzielczość tych obrazów. Trwałeś w niskiej rozdzielczości, teraz musisz przejść we śnie do wysokiej, z ekranem w formacie szesnaście na dziewięć.

Mijają dni i Jacques przyzwyczaja się do nowego życia.

Wieczorami kontynuuje lekcje świadomego snu. Shambaya chce uczynić z Jacques'a doskonałego onironautę. Usiłuje nauczyć go, jak pokonać zamierzchły lęk przed wodą, on jednak wciąż ma w sobie silną blokadę.

Stopniowo uczeń onironauta nabiera doświadczenia. Z łatwością lata. Przemierza noosferę z coraz mniejszym sceptycyzmem.

Pewnego wieczoru postanawia skontaktować się z błądzącą duszą, która lata między powierzchnią ziemi i Noosferą. Zaczepia ją w prosty sposób:

– Yyy… dzień dobry.

Mężczyzna spogląda na niego podejrzliwie, po czym idzie w swoją stronę. Jacques pojmuje, że musi przełamać swoją nieśmiałość, jeśli chce związać się z jedną z upartych dusz, aby zmienić Marasa w Gunika.

Dochodzi również do wniosku, że trzeba mieć pewien talent, żeby zostać szamanem, *hala*, i zaprzyjaźniać się z duszami. Kolejna umiejętność do doskonalenia.

Podobnie dba o to, aby śniły mu się sceny miłosne z Shambayą, które opowiada jej co rano. Nie oszukuje, gdyż ona od razu by się zorientowała.

Pracując, można poprawić się we wszystkim.

Wreszcie pewnego dnia, po tym jak opisał jej scenę seksu, którą oceniła pozytywnie, Shambaya zgadza się naprawdę kochać ze swoim mężem.

Ku wielkiemu zaskoczeniu Jacques'a zjednoczenie ich ciał okazuje się długą i złożoną gimnastyką. Jego ślepa żona dotyka go w zaskakujących miejscach: pod kolanem, u szczytu karku, w punktach wokół kręgosłupa. Shambaya wskazuje na jego własnym ciele strefy erogenne, o których nie miał pojęcia. Delikatne muśnięcie, a Jacques'a przeszywają nowe dreszcze. Ma wrażenie, że do tej pory uprawiał seks jedynie na poziomie pierwotnym, był skupiony na swoich narządach i „klasycznych" strefach.

Stał się już mistrzem w sztuce snu i seksu, ale wciąż jeszcze wielu rzeczy musi się nauczyć na temat stylu życia Senoi. Pozostaje mu też pozbycie się definitywnie lęku przed wodą…

Shambaya postanawia mu w tym pomóc. Po wielu seansach snu z przewodnikiem Jacques stopniowo uwalnia się od zahamowań. Czując, że nadeszła właściwa chwila, żona bierze go za rękę i prowadzi na brzeg. Schodzą po sznurowej drabince założonej przez Franckiego i robią kilka kroków w głąb morza.

– Utopię się! – woła Jacques, gdy woda dociera mu do kolan.

Zamyka oczy, żeby poczuć wodę jak Shambaya. Chwyta się swojego snu.

– Trzymaj się – mówi kobieta – nie przestaniemy, dopóki nie będziesz mógł popłynąć.

Woda sięga mu do ud, potem bioder, wreszcie brzucha.

Jacques widzi się ponownie na basenie wraz z ojcem. Przypomina sobie tonący katamaran ojca. Przygodę z najemnikami na zodiacu. Przełyka ślinę, żeby usunąć niepokój.

– Chodź – mówi łagodnie Shambaya.

– Prawie już nie sięgam dna – mamrocze niepewnie.

Jego ślepa żona zaczyna płynąć przed nim, a on z obawy, że zrani się o ostre skały, postanawia ruszyć za nią w głąb morza. Porusza gwałtownie kończynami, ale wpada w panikę. Zachłystuje się, kaszle.

Wtedy czuje czyjąś rękę wyciągającą mu głowę spod wody. Franckie, który przyglądał im się z daleka, przybył z pomocą.

– Niepełnosprawni muszą się wspierać! – mówi, unosząc podbródek Jacques'a. – Ślepa, cierpiący na narkolepsję i dotknięty fobią są jak jeden mąż.

Tak więc Jacques, wspierany przez bliskich, w wieku dwudziestu ośmiu lat uczy się pływać pieskiem, na boku i stylem klasycznym. Robi szybkie postępy.

Nocą śnią mu się ruchy, a testuje je za dnia, aż w końcu udaje mu się zanurzyć głowę pod wodę (tym samym pokonać wielki strach) i pływać pod powierzchnią dzięki okularkom zdobytym na statku najemników.

Ponieważ ludzie z firmy Sereinitis wciąż się nie pojawili, wszyscy obawiają się kolejnego ataku Kiambanga. Senoi przez całą noc trzymają warty.

Pewnego wieczoru na straży stoi Jacques uzbrojony w dmuchawkę. Siedzi z bronią w formie rurki i widzi, że księżyc znika za chmurą.

Obchód pozwala mi widzieć to, co dzieje się w rzeczywistości nocą, stwierdza.

Świetliki w krzakach. Świecące algi w morzu.

Jedyne, czego żałuje, to że na Pulau Senoi nie ma plaży, w przeciwieństwie do jego Wyspy Różowego Piasku.

Nie wszystko może być doskonałe!

Jacques kroczy wśród ciepłej tropikalnej nocy. Teraz ze wszystkich stron dobiega chrapanie. Zagląda do swojej chaty, żeby przyjrzeć się śpiącej Shambayi i stwierdza, że pięknie wygląda, gdy śpi.

Oczy go pieką, czuje ogarniające go zmęczenie. Myśli o chorobie Franckiego.

Znów wyłania się księżyc, a w oddali z wody wyskakuje delfin, jak gdyby chcąc go pozdrowić.

Czyli raj jest tutaj i trzeba będzie walczyć, żeby go ochronić, stwierdza młody człowiek.

Po czym uśmiecha się, ziewa, i nie mogąc dłużej wytrzymać, odkłada dmuchawkę i zasypia.

54

– Alarm! Alarm!

Tym razem budzi go nie pianie koguta, lecz dzwonek zainstalowany przez Franckiego, żeby ostrzec wioskę w razie niebezpieczeństwa. Wszyscy Senoi wyciągają dmuchawki. Franckie z wierzchołka wzniesienia obserwuje zbliżający się statek. Jest siódma rano.

– Wszyscy na stanowiska! – woła.

Pułapki są sprawdzane, weryfikuje się pozycje mechanizmów

z lassem, nieliczne karabiny zabrane ze statku najemników zostają rozdane i każdy zajmuje miejsce, jakie mu przydzielono.

Franckie wciąż obserwuje horyzont przez lornetkę.

– Kiambang z nową ekipą najemników? – pyta Jacques.

Franckie spluwa na ziemię, po czym odpowiada:

– W każdym razie nie jest to zbłąkany statek, płynie prosto na nas. Sądząc po jego wielkości, na pokładzie może się znajdować dwudziestu ludzi. Jeśli są uzbrojeni w karabiny maszynowe, nie będzie łatwo.

Okrążywszy dwukrotnie wyspę, statek znajduje wreszcie zatoczkę nadającą się do rzucenia kotwicy. Kilku mężczyzn zaczyna wspinać się po zboczu.

– Idę – mówi Franckie.

– Ja z tobą – oświadcza Jacques.

Obaj sięgają po karabiny M16 i wyruszają na spotkanie intruzom.

Po kilku minutach marszu stają naprzeciw pięciu mężczyzn. Idący na czele jest wysoki i nosi okulary przeciwsłoneczne. Nie ma przy sobie broni i maszeruje żwawym krokiem.

– Stój – mówi Franckie zdecydowanym głosem. – Kim jesteście?

– Sylvain Ordureau. Jesteśmy z Sereinitis.

Mężczyzna mówi z silnym kanadyjskim akcentem. Franckie nie opuszcza karabinu.

– Jak to możliwe, że nikt nas nie uprzedził o waszym przyjeździe?

– Poprosiliście, żebyśmy się pospieszyli, więc uznaliśmy, że będzie to dla was miła niespodzianka.

Franckie przygląda się rozmówcy, po czym opuszcza lufę karabinu i wyciąga rękę.

– Franckie Charras, zarządca, oraz Jacques Klein, właściciel. Następnym razem uprzedźcie nas, gdyż miewaliśmy już problemy z… powiedzmy… piratami.

– Przykro mi – mówi Sylvain Ordureau. – Przybywamy z daleka i nie znamy tutejszej sytuacji. Jestem szefem ekipy zwiadowczej. Przygotuję wszystko, żeby architekci mogli zabrać się do pracy.

Pięciu cudzoziemców dociera do wioski, po drodze Franckie wskazuje im miejsca, w których znajdują się pułapki, żeby przypadkiem na nie nie stąpnęli.

Senoi nadal trzymają dmuchawki w dłoniach, a dzieci ukrywają się za plecami rodziców. Franckie mówi, że nowo przybyli nie są groźni. Shuki tłumaczy i uspokaja mieszkańców. Szef ekipy przedstawia się uprzejmie plemieniu. Shambaya prosi o pozwolenie dotknięcia ich twarzy. Zatrzymuje dłonie dłużej na całkowicie gładkiej czaszce Sylvaina Ordureau i żartuje, dając do zrozumienia, że skóra na jego głowie jest podobna do tej na jej pośladkach.

– Sekcja badań i rozwoju Sereinitis powiadomiła mnie, że zależy wam na szybkim załatwieniu sprawy, dlatego proponuję, żebyśmy z moimi ludźmi zaczęli od przeanalizowania topografii wyspy. Następnie obejrzymy słynną niebieską studnię i delfiny, które przyciągnęły tutaj pierwszych nurków. Następnie zjemy obiad na statku. Po południu założymy obozowisko dla ochroniarzy, o których prosiliście.

Jacques odkrywa z gośćmi zakątki Pulau Senoi, o których istnieniu do tej pory nie miał pojęcia. Mężczyźni nagrywają, mierzą, fotografują, analizują podłoże. Wydają się szczególnie zainteresowani niewielkim wzgórzem pośrodku wyspy, także rzeką i jeziorem. Następnie wracają na statek i przy użyciu sonaru badają kształt dna morskiego. Pewien konkretny punkt przyciąga ich uwagę. Sylvain zakłada strój nurka.

– Chcecie zejść z nami? – pyta mieszkaniec Quebecu.

– Niestety, nie mogę – odpowiada Franckie. – Istnieje ryzyko, że zasnę pod wodą.

– Ja chętnie spróbuję – mówi Jacques. – Muszę jednak się przyznać, że dopiero od niedawna umiem pływać. Mam też głupie pytanie: czym będziecie bronić się przed rekinami?

Sylvain Ordureau wybucha śmiechem.

– Boi się pan rekinów?

– Wiem, że pojawiają się w okolicy.

– Genialnie. Do obrony przed rekinami mamy… delfiny. Cóż, zapewniam pana, że jeśli w pobliżu znajdują się delfiny, na pewno nie będzie rekinów. To dwa niedające się pogodzić gatunki.

Jacques nie jest przekonany, ale wie, że kolejnym etapem walki z fobią wody jest nurkowanie w głębinie z butlą tlenową, więc sięga po ekwipunek: maskę, butlę, pas z ołowiem, kombinezon piankowy i płetwy.

Znalazłszy się na krawędzi platformy, na dany sygnał Jacques i Sylvain rzucają się w tył, w kierunku niebieskiej studni. Kiedy tylko schodzą kilka metrów w głąb, zauważają na dnie turkusowego oceanu granatowy, idealny krąg. Kierują się w tamtą stronę. Sylvain używa latarki, w której świetle ukazuje się gładka ściana nadająca cylindrowi wygląd basenu wydrążonego raczej przez maszynę niż przez panią naturę.

– Słyszy mnie pan, panie Klein?

– Tak, doskonale – odpowiada Jacques do mikrofonu umieszczonego w masce do nurkowania.

– Piękne to, prawda?

– Niesamowite, nie spodziewałem się czegoś takiego.

Dwaj nurkowie rozpoczynają zejście w głąb niebieskiej studni.

– Podczas ostatniego zlodowacenia poziom wód był znacznie niższy. Deszcz stał się kwaśny w kontakcie z roślinnością. Powstało swego rodzaju kwaśne jezioro, które wydrążyło podłoże. Kiedy poziom mórz się podniósł, słodka woda została zastąpiona wodą morską – wyjaśnia Sylvain Ordureau, z wykształcenia geolog.

– Studnia sprawia wrażenie bardzo głębokiej.

– Najgłębszą odkrytą do tej pory studnią morską jest Dean's Blue Hole na Bahamach. Dwadzieścia pięć metrów średnicy i dwieście metrów głębokości. Inne odkryto na Karaibach, a także w atolach na Pacyfiku. Kilka znajduje się również w Morzu Czerwonym.

– Dlaczego nie widać tu ani ryb, ani koralowców?

– Woda źle krąży w wąskiej studni, małe rybki nie zapuszczają się tam, gdyż miałyby trudności z ucieczką. Z kolei stojąca woda jest bogata w bakterie, za którymi przepadają delfiny. Służą im za... jak by to powiedzieć... sfermentowany płyn.

– Za alkohol?

– Tak, mniej więcej, pełna bakterii woda działa jak psychotropy.

Akurat w tym momencie dwa białe delfiny podpływają w ich stronę. To para białuch arktycznych. Obserwują ich podejrzliwie, niczym dwoje staruszków przyglądających się złym okiem turystom. Trzymają się na dystans. Sylvain sięga po wodoszczelną kamerę i zaczyna filmować. Kiedy nurkowie podpływają bliżej, białuchy cofają się. Nagle przestają interesować się ludźmi i zanurzają się głębiej w niebieski otwór. Bardzo szybko stają się bardziej skore do zabawy, a ich zachowanie przywodzi na myśl stan upojenia alkoholowego.

– Popłynęły się upić, tam, gdzie jest najwięcej bakterii?

– Znajdujemy się w barze dla delfinów.

Dwie białuchy, opite cieczą z głębi błękitnej studni, rozpoczynają zaloty.

– Wygląda na to, że miejsce to służy również za hotel na godziny – zauważa Kanadyjczyk, wciąż z kamerą w dłoni.

Kiedy delfiny odpływają, Jacques i Sylvain wracają na platformę, gdzie czekają na nich pozostali członkowie ekipy Sereinitis. Sylvain pokazuje im zarejestrowane obrazy.

– Niebieska studnia ma szczególny kolor, inny niż pozostała część morza – zauważa.

– Błękit pruski? – proponuje Franckie.

– Istnieje wiele odcieni niebieskiego – ciągnie Sylvain – ale ten jest wyjątkowy.

Używa smartfonu, żeby pokazać wzornik kolorów.

– Tak myślałem, chodzi o „błękit Kleina".

– Jak moje nazwisko – zauważa Jacques.

– Doprawdy? Jest pan krewnym tego malarza?

– Nie wiem. Kleinów jest wielu.

Sylvain czyta historię odkrycia szczególnego błękitu.

– Yves Klein to francuski malarz, urodzony w Nicei w tysiąc dziewięćset dwudziestym ósmym roku i zmarły w tysiąc dziewięćset sześćdziesiątym drugim. Cała jego twórczość powstała w jednym kolorze, który opracował w celu wypróbowania go na różnych materiałach: używał błękitu Kleina.

– Miło mi dowiedzieć się, że moje nazwisko związane jest z wielkim odkryciem artystycznym.

– Powinien pan zajrzeć do Internetu, zobaczy pan, co artysta potrafi wydobyć z jednego tylko odcienia wykorzystanego na wszystkie możliwe sposoby.

Jacques spogląda na zdjęcie Yves'a Kleina i nie znajduje w nim podobieństwa do siebie. Następnie zerka na jego dzieła, powstałe przy użyciu błękitu niemal identycznego z kolorem studni morskiej, którą przed chwilą zwiedził.

Następnie ekipa wchodzi na pokład statku, żeby napić się piwa. Jacques i Franckie rozkoszują się pienistym i chłodnym płynem, którego słodko-gorzki smak już niemal zapomnieli.

– Dlaczego delfiny przypływają parami do błękitnej studni?

– Być może, jak w przypadku ludzi, samiec ma większe szanse na uwiedzenie samicy, jeśli ta jest pijana.

Wszyscy wybuchają śmiechem. Widzą właśnie trzy pary delfinów zbliżające się do niebieskiego otworu. Zwierzęta skaczą, sprawiają wrażenie, jakby dobrze się bawiły.

– Jak śpią delfiny? – pyta Jacques.

– To jedna z tajemnic natury. Przez długi czas uważano, że jest to gatunek, który nie śpi wcale.

– Sądziłem, że każda żywa istota potrzebuje jakieś formy snu, nawet rośliny.

– Gdyby delfiny nieruchomiały pod wodą, dusiłyby się (są to walenie, czyli ssaki, które tak jak my oddychają powietrzem). Gdyby zatrzymywały się na powierzchni, słońce wysuszałoby ich niezanurzoną w wodzie skórę, powodując straszliwe oparzenia. Ich rozmiary są niewystarczające, żeby mogły spać ponad dwadzieścia minut bez oddychania, w przeciwieństwie do wielorybów.

– Jak sobie zatem radzą?

– Okazuje się, że śpi połowa ich mózgu. Kiedy jedna część odpocznie, regenerację rozpoczyna druga połowa. Delfin ani na chwilę nie przestaje pływać.

– Czyli śpią stale, ale połowicznie.

Sylvain uśmiecha się szeroko.

– Cały czas śnią. Delfin nieustannie znajduje się pomiędzy rzeczywistością a marzeniami sennymi.

– Muszą się dziwnie czuć. Jakby w ich głowach znajdował się ekran, na którym wyświetlają się dwa filmy: jeden realistyczny, a drugi szalony – wysuwa teorię Franckie.

Przez cały czas są w kontakcie z noosferą delfinów, myśli Jacques.

Pary delfinów schodzą po kolei pod powierzchnię.

– Podobno tubylcy uczą was tutaj świadomego snu? – dopytuje Sylvain, odwracając się do Franckiego i Jacques'a, żeby dolać im chłodnego piwa. – Bardzo mnie to ciekawi. Uprawiałem medytację z buddyjskim mistrzem, którego fascynował sen – wyjaśnia. – Zatem i ja, na swój sposób, praktykowałem świadomy sen, ale amatorsko. Mój mistrz mawiał, że świadomy sen działa lepiej niż medytacja, jeśli chce się uwolnić umysł. Pozwala bowiem zapomnieć całkowicie o ciele, tymczasem w pozie medytacyjnej zawsze myśli się trochę o stawach, mięśniach albo o oddychaniu, zatem nie można w pełni oderwać umysłu.

– Nie pomyślałem o tym – przyznaje Jacques.

– Mój mistrz powtarzał często, że istotą praktykowania świadomego snu jest przygotowanie się do ostatecznego wzlotu ku śmierci i że jednym z najważniejszych celów naszego życia jest umrzeć świadomie.

– Czy można umrzeć w inny sposób? – dziwi się Franckie.

– Oczywiście, przez kilka sekund przed śmiercią i kilka sekund w trakcie umierania można zostać tak dalece wciągniętym przez myśli, lęki, żale, poczucie winy i niepokoje związane z tą chwilą, że… można sobie nie zdawać sprawy, że się umiera.

– Nauczyć się śnić, żeby nie pomylić śmierci ze snem, ciekawy pomysł! – woła Jacques.

– Umieranie wydaje się łatwe, lecz jest to doświadczenie tak silne, że możesz go nie zauważyć – mówi Sylvain, poważniejąc. – Trochę tak, jak gdyby wjeżdżając kolejką górską, zamknąć oczy i nie przeżyć podróży. Zresztą buddyści uważają, że niektóre osoby umierają, nie mając tego świadomości.

– To by tłumaczyło ideę dusz Senoi (którzy nazywają je Marasami i Gunikami, dzikimi albo oswojonymi duchami) – wtrąca się Jacques. – Znajdują się wśród nich osoby, które nie zrozumiały różnicy między życiem a śmiercią!

– Mój mistrz opowiadał, że pewnego razu trafił na duszę, która nie pojmowała, dlaczego koledzy nie odpowiadają jej już na powitanie w pracy. Jogin miał duże trudności z wytłumaczeniem jej, że nie żyje. Stopniowo osoba ta zgodziła się przyjąć do wiadomości, że stała się…

– Marasem? – sugeruje Jacques.

– Błądzącą duszą, która nawiedza miejsca uczęszczane za życia.

– Duchem – uzupełnił Franckie.

Wokół nich ekipa Sereinitis krząta się, wypakowując sprzęt potrzebny do ustawienia prowizorycznych chat na Pulau Senoi.

– Podobno mieliście problemy z najemnikami opłaconymi przez dewelopera? – dopytuje Kanadyjczyk.

– Dlatego zależy nam na tym, abyście szybko podjęli decyzję, którą moglibyśmy oficjalnie ogłosić. Będziemy też potrzebować strażników do pomocy przy ochronie wyspy.

– Przewidzieliśmy to – mówi Sylvain Ordureau, dając znak koledze, żeby podał im obiad.

Mężczyzna przynosi im hamburgery i frytki. Jacques'owi wydaje się, że bułka nie ma smaku, mięso przypomina plastik, korniszon jest gorzki, a frytki są zrobione z oleistego kauczuku. Wypluwa jedzenie.

– Przepraszam, chyba od jedzenia z Senoi zmieniły się moje zwyczaje żywieniowe. Mam wrażenie, że tutaj, na Pulau Senoi, wszystko jest smaczne, za to na Zachodzie je się styropian ze słodkim albo słonym sosem, żeby tylko dało się go połknąć.

– Słyszałem, że jecie gąsienice, węże, pająki, małpy i wiewiórki. Chyba zatem ograniczę się do hamburgerów ze styropianu. Jeśli chodzi o restaurację w przyszłym hotelu, pozostaniemy raczej przy klasyce.

Po posiłku na statku Jacques i Sylvain badają okolice błękitnej studni i trafiają na inną grupę delfinów. Mają długie szare nosy i pozwalają się do siebie zbliżyć. Sylvainowi udaje się pogłaskać jednego z nich. Kiedy Jacques podpływa, pojmuje, dlaczego zwierzęta są tak mało płochliwe: delfiny spędziły ławicę sardynek i otoczyły ją. Rybki wykorzystują nurków jako ochroniarzy. Tworzą wokół nich swego rodzaju żywą boję. Delfiny zaczynają straszyć ich swoimi dziobami.

– Tak naprawdę delfiny wcale nie oczekują od nas czułości. Chcą dać nam do zrozumienia, że przeszkadzamy im w polowaniu na sardynki. Jak gdybyśmy chodzili im po stole w czasie posiłku.

Sylvain wybucha śmiechem i obaj postanawiają opuścić bankiet.

– Witaj w prawdziwym życiu delfinów, z dala od legend – ogłasza szef ekipy Sereinitis.

Popołudnie mija im na pluskaniu się wśród długonosych delfinów, które najpierw traktowały ich z góry (żeby ich ukarać za stanięcie w obronie sardynek), następnie im groziły, a w końcu wracają spontanicznie w ich stronę, już w dobrym nastroju i z zaciekawieniem obserwują obcych.

Wróciwszy wieczorem do wioski, Jacques zastaje Senoi przy kolacji i opowiada im o wycieczce po morzu. Shambaya jest bardzo zaciekawiona i zarzuca go pytaniami.

– Czy ci nowi ludzie obronią nas przed Malezyjczykami?

– Tak. I sprowadzą innych ludzi.

– Będziemy musieli przyzwyczaić się do ich obecności, ale będzie się to działo stopniowo. Wiem, że Shuki jest nastawiony entuzjastycznie, cały czas opowiada mi o Internecie i o tym, co widzi w „wielkim rzeczywistym świecie, który nas otacza", ale…

– Rozumiem, trzeba to robić stopniowo.

– Każdy kontakt z czymś nowym musi odbywać się etapami – nalega kobieta. – Spójrz, ty i ja długo śniliśmy o kochaniu się, zanim zrobiliśmy to naprawdę.

– Istotnie, to wzmogło moje pożądanie… a następnie moją rozkosz.

– Tu chodzi o coś innego. Jeśli zbyt szybko „zaprzyjaźnimy" się z tymi ludźmi, skrzywdzą nas, a my zrobimy im to samo, nawet tego nie chcąc. Choroby, nieznajomość natury, cóż jeszcze…

– U nas mówi się: „Kto nie szanuje czasu, nie oprze się czasowi".

– Moi bracia i siostry nie mogą ulec podnieceniu związanemu z odkryciem nowego świata. Liczę na ciebie, Jacques, że spowolnisz tempo tej fuzji.

W trakcie posiłku Jacques delektuje się jedzeniem i sięga nawet po duriana na deser (już go uwielbia). Później kocha się przez godzinę z Shambayą (to również uwielbia). Wreszcie zasypia po męczącym dniu.

55

Pływają.

Muskają się.

Są białe, mają płynne ruchy, są szybkie i zwinne.

Wirują w cylindrze w kolorze błękitu Kleina.

W końcu wyskakują z wody i wzlatują w górę. Unoszą się z rozłożonymi rękoma nad lasem. Lądują na drzewie.

Całują się w ptasim gnieździe, wymoszczonym piórami. Nurkują w dół z najwyższych gałęzi.

Pływają w szmaragdowych jeziorach, w krystalicznych rzekach, w czarnych wodach strumieni. Skaczą z gałęzi na gałąź, chwytając się lian. Znajdują większe gniazda wyłożone czerwonymi płatkami kwiatów.

Jednoczą swoje ciała, rozsiewając wokoło chmury pyłku. Wzlatują ponownie i unoszą się nad światem.

W końcu się rozdzielają.

Jacques śni, że dołącza do noosfery i stąpa po białej posadzce ludzkich twarzy o zamkniętych powiekach. Jak ostatnio, z czół niektórych śpiących wyrastają białe krzewy, których liście przedstawiają ich sny i myśli.

Widzi Sylvaina, który lokuje hotel z plastikową kopułą nad błękitną studnią, żeby stworzyć centrum obserwacji życia delfinów. Stwierdza, że trzeba by mu jutro wyjaśnić, iż to zły pomysł. Następnie odwiedza duchy i znajduje w sobie odwagę, żeby zwrócić się do jednego z nich.

– Hm, często się tu pani pojawia?

To kobieta o długich włosach. Bawi ją, że w niewidzialnym świecie ktoś zaczepia ją tak samo, jak kiedyś w świecie widzialnym. Nie jest wcale zszokowana, zbliża się do niego, przeźroczysta i mglista.

– Podrywa mnie pan? – pyta rozbawiona.

– Próbowałem tylko nawiązać rozmowę. Za każdym razem, kiedy przychodzę, mam wrażenie, że wszystkie dusze uciekają, bo jestem nowy.

– Nie chodzi o to, że jest pan nowy, ale że jest pan żywy – odpowiada kobieta-duch. – My dzielimy się doświadczeniami niematerialności i nieśmiertelności, a są to rzeczy, których wy, żywi śniący, nie możecie nawet sobie wyobrazić. Jesteście dla nas „niewtajemniczeni w doświadczenie śmierci"… Jak pan widzi, nie ma w tym żadnej arogancji, żadnej pogardy.

Jacques jest zachwycony pierwszą rozmową z Marasem, uświadamia sobie jednak, że nie potrafi go jeszcze zmienić w Gunika (przyjazną błędną duszę). Zanim ma czas powiedzieć coś jeszcze, budzi go pianie koguta (wydzierającego się, żeby osiągnąć wyższy dźwięk *b*).

Jacques Klein nie unosi od razu powiek, tak jak go uczono. Następnie ogląda na smartfonie swój hipnogram, który wykazuje piękne i długie zejścia w głąb snu paradoksalnego.

Czy to możliwe, żeby praktyka nurkowania pomagała mi w poprawieniu i wydłużeniu faz snu głębokiego?

Całuje śpiącą Shambayę, po czym zapisuje poranne myśli w notatniku.

Czy to możliwe, żeby spotkanie z delfinami otworzyło mnie na spotkanie z błądzącymi duszami?

Jacques zamyka notes. Uświadamia sobie, że odkąd zaczął się uczyć świadomego snu, nie próbował dośniewać i spotkać się ze swoim przyszłym sobą na Wyspie Różowego Piasku. Shambaya budzi się i szepcze mu do ucha:

– Należysz do tych ludzi, których olśniła wizyta w wielkiej chmurze umysłów, prawda?

– W noosferze? Tak, to mimo wszystko zadziwiające, móc zbliżyć się do zbiorowej nieświadomości całego gatunku.

– Chmura umysłów zawsze fascynuje tych, którzy nigdy jej nie widzieli, ale nie możesz poprzestać na obserwacji. To może ci zaszkodzić.

– Mimo wszystko tam wrócę – odpowiada butnie.

– Tak bardzo lubisz patrzeć, jak istoty należące do twojego gatunku myślą?

Głaszcze go po twarzy otwartą dłonią.

– Tam wynaleziono ogień – powtarza Jacques. – Rolnictwo. Tkactwo. Koło.

– Od tamtego czasu dokonaliście wielkiego postępu. Pociągi, samoloty, rakiety, okręty podwodne…

– Skąd wiesz o tym wszystkim, skoro nigdy nie podróżowałaś?

– Nie zapominaj, że mamy już w naszej wiosce komputer z dostępem do Internetu oraz działającą antenę satelitarną. Ciebie fascynuje chmura umysłów, mnie natomiast Internet, bo stanowi dla mnie nowość. Shuki pomaga mi surfować. Dzięki temu poznałam historię ludzkości. Nauczyłam się geografii i wielu innych rzeczy.

– Przecież jesteś ślepa!

– Słyszę dźwięki. Poza tym Shuki ma talent do opowiadania ze szczegółami tego, co widzi na ekranie. To mi wystarcza. A reszta mi się śni…

– Tak szybko wszystko zrozumiałaś?

– Poświęcam temu dużo czasu, słucham filmów dokumentalnych. Sieć dostarcza tylu informacji. Chmura elektroniczna jest bardzo bogata. Uwielbiam to.

Jacques rozchyla zasłony i światło wpada do pomieszczenia. Shambaya uśmiecha się, słysząc wyraźniej ćwierkanie ptaków, krzyki małp, brzęczenie insektów, pierwsze odgłosy życia wioski.

Odświeżywszy się w misce z wodą, zakochani ubierają się i dołączają do członków społeczności siedzących już na pniach otaczających centralne palenisko. Kiedy rozpoczyna się opowiadanie snów zebranych przez noc, Jacques uświadamia sobie, że zaczyna rozumieć pojedyncze zdania, zanim Shambaya zdąży mu je przetłumaczyć.

W przerwach, gdy zmieniają się mówcy, rozdawane jest jedzenie. Kiedy nadchodzi kolej Jacques'a, wplata on kilka słów Senoi do swojej opowieści, wzbudzając tym ogólną sympatię. Wyjaśnia, że jego sen związany jest z nurkowaniem, którego próbował poprzedniego dnia, i wszyscy słuchają, jak opisuje słynną błękitną studnię, która o mało co nie doprowadziła ich do zagłady.

Jacques oddaje głos Franckiemu Charrasowi, który również czuje się w obowiązku pozdrowić zebranych w języku Senoi.

On również – dzięki swojej towarzyszce – odkrył noosferę, „chmurę wszystkich śniących umysłów świata", i opowiada, jak to wydawało mu się, że widzi tam zdarzenia, które wkrótce nastąpią na świecie.

Zwraca się do Jacques'a i zwierza mu się:

– Moim zdaniem jedynym talentem Nostradamusa i innych wizjonerów albo proroków była umiejętność podłączania się we śnie do noosfery, żeby zdobywać wizje dotyczące przyszłości.

– A co z twoimi atakami narkolepsji?

– Mugita jest zdania, że to nie jest upośledzenie, lecz zaleta, prosi, żebym pogodził się z tą przypadłością, zamiast się jej pozbywać. Próbuję więc oswoić narkoleptyczne monstrum i wykorzystuję je do wywoływania zabawnych wizji.

Sylvain Ordureau dołącza do nich godzinę później, chciałby wziąć udział w porannym zgromadzeniu, przyznaje jednak, że nigdy nie udało mu się zapamiętać choćby jednego ze swoich snów, co zaskakuje Senoi i staje się tematem kpin.

– Ani jednego snu? – pyta Shambaya z przejęciem.

– Ani jednego. Być może nie potrafię śnić, czy to możliwe?

Jacques odpowiada:

– Z medycznego punktu widzenia: nie. Prawdopodobnie zapomina pan swoje sny, nie ma jednak możliwości, żeby nic się panu nie śniło, w przeciwnym razie (przynajmniej w teorii) całkowicie by pan oszalał.

W chwili kiedy wypowiada te słowa, przygląda się uważniej mieszkańcowi Quebecu i usiłuje dostrzec w jego spojrzeniu jakąś szczelinę, jednak niczego takiego nie zauważa.

Resztę poranka ekipa poświęca na znalezienie najlepszej lokalizacji na budowę hotelu Sereinitis. W południe Jacques z małżonką zasiadają na skalistym wzniesieniu, zwróceni w stronę morza, i jedzą obiad, na który składają się orzechy kokosowe.

– Chciałem z tobą porozmawiać poza grupą – mówi Jacques. – Kolektyw jest fajny, ale często brakuje mi rozmów we dwoje.

– Wiem, o co chcesz mnie spytać – mówi Shambaya z pełnymi ustami. – Czy ja również potrafię przewidywać przyszłość? Twoja matka nauczyła mnie czytać z linii rąk, ale... nie jestem lepszą wizjonerką niż ty sam – ciągnie, sięgając po jego dłoń.

– Jesteś ślepa od urodzenia?

– Był czas, kiedy Malezyjczycy próbowali nas wyeliminować, zatruwając środkami owadobójczymi źródła wody, z których piliśmy. Moja matka była w trzecim miesiącu ciąży. Wypiła toksyczną substancję, co zaburzyło właściwe wykształcenie się moich oczu. Urodziłam się już z tym upośledzeniem.

Ściska jego dłoń.

– Czy „widzisz" w swoich snach, czy też składają się one jedynie z zapachów? – pyta Jacques.

– Pojawiają się obrazy, lecz są one wynikiem mojej interpretacji świata. Czyli dotykając twojej twarzy, zdołałam stworzyć obraz jej kształtu. Shuki mówił mi, że twoja twarz jest bladoróżowa, a włosy masz ciemne.

– Kolory również sobie wyobrażasz?

– Tak, tworzę sobie wewnętrzny obraz na podstawie pierwotnych kolorów. Określenia „ciemny" lub „jasny" pozwalają mi je niuansować. Sylvain powiedział mi, że nazwisko twojej rodziny oznacza pewien rzadki kolor. Tak bardzo żałuję, że nie mogę zobaczyć błękitu Kleina.

– A słysząc słowo „słońce", co widzisz?

– Wiem, że powinno być okrągłe, ale patrząc na nie, widzicie tylko silne światło.

– A owoc?

– Właściwie to składam obrazy przedmiotów i ludzi, których ty możesz zobaczyć, z opisów, z zapachów, z dźwięków i tworzę sobie własną interpretację.

– Czyli posiadasz własną interpretację wszystkiego.

– Ale ty też! Czy nie cytowałeś mi kiedyś zdania: „Rzeczywistość to coś, co istnieje nadal, nawet kiedy my przestaniemy już w to wierzyć"? Jak można lepiej podsumować rzeczywistość?

– Nie wszystko jest jedynie subiektywnością.

– Wszyscy jesteśmy mniej lub bardziej ślepi. Niektórzy mają tego świadomość, inni udają, że nie są. Wszystko jest tylko interpretacją w różny sposób zdeformowanych sygnałów, jakie przesyłają nam nasze zmysły. Jedynie w snach istnieje całkowita zgodność między tym, co jest, a tym, co odbieramy. Moje sny są piękniejsze od tych, jakie mają ludzie widzący, właśnie dlatego, że rzeczywistość nie ma na nie wpływu. Są czystą subiektywnością. Ja nieustannie wymyślam na nowo cały otaczający mnie świat.

Jacques obejmuje wzrokiem cudowną panoramę, jaka się przed nim roztacza, ale nie ma odwagi o niej mówić. Widzi lśniący ocean, postrzępione chmury, niebieskie niebo, fale roztrzaskujące się o podnóże skalistego wzniesienia.

– Musi istnieć jakieś miejsce w rzeczywistości, uznane przez wszystkich, które umyka indywidualnym subiektywnościom – nalega.

– Tak sądzisz? Ja myślę, że wszyscy postrzegamy inne rzeczywistości. Senoi mają pewną historię, która to ilustruje: trzech ślepców staje naprzeciw słonia; pierwszy dotyka jego trąby, drugi nogi, a trzeci ogona. Po powrocie do wioski pozostali mieszkańcy pytają ich, czym jest słoń. Pierwszy mówi, że jest długi i miękki jak wąż; drugi – że jest gruby i cylindryczny jak pień drzewa; trzeci – że jest długi i cienki jak kwiat. Każdy jest pewny swojego zdania. Żaden nie skłamał, zgodzisz się?

– Tak.

– Każdy zreferował „swoją rzeczywistość", wszyscy szczerze wyrazili „swoją prawdę"... a jednak nie były one takie same.

– „Wizjonerzy" widzą słonia w całości, takiego, jakim jest naprawdę.

– Jesteś tego pewien? Zapytaj trzech dobrych wizjonerów, czym jest miłość, każdy zobaczy to inaczej. Jeden opowie ci o seksie, drugi o uczuciach, a trzeci o miłości do rodziców, miłości do ojczyzny albo do psa. Dla mnie... miłość jest czymś równie trudnym do opisania jak słoń trzech ślepców.

– Musi istnieć niepodważalny świat.

– Tak, świat snów.

Jacques czuje się zbity z tropu przez tę rozmowę. Z kolei Shambaya zdaje się czerpać dużą przyjemność z wyjaśniania człowiekowi Zachodu tego, co dla niej jest oczywistością.

– Nasze przysłowie mówi: „W kraju ślepców królami są jednoocy" – mówi Jacques.

– To głupie i fałszywe przysłowie. Myślę, że w krainie ślepców jednooki wolałby wydłubać sobie sprawne oko, żeby zostać przyjętym do grona pozostałych.

Jacques nie może przestać myśleć, że Shambaya się myli, ale nie ma odwagi powiedzieć tego na głos.

– Śnił mi się już kraj ślepców, w którym pojawiłeś się ty – ciągnie ona. – Próbowałeś mnie przekonać, że masz nade mną przewagę, a ja usiłowałam dać ci do zrozumienia, że gdybyś stał się ślepy, widziałbyś rzeczy, których nie możesz widzieć z powodu tyranii wzroku nad innymi zmysłami.

W wyniku tej rozmowy Jacques uświadamia sobie znaczenie doświadczenia filozoficznego, jakie przeżywa wśród ludu Senoi. Postanawia podjąć się napisania podręcznika świadomego snu.

Po wielu dniach pracy podręcznik jest gotowy. Jacques udostępnia rozdziały w Internecie i szybko osiąga sukces, każdego dnia zyskuje coraz większą popularność.

Z kolei Sylvain Ordureau funduje sobie codziennie kąpiel z delfinami albo krótkie nurkowanie w błękitnej studni, żeby „dopracować projekt turystyki duchowej".

Pewnego wieczoru, udając się na spoczynek, Jacques mówi do Shambayi:

– Chyba jestem szczęśliwy. Jestem w raju. Moje życie ma sens. Nie chcę nigdy stąd wyjeżdżać.

– Widzisz – odpowiada ona – stałość nie jest wyrokiem, oznacza po prostu, że znalazło się odpowiednie miejsce, gdzie jest nam dobrze, osobę, z którą jest nam dobrze, oraz zajęcie, w którym się spełniamy. Po co więc się ruszać?

56

Mija dziewięć miesięcy.

Pęka jajo kormorana. Kradnie je małpa. Małpę kąsa wąż. Mewy na niebie śmieją się.

Shambaya rodzi syna. Otrzymuje on imię Ikar. Zgodnie ze zwyczajem Senoi pozostawia się go przez sześć pierwszych miesięcy w półmroku, żeby lepiej czuł się w świecie nocy niż dnia.

Hotel Sereinitis, wzniesiony w pośpiechu z prefabrykatów, zostaje otwarty bez większych ceremonii. Zamieszkuje w nim dwunastu pierwszych klientów, głównie z Quebecu i Kalifornii.

„Stażyści snów" spędzają swoje poranki na nurkowaniu z Sylvainem Ordureau, a popołudnia na nauce sztuki świadomego snu z Shukim, który uwielbia spotkania z cudzoziemcami. Zgodnie z zasadą Senoi, która głosi, że lepiej pomagać „dobrym w stawaniu się doskonałymi, zamiast tracić czas ze złymi", Shambaya udziela indywidualnych lekcji najbystrzejszym uczniom.

Ten elitarny i mało demokratyczny system okazuje się jednak skuteczny i kilkoro uczniów pani snów zyskuje szybko dużą sprawność.

Senoi z łatwością uczą się angielskiego, gdyż ich zdolność skutecznego spania daje im możliwość łatwego zapamiętywania języków obcych. Jednak pewnej nocy tropikalny cyklon rujnuje wyspę. Wiatr i deszcz w ciągu kilku godzin powalają bambusowe chaty. W następstwie tej katastrofy Senoi przystają na propozycję Sylvaina, który oferuje wzniesienie ponownie całej wioski z solidnego materiału, aby domostwa opierały się w przyszłości złej pogodzie. Tubylcom zależy jednak na zachowaniu charakterystycznych cech dawnej wioski: chaty mają być umieszczone na palach i w formie kręgu wokół miejsca o ubitej glebie, pośrodku którego znajduje się palenisko.

Z upływem czasu Franckie podejmuje coraz więcej inicjatyw, aby pomóc swoim towarzyszom życia. Senoi szybko przyjmują do swojego grona tego życzliwego cudzoziemca, tak zręcznego w rozwiązywaniu nowych problemów, które pojawiają się wraz z coraz częstszymi kontaktami z nowoczesnym światem.

Franckie wreszcie realizuje reportaż o plemieniu, który planował od lat, i film sprzedaje się na całym świecie. Po jego wyemitowaniu wioska Senoi staje się sławna i przyciąga w końcu uwagę malezyjskich urzędników. Minister turystyki, Hussein Razak, kontaktuje się z mieszkańcami wyspy, aby ogłosić im dobrą nowinę: chce wpisać Pulau Senoi na listę „priorytetowych obiektów turystycznych".

Kiedy minister dotrzymuje obietnicy, Sylvain postanawia ograniczyć liczbę ochroniarzy. Odkąd została zakwalifikowana jako dziedzictwo turystyczne państwa malezyjskiego, wyspa jest bezpieczna.

Rosnący sukces przedsiębiorstwa umożliwia im dobieranie wyłącznie najbardziej zmotywowanych uczniów.

W miarę upływu lat Jacques przyzwyczaja się do tego odmiennego świata. Spełnia się jako ojciec, bawi się świadomym snem, wciąż poprawia swoje panowanie nad światem snu. Ceni sobie, że lato trwa dziesięć miesięcy. Jego związek kwitnie, plemię go zaakceptowało. Ma poczucie, że znajduje się na swoim miejscu w czasie i przestrzeni, a dzięki temu osiągnął to, do czego dążą wszystkie istoty ludzkie: harmonię.

57

Mijają cztery lata, pięć, dziesięć, szesnaście.

Ikar jest obecnie wysportowanym i ciekawym wszystkiego nastolatkiem.

Jacques Klein zapomniał już prawie o nieszczęśliwych okolicznościach, które sprowadziły go na Pulau Senoi.

Pewnego wieczoru, ogarnięty nostalgią, postanawia dośnić i wrócić na swoją Wyspę Różowego Pisaku, czego nie robił od bardzo dawna.

Znalazłszy się w fazie snu paradoksalnego, Jacques wywołuje swoją wyspę. Miejsce jest opustoszałe. Idzie wzdłuż wybrzeża, wspominając chwile, które tutaj przeżył. Fotel na biegunach wciąż tu jest, pusty.

Dotyka fotela, który kołysze się w przód i w tył, skrzypiąc. Jacques zasiada na nim i zamyka oczy.

– Byłem pewien, że w końcu wrócisz – głos dobiega zza jego pleców.

Jacques odwraca się i widzi samego siebie stojącego na plaży. Podczas ich ostatniego spotkania mężczyzna miał siwe włosy, teraz są one całkowicie białe, a skóra jest bardziej pomarszczona. Jacques uświadamia sobie, że i on uległ wpływowi czasu.

Mężczyzna jak zwykle ma na sobie hawajską koszulę w kwiaty, szorty i japonki, w ręce trzyma szklankę z piña coladą.

– Miło pana znów widzieć, JK48.

– O nie! Teraz to ty jesteś czterdziestolatkiem, „JK44". Ja, jak widzisz, postarzałem się, możesz mnie nazywać „JK64".

– Dobrze wiedzieć, że dożyję do tego wieku i będę do pana podobny.

– To nic pewnego, nie zapominaj, że wolna wola komplikuje sprawy. Mógłbyś na przykład popełnić samobójstwo. Nic na świecie nie zdołałoby ci tego uniemożliwić, a wtedy ja przestałbym istnieć.

– Tak, znam te pana historie o czasowych paradoksach.

Jacques daje mu znak, żeby usiadł w fotelu na biegunach, który wyłania się nagle z nicości.

– Co mnie teraz spotka, JK64?

– Naprawdę chcesz to wiedzieć?

– Nie wiem. Lubię swoje życie takim, jakim jest dzisiaj.

– Bądź ze sobą szczery. Shambaya zrozumiała wszystko na temat życia, myśli, wszechświata... oprócz nowoczesnego zachodniego świata informatyki, elektronicznej chmury, która nieustannie się rozprzestrzenia. Internet stanowi niezrównaną pamięć świata. Podarowałeś ją jej tak, jak ona podarowała ci dostęp do noosfery. Tworzycie doskonałą parę, gdyż kosmicznie się uzupełniacie. Ile osób potrafi objąć równie szeroką warstwę świadomości?

Dwaj Jacques'owie Kleinowie kołyszą się w fotelach. Młodszy po raz pierwszy w powtarzającym się śnie czuje się naprawdę swobodnie, nie jest ani podejrzliwy, ani pod wrażeniem, ani zdystansowany, ani uległy facetowi, który twierdzi, że jest przyszłym nim samym.

– Co robi pan, JK64, kiedy o panu nie śnię?

– Żyję moim życiem sześćdziesięcioczterolatka. Pewnego dnia odkryjesz, że nie liczy się wiek, tylko projekty. W końcu to zrozumiałem i mogę ci to zdradzić. Jeśli masz dwadzieścia cztery lata i marzysz wyłącznie o stabilnej i powtarzającej się pracy, która zapewni ci dobrą emeryturę, już jesteś stary. Jeśli masz sześćdziesiąt cztery lata i rozmawiasz z facetem, którym kiedyś byłeś, dzięki niezwykłej metodzie, jesteś jeszcze młody. Na swój sposób to ty, Jacques, zapewniasz młodość mojemu umysłowi. Dlatego tak bardzo angażuję się w nasze rozmowy. Dlatego cię… kocham.

Jacques o szarych włosach nie reaguje na ostatnie słowa Jacques'a o białych włosach. Dwaj mężczyźni piją piña coladę, przyglądając się nieustannemu wschodowi słońca na horyzoncie.

– Chwilami mam ochotę zostać tu na zawsze – mówi JK64.

– Ja też, ale moje prawdziwe życie niewiele różni się od tego. Jedynie to, że wyspa, na której mieszkam, nie ma plaży. Ale na Pulau Senoi jest za to błękitna studnia, w której można pływać razem z delfinami.

JK64 uśmiecha się, ale zdaje się czymś zmartwiony.

– Hm… właśnie dlatego cieszę się, że cię dzisiaj widzę, JK44. Ja… to znaczy… nie znalazłeś się tu przez przypadek. To ja natchnąłem cię chęcią spotkania.

– Dlaczego?

– Chodzi o kolejne ważne zdarzenie. Musisz wracać do Paryża.

JK44 wpatruje się w swojego rozmówcę, po czym wybucha śmiechem.

– Nigdy! Nawet we śnie!

– Wiem, nie masz na to ochoty, a jednak musisz to zrobić, i to szybko.

– Czy to jakiś żart?

– Czy wyglądam, jakbym żartował?

– Dobrze mi tutaj. Tu jest moje życie, moja rodzina, syn, przyjaciele. Moje szczęście jest tutaj. Nie zdołam już znosić szaleństwa paryskiego życia. Zanieczyszczeń, hałasu, zdenerwowania i agresji mieszkańców stolicy.

– Ho, ho, nie pamiętałem, że byłem aż takim domatorem.

– Nie jestem domatorem, jestem osobą odpowiedzialną. Nie przeprowadzę rodziny do tak stresującego świata. Tutaj wszystko jest kolorowe i żywe. Tam – szare, blade, pozbawione światła i energii witalnej.

– Ho, ho…

– Nie podoba mi się to „ho, ho", którego będę używał za dwadzieścia lat… Brzmi wyniośle. Nie jest pan moim ojcem. Poza tym mam wolną wolę, wielokrotnie mi pan to powtarzał.

– Przyznaj jednak, że zawsze dawałem ci dobre rady. Posłuchaj więc tej: musisz szybko wszystko rzucić i wrócić do Paryża.

– To pan sprowadził mnie do Malezji! Wiem już, że moje miejsce jest tutaj, to logiczny kres tego, kim jestem. „Samochód mojej egzystencji" znalazł swoje miejsce na parkingu.

– Ho, ho…

– Wkurza mnie pan. Dlaczego miałbym teraz wyjechać?

– Ponieważ zapomniałeś, co było pierwotnym motywem: tajny projekt mamy, eksploracja świata snu w celu znalezienia szóstego stadium.

– To był projekt mamy, nie mój.

– W tym celu przybyła do Malezji, ty również.

– Z powodu projektu dotyczącego szóstej fazy snu została

wyrzucona ze szpitala, przyjechała tutaj i zginęła. Ściągnął na nią same nieszczęścia!

– Ale bez jej badań nad szóstą fazą snu Senoi, Shambaya i Shuki zostaliby zgładzeni albo staliby się niewolnikami. Ich kultura zostałaby zapomniana. Ikar by się nie urodził.

JK44 prostuje się na swoim fotelu i stwierdza z uporem:

– Nigdy stąd nie wyjadę. Hotel Sereinitis funkcjonuje. Pływam z delfinami, pokonałem strach przed wodą, kocham się z Shambayą, uczę Ikara, jadam zdrowo, dobrze sypiam, po co miałbym…

– Żeby pchnąć naprzód całą ludzkość, a nie tylko małą społeczność wyspy zagubionej gdzieś pośród Oceanu Indyjskiego.

– Tym razem odmawiam wykonania polecenia. Już pana nie potrzebuję. Dziękuję za to, co było, ale moja teraźniejszość ma się bardzo dobrze. Poza tym wiem, dlaczego chce pan, żebym wrócił. Ponieważ szóste stadium snu umożliwi stworzenie Atona, prawda? Aton to pańska zabawka, „panie JK64", nie moja.

– To cel badań mamy, JK44.

– Zatem to zabawka mamy, ale ona nie żyje. Zresztą nie rozumiem, dlaczego czekał pan szesnaście lat, żeby mi powiedzieć, że dalszy ciąg serialu rozgrywa się ponownie w Paryżu…

– Miałeś zostać tutaj, żeby nauczyć się panować nad światem snów i… czekać, aż dokona się pewien postęp technologiczny. W Paryżu nauka wyewoluowała wystarczająco, aby można było wznowić badania nad szóstą fazą snu, a i ty rozwinąłeś się na tyle, aby stać się głównym bohaterem tej przygody.

– Szkopuł w tym, że nie życzę sobie w niej uczestniczyć.

– Pamiętam, co miałem w głowie, kiedy byłem tobą. Istotnie, byłem po części leniwym sybarytą, lecz chęć badania nowych światów nigdy mnie nie opuściła. Nie zapominaj, że jesteśmy dzieckiem żeglarza i pionierki nauki.

– Czy ma pan inne przekonujące argumenty?

– Mam jeden mocny. Mamę.

– Ona nie żyje!

– Jesteś pewien?

– Co próbuje mi pan dać do zrozumienia?

Starszy Jacques Klein rozkoszuje się efektem, jaki wywołały jego słowa. Czerpie złośliwą przyjemność ze swojego milczenia.

– Mama żyje? Niemożliwe.

– Tylko od ciebie zależy, czy to sprawdzisz.

58

Powrót do rzeczywistości jest coraz trudniejszy. Szczególnie kiedy Jacques nie przestrzega kolejności etapów podczas wynurzania się. Zawsze stosuje się do zasad, nurkując w oceanie, lecz staje się coraz bardziej niedbały, gdy chodzi o powrót przez warstwy snu do przebudzenia.

Shambaya wciąż jeszcze śpi u jego boku. Ikar jest w sąsiednim pomieszczeniu. Jacques spogląda na hipnogram.

Bez wątpienia udało mi się dośnić, to nie była iluzja.

Budzik wskazuje piątą rano. Jacques ubiera się, po czym, uzbrojony w pochodnię, kieruje się w stronę grobu matki. JK64 zasiał w jego umyśle wątpliwość. Zaczyna odrzucać ziemię rękoma.

W mogile odkrywa jedynie kamienie.

Wraca biegiem do domu i budzi Shambayę krzykiem.

– Okłamałaś mnie! Mama nie umarła, wszyscy mnie oszukaliście! W grobie niczego nie ma!

Żona szuka dłońmi jego twarzy. Czuje napięte mięśnie i głaszcze policzek męża uspokajającym gestem.

– Ona tak chciała.

– Kto czego chciał?

– Zażyczyła sobie takiego przedstawienia. Kiedy się pojawiłeś, schwytaliśmy cię, pamiętasz? Kiedy matka cię rozpoznała, poprosiła, żebyśmy was na jakiś czas unieruchomili, a ona w tym czasie wsiadła na statek zakotwiczony po północnej stronie wyspy i uciekła.

– Była tutaj, blisko mnie?

– Tak, przez kilka minut.

– Dlaczego nie chciała się ze mną zobaczyć? Powiedz mi! Zniknęła rok wcześniej. Jak matka może odmówić zobaczenia się z własnym synem?

– Widocznie miała swoje powody… Odniosłam wrażenie, że coś ją dręczy… jakaś tajemnica, którą chciała przed tobą ukryć.

– Kolejna opowieść o Gunikach?

– Ten sprawiał wrażenie potężnego.

– Dokąd wyjechała? I dlaczego?

– Chciała… wrócić do Paryża. Żeby kontynuować badania nad odkryciem szóstego stadium snu. Nastąpiło pewne zdarzenie, które zinterpretowała jako znak. Opowiedziała mi o nim. Codziennie pływała w kombinezonie do nurkowania. Studiowała nasze sny, ale też sny delfinów. Mówiła, że są połączone. Ale my nie jesteśmy ludem pływaków, więc zostawiliśmy ją z tym samą. Opowiadała mi, że delfiny uczą ją wiele na temat szóstego stadium. Zaledwie kilka dni przed twoim przybyciem zobaczyła delfiny bawiące się z rybą fugu i wtedy właśnie stwierdziła, że wreszcie znalazła to, czego szukała, żeby móc kontynuować swoje badania.

– Kiedy to było?

– Mówiłam ci, na kilka dni przed twoim pojawieniem się na wyspie. Szykowała się. Mówiła, że czeka na kolejne znaki i wtedy właśnie ty przybyłeś do wioski. Mimo bólu spowodowanego koniecznością opuszczenia cię po raz kolejny, postanowiła wyjechać.

– Niemożliwe.

– Musisz mi uwierzyć, Jacques, powiedziałam ci już wszystko.

– Co to za historia z delfinem i rybą fugu?

– Jeśli dobrze pamiętam, kiedy delfiny bawiły się z rybą fugu, ta w końcu wystrzeliła truciznę w ich stronę. Nie zabiło ich to, lecz wręcz przeciwnie, wprowadziło w ekstazę.

– W ekstazę?

– Takiego słowa użyła.

Jacques Klein nie widzi związku.

Błękitna studnia jest jaskinią, w której delfiny upijają się i rozmnażają. Ryba fugu jest ich narkotykiem. Czyżby ten ssak, który niemal nieustannie śpi i śni, potrzebował chemicznego wsparcia, żeby zejść jeszcze głębiej w...

Myśli na głos:

– ...swoją nieświadomość? Czy moją matkę to interesowało?

– Mówiła, że to brakujący element, który pozwoli jej rozwiązać problem przejścia do szóstego stadium.

Jacques zaczyna się denerwować. Odpycha dłoń żony dotykającej jego twarzy i siada obok niej na łóżku.

Mama żyje, uciekła, zainscenizowała własną śmierć, żeby kontynuować swoje badania we Francji? Co to za historia z naćpanymi jadem ryby fugu delfinami? A ja odkrywam to szesnaście lat później, ponieważ ona poprosiła moją wtedy przyszłą żonę, żeby mi o tym nie mówiła!

– Nie miej mi tego za złe, Jacques, proszę cię.

– JK64 miał rację. On ma zawsze rację. Muszę go słuchać, nawet jeśli mnie wkurza.

– I co to zmienia?

– To zmienia wszystko!

– Nie będziesz przecież żył i decydował o swoim losie, kierując się życzeniem matki! Znalazłeś tutaj swoje miejsce, tutaj masz swoją prawdziwą rodzinę, Jacques. Mówisz w języku Senoi, nawet delfiny się do ciebie przyzwyczaiły.

– Uważasz za normalne, że matka, która kocha swoje dziecko, znika, a następnie ucieka, kiedy ono wreszcie ją znajduje?

– Sprowadziła cię tutaj. Jesteśmy razem. Urodził się Ikar. Wszystko, czego dokonałeś, dokonało się dzięki niej.

Jacques krąży po pomieszczeniu, osaczony przez sprzeczne myśli. Shambaya zbliża się do niego i całuje go.

– Kocham cię.

Nie odwzajemnia jej pocałunku i gwałtownie ją odpycha.

– JK64 ma rację. Celem mojego życia jest nie spokojna egzystencja, lecz odkrycie szóstej fazy snu. Muszę to zrobić, żeby on mógł się ze mną kontaktować i kierować mną.

Kobieta cofa się, rozczarowana.

– W przyszłości wynajdę Atona, Aczasowy Transport Oniryczny i Naturalny, sposób na podróżowanie w czasie wewnątrz snów. Nie sposób cofnąć się w czasie w zwykłym świecie, ponieważ materia nie może poruszać się szybciej niż światło. Natomiast wymiar snu wymyka się prawom fizyki. Można przemieszczać się w snach aż do młodości!

– O czym ty mówisz?

– Wynalazek ten związany jest z odkryciem szóstej fazy snu, Aton znajduje się w szóstym stadium. Muszę go wynaleźć. Nad tym pracowała moja matka, z tego powodu przybyła tutaj i to kazało jej wracać do Paryża. Jestem Kleinem, muszę kontynuować rodzinne dzieło. Muszę ją odnaleźć.

– Zostań! Twoje życie toczy się tutaj, Jacques!

– Jakie życie? Starzeć się, jeść orzechy kokosowe, śnić, opowiadać o snach? Tylko to masz mi do zaproponowania? Przez szesnaście lat zrobiliśmy już wszystko.

– Powinieneś uczyć Ikara!

– Ikar musi kontynuować naukę na Zachodzie, w przeciwnym razie pozna tylko jeden świat, istotnie bardzo przyjemny, lecz ograniczony.

– Wszystko tu funkcjonuje jak należy.

– Właśnie, system trzeba opuścić, kiedy działa, a nie kiedy już przestaje działać.

– Twoje życie jest na Pulau Senoi!

– Mam dzieło do zrealizowania, a tutaj mi się to nie uda. Na wyspie zaspokojona jest moja prawa półkula: marzyciel, poeta, muzyk i artysta. Ale mózg ma dwie półkule i żeby iść naprzód, muszę obudzić drugą, lewą półkulę: naukowca myślącego logicznie, wynalazcę i technika. Zakotwiczonego w materii. Połowicznie rozwijać umysł to jak być w połowie tym, kim można być.

– W takim razie ja i Ikar pojedziemy z tobą. Stanowimy rodzinę – zakończyła Shambaya.

– A Senoi?

– Franckie jest już wodzem wioski. Mugita stała się ekspertką w dziedzinie snów. Sylvain zapewnia bezpieczeństwo. Mogą nas zastąpić. Nikt nie jest niezbędny.

– Chcesz pojechać do Francji! Ty... Shambayo?

– Zawsze o tym marzyłam. Wieża Eiffla, Luwr, Łuk Triumfalny, Montmartre...

Macha jej dłonią przed oczyma.

– Ale... niczego nie zobaczysz.

– Poczuję i usłyszę wszystko. Poza tym jesteś moim mężem, moim obowiązkiem jest ci towarzyszyć.

– Jesteś pewna, że chcesz ze mną jechać?

– Usłyszałam twoją teorię na temat połowy mózgu, która marzy i tej, która myśli logicznie. Ja też nie chcę rozwijać umysłu jedynie połowicznie. Chcę poznać twój świat, zakotwiczony w materii, w nauce, w technologii. Zresztą wiem już, że dopóki nie odnajdziesz matki i nie odkryjesz szóstej fazy snu, będziesz miał poczucie, że twoje życie jest niepełne. A wyspa, z której razem z matką uczyniliście raj, wkrótce zmieni się dla ciebie w piekło frustracji.

Jacques kładzie dłoń żony na swojej twarzy, żeby pokazać jej, że się uśmiecha. Następnie jego twarz się ściąga.

– Coś cię martwi?

– Nie pomyślałem o tym od razu… minęło szesnaście lat i… wygląda na to, że sprawa jest pilna.

– Wygląda na to?

– Mój „kontakt" w snach powiedział mi, że powinienem się pospieszyć.

– Według niego wszystko jest pilne, sądząc po twoich opowieściach.

Masuje delikatnie twarz męża, żeby ją rozluźnić.

– Zawsze marzyłam o odwiedzeniu twojego plemienia i odkryciu scenerii twojego dzieciństwa. Jestem pewna, że Paryż jest uroczym miasteczkiem.

AKT III

Mistrz onironauta

59

Lotnisko Roissy. Trzecia rano.

Młody Ikar Klein uważnie chłonie każdy szczegół obcego krajobrazu. Światła, które oglądał nocą przez okienko samolotu, wydają mu się teraz, z bliska, zapowiedzią niesamowitego świata.

Kiedy tylko rodzina wciska się do taksówki przy wyjściu z lotniska, młody Senoi fotografuje przez otwarte okno mijające ich samochody, jak gdyby chodziło o dzikie niezwykłe zwierzęta.

Shambaya siedzi obok niego. Ona również otworzyła okno i wdycha powietrze. Zdaje się, że znajduje interesujące informacje w oparach wznoszących się z asfaltu, wydobywających się z rur wydechowych i napływających z otoczenia.

Pół godziny później samochód dociera na Montmartre i taksówkarz pomaga im wyciągnąć bagaże. Ikar nadal fotografuje, tym razem fasady kamienic i drzewa oświetlone przez latarnie.

Shambaya wdeptuje w kupę psa i Jacques wyjaśnia jej, że tutaj ziemia niczego nie wchłania, a psy zostawiają swoje odchody byle gdzie.

Ikar zauważa, że odchody leżą wszędzie i to zmienia jego wizję czystego, gładkiego i higienicznego zachodniego świata.

Jacques z nostalgią patrzy na budynek, w którym spędził całą młodość. Rodzina tłoczy się w windzie, wjeżdżając na szóste piętro.

Otworzywszy drzwi mieszkania, Jacques jest zaskoczony: nie tylko nie ma kurzu, ale na dodatek wszędzie leżą porozrzucane kobiece ubrania. Co jeszcze bardziej zaskakujące, w szafie znajduje wypastowane męskie buty, marynarkę i garnitur noszące ślady niedawnego noszenia. Inne męskie akcesoria porozkładane są w pozostałych pomieszczeniach.

– Co robimy, tato?

– Połóżcie bagaże i rozgośćcie się. Pokażę wam sypialnie.

Popielniczka w salonie jest przepełniona. W pokoju matki na łóżku leży wymięta pościel.

– Wszystko w porządku, Jacques? – pyta Shambaya.

W kuchni Jacques zauważa jedzenie na stole.

Przypomina sobie noc, kiedy zaskoczył matkę podczas ataku somnambulizmu, podgrzewającą w kuchence mikrofalowej kanapkę z dwóch płyt DVD, sera i szynki. Musiała tu być przed chwilą.

Jacques doznaje olśnienia. Podchodzi do uchylonego okna w salonie i zauważa matkę na dachu. Nagą. Dzierżącą w dłoni widelec.

– Nieeeeeee!

Przypomina sobie ludową mądrość, zgodnie z którą nigdy nie wolno budzić człowieka w trakcie napadu somnambulizmu. Ale matka chodząca po dachu jest narażona na poważne niebezpieczeństwo.

Shambaya zbliża się. Ikar już robi zdjęcia.

– Czy to babcia chodzi po dachu? – pyta bardziej zaintrygowany niż przestraszony.

– Co mam robić? – panikuje Jacques.

– Miewała już takie ataki w Malezji. Narażała się na niebezpieczeństwo. Myślałam, że wiesz.

– Tutaj utrzymuje równowagę na dachu, który znajduje się dwadzieścia metrów nad ziemią! Co mam robić? Pomóż mi!

– Nie masz wyboru, musisz po nią iść – mówi Shambaya.

Jacques robi kilka głębokich wdechów i o czwartej nad ranem, wśród ciepłej paryskiej nocy, zaczyna iść w stronę matki po grani dachu, mając nad sobą oświetlający scenę księżyc. Usiłuje nie patrzeć w dół, walcząc z zawrotami głowy. Wokół nich okna są ciemne, a oprócz kilku ptaków i kotów nie ma ani jednego świadka tej sceny.

Idąc, zaczyna rozumieć, dlaczego matka jest tak zdeterminowana w poszukiwaniu szóstego stadium i dlaczego trzymała go na dystans przez te wszystkie lata.

Miewała coraz częstsze ataki i uważała, że dzięki Somnus incognitus *uda jej się naprawić to, czego konwencjonalna nauka i kontrolowany sen nie potrafiły wyleczyć.*

Jacques na szczęście zbliża się coraz szybciej do matki.

Czy często jej się to zdarza? Jeśli tak, potrafi wrócić bez problemu, więc możliwe, że moja interwencja jest najgorszym rozwiązaniem.

Jacques idzie wciąż po kalenicy, drżąc, nie znajdując żadnego oparcia i żałując, że nie uczył się chodzenia po linie w szkole cyrkowej. Jeszcze kilka kroków. Matka zaciska mocno dłoń na widelcu.

Jak ona to nazywa? „Bezsenność bulimiczna". Od tego tyła. Napychała się nocą byle czym.

Odległość między nim a postacią poruszającą się bardzo powoli z widelcem wysuniętym naprzód zmniejsza się. Jacques odwraca się i widzi, że jego syn Ikar nagrywa całą scenę.

To naprawdę nie jest odpowiednia chwila. Muszę go nauczyć, żeby nie filmował i nie fotografował wszystkiego.

Ogarnia go strach, czuje się jak w koszmarnym śnie.

Mamo, trzymaj się! Już do ciebie idę.

Teraz może już zobaczyć jej twarz. Ma błędne spojrzenie, rozszerzone źrenice, lecz sprawia wrażenie spokojnej. Tymczasem Caroline Klein dotarła do najbardziej stromej części dachu. Dachówki lśnią w blasku księżyca, wystarczy, że jedna z nich będzie obluzowana, a jego matka spadnie.

Sprawdzając każdy swój krok, Jacques nie porusza się zbyt szybko. Matka cały czas jest przed nim. Jak tak dalej pójdzie, dotrze po prostu na krawędź dachu i runie w pustkę. Czy powinien ją zawołać, ryzykując, że ją przestraszy?

Przyspiesza. Nagle jedna z dachówek odrywa się, jego stopa ześlizguje się i Jacques Klein zaczyna zsuwać się po pochyłości.

Odruchowo chwyta się rynny, a następnie usiłuje wciągnąć się na dach, ale pod jego ciężarem blacha ugina się, skrzypiąc. Zamyka oczy.

Śpię i zaraz się obudzę.

Chcę się obudzić.

Obudzę się.

Zagryza wargę do krwi. Następnie otwiera oczy.

Sceneria wcale się nie zmieniła.

Bolą go dłonie, stopy zwisają w pustce, rynna wciąż się odkształca, a matka nadal jest całkiem naga, w ręce trzyma widelec i zmierza w stronę krawędzi dachu.

W tej chwili nienawidzę rzeczywistości.

– Mamo! – wyrywa się Jacques'owi.

Caroline Klein nieruchomieje. Jej źrenice kurczą się, mruga oczyma i dostrzega pustkę wokół siebie. Odwraca się w stronę, skąd dobiegł ją głos, i zauważa swojego syna zwisającego z wygiętej rynny. Wtedy dopiero uświadamia sobie, że jest naga i że w prawej dłoni trzyma widelec. Na jej twarzy maluje się oszołomienie. Panikuje i traci równowagę. Teraz ona powoli ześlizguje się po dachu, nie znajdując żadnej wypustki, której mogłaby się chwycić, rani sobie palce, skórę na brzuchu i piersi o dachówki.

Och, nie, tylko nie to! Nie teraz!

Zdaje się, że koszmar nie ma końca. W przypływie wściekłości Jacques przesuwa się w bok w nadziei, że pochwyci matkę ześlizgującą się w pustkę. Chwyta ją za nadgarstek w chwili, kiedy nogi kobiety również już wiszą nad pustką.

– Mamo!

– Jacques!

– Mamo, uratuję cię!

Próbuje ją wyciągnąć, jest jednak za ciężka, a jego lepka od potu ręka zaczyna tracić chwytność.

– Mamo!

Nagle twarz Caroline Klein rozluźnia się, wygląda, jak gdyby odzyskała niepasujący do sytuacji spokój. Następnie oznajmia stanowczo, wpatrując się w niego:

– Teraz ty musisz kontynuować moje dzieło, Jacques. Znajdź szóstą fazę snu.

– Nie, czekaj, mamo!

– Szóste stadium, Jacques, trzeba znaleźć szóste stadium snu.

Jej nadgarstek wyślizguje się z ręki syna.

Carolina Klein spada.

Wiruje w powietrzu i roztrzaskuje się na ziemi niczym przejrzały owoc.

60

Wreszcie mężczyźni w jasnoniebieskich kitlach decydują się udzielić mu odpowiedzi.

– Pańska matka żyje. Dzięki temu, że trzymał ją pan za rękę, zmniejszyła się wysokość, z jakiej spadła. Ocalił jej pan życie. Ma siedemdziesiąt sześć lat i nadwagę, która lekko zamortyzowała uderzenie, w związku z tym jej serce jest również bardziej wrażliwe.

– Czy mogę ją zobaczyć? – pyta Jacques Klein.

– Nie odzyskała przytomności. Pozostaje w śpiączce. Ale proszę wejść.

Matka leży w łóżku nieruchoma. Podłączona jest do licznych czujników kontrolujących czynności życiowe.

Może przeżywa coś podobnego do mojego doświadczenia paraliżu sennego? Może słyszy i czuje, tylko jej ciało nie chce się poruszać?

– Mamo, mamo, czy mnie słyszysz?

Żadnej odpowiedzi, żadnego ruchu. Jacques ściska jej dłoń.

Elektrokardiogram i elektroencefalogram wykazują słabą aktywność, ale mimo wszystko jest to jakaś aktywność.

– Wiem, że mnie słyszysz, mamo. Wiem to. Zajmę się szóstą fazą snu, obiecuję.

Shambaya i Ikar wchodzą do pomieszczenia. Ikar, jak zwykle, nagrywa scenę smartfonem. Ktoś puka do drzwi. To Éric Giacometti, dawny szef matki w szpitalu Hôtel-Dieu.

– Niech pan stąd zjeżdża!

– Będę jej potrzebny.

– Pan żartuje! Był pan jej najgorszym wrogiem! To pan ją zwolnił. Gdyby nie pan, nie leżałaby teraz tutaj!

– Nie powinien pan ufać pozorom. Od szesnastu lat codziennie pracujemy razem – oznajmia naukowiec.

– Nie wierzę panu.

– Pańska matka i ja mieszkamy razem.

Jacques zaczyna tracić pewność siebie.

– To, że kiedyś się posprzeczaliśmy, nie oznacza, że nie mogliśmy się pogodzić. Nigdy nie straciłem kontaktu z pańską matką. Dzwoniła do mnie przez telefon satelitarny ze swojej wyspy w Malezji. Uprzedziła mnie o swoim powrocie i natychmiast zabraliśmy się do pracy. Męskie rzeczy, które zapewne znalazł pan w mieszkaniu, należą do mnie. Stosowała się do pańskiej dewizy: „Żeby związek mógł działać, trzeba się widywać co drugi dzień". Codziennie spotykamy się w pracy, ale śpimy razem jedynie co drugą noc. Niestety wypadek zdarzył się w dniu, w którym mnie nie było. Dochodziło do tego już w przeszłości, ale zawsze udawało mi się zainterweniować na czas. Ostatnio miewa coraz częstsze ataki – wzdycha. – Odkryliśmy ostatnio genetyczną predyspozycję do tej dolegliwości: gen HLA-DQB1.

– Chce pan powiedzieć, że ja...

– Jeśli otrzyma pan pozytywny wynik w teście na HLA-DQB1, może panu grozić ten sam problem. Kryzysom można zapobiegać, zażywając benzodiazepiny, ale Caroline odmawia ich przyjmowania ze strachu, że przestanie śnić.

Jacques ma trudności z zaufaniem stojącemu przed nim mężczyźnie.

– Powinienem był ją obudzić, czyż nie?

– Tak, ale nie w byle jaki sposób. Jeśli zrobi się to zbyt gwałtownie, lunatyk może przeżyć szok.

– Nie było mi łatwo się do niej zbliżyć…

– Zrobił pan, co było w jego mocy. Pewnego dnia spadłaby tak czy owak, niezależnie od pana interwencji.

W milczeniu przyglądają się Caroline Klein, która sprawia wrażenie, jak gdyby spała.

– Tutaj nie zajmą się nią należycie. Trzeba ją przenieść na mój oddział – oświadcza Éric Giacometti.

– Do Hôtel-Dieu?

– Już tam nie pracuję. Zostałem zwolniony zaraz po pańskiej matce. Nie ma więc sensu poświęcać innych dla ratowania własnej skóry. Znalazłem się na bezrobociu. Dlatego też rozpoczęliśmy pracę razem, na odległość. Caroline informowała mnie na bieżąco o postępach w wiedzy onironautycznej, a ja, zgodnie z jej wytycznymi, pracowałem nad produkcją narzędzi umożliwiających wypuszczenie kolejnego badacza w stronę szóstego stadium.

– Gdzie pan dzisiaj jest zatrudniony?

– Założyłem moją własną klinikę snu. W tej prywatnej placówce nie musimy tłumaczyć się żadnej administracji. Jak mawiała pańska matka: przegraliśmy bitwę, ale nie przegraliśmy wojny.

– To prawda, nigdy nie chciała uznać się za przegraną.

– Na szczęście mój bankier miewał nocne koszmary, a mnie udało się go wyleczyć.

– Rozumiem…

– Dał nam kredyt, a my założyliśmy klinikę Morfeusz, nazwaną tak ku czci greckiego bóstwa snów.

Jacques nadal jest podejrzliwy. Ale mężczyzna ciągnie dalej, niewzruszony.

– To niewielki budynek w pobliżu waszego mieszkania, na Montmartrze. Zobaczy pan, będzie łatwiej ją tam panu odwiedzać. To tylko dwie kondygnacje. Na dole leczymy klasyczne kłopoty ze snem. Na górze znajduje się laboratorium, w którym trwają prace nad szóstym stadium.

– Czy powtarzaliście eksperymenty na ludzkich królikach doświadczalnych?

– Wyciągnęliśmy lekcję z naszych błędów i śmierci Akhilesha. Jedynie w niewielkim stopniu wykorzystujemy personel w strefie eksperymentalnej. Głównie osoby odpowiednio wyselekcjonowane pod kątem niezawodności i prawości. Oficjalnie piętro służy do przygotowywania naturalnych środków nasennych.

Jacques przygląda się matce, nieruchomej niczym mumia.

– Klinika Morfeusz na Montmartrze istnieje od szesnastu lat. Odniosła sukces. „Kłopoty ze spaniem" stają się głównym problemem zdrowotnym, wyprzedzając ból pleców i otyłość. Odtąd nasi klienci cierpiący na bezsenność, bezdech senny, somnambulizm, bruksizm, nawracające koszmary albo narkolepsję finansują – sami o tym nie wiedząc – badania nad szóstym stadium snu, która to sfera, zdaniem pana matki, „kryje klucz do wszystkich pozostałych stref".

– Czy kontynuowano eksperymenty?

– Na szczurach, kotach i małpach. Czekamy, aż lepiej opanujemy nasze narzędzia, aby ponownie spróbować doświadczenia na człowieku. Zidentyfikowaliśmy już jednak przeszkodę, która uniemożliwia nam zrobienie kroku naprzód.

Ikar wciąż nagrywa scenę, a Shambaya słucha.

– Chwilowo naszym priorytetem jest ocalenie pana matki. Czy podpisze pan dokumenty, które umożliwią jej transfer do naszej kliniki? Gwarantuję, że będzie tam pod lepszą opieką niż na zwykłym oddziale, gdzie jak zwykle wszyscy mają pełne ręce roboty.

Jacques krzywi się, walcząc z różnymi emocjami.

– To moja wina. Być może gdybym nie próbował dotrzeć do niej na dachu, to by się nigdy nie wydarzyło. Obudziłem ją.

– Niech pan przestanie się obwiniać, to nie ma sensu. To się musiało zdarzyć. Mieszkanie w apartamencie z bezpośrednim wyjściem na dach było niczym gra w rosyjską ruletkę.

– Myśli pan, że matka znów próbowałaby przede mną uciec?

– Caroline była przerażona na myśl, że mógłby ją pan ponownie zobaczyć podczas ataku somnambulizmu, jak to się podobno zdarzyło, kiedy był pan jeszcze nastolatkiem. Traktowała tę przypadłość jako „brak panowania nad własnym ciałem". Nienawidziła takiego niedbalstwa. Przy niej należało zawsze się kontrolować. Nie płakać. Nie siusiać do łóżka. Panować nad snem. Panować nad głodem. Kontrola umysłu nad ciałem zawsze była jej lejtmotywem. A teraz ciało zemściło się na niej, porzuciło ją. Stała się... czystym umysłem.

– Gdzie dokładnie znajduje się teraz jej umysł? – wzdycha Jacques.

– Według jej własnych badań istnieje duże prawdopodobieństwo, że śpiączka to stan, w którym umysł pozostaje uwięziony za stadium piątym.

– Piąte stadium charakteryzują marzenia senne, tymczasem jej gałki oczne nie poruszają się pod powiekami.

– Moim zdaniem Caroline znajduje się poza „normalną śpiączką".

Jacques obserwuje matkę, nieruchomą, bez uśmiechu czy też jakiegokolwiek grymasu, po prostu nieobecną.

– Dwa procent osób w stanie śpiączki wybudza się z niej bez żadnego uszczerbku na zdrowiu. Czy zgadza się pan na przeniesienie jej do nas?

Jacques kiwa twierdząco głową, po czym kładzie dłoń na nadgarstku Giacomettiego.

– Niech mi pan obieca, że zrobimy wszystko, żeby ją uratować – nalega.

61

Łóżko, w którym spędzał w dzieciństwie noce, budzi w nim niepokój.

Jacques Klein wślizguje się pod kołdrę, zamyka oczy, przypomina sobie czasy, kiedy wyobrażał sobie, że znajduje się na statku, gdzie nikt nie może go skrzywdzić.

Wiara w miejsce, gdzie można być całkowicie bezpiecznym, to czysto dziecięca koncepcja. Jako dorośli rozumiemy, że dobre i złe niespodzianki mogą się pojawić gdziekolwiek.

Shambaya dołącza do niego w łóżku.

– Śpijmy już – proponuje.

Jacques nie każe się prosić, wie już, co chce zrobić.

Pierwsze, drugie, trzecie, czwarte, piąte stadium. Dośniewanie.

Znajduje się na Wyspie Różowego Piasku. Tamten już na niego czeka, w hawajskiej koszuli i z piña coladą, jak zwykle. Nie kołysze się już na fotelu, lecz siedzi na kamieniu i wpatruje się w horyzont.

– To pana wina, JK64, gdybym nie zainterweniował, prawdopodobnie wyszłaby z tego cało.

– Nie, Giacometti już ci to mówił. Rosyjska ruletka. Może się źle skończyć w dowolnym momencie. Dzięki tobie spadła z mniejszej wysokości. Dzięki tobie pomoc przybyła na czas. W przeciwnym razie mogłaby konać na ulicy o czwartej nad ranem, a nikt by tego nie zauważył. Ocaliłeś ją.

– Jest warzywem.

– Jest żywa. I ma szanse na odzyskanie świadomości.

– Dwuprocentowe!

– Lepsze to niż nic! Możesz ją uratować, JK44. Wiem to, ponieważ znajduje się w twojej przyszłości.

– W jaki sposób?

– Podała ci rozwiązanie. Trzeba osiągnąć szóste stadium snu.

– To niemożliwe. Nikomu się to nie udało.

– To jest możliwe, przecież rozmawiam z tobą tu i teraz. Zatem gdzieś w przyszłości istnieje ścieżka prowadząca czterdziestoczteroletniego Jacques'a Kleina, niemającego pojęcia, w jaki sposób osiągnąć szóste stadium snu, do sześćdziesięcioczteroletniego Jacques'a Kleina, który używa tego odkrycia do cofnięcia czasu. Zastanów się dobrze, masz w ręku wszystkie karty potrzebne do wygrania tej partii, znajdź odpowiedni sposób myślenia, znajdź właściwe skojarzenia, zwycięstwo jest w twoim zasięgu, jestem pewien. Może ci się udać. Jestem tego „żywym" dowodem.

Jacques krzywi się. Nie wie już, co myśleć. Siada na różowym piasku, spogląda na horyzont swojego snu i – po raz pierwszy – żałuje, że potrafi dośniewać i śnić świadomie. Wcześniej wszystko było nieoczekiwane i niezrozumiałe, teraz ramy spektaklu są wyznaczone. Stwierdza, że projektowanie marzeń sennych jest w gruncie rzeczy mniej zabawne niż bycie ich pasywnym uczestnikiem.

Niestety jest już za późno, jego sny nie mogą już odzyskać niewinności, są jedynie odgałęzieniami rzeczywistości.

Ceną, jaką trzeba zapłacić za dostęp do nowej nauki, jest utrata beztroski.

62

Unikają samochodów, skuterów, rowerów miejskich i traficarów, idących szybkim krokiem pieszych, ptasich i psich odchodów.

Shambaya w towarzystwie Ikara zwiedza Paryż.

Kiedy minęły już chwile emocji związane z wypadkiem, dwoje Senoi nie może powstrzymać chęci odkrycia świata przepełnionego nowymi bodźcami.

Ikar prowadzi matkę przez Montmartre, odwiedzają Sacré-Coeur, winnice, plac de Tertre, uliczki miasteczka ukrytego w samym sercu Paryża. Młody człowiek odtwarza dokładnie każdy szczegół, jak gdyby opisywał obraz:

– Niebo przed nami jest niebieskie, a po nim płynie około dwudziestu białych obłoków, które – widziane z tej odległości – są wielkości zamkniętych pięści. Przed nami Sacré-Coeur o białych spiczastych kopułach przypominających kobiece piersi. Cała powierzchnia budynku pokryta jest napisami. Są tam rzeźby nieznanych zwierząt i ludzi. Setki czarnych ptaków, zapewne gołębi i wróbli, lata wokoło. Bazylika góruje nad Paryżem, po prawej widzę la Défense, dzielnicę biznesową i jej wieżowce, dalej, naprzeciw nas, zza mozaiki budynków o szarych dachach wyłania się wieża Eiffla, metalowy wydłużony trójkąt skierowany czubkiem ku niebu niczym pozbawione życia drzewo…

Ikar zdaje się niezmordowany, nie chce pominąć żadnego detalu. Shambaya jest zachwycona i kiwa głową dla zachęty. Daje mu znak, kiedy uznaje, że obraz pojawił się w jej umyśle wystarczająco wyraziście.

Jacques pozwolił im na odkrywanie miasta, a sam udał się do kliniki Morfeusz przy ulicy Lamarck, w pobliżu ich mieszkania, żeby usiąść przy wezgłowiu matki.

Za dziewiętnastowieczną fasadą klinika okazuje się nowoczesnym budynkiem.

Tak jak obiecał Giacometti, Caroline Klein otoczona jest szczególną opieką. Znajduje się w pokoju o przytłumionym oświetleniu, w którym temperaturę obniżono do niespełna piętnastu stopni. Otaczająca ją aparatura jest dyskretna i cicha.

Caroline zastygła w niekończącym się śnie. Jacques'owi przychodzi na myśl baśń o Śpiącej Królewnie, chociaż królewna ma siedemdziesiąt sześć lat i sporą nadwagę.

Dołącza do niego Giacometti i zaprasza Jacques'a do swojego gabinetu. Nad fotelem wisi tabliczka z napisem „KLINIKA MORFEUSZ" oraz dewizą: „SEN JEST NAJLEPSZYM LEKARSTWEM".

Jacques przygląda się greckiemu bogowi w logotypie.

– O czym jest ta legenda? – pyta, żeby przerwać ciszę.

– Morfeusz jest bogiem mitologii greckiej. Dzięki skrzydłom motyla jest cichszy i lżejszy od innych bogów, którzy mają skrzydła z piór. Rozdaje ziarna maku (stosowane jako środek nasenny w starożytnej Grecji).

– Morfeusz usypiał ludzi, posypując ich makiem?

– Dlatego, później, w niektórych krajach nazwano go „Sprzedawcą piasku".

– Co oznacza lustro w jego dłoni?

– Rozdaje sny śpiącym. Często przyjmuje też wygląd ukochanej osoby, kiedy przedstawia się śmiertelnikom. Czasami przybiera postać samego śpiącego.

– Albo jego starszą twarz? – szepcze Jacques, głównie do siebie.

– Morfeusz, jak na to wskazuje jego imię, może dowolnie się zmieniać. Słowa takie jak „morfologia", „amorficzny" i „polimorficzny" mają to samo źródło.

– Czyli jest bogiem snu?

– Nie, jest bogiem marzeń sennych. Jego matką jest Nyks, bogini nocy, a ojcem Hypnos, bóg snu.

– Sprytne.

– Jeszcze sprytniejsze, niż się wydaje, bo Hypnos ma brata bliźniaka, Tanatosa, boga śmierci.

– Sen i śmierć były traktowane przez Greków jak jedna rodzina?

– W każdym razie były ich zdaniem… blisko ze sobą związane. Nawet ja doszedłem do wniosku, że aby przeprowadzić kogoś poza piąte stadium, trzeba go trochę uśmiercić.

– „Trochę” uśmiercić?

– Serce musi bić jeszcze wolniej, a temperatura ciała musi być jeszcze niższa niż podczas snu paradoksalnego. Chodzi o stan bliski paraliżowi, swego rodzaju „prawie śmierć” – ciągnął Giacometti z tajemniczą miną.

– Pamiętam, jaki skutek wywołało to u Akhilesha.

– Potrafił zejść bardzo nisko, jak na człowieka, ale nie dość nisko. Niektóre zwierzęta z kolei mogą osiągać stan katalepsji przy bardzo wolnym rytmie serca i bardzo niskiej temperaturze.

– Hibernacja?

– Właśnie. Świstaki, jeże, jaszczurki, żółwie, chomiki, nietoperze, żaby, niektóre ryby i popielice potrafią w cudowny sposób ograniczyć wszystkie czynności życiowe. A jednak budzą się na wiosnę i wznawiają normalny tryb życia, a ich mózg i organizm pozostają nienaruszone.

– Chce pan wynaleźć ludzką hibernację? – wnioskuje Jacques.

– To moim zdaniem jedyny sposób, żeby osiągnąć szóste stadium. Kto mówi: hibernacja, mówi: niska temperatura ciała.

– Zauważyłem, że moja matka została wychłodzona.

– Tak, Caroline znajduje się w stanie kontrolowanej hipotermii w celu zabezpieczenia jej narządów. Stabilizujemy temperaturę jej ciała na poziomie trzydziestu stopni, o siedem mniej niż wynosi jej zwykła temperatura. Znajduje się zatem, rzeczywiście, w pewnym sensie w stanie hibernacji. Jej oddech i rytm serca są spowolnione. Podano jej kroplówkę z substancją zapobiegającą krzepnięciu krwi, aby uniknąć utworzenia się skrzepów w mózgu.

– Czy mogłaby przejść na stronę boga Tanatosa? Uczono mnie na zajęciach z medycyny, że próbowano już zamrozić ludzi w celu ożywienia ich później, na przykład Walta Disneya, ale do tej pory próby te nie zakończyły się sukcesem.

Éric Giacometti rozsiada się w dużym fotelu.

– Gdybyśmy mieli oznaczyć na skali dzielącej stadium piąte od szóstego moment, kiedy normalny człowiek znajduje się w fazie snu paradoksalnego, to będzie to, powiedzmy, pięć i cztery dziesiąte. Akhilesh musiał dotrzeć do pięciu i pół. Następnie przepadł. Kot dociera do pięciu i sześciu dziesiątych. Świstak do pięciu i siedmiu dziesiątych.

– A moja matka?

– Wygląda na to, że znajduje się na poziomie… pięciu i ośmiu dziesiątych.

– Zatem utknęła u progu szóstego stadium, które tak bardzo chciała poznać.

– Przeszkodą jest zbliżająca się śmierć. Szóste stadium znajduje się na delikatnym terytorium pomiędzy snem i śmiercią. Moim zdaniem bliżej śmierci niż snu. Bliżej Tanatosa niż Hypnosa.

– Powinniśmy zatem obserwować wolniejsze bicie serca, niższą temperaturę… ale większą aktywność mózgu?

– To właśnie przewidywała pańska matka: szóste stadium powinno przypominać jeszcze bardziej sen paradoksalny.

Jacques rozgląda się po pomieszczeniu.

– Czy mogę tu pracować? Razem z panem?

– Proponowałem panu współpracę już wiele lat temu. Wciąż jestem przekonany, że pana miejsce jest wśród nas. Wiele nas łączy: miłość do Caroline i przekonanie, że nosi ona w sobie obietnicę odkrycia nowego świata.

63

Życie paryskie zyskuje stały rytm.

Ikar uczęszcza do liceum Jules-Ferry przy placu Clichy. Jak wielu Senoi i wielu nastolatków w tym wieku po odkryciu uroków

Paryża powraca do swojej pasji do gier wideo oferujących mu wirtualne światy, które może dzielić w sieci z innymi ludźmi na całej planecie.

Zaraz po lekcjach wraca do domu i potrafi spędzić trzy godziny zagłębiony w świecie, gdzie może być rycerzem fantasy, jednostką komandosów w obcym kraju lub odkrywcą realistycznych scenerii. Z początku Jacques chce ograniczać czas zanurzenia internetowego Ikara, ale Shambaya mu się przeciwstawia: biorąc pod uwagę, że nastolatek tylko czeka na okazję do przeciwstawienia się rodzicom, zakaz ten mógłby mieć odwrotny do zamierzonego skutek. Radzi więc, żeby poczekał, aż okres „wirtualnych gier" sam minie.

Wygląda jednak na to, że sprawy nie toczą się w tym kierunku. Ponieważ pochodzi ze świata, gdzie sen przewyższa wagą wszystko inne, ten elektroniczny wszechświat wydaje się Ikarowi znacznie bardziej konkretny, łatwiej zapamiętywalny, możliwy do dzielenia się nim z mnóstwem rzeczywistych przyjaciół z całego świata.

Pewnego wieczoru przy kolacji, kiedy ojciec prosi go o skrócenie czasu spędzanego na grze, Ikar odpowiada:

– Pewnego dnia nauczę wszystkich Senoi grania w gry wideo w sieci, a wtedy zobaczą, że to jest jeszcze lepsze od snów. Na dodatek można umrzeć poprzez „game over", a chwilę później się odrodzić. To lepsze niż prawdziwe życie. Wiem już, co będę robił po maturze: będę studiował, żeby zostać projektantem gier wideo.

Éric Giacometti z kolei pomaga Shambayi w otwarciu kursu świadomego snu w klinice Morfeusz.

We wtorki i czwartki wieczorem gromadzi się dwunastu uczniów. Ssiadają w kręgu, wokół stołu, na którym stoi duża świeczka. Shambaya prosi, żeby wszyscy położyli dłonie przed sobą, po czym nuci im melodię Senoi, a kiedy chwila wydaje jej się odpowiednia, zaczyna:

– Teraz wszyscy zamkniemy oczy.

Pani snów zdmuchuje świeczkę.

– Pokonamy razem różne stadia snu, a kiedy dotrzemy do stadium snu paradoksalnego, zobaczymy nasze ręce dokładnie tak, jak widzimy je w świecie, z którego pochodzimy.

Czeka, aż uczniowie się skupią, i ciągnie:

– Jeśli widzicie już wasze dłonie we śnie, rozejrzyjcie się wokoło, na lewo i prawo. Zauważymy to na zewnątrz, bo wasze oczy wykonają ten sam ruch, prześlizgując się pod cienką skórą powiek.

Tym sposobem Shambaya wyławia adeptów onironautyki. Wie, że niektórzy będą po prostu „normalnie" spać, albo „wierzyć", że śnią świadomie.

Zachęca najlepszych do wzniesienia się w powietrze w grupie: powinni stworzyć gromadę lecących ludzi. Następnie każe im wyobrazić sobie scenerię, podróż, zbiorowe doświadczenie.

Na koniec seansu piją ziołowe herbatki.

– Właściwie moja szkoła świadomego snu jest agencją turystyczną, która może pochwalić się najlepszym stosunkiem ceny do jakości. Nie tylko oferuję im coś więcej niż podróż samolotem, samochodem albo statkiem, ale dysponuję też zapleczem hotelowym o niezrównanym luksusie. Nic nie jest lepiej dostosowane do czerpania przyjemności niż własna wyobraźnia – mówi Shambaya pewnego wieczoru do męża, podczas rozmowy w łóżku.

Z kolei Jacques Klein otwiera w klinice Morfeusz punkt konsultacji dotyczących zaburzeń snu. Codziennie po południu, od czternastej do osiemnastej, słucha, doradza, używa snu z przewodnikiem albo herbatek o składzie opracowanym przez Senoi w celu leczenia chorób. Jego klientela składa się głównie z osób cierpiących na bezsenność.

Poranki Jacques spędza na pracy z Érikiem Giacomettim. Wspólnie starają się opracować obiekt, który dotrze do szóstego stadium snu. Używają zahibernowanych zwierząt – jeży, chomików, świstaków, i analizują ich odpoczynek. Posługują się również zwierzętami, które potrafią śnić, w tym pancernikiem i oposem, chociaż mistrzem snu paradoksalnego pozostaje kot.

Éric Giacometti kontynuuje swój projekt „banku snów", jednak ma teraz nowy cel: przekształcić sygnały elektryczne emitowane przez mózg w obrazy widoczne na ekranie.

Pewnego wieczoru Jacques zaprasza Érica Giacomettiego na kolację. Cała rodzina zasiada do stołu.

Shambaya od jakiegoś czasu wyczuwa wśród zebranych pewien niepokój, którego nie potrafi wyjaśnić. Postanawia poruszyć temat:

– Wy, ludzie Zachodu, macie zapewniony komfort, bezpieczeństwo, zdrowie, a mimo to jesteście nieszczęśliwi – dziwi się. – Czy możesz mi to wyjaśnić, Jacques?

– Nasz system nadzoru działa aż za dobrze, a ludzie funkcjonują w nieustannym trybie paranoi. Chmura elektroniczna stresuje nas tak, jak chmura psychologiczna, noosfera, potrafi nas uspokajać. O ile jednak ludzie zapomnieli o znaczeniu kontaktu z noosferą, nie zapominają o codziennym oglądaniu wiadomości telewizyjnych, zapowiadających katastrofy i utrzymujących poziom strachu.

– Jak to wyjaśnić z punktu widzenia medycznego? – pyta Ikar.

Éric Giacometti uzupełnia:

– Kiedy czujemy się zaatakowani, pewien punkt w naszym mózgu, ciało migdałowate, wysyła ciału sygnał do walki lub ucieczki. To swego rodzaju tryb alarmowy. Serce bije szybciej, włoski na skórze się jeżą, wzrasta czujność, kortyzon zostaje wstrzyknięty do krwi w celu uśmierzenia bólu wywołanego potencjalnymi obrażeniami. Żeby mogło to nastąpić, kora przedczołowa, siedziba rozumu, musi zmniejszyć swoją aktywność, gdyż myślenie spowalnia działanie. Kiedy niebezpieczeństwo mija, hipokamp wysyła substancję uspokajającą, obniża tempo rytmu serca i umożliwia korze przedczołowej ponowne działanie.

– Czyli tryb alarmowy uniemożliwia nam myślenie?

– Tak. A ponieważ programy informacyjne wysyłają nam nieustannie przekazy dotyczące niebezpieczeństw, cały czas trwamy w napięciu, jak gdybyśmy czuli się zaatakowani. A kora przedczołowa jest uśpiona.

Jacques przytakuje i dodaje:

– Mimo to, obiektywnie rzecz biorąc, sprawy mają się coraz lepiej.

– We Francji?

– We Francji i na świecie. Ludzie są zdrowsi, lepiej dbają o higienę, otrzymują lepsze wykształcenie, lepszą jakość życia. Dysponujemy większą wolnością, szerszym wachlarzem rozrywek, większą ilością sposobów komunikowania się, wyrażania, dzielenia doświadczeniami. Żyje nam się lepiej niż naszym rodzicom, znacznie lepiej niż naszym dziadkom, sto razy lepiej niż człowiekowi w średniowieczu, starożytności czy prehistorii.

Éric Giacometti przyznaje:

– Przypomnijmy sobie, że w przeszłości ludzie nie korzystali ani z bieżącej wody, ani z lodówek, ani ze środków znieczulających podczas operacji...

Jacques dolewa biesiadnikom wina, nawet Ikar ma prawo do niewielkiej ilości.

– Mimo utrzymujących nas w ciągłym stanie stresu informacji toczy się coraz mniej wojen, coraz rzadziej mamy do czynienia z przemocą. Średni poziom życia na planecie wzrósł. Co roku kolejne choroby lub epidemie zanikają. We Francji średnia długość życia między tysiąc dziewięćsetnym rokiem a dniem dzisiejszym wzrosła z pięćdziesięciu do osiemdziesięciu lat. Uświadomienie sobie zagrożeń płynących z zanieczyszczenia środowiska przyczyniło się do rozwoju zielonych energii i zwiększenia ilości produktów nadających się do recyklingu. Coraz rzadziej mamy do czynienia z dyktaturami, a coraz więcej z demokracją. Prasa staje się wolna. Obiektywnie wszystko toczy się coraz lepiej, ale świat odnosi odwrotne wrażenie, ponieważ dużo energii traci się na utrzymywanie nas w strachu.

– Dlaczego? – pyta Ikar, ciekawy wszystkiego.

– Kiedy ludzie się boją, więcej konsumują i dają więcej władzy politykom. Chcieć zrozumieć ludzkość, oglądając wiadomości telewizyjne, to jak chcieć odkryć Paryż... zwiedzając jedynie szpitalne oddziały ratunkowe. Zobaczylibyśmy tam tylko rannych i chorych i musielibyśmy sobie powiedzieć: to niebezpieczne i pełne przemocy miasto.

– Dlaczego dziennikarze nie mówią o tym, co dobrze działa? – pyta Ikar.

– Ponieważ to nikogo nie interesuje. Brakuje ładunku emocjonalnego. Kogo chętniej posłuchasz? Kogoś, kto mówi: „Wszystko gra" czy też kogoś, kto powie: „Uwaga, grozi nam poważne niebezpieczeństwo"?

– Dlatego też wzrasta sprzedaż środków uspokajających i nasennych. Dlatego mamy coraz więcej klientów w klinice Morfeusz – dodaje Éric Giacometti.

– Dlatego też nasze działania są takie ważne – podsumowuje Shambaya.

– Ma pani rację, trzeba leczyć zło złem – ciągnie Giacometti. – Ludzie są pod wpływem mediów, więc my wykorzystamy prasę, żeby usunąć ten wpływ.

– To właśnie mówiła twoja matka, Jacques: każda trucizna może stać się lekarstwem, jeśli zastosuje się odpowiednią dawkę. Użyjmy waszego „narkotyku niepokoju", żeby przyciągnąć ludzi do Morfeusza, gdzie nauczymy ich samodzielnie myśleć.

Pomysł spotyka się z aprobatą zebranych.

– Znam dziennikarkę, którą powinna zainteresować nasza praca – mówi dyrektor kliniki. – Moglibyśmy się z nią skontaktować.

Éric Giacometti zamienia słowo w czyn, sięga po telefon i umawia się z rzeczoną dziennikarką, żeby wyjaśnić jej koncepcję reedukacji poprzez świadomy sen.

Po kolacji, kiedy gość udał się już do siebie, a Ikar położył się spać, Shambaya zwierza się Jacques'owi.

– Chociaż wszystko zmierza w dobrym kierunku – mówi – czuję się zażenowana pewnym kłamstwem, które mi ciąży na sercu.

– Chodzi o coś poważniejszego niż fałszywa śmierć mojej matki?

– Tak, chodzi o moją ślepotę. Powiedziałam ci, że jestem niewidoma od urodzenia. To nieprawda. Nie widzę, ponieważ zostałam wybrana, jeszcze w brzuchu matki, na panią snów.

Jacques wpatruje się w oczy swojej żony.

– Chcesz powiedzieć, że twoje plemię celowo cię okaleczyło?

– W naszej kulturze uważamy, że wybrane osoby powinny poświęcić się dla innych, żeby móc lepiej śnić. Zostałam wychowana, wykształcona, jak by to powiedzieć... celowo zmieniona w mistrzynię snów przez moich rodziców. Ceną były moje oczy.

– Jak można chcieć kogoś okaleczyć? – woła Jacques.

– Funkcja tworzy narząd, brak funkcji niszczy narząd. Od urodzenia aż do trzynastego roku życia, do osiągnięcia dojrzałości płciowej, żyłam w otoczeniu pozbawionym jakiegokolwiek światła.

– Żeby lepiej śnić?

– Żeby mojego umysłu nie zakłócały obrazy otaczającego nas świata...

Jacques uświadamia sobie cenę umiejętności świadomego snu. Ocenia doświadczenie żony.

– Nie dali ci wyboru. Mogłabyś mieć im to za złe.

– Chcieli dla mnie jak najlepiej. Rozwinęłam moje wewnętrzne „ja", podczas gdy wy rozwijaliście się zewnętrznie.

– Matka mówiła, że istnieje pięć zmysłów fizycznych i pięć psychicznych. Pięć zmysłów fizycznych to wzrok, węch, słuch, dotyk i smak. Pięć zmysłów psychicznych to emocje, intuicja, wyobraźnia, inspiracja i świadomość uniwersalna.

– W takim razie ty wykorzystujesz pięć zmysłów fizycznych i cztery psychiczne. Ja natomiast korzystam z czterech fizycznych i pięciu psychicznych.

Wypowiada te słowa z dużą pewnością siebie. Jacques nie może się powstrzymać przed pomyśleniem, że żona szuka pretekstu, aby uzasadnić czyn swoich rodziców.

– Nasi rodzice dokonali wyborów, a my musimy je akceptować. Niezależnie od tego, jakie by były. Następnie przychodzi kolej na nas, aby podjąć najlepsze decyzje w sprawie naszych własnych dzieci – dodaje.

Jacques ma ochotę ją pocieszyć albo wyrazić swoje ubolewanie, ale nie ma odwagi, nie chce jej urazić. Bierze się w garść i próbuje skupić się na wywiadzie, jakiego ma udzielić następnego dnia w celu zaprezentowania działalności kliniki Morfeusz.

64

Dziennikarka, która przychodzi do kliniki w celu przygotowania reportażu, jest wysoką brunetką o jasnoniebieskich oczach, nazywa się Cécile Coulon. Ma na sobie garsonkę Chanel i utrzymuje równowagę na wysokich szpilkach. Na wstępie przyznaje, że cierpi na bruksizm i chciałaby móc przestać zgrzytać zębami nocą, gdyż przeszkadza to jej partnerowi.

Éric Giacometti prezentuje jej bank snów, Shambaya – technikę zbiorowego świadomego snu, a na koniec Jacques Klein odkrywa przed nią swój sektor działania. Wyjaśnia Cécile, że zależy im na zdobywaniu jak najbardziej aktualnej wiedzy z dziedziny snu. Jacques pokazuje jej urządzenia do obrazowania mózgu w trzech wymiarach, opisuje je szczegółowo. Dziennikarka notuje. Przepytuje pacjentów poddawanych analizie snu. Fotografuje wszystko starannie. Jacques jest dumny, mogąc zaprezentować jej swoje miejsce pracy.

– Tutaj opracowaliśmy również naturalne środki nasenne nowej generacji, które zastępują te na bazie benzodiazepinów i o szkodliwych skutkach ubocznych, takich jak zanikanie marzeń sennych lub, długoterminowo, choroba Alzheimera.

Dziennikarka, która do tej pory notowała informacje bez większego zaangażowania, chce nagle dowiedzieć się więcej.

– Benzodiazepiny są szkodliwe? Zażywam je co wieczór.

– Francja jest krajem, w którym spożywa się ich najwięcej. Czy dobrze pani sypia?

– Musiałam zwiększyć dawki, ale bez benzodiazepinów nie potrafiłabym zmrużyć nocą oka.

– To leki, które powodują uzależnienie. Czy wiedziała pani, że wszystkim zwierzętom w intensywnej hodowli – świniom, krowom, owcom, a nawet kurczakom – podaje się benzodiazepiny? Miesza się je z karmą, aby uspokoić zwierzęta podczas transportu ciężarówką albo przed ubojem. Sami o tym nie wiedząc, wszyscy jesteśmy już uzależnieni od tych niszczących sny produktów.

Podczas dalszej wizyty Cécile Coulon jest coraz bardziej przejęta. Nazajutrz jej artykuł ukazuje się pod tytułem *Środki nasenne, które uniemożliwiają nam sen*. Poniżej widnieje mowa oskarżycielska przeciwko substancjom uspokajającym i antydepresantom, tym ostrzejsza, że dziennikarka sama jest ofiarą reklamowanych leków.

Artykuł zajmuje miejsce na pierwszej stronie dziennika, a ponieważ wydanie sprzedaje się bardzo dobrze, temat zostaje podjęty przez inne gazety, które jeszcze bardziej nagłaśniają problem. Skutki działania benzodiazepinów zostają nazwane chorobą cywilizacyjną stulecia. Jacques'a Kleina wkrótce określa się mianem pioniera w walce o „prawdziwy naturalny sen", a klinikę Morfeusz – bastionem „dobrego snu".

Sieci społecznościowe podejmują temat „Jesteśmy zatruwani środkami nasennymi" i afera nabiera coraz większych rozmiarów.

Pewnego ranka Jacques, zachwycony wywołaną burzą, spotyka się w klinice z Érikiem Giacomettim, który sprawia wrażenie zaniepokojonego.

– Co nas podkusiło, żeby zaatakować przemysł farmaceutyczny? Nie możemy sobie pozwolić na złe stosunki z tradycyjnym systemem medycznym, w razie konfliktu nie damy sobie rady.

– Co się może stać? Prasa jest wolna, czyż nie? – wtrąca się Shambaya.

– Dziennikarze grają w podwójną grę. Bronią tak zwanej prawdy i sprawiedliwości, ale są świadomi faktu, że to ogłoszeniodawcy i ich reklamy pośrednio wypłacają im pensje. Firmy farmaceutyczne są bogate i potężne.

– Organizacje ochrony konsumentów również, o ile mi wiadomo.

– Nie możemy już więcej przyjmować dziennikarzy ani podsycać polemiki. „Wystający gwóźdź przyciąga młotek".

Na reakcję nie trzeba było długo czekać. Firmy farmaceutyczne produkujące środki nasenne grożą wycofaniem reklam ze wszystkich mediów, które będą krytykowały albo okazywały podejrzliwość wobec ich produktów.

Prawnicy grup przemysłowych oskarżają klinikę Morfeusz o nielegalne praktyki w zakresie medycyny i sprzedaż niehomologowanych leków.

Ci sami dziennikarze, którzy wcześniej ich wspierali, teraz okazują jeszcze większy entuzjazm, gdy chodzi o ich oczernianie. Cécile Coulon usiłuje bronić ich kliniki, wkrótce jednak wypływa sprawa podejrzanej śmierci Akhilesha. Reputacja kliniki zostaje poważnie nadszarpnięta i Éric Giacometti musi zaangażować adwokatów.

Klientów ubywa, wsparcie finansowe topnieje jak śnieg na wiosnę. Zostają sami przeciwko wszystkim.

W tym momencie Jacques uświadamia sobie również, że sen stanowi element rozgrywek ekonomicznych i politycznych.

65

Sytuacja z dnia na dzień pogarsza się. Wszyscy troje z popularnych postaci zmieniają się w pariasów. Gapie przechodzący obok kliniki pokazują na nią, jak gdyby chodziło o kryjówkę czarownic. Jacques'owi przypominają się ponure chwile, kiedy obrońcy zwierząt miauczeli i obrażali jego matkę w jej miejscu pracy.

Pewnego wieczoru, kiedy wraca skrótem z kliniki Morfeusz do swojego domu, zauważa, że jest śledzony. Z początku wydaje mu się, że rozpoznaje postać Cécile Coulon i szykuje się już, żeby dać jej znać, że nie zamierza udzielać żadnych wywiadów. Ale to nie ona.

– Dobry wieczór, Jacques.

Kobieta ma siwe włosy i twarz, która wydaje mu się znajoma.

– Czy my się znamy?

– Tak, nawet całkiem dobrze.

– Proszę wybaczyć, nie mam pamięci do twarzy.

– Jeśli to panu pomoże… kopię, kiedy śpię.

– Charlotte!

– Zastanawiałam się, czy po tych wszystkich latach będziesz mnie jeszcze pamiętał, Jacques.

Mężczyzna nie ma odwagi powiedzieć jej, że przypomina ją sobie tym łatwiej, iż po dwudziestu latach stała się jeszcze bardziej podobna do swojej matki. Zaprasza ją na drinka do bistra na rogu ulicy.

– Co u ciebie słychać?

– Ukończyłam studia filmoznawcze i założyłam firmę specjalizującą się w produkcji kamer przechwytujących obrazy bardzo małych lub słabo oświetlonych przedmiotów poruszających się z dużą prędkością.

– Jesteś mężatką? – pyta.

– Tak.

– Jesteś szczęśliwa?

– Tak.

Przyglądają się sobie nawzajem, zakłopotani.

– Czytałam wywiad z tobą na temat szkód powodowanych przez środki nasenne. Uważam, że osądzają cię niesprawiedliwie.

– Dziękuję za wsparcie. Lepiej sypiasz?

– Nieszczególnie. Chyba z twojej winy. Po twoim odejściu czułam się, jak gdybym przegapiła ważne spotkanie.

Jacques udaje, że nie rozumie.

– Ja też jestem obecnie żonaty – uprzedza.

– Przyszłam, żeby złożyć ci propozycję. Myślę, że nadeszła pora, aby połączyć nasze talenty: moją znajomość kina i twoją wiedzę o śnie.

– Zazwyczaj, kiedy widzowie zasypiają na sali kinowej, nie oznacza to niczego dobrego…

– Twoja matka powiedziała kiedyś, że pewnego dnia będzie się uczyło w szkołach, jak spać, a sny będzie się oglądało w kinie. Myśl ta utorowała sobie drogę w mojej głowie. Od piętnastu lat moje prace mocno posunęły się naprzód. Dzięki PET Scan najnowszej generacji próbuję uchwycić myśl i zmienić ją w obraz.

– Osobliwe, wygląda na to, że przez te wszystkie lata wszyscy troje podążaliśmy równolegle ścieżkami postępu. Ja w dziedzinie psychologii, Giacometti w dziedzinie technologii, a ty w dziedzinie obrazu. Dzisiaj, szesnaście lat później, spotykamy się, ponieważ wszyscy jesteśmy gotowi. Niestety istnienie kliniki Morfeusz jest zagrożone.

– Być może mam i na to rozwiązanie. Nie wspominałam ci jeszcze o moim mężu, Gilles'u, zajmuje on ważne stanowisko w ministerstwie obrony. Sądzę, że mógłby ci pomóc. Słyszałam wywiad, w którym opowiadasz o dobroczynnych skutkach snu na czynności wykonywane w ciągu dnia. Myślę, że Gilles byłby zainteresowany, gdybyś zgodził się dla nas pracować.

– Jak się nazywa twój mąż?

– Gilles Malençon, jest sekretarzem stanu w Ministerstwie Obrony Narodowej.

Jacques przygląda się swojej dawnej dziewczynie, przypomina sobie spotkanie w barze Sjesta i pierwszy pocałunek.

– Lepiej spać, żeby lepiej zabijać bliźniego? – pyta ironicznie.

– Lepiej spać, żeby lepiej bronić ojczyzny – poprawia kobieta.

– Jak to sobie wyobrażasz?

– Rozmawiałam już z Gilles'em na ten temat. Ty, Giacometti i twoja żona moglibyście zostać zatrudnieni w charakterze coachów snu. Wojsko by wam płaciło. A Gilles oczywiście pomógłby ci w pozbyciu się problemów, ma kontakty we wszystkich innych ministerstwach, kolegów z tego samego awansu. Wierz mi, we Francji administracja ma jeszcze większą władzę niż przemysłowcy.

Jacques uśmiecha się, pełen nadziei.

– Przykro mi z powodu tego, co się stało.

– Niech ci nie będzie przykro, tak ułożyły się nasze życiowe ścieżki.

– Jakbym słyszał swoją matkę – mówi odruchowo.

A w duchu zastanawia się, czy w noosferze wszystko się łączy...

To, czego gdzieś brakuje, mogłoby zostać uzupełnione czymś pochodzącym skądinąd. Tym sposobem panowałyby równowaga i harmonia. Nasze poczucie braku, niesprawiedliwości lub przepełnienia spowodowane byłoby jedynie połowiczną wizją świata.

To jedna z możliwości. W takim przypadku być może JK64 stanowiłby uzupełnienie mojej świadomości, tak jak Shambaya uzupełniałaby mnie o kobiecą energię, a Charlotte, która wyłoniła się nagle z pustki, byłaby moim uzupełnieniem odpowiedzialnym za rozwiązanie problemów materialnych.

66

Młody Ikar okazuje się bardziej oporny.

– Użyć wiedzy naszych przodków w celu nauczenia żołnierzy skuteczniejszego zabijania ich współrodaków? Nie ma mowy!

Jacques rozumie reakcję syna, ale wie, że nie powinien odpuszczać.

– Poczekaj, ty, który spędzasz dnie na zabijaniu ludzi na ekranie, mówisz nam o moralności?

– Ale, tato, kiedy zabijam na komputerze, to się nie dzieje naprawdę, z kolei kiedy ty uczysz żołnierzy, jak sobie radzić bez snu, to znaczy, że oni będą atakować ludzi, kiedy ci śpią! Będą ich naprawdę zabijać.

Shambaya nie odzywa się. Jej białe spojrzenie jest zagubione w pustce, je w milczeniu, powoli przeżuwa, pozwalając mężowi i synowi spierać się. W końcu odkłada widelec, wsuwa palec do kieliszka, żeby wiedzieć, w którym momencie płyn osiągnie pożądany poziom, i pije. Potem zaczyna mówić, głośno, tak jak to robiła niegdyś na Pulau Senoi:

– Kochałeś tę kobietę, tę Charlotte? – pyta prosto z mostu.

Jacques, który pił wino, krztusi się.

– Jaki to ma związek z naszym projektem?

– Odpowiedz mi, Jacques. Kochałeś ją?

– Oczywiście.

– A czy ona cię kochała?

– Chyba tak.

– Zatem ona kocha cię nadal i robi to wszystko dla twojego dobra – mówi Shambaya. – Dlatego trzeba jej posłuchać i pracować z nią.

Ikar nadal nie odpuszcza.

– Ale, mamo! On wykorzysta naszą wiedzę na temat snu, żeby kształcić... morderców!

– Pewnego dnia ludzie będą mogli żyć bez policji, bez wymiaru sprawiedliwości, bez więzień, bez żołnierzy, bez rządu, ale na razie dzień ten jeszcze nie nastał. Dobrze wyszkoleni żołnierze chronią nas przed złymi żołnierzami, mieliśmy okazję przekonać się o tym na przykładzie najemników Kiambanga. Franckie też był żołnierzem, a w naszym interesie leżało, by był zdrowy. Ikarze, jesteś jeszcze młody, więc dam ci radę: nie oceniaj pochopnie, nie kategoryzuj ludzi ze względu na ich zawód, pochodzenie albo reputację. Używaj zmysłów (dziesięciu zmysłów fizycznych i psychicznych), żeby wypracować sobie własną opinię.

Młody człowiek siedzi nadąsany, przekonany, że ma rację, tylko dorośli go nie rozumieją.

– Jaki cel ma wojna? – pyta. – Dlaczego ludzie zabijają się naprawdę, skoro mogliby ograniczyć się do zabijania w grach wideo? Albo... we śnie!

– Dobre pytanie – odpowiada Jacques. – Moim zdaniem wojna istnieje dlatego, że zbiorowa nieświadomość uważa, iż jest nas zbyt dużo. Wszystkie gatunki same regulują swoją liczebność. Kiedy zbiorowy umysł czuje, że jest go za dużo, amputuje część siebie.

– To nazbyt „poetycka" wizja, tato. Rzeczywistość wydaje mi się znacznie bardziej surowa. Chodzi o to, że ludzie są źli!

– Pewnego dnia wyjaśnię ci, co oznacza to słowo. Ale musisz wiedzieć, że każdy człowiek ma powody, żeby zachowywać się tak, a nie inaczej. Ci, których nazywasz „złymi", to często ludzie, którzy boją się zostać zaatakowani i uderzają prewencyjnie. Jeśli odrzucimy propozycję Charlotte, być może będziemy zmuszeni zamknąć klinikę.

Jacques'owi udaje się w końcu przekonać syna. Umiejętności

specjalistów kliniki Morfeusz zostają wkrótce wykorzystane w tajnym centrum szkolenia komandosów. Żołnierze uczą się sprawnie pokonywać kolejne etapy, osiągając regenerujący sen paradoksalny, i poświęcać na wypoczynek cztery zamiast siedmiu godzin, co daje im znaczną przewagę nad przeciwnikami.

Aby jeszcze poprawić jakość ich snu, Jacques opracowuje bardzo restrykcyjną dietę na bazie wolnych cukrów, pozbawioną mięsa, alkoholu, produktów kwaśnych lub słodkich.

Gilles Malençon proponuje Jacques'owi i Shambayi oficjalne stanowiska doradców technicznych w armii. Ich metody panowania nad snem zostają opatentowane. Korzystają z nich wszystkie oddziały spadochroniarzy, Legii Cudzoziemskiej i marynarki. Rodzina Kleinów otrzymuje godziwe wynagrodzenie, a Malençon wykorzystuje swoje znajomości w Ministerstwie Zdrowia oraz Ministerstwie Sprawiedliwości i zdobywa wsparcie dla kliniki Morfeusz. Przekonuje swojego kolegę w Ministerstwie Nauki, aby przekształcił klinikę w jednostkę „badań nad snem" i uczynił z niej filię Krajowego Centrum Badań Naukowych. Wtedy wszyscy członkowie Morfeusza stają się oficjalnymi badaczami, dzięki czemu ataki lobby farmaceutycznego i Naczelnej Izby Lekarskiej przestają być skuteczne.

Pewnego dnia sekretarz stanu zaprasza małżeństwo Kleinów, a także Érica Giacomettiego do swojego biura w Ministerstwie Obrony Narodowej.

– Nie chcę, aby nasze działania śledziła prasa. Bądźcie dyskretni, bardzo dyskretni, nie chcę już słyszeć o śmierci ludzkich królików doświadczalnych. Gdyby wydarzył się jakiś wypadek, proszę, żebyście natychmiast się ze mną skontaktowali, a ja usunę ciało.

Wypowiedział to zdanie tak, jak gdyby chodziło o zwykłe postępowanie administracyjne.

– Bierzcie przykład z Pasteura. Dzisiaj wiadomo już, że poprosił on brazylijskiego władcę Piotra II o przetestowanie szczepionki na więźniach skazanych na śmierć i zarażał ich wirusem wścieklizny (mamy w naszych zbiorach list z tysiąc osiemset osiemdziesiątego czwartego roku, który wywołuje dreszcze). Działał dyskretnie. Powiadomił świat dopiero o sukcesie, jaki odniósł w Alzacji. Miejcie to na uwadze. Rzeczywistość nie jest ważna, ważne jest to, co powiedzą dziennikarze i historycy w przyszłości.

– Nie znałem tej anegdoty o Pasteurze – mruczy pod nosem Jacques.

– Nawet nie był lekarzem, ale wiedział, jak przedstawić się w dobrym świetle. Podążajcie jego śladem, a waszymi nazwiskami nazwą instytuty i ulice, a wam wzniosą pomniki. Nie ukrywam, że narażałem się osobiście, wspierając was – ciągnie Gilles Malençon, nachylając się ku nim. – Niektórzy spośród moich przełożonych tylko czekają na moje potknięcie. Minister we własnej osobie uprzedził mnie, że nie może sobie pozwolić na luksus porażki. Postawiłem na was i nie mogę znaleźć się na straconej pozycji.

Prostuje się w fotelu i bierze głęboki wdech.

– Kocham Charlotte, a ona... musi odnaleźć sens życia, odkąd nasz projekt posiadania dziecka przepadł. Kiedy zaczęliśmy się spotykać, dużo mi o panu opowiadała, z nostalgią. Miała sobie za złe, że nie zdołała pana zatrzymać. Przez jakiś czas pana nienawidziłem. Teraz muszę pana zaakceptować. Wyobrażam sobie nawet, że moglibyśmy się zaprzyjaźnić.

Jacques stwierdza, że często z pomocą przychodzą osoby, których by się o to nie podejrzewało: Giacometti, mężczyzna, który zwolnił jego matkę, Charlotte, którą on porzucił, Gilles, człowiek, który był o niego zazdrosny. Nawet Kiambang i Wilfrid z dzieciństwa uczestniczyli w budowaniu jego osobowości.

– Dzięki pańskiej pomocy zmodyfikujemy klinikę – oświadcza Éric Giacometti. – Teraz, kiedy zyskaliśmy bezpieczeństwo i stabilność finansową, odkupimy sąsiedni budynek i założymy tam centrum badań nad „kinem oniroramicznym", którym kierować będzie Charlotte.

Kobieta jest zaskoczona. Nie spodziewała się tego.

– Nie ukrywam, że jest to pomysł Jacques'a – dodaje Éric.

– Tym sposobem zyskamy witrynę, która udowodni, że sen to domena artystyczna, w takim samym stopniu jak kino. Mógłby stać się „dziesiątą muzą"...

Charlotte nie ukrywa entuzjazmu. Jacques przejmuje pałeczkę:

– Moglibyśmy urzeczywistnić wizję mojej matki i założyć szkołę, w której uczyłoby się ludzi, jak dobrze spać. Shambaya i mój syn Ikar przekazywaliby porady najmłodszym, albo też rodzicom niemowląt, a starszych uczyliby świadomego snu zgodnie z tradycją Senoi. Kształciliby przyszłe pokolenia artystów kina oniroramicznego. A ja i Éric kontynuowalibyśmy badania oraz naturalnie treningi dla żołnierzy.

– Otrzymałem prośbę od moich kolegów z Ministerstwa Sportu. Chcemy, żebyście zajęli się także atletami przygotowującymi się do igrzysk olimpijskich – dodaje Gilles Malençon, zwracając się do żony i ujmując ją czule za rękę.

Jacques uświadamia sobie, że to dzięki miłości, jaką tych dwoje darzy się nawzajem, ich projekt ma szansę się odrodzić.

67

Ziarna posadzone, drzewa rosną.

Mija rok, potem drugi. Jacques Klein ma czterdzieści sześć lat. Caroline Klein ma lat siedemdziesiąt osiem i wciąż nie wybudziła się ze śpiączki. Ikar właśnie osiągnął pełnoletniość i jest studentem drugiego roku w szkole inżynierii informatycznej.

Klinika Morfeusz kwitnie – rozrosła się i znalazła, dzięki wsparciu państwa, bezpieczną czcigodność i zdrowie finansowe.

Chociaż liczba klientów wciąż wzrasta, poszukiwania szóstego stadium snu nadal zatrzymują się na delikatnej granicy między snem a śmiercią. Równolegle oddziałem kliniki, gdzie dokonują się najbardziej spektakularne postępy, jest kino oniroramiczne, którym zarządza Charlotte Malençon.

Przykładając sto czterdzieści cztery czujniki do czaszki badanego, udaje jej się wywołać mikropola elektromagnetyczne, które następnie pobiera, powiększa i kanalizuje. Sygnały te są potem gromadzone i sortowane przez program, którego zadaniem jest połączenie tych pól ze strefami koloru. Z początku przypomina to mieszające się ze sobą ciecze.

Charlotte wykorzystuje wysoce zaawansowany program sztucznej inteligencji, który pomaga jej w polepszeniu jakości interpretacji znaków i rozdzielczości obrazów. Kolorowe plamy zastępują bardziej złożone kształty: struktury geometryczne, koło, trójkąt, romb…

Ikar chce uczestniczyć w doskonaleniu programu. Jego umiejętność świadomego śnienia sprawia, że zostaje wybrany na pierwszego królika doświadczalnego. Udaje mu się porównać obrazy ze swoich snów z tymi pojawiającymi się na ekranie, dzięki temu można dokonać regulacji urządzeń.

Pewnego dnia spośród mgły na ekranie wyłania się wyraźny i niezaprzeczalny kształt… jabłka. Owoc kręci się, ukazując prawdziwą teksturę jego skóry, posiada nawet małą szypułkę i wyrastający z niej zielony listek.

Wydarzenie to robi z początku wrażenie jedynie w środowisku naukowym, ale zachęca nowych inwestorów do współpracy. Tym sposobem Ikar, któremu udało się śnić wyraźnie o jabłku, umożliwia pojawienie się na ekranie komputera góry, obłoku, drzewa i kwiatu.

Hollywoodzka agencja produkcji filmów okazuje zainteresowanie projektem: gdyby udało się odtworzyć podobizny ludzi, byłoby wspaniale. Firma przyczynia się do ulepszenia laboratorium.

Ikar, metodycznie, wydobywa z programu zwierzęta – ptaki i małpy – a następnie całego człowieka, swojego ojca.

Jedni inwestorzy przyciągają kolejnych. Klinika Morfeusz funkcjonuje już regularnie, centrum badań nad kinem oniroramicznym zatrudnia coraz więcej techników i instaluje coraz bardziej wyrafinowane urządzenia. Pewnego dnia Ikar ogłasza, że jest gotów, aby zaprezentować krótkometrażowy film z początkiem, rozwinięciem i zakończeniem, nadany na żywo z jego mózgu. Wyselekcjonowana publiczność złożona z dziennikarzy naukowych uczestniczy w premierze, która odbywa się w sali kinowej z ekranem o wymiarach trzy metry na dwa.

Ikar kładzie się na sofie, Charlotte przymocowuje mu do głowy kask z czujnikami. Jacques i Shambaya przyszli, aby go wspierać, podobnie jak Éric Giacometti i Gilles Malençon.

– Zobaczysz, tato – szepcze chłopak przed zamknięciem oczu – wybrałem coś bardzo „kulturalnego".

Ikar Klein zamyka oczy, po czym robi trzy głębokie wdechy i rozpoczyna nurkowanie.

Hipnogram pokazuje postępy zejścia do stadium pierwszego, drugiego, trzeciego, czwartego i piątego. Charlotte włącza ekran, który – z początku – ukazuje jedynie czarną powierzchnię podobną do tej, jaką młody człowiek widzi pod powiekami.

Trwa to dłuższą chwilę, nieco zbyt długą jak dla publiczności, i wśród zebranych rozchodzi się szmer rozczarowania.

Nagle ekran rozjaśnia się.

Po jego prawej stronie pojawia się grupa około dziesięciu osób staromodnie ubranych – mężczyźni w kapeluszach, kobiety w długich sukniach. Czekają na peronie.

Szary dym wypełnia kadr, a osoby w pierwszych rzędach zdają się coraz bardziej ożywione, w miarę jak dym się rozprasza. W czarno-białej scenerii pojawia się lokomotywa wjeżdżająca powoli z lewej strony ekranu. Pociąg hamuje i nieruchomieje. Drzwi wagonów otwierają się i jedni pasażerowie z torbami i walizami wysiadają, podczas gdy inni, równie obładowani, wsiadają. Konduktor pomaga tym, których bagaże są najcięższe.

Obraz nieruchomieje, następnie ekran ponownie zasnuwa ciemność. Hipnogram wskazuje, że Ikar pokonuje kolejne stadia. Otwiera oczy. Na sali rozlegają się brawa. Oficjalnie, po raz pierwszy, na ekranie udało się zobaczyć scenę z wystrojem, aktorami w ruchu i wiarygodnym rozwojem akcji.

– Chciałabym w szczególności pogratulować Ikarowi Kleinowi za wybór snu – mówi wzruszona Charlotte, sięgając po mikrofon i zwracając się do dziennikarzy. – Scena, którą zobaczyliście, nie jest bez znaczenia. Ikar celowo śnił pierwszy film w historii ludzkości: *Wjazd pociągu na stację w La Ciotat*, nakręcony w tysiąc osiemset dziewięćdziesiątym piątym roku przez braci Lumière. Wybór ten świadczy nie tylko o wiedzy historycznej i kulturowej Ikara, ale też przerzuca most pomiędzy naszym wynalazkiem kina oniroramicznego a narodzinami kina takiego, jakie znaliśmy do tej pory. Symboliczne!

Ikar nie odrywa oczu od ojca, oczekując gestu pochwały. Ten gratuluje mu skinieniem. Shambaya, która siedzi obok męża i której Jacques opisał całą scenę, uśmiecha się szeroko.

– Możecie emitować te obrazy, ile tylko chcecie – oświadcza Charlotte zebranym. – Odtąd świat będzie wiedział, że można materializować sny, a pierwsze doświadczenie zostało przeprowadzone tutaj, na Montmartrze, w samym centrum Paryża, dzisiejszego dnia. Jeśli chodzi o maszynę, która umożliwiła to przedsięwzięcie, nazwaliśmy ją „Dream Catcher", inaczej mówiąc „Łapaczem snów" – kontynuuje kobieta. – A teraz zapraszam wszystkich na przyjacielskiego drinka do sali obok.

Wszyscy świętują wydarzenie, otwierając szampana. Informacja zostaje natychmiast przekazana dalej, a film jest transmitowany przez wszystkie media. Dzięki wirtualnej chmurze Internetu miliony osób dowiadują się w ciągu kolejnej godziny o istnieniu kamery Dream Catcher i kina oniroramicznego. Ikar Klein staje się sławny, a jego egzotyka uwodzi.

W sali kinowej centrum badań organizowane są oniroramiczne seanse filmowe, wkrótce też gwiazdy show-biznesu otrzymują propozycje testowania osobiście maszyny snów. Piosenkarz nagrywa tam teledysk zatytułowany po prostu *My Dream*.

Sen prezydenta Republiki, chełpiącego się znajomością awangardy technologicznej, zostaje wyemitowany, a następnie wymuskany, zmontowany, oprawiony w muzykę i nazwany *Moja Francja*.

Shambaya prosi o możliwość przetestowania urządzenia.

– Chcę pokazać, co znajduje się w mojej głowie – oznajmia, po czym uruchamia Dream Catchera.

Jacques, Ikar, Charlotte i Éric odkrywają z zaskoczeniem sen ślepej kobiety. Widzą uproszczony i upiększony świat, sprawiający ważenie surrealistycznego.

Z każdą chwilą marzenie senne Shambayi staje się coraz bardziej fantastyczne, przypominające obrazy Celnika Rousseau splecione z dziełami Dalego. Ukazuje tygrysy o długich kłach, otyłe guźce o olbrzymich łapach, lirogony o nieskończenie długich piórach i jaskrawopomarańczowe orangutany.

Potem śni jej się Paryż. Budynki przypominają rozłożyste drzewa, a samochody swego rodzaju puste w środku zwierzęta.

Śnią jej się ludzie o zastygłych twarzach przypominających maski, bo chociaż zna kształt ludzkiego oblicza, nie posiada wystarczającego doświadczenia wizualnego, które umożliwiłoby jej odwzorowanie nieznacznych ruchów, które nieustannie je zmieniają. Na przykład jej ludzie nie mrugają oczyma.

Jacques także ma ochotę przetestować urządzenie, żeby zmaterializować siebie samego z przyszłości, ale Shambaya mu zabrania.

– Nie, ty nie, Jacques.

– Dlaczego?

– Jesteś skupiony na projekcie odkrycia szóstego stadium snu, lepiej będzie, jeśli zachowasz te obrazy dla siebie. Pokazywanie jest siłą, ale zachowanie tajemnicy stanowi jeszcze większą moc.

Mimo frustracji Jacques przyznaje w końcu, że żona ma rację.

– Śnij dalej i zachowaj swoje marzenia senne dla siebie, Jacques – ciągnie. – Uwierz mi, tak będzie lepiej. Ikar zajmie się reklamą naszych działań. Zrozumiał, na czym polegają, jego sen o dworcu w La Ciotat stanowi genialne posunięcie medialne. Odtąd możesz mu ufać.

Charlotte i Gilles także przechodzą testy, ale muszą przyznać, że ich filmy są bardzo zwyczajne.

– Trudno dorównać poczuciu humoru waszego syna i światom graficznym pańskiej żony – przyznaje urzędnik.

– Myślę, że stać nas na więcej – mówi Charlotte. – Mam pomysł: festiwal filmu oniroramicznego w Cannes.

– W Cannes?

– Dlaczego nie? Festiwal „klasycznego" kina odbywa się w maju, my moglibyśmy urządzić festiwal kina oniroramicznego w październiku.

– Porozmawiam z kolegą z Ministerstwa Kultury. Jestem przekonany, że to może się udać. Jacques, Éric, Ikar, Shambaya i ty, kochanie, bylibyście w jury – proponuje Gilles Malençon, zainspirowany pomysłem.

– Powinni do nas dołączyć ludzie wywodzący się ze środowisk kina, malarstwa, literatury i… neurologii – dodaje Charlotte. – Razem wybraliby najlepszy sen, biorąc pod uwagę kryteria piękna obrazu, oryginalności scenariusza i reżyserii.

– Mamy trzy miesiące, żeby ogłosić i przygotować wydarzenie – mówi Gilles. – Sprowadzimy uczestników do Paryża, żeby zademonstrowali nam swoje możliwości, a następnie wybierzemy dwudziestu najlepiej śniących. Ten festiwal mógłby mieć międzynarodowy zasięg!

Jacques słucha ich rozmów i, chociaż podnieca go ta myśl, wie, że odkrycie szóstego stadium snu, o czym roztropnie przypomniała mu Shambaya, może nastąpić jedynie z dala od kamer i mikrofonów. Wstaje więc dyskretnie i wraca do laboratorium, do swoich świstaków, z silnym postanowieniem wydobycia z nich tajemnicy katalepsji tak bliskiej śmierci.

68

Usta zbliżają się do lodów i kosztują czekoladowej skorupki z migdałami pokrywającej zamrożony krem waniliowy. Zęby stykają się ze słodką substancją, a język przesuwa ją do przełyku, gdzie spływa, wywołując uczucie miłego chłodu.

Jacques Klein ma czterdzieści siedem lat. Kino oniroramiczne odnosi olbrzymi sukces, podczas gdy badania nad szóstym stadium snu utknęły w martwym punkcie.

Ikar ma dziewiętnaście lat i występuje w widowisku Sen Bezpośredni w nowych kinach oniroramicznych, które wyrosły jak grzyby po deszczu we wszystkich stolicach świata.

Charlotte z kolei, po olbrzymim sukcesie pierwszego Festiwalu Filmu Wyśnionego, stworzyła prawdziwy przemysł krótkich i długich metraży firmowany nazwą „Morfeusz".

Zyski służą do propagowania badań nad światem snu i snów. Éric Giacometti nadal inwestuje w klinikę. Zakupił dwa sąsiadujące z nią budynki i dzisiaj centrum Morfeusz może przyjąć około setki pacjentów, których noce są analizowane za pomocą coraz bardziej skutecznych maszyn.

Shambayi udało się zabrać na próbne wzloty w świadomym śnie kilkadziesiąt osób. Jest bardzo zadowolona ze swoich uczniów.

Tylko Jacques czuje się nieusatysfakcjonowany. Tego wieczoru, przed kinem, wyrzuca swój patyczek po lodach i wychodzi z długiej kolejki widzów spieszących się, aby obejrzeć najnowsze szaleństwa jego syna. Postanawia wrócić do domu.

Jak osiągnąć szóste stadium snu?

Ma obsesję na punkcie tego pytania. Czuje, że kręci się w kółko.

Wraca do mieszkania i zmęczony rzuca się na fotel.

Pierwsze, drugie, trzecie, czwarte i piąte stadium. Udało się. Wyspa Różowego Piasku jest jak zwykle cudowna. Na plaży, w nieśmiertelnym fotelu na biegunach, w kwiaciastej hawajskiej koszuli, japonkach, ciemnych okularach i z piña coladą w dłoni, przyszły on sam kołysze się łagodnie.

– Dziękuję ci, JK47 – mówi mężczyzna na powitanie.

– Za co?

– Że nie uległeś pokusie pokazania mnie publicznie. Nikt by tego nie zrozumiał. Mogłoby to zniszczyć czar i nas ośmieszyć.

– Shambaya odwiodła mnie od tego pomysłu.

– Chwilami, kiedy dysponuje się małym dżinem w magicznej lampie, ma się ochotę zrobić na innych wrażenie, pokazując go wszystkim, tymczasem ja istnieję tylko i wyłącznie dla ciebie. Nie mówiłem ci o tym, ale cieszę się, że intuicyjnie to pojąłeś.

– Nie potrafię przekroczyć granicy szóstego stadium.

– Wiem, pamiętam, był to dość ciężki okres mojego życia. Inni brylowali dzięki kinu oniroramicznemu, a ja, to znaczy ty trwałeś w stagnacji. To normalne, brakuje ci iskry zapłonu.

– Gdzie ona jest?

– Nie mogę ci odpowiedzieć na to pytanie, dobrze wiesz. Mogę ci pomóc jedynie poprzez uświadomienie sobie twojej teraźniejszości.

– Czy istnieją informacje, którym poświęciłem niewystarczającą uwagę?

– Jesteś niczym człowiek w pociągu, który zapomina wyjrzeć przez okno i nie zauważa jednorożca na polu pełnym krów.

– Jednorożca?

– Umknął ci pewien ważny szczegół.

Siwowłosy Jacques wstaje i prowadzi swojego młodszego odpowiednika w stronę oceanu. W oddali delfiny wyskakują z wody.

– Co? Delfiny?

– Nie chodzi tylko o nie. Przypomnij sobie, Jacques, przypomnij sobie. Dlaczego twoja matka postanowiła tak nagle wrócić do Paryża?

– Z mojego powodu?

– Shambaya ci o tym wspominała. Twoja matka zobaczyła jednorożca. Widzisz, rozwiązanie twojego problemu nie leży jedynie w wyobraźni, ale także w pamięci.

– Niech mi pan pomoże, proszę, JK67.

– Właśnie to czynię – odpowiada mężczyzna o białych włosach, wskazując ruchem głowy delfiny.

– Cóż... Zwierzęta te stale śnią, jedną częścią mózgu na zmianę...

– Co jeszcze?

– Tak, przypominam sobie: Shambaya mówiła, że mama zaobserwowała delfiny bawiące się z rybą rozdymką... i to ją zbiło z tropu.

JK67 uśmiecha się szeroko.

– Delfiny i ryba rozdymka... – szepcze Jacques, który właśnie pojął przekaz.

Zrobiwszy to odkrycie, opuszcza starszego siebie samego i wraca do rzeczywistego świata. Nie ma ani chwili do stracenia i postanawia spotkać się z Giacomettim, który o tej późnej porze pracuje jeszcze w laboratorium kliniki.

– Co się stało z rybą rozdymką? – pyta prosto z mostu.

– Ach, cześć, Jacques. O czym ty mówisz? Jaka ryba rozdymka?

– Wiem, że moja matka uważała, iż ryba rozdymka narkotyzuje delfiny w studni morskiej i że może to mieć wpływ na poszukiwanie szóstego stadium snu, prawda?

Éric Giacometti musi się skupić, aby przywołać wspomnienie.

– To prawda – mówi po chwili – mówiła mi o rozdymce… o narkotyku delfinów. Ponoć wprowadza je w niewiarygodną ekstazę. Twoja matka przeczuwała, że delfiny znalazły substancję umożliwiającą zbliżenie się do stanu nirwany, oczywiście chodziło o „nirwanę delfinów".

Naukowiec milknie, usiłując zebrać myśli.

Jacques czeka cierpliwie.

– Czy wiesz, jak inaczej nazywa się rybę rozdymkę? Fugu! – woła nagle Giacometti.

– Fugu, jak ta japońska ryba?

– Chodź ze mną. Twoja matka trzymała tutaj jedną z nich.

Naukowiec prowadzi Jacques'a w stronę akwarium umieszczonego przy wejściu do kliniki.

– Oto ona. A konkretnie gatunek zwany Takifugu.

Ryba jest srebrnoszara, przypomina dużego brzuchatego pstrąga o wielkich okrągłych oczach i ciemnych plamach na grzbiecie.

Giacometti sięga po szczyptę karmy dla ryb. Posypuje nią powierzchnię wody. Wkrótce fugu zbliża się do jedzenia. Czubkiem długopisu Éric dotyka delikatnie rybiej głowy. Ryba nadyma się wodą i podwaja objętość: przypomina balon.

– Fugu albo ryba rozdymka to zwierzę, które gwałtownie się nadyma, gdy czuje się zagrożone. Jej skóra, wątroba, oczy, jelita i jajniki zawierają niezwykle niebezpieczną substancję: tetrodotoksynę. Paraliżuje natychmiast każdy system nerwowy, podana nawet w minimalnej dawce.

– Działa lepiej niż kurara?

– Tetrodotoksyna daje tysiąc razy silniejszy efekt. Swego czasu na japońskich dworach intrygi pałacowe rozwiązywano kilkoma kroplami tetrodotoksyny dodanymi do sake. Nazywano to „dyktaturą złagodzoną przez fugu". Do tego stopnia, że od tysiąc osiemsetnego roku cesarz i samurajowie pełniący polityczne funkcje otrzymali oficjalny zakaz spożywania tej ryby. Obecnie liczne restauracje w Japonii i Korei, a także od niedawna w Chinach, serwują rybę fugu.

– I ludzie ją jedzą?

– Oczywiście. Danie z ryby fugu jest kosztowne, gdyż mogą je przygotowywać jedynie wyspecjalizowani, dyplomowani kucharze, ale zawsze istnieje małe ryzyko ze względu na to, że odrobina tej ryby może okazać się śmiercionośna. Co roku z jej powodu umiera około dwudziestu osób. Są też klienci, którzy jedzą ją, aby popełnić samobójstwo.

– Dlaczego tetrodotoksyna ryb fugu mogła interesować moją matkę?

– Uważała, że gdyby udało się znaleźć sposób na przeżycie po jej zjedzeniu, działanie tej ryby mogłoby umożliwić dostęp do szóstego stadium.

– Czy można ją dostać tylko w Japonii?

– Występuje we wszystkich ciepłych morzach. W Japonii przełowienie sprawia, że jest bliska wymarcia, ale spotyka się ją również w Ameryce, Australii, a od niedawna we wschodniej części Morza Śródziemnego.

Jacques przygląda się rybie, która wydaje mu się dość ładna ze swoimi dużymi wyłupiastymi oczyma.

– Próbowaliśmy wszystkiego, żeby „rozcieńczyć" truciznę, mieszaliśmy ją z wodą morską i z mlekiem, testowaliśmy ją na małpach. Żadna nie ocalała. Niewiele produktów działa równie piorunująco w tak niewielkiej ilości. Nie ma na nią antidotum.

Jacques przykleja twarz do szyby.

– Przeprowadziliśmy wiele testów, aż w końcu twoja matka się poddała. Była bardzo rozczarowana. Wtedy zwróciliśmy się w stronę technik kataleptycznych poprzez wychłodzenie.

– Zaletą zimna w stosunku do trucizny jest możliwość kontrolowania go, prawda?

– Nie jest to takie proste. Bardzo trudno trafić na właściwy poziom temperatury, poruszamy się pomiędzy nieskutecznością a punktem, z którego nie ma już odwrotu.

– Testowaliście na ludziach?

– Fugu? Nie. To zbyt niebezpieczne. Nawet twoja matka nie chciała podejmować takiego ryzyka. Doświadczenie Akhilesha wciąż nawiedza nasze wspomnienia.

Jacques uprzejmie kończy rozmowę, wraca do swojego gabinetu, gdzie zasiada przed komputerem.

Mama miała intuicję i nie zdołała jej potwierdzić, teraz ja muszę się tym zająć.

Surfuje po Internecie, analizując wszystko, co ma bliższy lub dalszy związek z fugu lub ogólnie z rybami rozdymkowatymi. Przegląda filmy dokumentalne, w których delfiny otaczają rybę rozdymkę i straszą ją, dopóki ta się nie nadmie i nie wypuści żółtawej trucizny. Walenie układają się wtedy na grzbietach i zaczynają tańczyć i piszczeć w oczywistej ekstazie.

Mama była tego świadkiem. Musiała być.

Delfiny przekazują sobie rybę niczym mały balon, który stopniowo klęśnie pod ciosami ich dziobów. Następnie ryba rozdymkowata ucieka w głębinę. Delfiny zostają i wciągają wodę z trucizną.

Dużo później tego wieczoru, leżąc w łóżku z żoną, Jacques dochodzi do wniosku, że rozwiązanie jego problemu stanowią delfiny osiągające stan nirwany dzięki rybie fugu.

– Dobranoc, Jacques.

– Dobranoc, Shamby.

Małżonkowie całują się, a następnie odwracają każde w swoją stronę, jak to robią wszystkie pary po upływie trzech lat wspólnego życia.

Zamiast wracać na Wyspę Różowego Piasku i dyskutować z JK67, Jacques dośniewa i pędzi w stronę noosfery. Znów znajduje się przed wielką białą posadzką złożoną z twarzy ludzi, którzy osiągnęli piątą fazę. Ich oczy pod powiekami poruszają się. Umysł Jacques'a Kleina krąży w strefie japońskich snów, nie znajduje jednak niczego, następnie udaje się do strefy snów polinezyjskich, lecz i te niczego mu nie wyjaśniają. Postanawia przemierzać noosferę metodycznie, dopóki czegoś nie odkryje. Korzystając z umiejętności dośniewania, surfuje przez sny, które w jakiś sposób związane są z rybami rozdymkowatymi. Wreszcie trafia na aluzję do fugu w nieoczekiwanym miejscu.

To... czarownik wudu, który śni o ceremonii zombifikacji i myśli o rybie rozdymce.

Świadomy umysł śpiącego Jacques'a uznaje, że znalazł właściwy trop. Opuszcza noosferę i schodzi na niższy poziom, bliżej ludzi, aby spróbować porozmawiać z błąkającą się duszą na Haiti. Jego myśl oblatuje Port-au-Prince, stolicę wyspy, i napotyka wiele dusz, z którymi lubi się kontaktować lokalna ludność. Tutaj, na Haiti, rozmawianie z duszami stanowi banalne doświadczenie, mające swoje korzenie w zachodniej Afryce, w Beninie.

Naturalnie, Jacques udaje się w okolice cmentarza miejskiego, tam, gdzie najłatwiej spotkać dusze zmarłych. Znajduje się na nieznanym mu terytorium.

Umysł jednego czarownika wudu traktuje go z góry i ucieka na jego widok. Inny daje mu do zrozumienia, że cudzoziemskie dusze nie mają tu nic do roboty.

Skoro rasizm istnieje nawet w niewidzialnym świecie, nigdy się z nim nie uporamy.

Kto ośmieli się mówić o niechęci haitańskiego czarownika wudu do świadomie śniącego Francuza?

Za plecami Jacques'a rozlega się śmiech: jego myśli przechwyciła inna błądząca dusza.

– Jesteś bardzo odważny, przychodząc tutaj, chociaż nie jesteś jednym z nas. Jestem Baronem. Nazywają mnie Baronem Zupimba. Jestem tu kimś ważnym. A co ty tutaj robisz, francuska duszo?

– Nazywam się Jacques Klein. Chcę się dowiedzieć, w jaki sposób używacie ryby rozdymkowatej do rytuałów wudu. Podobno jako jedyni zdołaliście zapanować nad jej silną trucizną.

– Skąd o tym wiesz, francuska duszo? – pyta stary człowiek, zaciekawiony.

– Przechwyciłem pewien sen, który do tego nawiązywał. Stwierdziłem, że lepiej będzie poszukać informacji u źródła, tutaj, na Haiti, gdzie przebywają najlepsi czarownicy świata.

Błądząca dusza Barona Zupimby nie jest nieczuła na komplement.

– Haitańscy czarownicy wudu to elita. Kiedy patrzymy na syberyjskich szamanów albo bretońskich druidów w akcji, zauważamy u nich liczne braki. Nasza pradawna wiedza nie ma sobie równych.

Baron Zupimba krąży wokół Jacques'a, podczas gdy inne błądzące dusze, zaciekawione rozmową, zaczynają ich otaczać i przysłuchiwać się im. Najwyraźniej nie przeszkadza to jednak Haitańczykowi.

– Kto by pomyślał, że ta rozmowa będzie mogła kiedyś nastąpić? – ironizuje stary człowiek. – Kiedy widzę fascynację ludzi Zachodu żywymi trupami, stwierdzam, że prawda by ich zaskoczyła.

Kilka ektoplazm przytakuje.

– Wie pan, śledzimy tutaj pilnie amerykański serial *The Walking Dead*. Na swój sposób jesteśmy jego twórcami, ponieważ to my wymyśliliśmy ideę żywego trupa.

– Najbardziej podoba mi się trzeci sezon – wtrąca jedna z dusz.

– A mnie drugi. Trzeci jest nie dość brutalny – dopowiada inna.

– Jak myślicie, chłopaki, poduczymy francuską duszę?

– Nie jest jednym z nas, a nasze rytuały są tajne – przypomina dusza kobiety. – Nie zrozumie.

– Francuzi są kartezjańscy.

– Skoro się tu znalazłem, nie mogę być aż tak racjonalny. Jestem lekarzem, to prawda, ale uczyłem się u Senoi i potrafię otworzyć umysł na to, co znajduje się poza nauką – usiłuje tłumaczyć się Jacques.

– Wierzysz w nas? – pyta podejrzliwie kobieta.

– Dowód: jestem tu i rozmawiam z wami.

– Niektórzy pojawiają się tutaj... żeby nas skrzywdzić.

– Do czego miałaby ci posłużyć wiedza na temat naszego wykorzystania ryby rozdymki? – pyta Baron Zupimba.

– Użyję jej do celów pewnego osobistego projektu, który mógłby również wam przynieść korzyść. Chcę przekroczyć granicę świata snów.

Błądzące dusze zbliżają się do Francuza, są zaciekawione.

– Ona to „Duża Brigitte". Jest wśród nas ważną postacią.

– Proszę mi mówić „Mamo Brigitte" – wyjaśnia duch.

– Oni to Baronowie, nazywacie ich też bóstwami. Tutaj Baron Grand-Chemin i Baron Mazaca-La-Croix.

– Wiem, kto to Baron Vendredi z jednego z Jamesów Bondów.

– Nie Baron Vendredi, ale Baron Samedi* i jest on najniebezpieczniejszy spośród nas. Lepiej, żebyś go nigdy nie spotkał, mógłby chcieć skraść twoją duszę i ukarać cię za uprawianie turystyki na naszym terytorium.

Rysy Barona Zupimby twardnieją, ciągnie z groźbą w głosie:

* Vendredi (fr.) – piątek, Samedi (fr.) – sobota (przyp. tłum.).

– To również element naszych rytuałów, potrafimy łapać tych, którzy do nas przychodzą… przypadkiem!

Jacques uświadamia sobie ryzyko, jakie podjął, nie daje jednak tego po sobie poznać. Na szczęście jest już zaprawiony w tego typu sztuczkach dyplomatycznych, których nauczył się podczas przekształcania Marasów w Guników.

– Drogi Baronie Zupimba, ledwie zaczęliśmy się poznawać, szkoda by było stracić tak dobrze zapowiadającą się przyjaźń.

Śmiałość nowo przybyłego zdaje się bawić duchy.

– Mogę ci pomóc, ale pod jednym warunkiem: pójdziesz ze mną w pewne miejsce, mam mały problem natury osobistej.

Jacques rusza za Baronem Zupimbą, który wzbija się wysoko w niebo, aż na chmurę, za którą chowa się grupa błądzących dusz.

– One mają problem, nie wiedzą, gdzie są.

– Nie rozumiem.

– Powiedzmy, że to dusze, które nie wierzą, że rzeczywistość istnieje. Myślą, że są rzeczywistością, a świat, z którego ty przybyłeś, jest ich światem… wyśnionym.

Myśl wydaje się Jacques'owi tak niesamowita, że odczuwa coś w rodzaju zawrotu głowy.

– Duchy, które nie wierzą w rzeczywistość?

– Powiedzmy, że stojąc po drugiej stronie lustra, mamy czasami trudności z patrzeniem przez nie… – mówi Baron z porozumiewawczym uśmieszkiem. – Nic nie jest łatwe. Jak wszędzie. Po obu stronach istnieją sceptycy.

Dusza Haitańczyka pojawia się w kręgu.

– Chcieliście dowodu – oznajmia zamiast wstępu – proszę, oto on. Człowiek z Ziemi złożył nam wizytę.

Dusze nadal nie dowierzają.

– Kim on jest? Skąd się wziął? Jest dziwny – wołają.

Baronowi Zupimbie podoba się wywołany efekt.

– W innym świecie jest „człowiekiem, który śni". A śni mu się, że… przybył tutaj i was widzi.

Wszyscy zdają się oszołomieni. Krążą wokół niego, jak gdyby był zwierzęciem w cyrku.

– Czyli ten inny świat miałby naprawdę istnieć?

– Wy również stamtąd pochodzicie, ale zapomnieliście o tym – mówi Jacques.

Ponieważ dusze sprawiają wrażenie, jak gdyby oczekiwały, że Francuz coś powie, ten opowiada im historię psa Pompona, którego świat był ograniczony przez kurtynę włosów zasłaniających mu oczy.

Zaintrygowane dusze słuchają Jacques'a uważnie.

– Powinna przekonać was spójność mojej opowieści – podsumowuje. – Jak mógłbym wymyślić historię prostszą od tej, która opowiada o psie nieświadomym świata istniejącego za grzywą jego sierści?

Dzięki Francuzowi dusze pojmują własną naturę. Wierzą mu. Odniósłszy sukces, obaj mężczyźni odchodzą.

– Nie bardzo rozumiem… to dusze, które nie wierzą w materię? Jak to możliwe, Baronie?

– Przekroczenie granicy świata zmarłych wywołuje czasami amnezję. Ja pamiętam, kim byłem, ale oni nie zapamiętali nawet swoich imion ani wyglądu z czasów, kiedy przebywali na Ziemi. Dlatego, żeby nie oszaleć, woleli stwierdzić, że istnieje tylko jeden świat, tylko jeden wymiar czasoprzestrzeni, ten, w którym się znajdują, a ci, którzy twierdzą coś przeciwnego, są po prostu… irracjonalni.

Jacques już wie, że musi się jeszcze bardzo dużo nauczyć na temat niewidzialnego świata. Prosi Haitańczyka, żeby dotrzymał słowa i zaprowadził go z powrotem na cmentarz w Port-au-Prince, gdzie zasiadają na grobie jednego z członków rodziny dawnego dyktatora Papa Doca. Baron wyjaśnia mu rytuał zombifikacji.

– Jeśli jakaś osoba zachowała się źle w stosunku do innej, ofiara może poskarżyć się przed trybunałem kapłanów wudu zwanych bokorami. Po długich dyskusjach i po analizie świadectw oraz wskazówek podejmują oni decyzję, czy winny będzie poddany zombifikacji, czy też nie, aby odpokutować za swoje winy. Jeśli tak, bokorzy wręczają powodowi tajną miksturę. Wystarczy, że ten doda ją do jedzenia winnego. Nazywamy to „karą od pierwszego zjedzenia". Kiedy tylko dana osoba przyjmie silną substancję psychotropową, wchodzi w stan katalepsji przypominający pod każdym względem śmierć kliniczną. Serce przestaje bić, ciało sztywnieje. Ponieważ osobę uznaje się za zmarłą, zostaje pogrzebana. Powód ma dwadzieścia cztery godziny, żeby ją wykopać, w przeciwnym razie umiera uduszona w trumnie. Zazwyczaj pokrzywdzony wykopuje ciało nocą. Musi podać winnemu kolejną miksturę, która ponownie uruchomi jego ciało i system mięśniowy, nie przywracając jednak mózgowi pełnych zdolności. Winny zazwyczaj traci pamięć, a pierwsza osoba, która wyda mu polecenie, zostaje jego panem. Dokładniej, to pokrzywdzony wypowiada owo pierwsze zdanie, a winny przeobrażony w żywego trupa, albo zombi, jest mu ślepo posłuszny. Tym sposobem kat staje się niewolnikiem ofiary. Oto jak w naszych stronach wymierza się sprawiedliwość.

Baron Zupimba uśmiecha się, widząc, jak cudzoziemiec spija słowa z jego ust.

– Zombi nie są więc tylko legendą!

– Każda legenda ma swoje korzenie w rzeczywistości, ale to, o czym ci teraz opowiadam, Jacques, stanowi praktykę wciąż jeszcze obecnie stosowaną. Używamy płynu z wątroby ryby rozdymkowatej z dodatkiem wyciągu z usypiającej rośliny, a budzimy za pomocą antidotum.

– Chciałbym poznać ten przepis. Jak się nazywa ta roślina?

– Istnieją dwie: mandragora i wilcza jagoda. Używamy ich do ustabilizowania działania trucizny.

– A antidotum?

– Bieluń i lulek.

– Sam mogłem na to wpaść! Bieluń był używany jako antidotum na gazy neurotoksyczne w czasie pierwszej wojny światowej. Wszystkie rośliny, które pan wymienił, zawierają atropinę, wywołującą zachwianie systemu parasympatycznego. Jak to odkryliście?

– Empirycznie. Myślę, że tyle osób pragnęło otruć albo zamienić w niewolnika swoich bliźnich, że testowali wszystkie możliwe produkty i wszystkie możliwe dawki, aż odkryli ten skuteczny przepis. Oto właściwe dawki. Uważaj, Jacques, musisz być świadom, że wprowadzisz ludzi w stan, w którym słyszą, myślą, ale nie mogą się ruszyć. Jest to dla nich bardzo nieprzyjemne.

– Wiem, jak to jest! Zaznałem takiego stanu.

Baron Zupimba gładzi się po ektoplazmicznej brodzie, po czym daje Jacques'owi do zrozumienia, że jest już Gunikiem, „oswojoną przyjazną duszą".

– Dziękuję za poświęcony mi czas.

– Wiesz, naszym głównym problemem jest brak zajęć. Nudzimy się tu trochę, więc wróć do nas, kiedy tylko przyjdzie ci ochota.

Jacques jeszcze raz dziękuje Baronowi Zupimbie za jego zaufanie, żegna się z haitańskimi duszami z cmentarza w Port-au-Prince, z Baronami i zwykłymi błądzącymi duszami, po czym powraca do swojego własnego ciała i przygotowuje się do przebudzenia.

Jacques otwiera oczy w swoim łóżku.

W niewidzialnym świecie znajdują się rozwiązania dla tego, co widzialne, ale dopiero zaczynamy pojmować tę dziedzinę. Pewnego dnia być może wśród zmarłych będą funkcjonować ambasadorowie żywych. Albo reprezentanci istot cielesnych wśród dusz. Pokonamy uprzedzenia. Nie będziemy już traktować dusz jak gorszych od nas obcych. Chyba że to my okażemy się „obcymi", tak jak dał mi to do zrozumienia Baron.

Jacques ma poczucie, że coś się w nim odblokowało.

Staje w oknie, przygląda się Paryżowi z wysokości Montmartre'u.

Bez starych uprzedzeń... Przecież „duchy", „ektoplazmy", „błądzące dusze" to wszystko pejoratywne określenia. Egzorcyści, których misją jest przeganianie duchów... „oczyszczanie", jak to nazywają. Ci, których tak nazywają, byli tu zapewne jeszcze przed nimi, co kojarzyć się może z konkwistadorami zabijającymi autochtonów w imię cywilizacji. Albo z najeźdźcami malezyjskimi przeganiającymi Senoi, którzy byli na miejscu przed nimi.

Jest trzecia nad ranem, kiedy Jacques włącza komputer, żeby zanotować informacje przekazane mu przez Barona Zupimbę. Mimo późnej pory Shambaya dołącza do niego.

– Wiem, że byłeś w świecie duchów – mówi.

– Znalazłem to, czego nam brakowało, żeby zbliżyć się do śmierci, nie zapadając się w nią.

– Z jakim duchem się spotkałeś?

– Prawdę mówiąc, była to społeczność duchów. Podróżowałem daleko. To byli Haitańczycy. Są bardzo zaangażowani w sterowanie niewidzialnym.

– Gunikowie?

– Zmieniłem jednego Marasa w Gunika i dzięki temu zaskarbiłem sobie kilku przyjaciół.

Kobieta głaszcze go po twarzy.

– Wydaje mi się, że tak można wyjaśnić skoki ewolucyjne – ciągnie. – Jeśli przyjrzeć się historii ludzkości, zauważamy, że gatunek ewoluuje powoli, a potem nagle następuje skok. Ktoś wpada na jakiś pomysł. Mówi o tym. Pisze. Inni czytają i pracują nad tą myślą, rozwijają ją. Juliusz Verne opowiada o podróży na Księżyc, a sto lat później to się wydarza.

– Nie wiem, kim jest ten twój Juliusz Verne, ale w społeczności Senoi istotnie mieliśmy skoki ewolucyjne równie gwałtowne co niewyjaśnione. Osobiście zawsze mnie to niepokoiło.

– Wiem, że jesteś zdania, iż szczęście może istnieć jedynie w stabilności i należy zrezygnować ze wzrostu, aby osiągnąć równowagę.

Tymczasem mamy dziś szczególną misję: odkryć szóste stadium snu. Obiecuję, że kiedy znajdziemy przejście... przestanę wymyślać byle co i ograniczę się do spania i cieszenia się szczęściem, jakim jest bycie z tobą.

– Kłamca! – woła Shambaya. – Chodź, kochaj się ze mną, to da ci siły na jutrzejsze eksperymentowanie.

69

Takifugu zamieszkujący akwarium w klinice Morfeusz miał być może nadzieję na dalsze spokojne życie polegające na krążeniu w zamkniętej przeźroczystej przestrzeni, podejrzewa jednak, że te wszystkie ludzkie twarze przyklejone do szyby i przyglądające mu się nie wróżą niczego dobrego dla dalszego ciągu jego egzystencji.

Kiedy pojawia się czerpak, ryba nabiera maksymalną ilość wody i nadyma się, żeby przestraszyć prześladowców.

Ktoś kładzie ją na desce. Przyszłość wydaje jej się coraz mroczniejsza. Ma nadzieję, że ludzie krążący wokół niej wiedzą o istnieniu trucizny. Dla rozwiania wątpliwości wypuszcza przez oczy i spod płetw odrobinę śmiercionośnej żółtej cieczy.

W przeszłości ludzie zawsze ograniczali się do pobierania jej trucizny, jak gdyby chodziło o nektar.

Obecnie jednak fugu nie zdąży zobaczyć efektu działania trucizny na ludzi, gdyż z nicości wyłania się wielki nóż, który rozcina jej głowę. Cała woda, którą wypiła, wypływa z jej ciała.

Ryba zostaje przecięta na pół, po czym wydobywa się z niej wątrobę, a także narządy trawienne i rozrodcze.

Organy te zostają następnie umieszczone w wyciskarce z filtrem, co pozwala na otrzymanie około pół litra żółtego płynu.

Jacques Klein włożył grube rękawice. Wlewa zawartość zlewki

do probówki, po czym dodaje kilka kropli wyciągu z mandragory i wilczej jagody, w proporcjach podanych mu przez Barona Zupimbę.

Mieszanka zostaje przetestowana na myszy, która natychmiast wpada w stan katalepsji. Z punktu widzenia medycyny prezentuje wszystkie cechy martwego gryzonia.

Dwie godziny później Jacques budzi ją miksturą na bazie bielunia i lulka. Mysz wydaje się oszołomiona, ale porusza się, a jej serce bije. Mimo wszystko stawia kroki dość mechanicznie.

Shambaya, Ikar, Éric i Charlotte zostają natychmiast powiadomieni o przełomowym zdarzeniu.

– Chyba stworzyłem pierwszą mysz zombi – wyjaśnia Jacques.

Po myszach testuje miksturę na królikach, świni, kocie, aż wreszcie na szympansie.

– Pora sprawdzić miksturę na człowieku – oświadcza badacz.

Éric Giacometti niechętnie myśli o podjęciu ryzyka, które może spowodować kolejny dramat, jak niegdyś z Akhileshem.

– W takim razie to ja poddam się testowi – oświadcza Jacques. – Zresztą przeżyłem już paraliż senny i wyszedłem z tego cało. Jeśli intuicja mnie nie myli, tu sytuacja powinna wyglądać podobnie.

Ikar jest pod wrażeniem siły woli ojca.

– Ale, tato, wiesz, jak to działa na małpy… Nawet jeśli nie umrzesz, całkiem możliwe, że na zawsze staniesz się… dziwny.

– Nie można osiągnąć wielkiego sukcesu bez ryzyka. Jeśli nie spróbuję, zawsze będę miał to sobie za złe.

– Z czego bierze się twoje poczucie, że ci się uda? – pyta Shambaya.

– Jeśli życie biegnie wyznaczoną ścieżką, za dwadzieścia lat będę żył – odpowiada Jacques, dotykając swojej twarzy. – Gdyż właśnie za dwadzieścia lat mam ważne spotkanie, na które muszę się stawić.

– Z kim?

Odpowiada w myślach:

Z samym sobą.

70

Eksperyment ma się odbyć w sali kina oniroramicznego. Jest dwudziesta druga dwadzieścia.

– Żeby przejść przez bramę na dnie jeziora, trzeba stanąć między dwoma braćmi: Hypnosem i Tanatosem, tam Morfeusz ukrył swoją najgłębszą jaskinię – podsumowuje Éric Giacometti.

Jacques Klein podchodzi do skrzyni izolującej go od bodźców zmysłowych, swego rodzaju szerokiej plastikowej wanny wypełnionej słoną wodą, w której onironauta ma się unosić, bez jakiegokolwiek kontaktu z twardą materią. Skrzynia ta posiada własny system regulacji termicznej, nad którym kontrolę przejmuje Éric Giacometti.

Liczne przewody łączące aparaturę elektroniczną – kamery na podczerwień, skanery, czujniki – ciągną się przez otwór w dole skrzyni. Podłączone są do komputera zbierającego wszelkie dane.

– Przypomina trumnę – stwierdza Ikar, fotografując pojemnik smartfonem.

– Powiedzmy raczej, że sarkofag – precyzuje Charlotte.

– Wolę porównywać ją do kokonu skarabeusza z mitologii egipskiej, który umożliwia mu śmierć i odrodzenie się – mówi Jacques. – Nawiązujemy tu do kultu Atona.

Rozbiera się powoli i układa ubrania na krześle (starannie, żeby dać wyraz swojemu zamiarowi powrotu i potrzebie skorzystania z nich ponownie). Zostaje w samych slipach – na tę okazję wybrał wzór hawajski. Następnie przyczepia sobie do czaszki czujniki Dream Catchera.

Zadaniem Ikara jest rejestrowanie sceny z różnych ujęć.

Po kilku minutach skupienia Jacques Klein czuje się gotowy. Wchodzi do sarkofagu.

Jest dwudziesta trzecia. Woda ma dwadzieścia trzy stopnie.

Éric Giacometti podłącza do ramienia Jacques'a kroplówkę. Terminal kontroli funkcji życiowych rozświetla się, podobnie jak duży ekran, na którym zmaterializuje się podróż onironauty.

Jacques oddycha najpierw bardzo szybko, a następnie coraz wolniej. Wydłuża oddech niczym sportowiec szykujący się do pobicia rekordu.

Éric Giacometti przygasza światło i pomieszczenie pogrąża się w półmroku.

Charlotte proponuje, żeby puścić IX symfonię *Z Nowego Świata* Dvořáka w sali eksperymentu, aby stworzyć nastrój dźwiękowy sprzyjający eksploracji.

– Jestem gotów, by zanurkować – oznajmia Jacques.

Shambaya zbliża się do niego i całuje go długo.

– Nie umieraj – prosi.

– Będziemy go obserwować na ekranie – uznaje za stosowane dodać Charlotte.

– Patrz i ucz się. Nie licz na ludzi z zewnątrz, którzy śledzą cię dzięki maszynom, licz tylko na swoją własną świadomość – nalega żona. – Nie zapominaj, że masz pięć zmysłów fizycznych i pięć psychicznych.

– Spróbujemy się z tobą porozumieć. Poziomy ruch gałkami ocznymi będzie oznaczał „tak", a dwa „nie" – przypomina Éric Giacometti.

Jacques spogląda na zegar znajdujący się na ścianie przed nim: jest już wpół do dwunastej.

– Nie ma czasu do stracenia, muszę ruszać.

Zamyka oczy i pokrywa sarkofagu zamyka się nad nim.

Terminal kontrolny wskazuje, że jego serce bije, a mózg funkcjonuje. Na dużym ekranie połączonym z kamerą Dream Catchera widać na razie jedynie gładką brązową powierzchnię.

Przed sarkofagiem stoją Charlotte, Éric, Shambaya i Ikar. Znajdują się tam również zapasy kawy i jedzenia przygotowane przed spodziewaną długą nocą. Obecni w pomieszczeniu zapalają świeczki.

Na ekranie służącym za tablicę kontrolną wyświetla się napis: „STADIUM 0: STAN ŚWIADOMOŚCI PRZY ZAMKNIĘTYCH OCZACH". Elektroencefalogram wskazuje aktywność mózgową na poziomie szesnastu herców. Emisja: fale beta. Temperatura wody: 21°C. Temperatura ciała: 37,1°C.

Na ekranie z kamery umieszczonej w sarkofagu widać, że Jacques Klein powoli odchyla głowę do tyłu, jego kark się napina, co jest oznaką zasypiania.

Spowolniwszy maksymalnie oddech, a także rytm serca samym tylko wysiłkiem woli, Jacques rozpoczyna właściwe zanurzenie.

„STADIUM 1: ZASYPIANIE". Wykres encefalogramu wskazuje na niewielką oscylację. Częstotliwość maleje z dziesięciu herców (poziom przebudzenie) do ośmiu herców (poziom wejścia w stan uśpienia). Fale alfa. Temperatura wody: 18°C. Temperatura ciała: 36,8°C.

– Przechodzi na drugą stronę – oznajmia Charlotte.

71

Czterdziestosiedmioletni Jacques Klein zanurza się stopniowo w świat marzeń sennych.

„STADIUM 2: SEN PŁYTKI". Częstotliwość spada z ośmiu do czterech herców. Emisja: fale theta. Temperatura wody 17°C. Temperatura ciała: 36°C.

Éric Giacometti jeszcze bardziej skręca termostat sterujący temperaturą słonej wody w sarkofagu.

Shambaya nuci cicho modlitwę w swoim języku.

„STADIUM 3: SEN GŁĘBOKI". Częstotliwość spada z czterech do dwóch herców. Emisja: fale delta. Temperatura wody 16°C. Temperatura ciała: 34°C (lekka hipotermia). Oscylacje elektroencefalogramu stają się coraz łagodniejsze.

Ikar, z kamerą w dłoni, dołącza do matki nucącej rytualną pieśń.

„STADIUM 4: SEN BARDZO GŁĘBOKI". Częstotliwość spada z dwóch do jednego herca. Elektroencefalogram wskazuje coraz większe oscylacje. Temperatura wody 14°C. Temperatura ciała: 32°C (średnia hipotermia).

Główny ekran, na którym do tej pory widoczna była jedynie brązowa powierzchnia, rozjaśnia się, ukazując morską scenerię ze skalistym wzniesieniem.

– Wyobraża sobie swój hipnogram, żeby dać nam do zrozumienia, na jakim poziomie schodzenia w głąb się znajduje – wyjaśnia Éric Giacometti, pełen podziwu.

Ikar przestaje śpiewać i opisuje w języku Senoi matce to, co pojawiło się na ekranie.

Nurkowanie trwa aż do momentu, w którym Jacques dotyka dna jeziora będącego równocześnie dnem jego głębokiego snu.

Wówczas jego oddech spowalnia, puls staje się mniej regularny i wolniejszy.

– W porządku? – pyta Charlotte przez mikrofon połączony z głośnikiem w sarkofagu.

Na ekranie komputera widać, jak powieki Jacques'a przesuwają się z lewa w prawo.

– Masz świadomość, że znajdujesz się na granicy czwartego stadium głębokiego snu?

Znów ruch gałek.

– Czujesz się gotów, by kontynuować?

Potwierdzenie.

„STADIUM 5: SEN PARADOKSALNY", widnieje na terminalu kontrolnym.

Ciało Jacques'a zaczyna się poruszać. Przejście w stan snu paradoksalnego jest zawsze delikatną chwilą, wszyscy wpatrują się we wskaźniki czynności życiowych. Na ekranie kinowym widzą Jacques'a idącego po dnie jeziora. Przed nim wznosi się ściana.

– Wzniesienie snu paradoksalnego – komentuje Éric Giacometti, obniżając gwałtownie temperaturę wody aż do 9°C.

Na ekranie kamery na podczerwień służącej za czujnik ciepłoty ciała można zobaczyć, że krew powoli znika z kończyn śpiącego, z palców u nóg i rąk, żeby wypełnić ramiona i nogi. Oddech nieco przyspiesza, tymczasem życiodajna ciecz napływa do klatki piersiowej, głowy i członka.

Przez powierzchnię skóry nie przepływa już krew i kamera ukazuje sterczące włoski, zjawisko określane mianem „gęsiej skórki". Palcami wstrząsa lekkie drżenie. Nagle gałki oczne Jacques'a zaczynają poruszać się bardzo szybko, natomiast rytm serca zwalnia. Elektroencefalogram wskazuje częstotliwość trzydziestu herców, co odpowiada emisji fal gamma i świadczy o intensywnej aktywności mózgu. Serce uderza trzydzieści razy na minutę. Temperatura ciała wynosi 30°C.

– Pojawiła się erekcja przy niskim rytmie serca – szepcze Charlotte do ucha Giacomettiego. – Jak to możliwe? Sądziłam, że potrzebne jest wzmożone ciśnienie krwi, żeby wypełnić ciała jamiste.

– To kolejny paradoks snu paradoksalnego i jedna z tajemnic ludzkiego ciała – przyznaje naukowiec.

– Czerpie przyjemność ze śnienia – przypomina Shambaya, która usłyszała ich rozmowę. – Każde zanurzenie stanowi olśnienie dla zmysłów i umysłu.

Ciałem onironauty wstrząsają niewielkie tiki nerwowe.

– Myślałam, że przy temperaturze ciała poniżej trzydziestu

stopni człowiek umiera – mówi Charlotte, zdziwiona cyframi, jakie wyświetlają się na ekranie kontrolnym czynności życiowych.

– Przy operacjach na otwartym sercu utrzymuje się ciało właśnie w takiej temperaturze – wyjaśnia Éric Giacometti. – Można nawet zejść nieco niżej. Moim zdaniem jedyną granicą jest zamarznięcie krwi.

– Ale Jacques już znajduje się w stanie głębokiej hipotermii.

– Chcecie przerwać doświadczenie?

Pozostali nie odpowiadają. Éric Giacometti uznaje milczenie za zaprzeczenie. Pochyla się nad mikrofonem.

– Słyszysz mnie, Jacques? Czy wszystko u ciebie w porządku?

Odpowiedzią jest pojedynczy poziomy ruch gałek ocznych pod powiekami.

Na ekranie oniroramicznym wszyscy mogą zaobserwować, że jego umysł wciąż znajduje się w scenerii snu. Jacques wspina się na skalisty wierzchołek znajdujący się pod wodą, aż wreszcie zbliża się do powierzchni. Nie pokonuje jednak granicy przebudzenia. Kiedy dociera na szczyt, jego oczy zaczynają wykonywać gwałtowne ruchy pod powiekami, krew pulsuje w skroniach, serce zwalnia rytm.

– Nadal wszystko gra?

Kolejna odpowiedź twierdząca. Jego palce poruszają się, jak gdyby chciał ich pozdrowić.

Temperatura ciała: 28°C. Jedynie narządy wewnętrzne i członek są wciąż jeszcze napełniane krwią.

Jacques dociera na wierzchołek stykający się z powierzchnią wody. Na szczycie tej góry znajduje się wejście do podmorskiej jaskini.

– Wirtualna błękitna studnia – zauważa Ikar.

– To wejście do szóstej fazy snu – pojmuje Éric Giacometti. – Słyszysz mnie, Jacques? Chcesz kontynuować?

Ale na ekranie oniroramicznym widać już Jacques'a schodzącego w głąb coraz mroczniejszego cylindra.

– Trzeba będzie mu pomóc – zauważa naukowiec.

– Jego ciało jest w niebezpiecznej strefie – przypomina Charlotte.

Éric Giacometti obniża temperaturę wody do 8°C. Ekran wskazuje, że temperatura ciała spadła do 27°C, co odpowiada bardzo głębokiej hipotermii.

– Znajduje się już w stanie hibernacji – stwierdza Charlotte, obserwując rytm jego serca.

– Nigdy nie zeszliśmy równie nisko – oznajmia Éric Giacometti.

– Spójrzcie! Ma trudności z zejściem głębiej, jak gdyby ciało go powstrzymywało przed posunięciem się dalej – mówi Charlotte.

Éric nie wie, jaką decyzję podjąć, a towarzysze w żaden sposób mu w tym nie pomagają. Bierze więc odpowiedzialność na siebie i wciska tłok strzykawki zawierającej płyn z tetrodotoksyną z fugu rozcieńczoną w stabilizującym wyciągu z mandragory i wilczej jagody.

Żółta ciecz przepływa przez przeźroczyste rurki, po czym znika w sarkofagu. Jakiem Kleinem wstrząsa dreszcz. Jego ciało nieruchomieje.

– Wszedł w stan katalepsji – stwierdza Éric.

– Zna to uczucie, nie powinien się bać – przypomina Shambaya.

Na ekranie oniroramicznym widać, że Jacques schodzi coraz głębiej w granatowe odmęty.

Elektroencefalogram wskazuje częstotliwość czterdziestu sześciu herców. Fale epsilon. Jego ciało znajduje się w stanie całkowitej hibernacji. Serce bije w rytmie dwunastu uderzeń na minutę. Temperatura ciała wynosi 25°C.

– Dwadzieścia pięć stopni? Czy człowiek może to przeżyć? – dziwi się Ikar.

– Nigdy nie schodziliśmy poniżej tej granicy – przyznaje Éric.

Nagle wykres elektroencefalogramu wzbija się gwałtownie: czterdzieści siedem, czterdzieści osiem, wreszcie czterdzieści dziewięć herców.

– Aktywność mózgu wzrasta – stwierdza Charlotte. – Całkowity paraliż ciała.

– Opuszcza stadium snu paradoksalnego! Wchodzi w szóste stadium, w *Somnus incognitus*! – woła Éric, podekscytowany.

Pochyla się nad mikrofonem i przemawia do onironauty.

– Czy mnie słyszysz, Jacques?

Brak odpowiedzi.

– Czy wszystko w porządku? – odzywa się ponownie.

Gałki oczne nie poruszają się.

Na ekranie Jacques pogrąża się coraz bardziej w ciemnej toni.

– Co robimy? – pyta Charlotte.

– Nie można przerwać eksperymentu na tym etapie. Biorę na siebie wszystkie konsekwencje – mówi Éric.

– A jeśli on umrze? – niepokoi się Shambaya.

– Na razie, technicznie rzecz biorąc, żyje.

Pozostali zdają się nie podzielać jego optymizmu. Éric wykonuje kolejną próbę z mikrofonem.

– Halo! Jacques! Czy mnie słyszysz?

Nagle ekran oniroramiczny gaśnie. Jedynymi źródłami światła w pomieszczeniu są terminal kontrolny i świeczki.

Wszystkie dane się ustabilizowały: 25°C – temperatura ciała, dwanaście uderzeń serca na minutę, elektroencefalogram na poziomie czterdziestu dziewięciu herców.

Shambaya zaczyna śpiewać, wkrótce potem dołącza do niej syn.

Nagle częstotliwość fal mózgowych spada z czterdziestu dziewięciu do piętnastu herców.

– Co się dzieje? – pyta Charlotte.

– Wygląda to tak, jak gdyby nie mógł złapać oddechu. Nie wiem. Paradoks w paradoksie, nigdy czegoś takiego nie widziałem. Nikt nie zaszedł równie daleko – przyznaje zmartwiony Éric.

– Czy on nie żyje? – niepokoi się Ikar.

Naukowiec, zbity z tropu przez informacje z tablicy kontrolnej, nie odpowiada. Wie, że w niektórych krajach ciało unoszące się w wodzie wewnątrz sarkofagu byłoby już o tej porze uznane za klinicznie martwe.

Fale mózgowe wciąż zmieniają częstotliwość, elektroencefalogram wskazuje czternaście, a następnie trzynaście herców.

– Przeszedł bezpośrednio z fal epsilon na... fale my.

– Co to jest „my"?

– To litera alfabetu greckiego – wyjaśnia Éric Giacometti. – Odpowiada literze M. Spójrzcie: fala rysuje dwa łuki litery. M jest zresztą trzynastą literą współczesnego alfabetu łacińskiego.

Zebranych ogarnia niepokój, ale to Ikar przerywa milczenie, zadając pytanie, które wszyscy sobie stawiają:

– „M" jak martwy?

– Udało mu się – mówi łagodnie Shambaya. – Ale nie możemy mu towarzyszyć tam, gdzie się znajduje.

72

Błękit.

Coraz ciemniejszy.

Czerń.

Jacques Klein płynie wśród ciemności i poczucie to jest przerażające, gdyż nie ma pewności, że się przemieszcza. Woda wydaje mu się lepka. Jak oliwa.

Ma nagłą ochotę zawrócić, wie jednak, że jest już na to za późno. *Chciałem się tu dostać, to jestem. Zapewne nigdy już stąd nie wrócę.*

Zatem cenę muszą zapłacić nieostrożni żeglarze (...tato?), a ja stracę wszystko w momencie, gdy sądziłem, że wygrałem.

Będę musiał oddać wszystko, co zostało mi podarowane.

Będę zmuszony zrezygnować ze wszystkiego, co z takim trudem zdobyłem.

Oto cena za odkrycie szóstego stadium snu.

Wszystko układało się dobrze, dlaczego podjąłem to ryzyko?

Jest już za późno, żeby zawrócić.

Otaczają mnie mrok i niebezpieczeństwo.

Zimno i lepkość.

Dno jeziora rozjaśnia nagle lekka poświata.

Opór wody wzrasta i Jacques porusza się z jeszcze większym trudem. Zbliża się jednak do światła, które nabrało różowego odcienia, płynie ze wszystkich sił.

Czerwone, giętkie krzewy splatają włókniste gałęzie.

To by mogły być...

Zbliża się i widzi długie naciągające się i krzyżujące się nici.

...neurony.

W głębi jeziora snu paradoksalnego znajduje się dostęp do... olbrzymiego mózgu.

Neurony rozciągają się jak okiem sięgnąć przed oszołomionym Jakiem.

Frunie przez gigantyczny las czerwonych nitek.

Gdzie ja jestem? zastanawia się, obejmując spojrzeniem panoramę, lepką i różową lśniącą materię.

– Jesteś tam, gdzie masz być.

Jacques się odwraca. JK67, mężczyzna o białych włosach, unosi się obok niego wśród fantastycznego krajobrazu.

– Ta chwila jest zbyt ważna, żebym pozwolił ci przeżyć ją w samotności, JK47.

– Gdzie ja jestem? – powtarza na głos.

– Jesteś… w swojej własnej nieświadomości. Przedstawia się ona w postaci mózgu. Ma ambicje ucieleśnienia się. Wszystko, co niematerialne, chce stać się materialne. Umysły marzą o staniu się ludźmi. Myśli chcą być wypowiadane przez usta lub zapisywane w książkach. Duchy mają dość latania i przenikania przez ściany, chcą móc usiąść, chodzić, spać, cierpieć w ciele. Chcą, aby wypowiadano ich imiona, chcą istnieć.

– Zatem to miejsce jest moją nieświadomością, która chce być mózgiem? Jakby program komputerowy marzył o byciu układem scalonym? Jakby bohater powieści chciał wydostać się z kartki papieru?

– Twoja nieświadomość stanowi sumę myśli i chce stać się masą komórek.

Jacques Klein przetrawia informację.

– W głębi jeziora moich snów znajduje się zatem… moja własna „mininoosfera"?

– Powiedzmy, nawiązując do przykładu Shambayi, że można cię (twoje materialne ciało) porównać z komputerem w sklepie. Z ceną, wagą, zaprogramowaną żywotnością, określonym zapotrzebowaniem na energię, z usterkami. Nadążasz?

– Tak.

– Wewnątrz twojego komputera, twojego ciała, znajduje się płyta matka (twój mózg) z obwodami elektrycznymi (neuronami). Po otrzymaniu energii neurony te robią dwie rzeczy. Z jednej strony magazynują informacje w pamięci.

– Zatem ciało jest komputerem, a umysł – programem?

– Tak. A program posiada zdolność łączenia informacji, które już zgromadził w pamięci, i produkowania nowych idei.

– Chodzi o… wyobraźnię?

– Właśnie. To druga czynność, jakiej oddają się neurony. Jedna oryginalna myśl stanowi mieszankę dwóch myśli. Na przykład myśl o samolocie powstała z połączenia idei człowieka i ptaka. Myśl o statku podwodnym – z połączenia idei człowieka i ryby, myśl o mieście – człowieka i mrówki.

Dwóch Jacques'ów Kleinów unosi się wśród różowej materii.

– Jeśli jestem niczym komputer, mógłbym połączyć się i stworzyć Internet wyobraźni... noosferę?

– Tak, twoja nieświadomość potrafi podłączać się do większej i bardziej złożonej struktury (do innych nieświadomości), tak jak pamięć twojego komputera podłącza się do Internetu.

Podążają w głąb wirtualnego mózgu.

– Chodzi o program kolektywny, *Gestalt*, porozumienie połączonych ludzkich umysłów.

– Uwielbiam tę myśl.

– Teraz jednak nie znajdujesz się w zbiorowości, jesteś w sferze indywidualnej. Znajdujesz się w przedstawieniu twojego własnego umysłu. Chodź za mną, udamy się do pewnej konkretnej części twojej nieświadomości. Ponieważ przedstawia się ona w postaci prawdziwego mózgu, sprawa będzie prosta.

JK67 prowadzi go w stronę centrum fioletowej przestrzeni.

– Tutaj znajduje się twój gadzi mózg – mówi, rozkładając ramiona. – Jest najstarszy, mieszczą się tu twoje odruchy, a także lęki i pierwotne żądze. Zwierzę, które jest w tobie. Tutaj cofasz rękę zbliżającą się do ognia, tutaj znajdziesz twoje strachy i pierwotne popędy, które pozwalają ci pozostać przy życiu, walczyć i znajdywać nieśmiertelność w rozmnażaniu się.

– A zatem mój lęk przed rekinami, potrzeba zadania ciosu Kiambangowi i kochania się z Shambayą, to wszystko bierze się stąd?

Stary Jacques prowadzi go w stronę innej strefy, pomarańczowej.

– Tutaj znajduje się twój drugi mózg: emocjonalny. Dzięki niemu jesteś wrażliwy i odczuwasz litość i niesprawiedliwość. Tutaj również mieści się twoja pamięć. Pomarańczowa strefa jest siedzibą zemsty i wdzięczności.

Następnie wchodzą do strefy szarej.

– Oto kora przedczołowa. Tutaj rozmyślasz, tutaj planujesz strategie, tutaj pracuje twoja wyobraźnia.

– Czy tutaj śnię?

– Mózg przedczołowy stanowi najbardziej duchową część twojej tożsamości, tutaj umiejscowiony jest twój zmysł artystyczny, twoja zdolność grania w szachy albo rozmawiania ze mną. Kora lewej półkuli skupia się na strategiach, ta z prawej półkuli – skłania się w stronę sztuki. A kiedy nie wiadomo, o co chodzi, i waha się między lewą i prawą stroną, żeby zyskać na czasie, powoduje eksplozję: śmiech.

JK47 jest oczarowany zwiedzaniem.

– Mimo wszystko to dziwne, że we śnie odwiedzam własny mózg!

– Nie, we śnie zwiedzasz swoją nieświadomość, która uważa się za mózg... Ale ostatecznie wychodzi na to samo.

– Dokąd chcesz mnie teraz zabrać?

– Tam, gdzie wszystko będzie się rozgrywać.

Docierają przed krzak czerwonych neuronów kory mózgowej.

– Co to jest?

– Twój zegar wewnętrzny. Czyli pojęcie, jakie twoja nieświadomość ma o zegarze wewnętrznym. To tutaj odbierasz upływ czasu. Przeszłość, teraźniejszość i przyszłość są tylko ideą albo – jak by powiedziała mama – „wierzeniem". Obiektywnie rzecz biorąc, jest to umowa między ludźmi, która sprawia, że wiara w upływ czasu jest ogólnie przyjęta. Związane jest to częściowo z pojawianiem się i znikaniem światła. Czyli następowaniem po sobie dnia i nocy.

– Ale czas jest przecież obiektywną rzeczywistością?

– Przypominasz sobie zdanie „Rzeczywistość jest tym, co istnieje nadal, kiedy już przestaniemy w nią wierzyć"? Wszystko, co nazywasz rzeczywistością, stanowi swego rodzaju wierzenie. Mózg, który tu teraz widzisz, jest owocem twojej wyobraźni. Nie zapominaj, że jesteśmy we śnie, JK47.

– Ten sen jest bardzo realistyczny.

Jacques o białych włosach zbliża się do zwoju nerwowego odpowiedzialnego za myśl o czasie.

– Tutaj musimy zadziałać. Naciągniemy (albo przynajmniej zmusimy twoją nieświadomość, żeby uwierzyła, że to robimy) koniec tego zwoju nerwowego i stworzymy pętlę.

Nagle błysk oślepia dwóch mężczyzn i rozlega się ogłuszający huk. Maleńka burza ogarnia czerwony krzak i przenikają ich bolesne wyładowania elektryczne.

– Au! – woła Jacques. – Co to było?

– Chyba się domyślam... To jest... wątpliwość.

– Wątpliwość?

– Coś w tobie zbuntowało się przeciwko idei miętoszenia zwoju nerwowego w celu zatracenia poczucia czasu. Część twojej nieświadomości rozumie, co chcę zrobić, ale odmawia stworzenia tej czasowej anomalii.

Wokół nich narasta elektryczne napięcie statyczne, krzak czerwonych neuronów wibruje, przeszywany błyskawicami.

– Do licha, czy to stworzyła moja myśl?

– Dokładniej: twój lęk przed utratą spójności. Do tej pory wszystko było logiczne, stanowiło kontynuację tego, czego nauczyli cię twoi rodzice, twoi nauczyciele i inni ludzie, z którymi wchodziłeś w interakcję. Powiedzenie sobie, że czas nie istnieje, jest nie do zniesienia dla twojej inteligencji.

– Przecież słucham pana!

– Słuchasz mnie, ale ja niszczę twoje wierzenia. Twoja nieświadomość się buntuje. Zresztą, mimo iż ze mną rozmawiasz, nigdy w pełni nie zaakceptowałeś myśli, że stworzyłem windę czasową, żeby się z tobą porozumieć. Po prostu uznałeś, że ktoś doradza ci we śnie i że rady te są przydatne. Potem przestałeś zadawać sobie pytania, ale nigdy tak naprawdę nie uwierzyłeś w moje istnienie i w mój wynalazek... A teraz, widzisz, twoja nieświadomość buntuje się przeciwko... mnie.

Neuronowe pioruny skupiają się na JK67.

– Nie życzę panu źle!

Błyskawica trafia w JK67, ten wije się z bólu.

– Ty nie, ale twoja nieświadomość owszem. Chce mnie zabić, żebym stał się myślą, jak inne, a następnie wspomnieniem snu, „prawdopodobną iluzją".

– Nie chcę, żeby coś się panu stało, JK67!

– Zatem uwierz we mnie naprawdę! Czas jest tylko konwencją, która wydaje ci się logiczna, ale masz możliwość dotknięcia przeszłości w chwili obecnej! Uwierz we mnie! Proszę cię, JK47.

Piorun uderza ponownie. Mężczyzna o siwych włosach upada między neurony i przestaje się ruszać.

Czy to możliwe, że nieświadomie zażyczyłem sobie tej rozmowy, bo JK67 wydawał mi się nie do zniesienia? – zastanawia się Jacques.

„Przyszły ja sam, który doradza mi we śnie"? Prawdę mówiąc, nigdy w to nie wierzyłem. Dopiero kiedy wywołał u mnie paraliż senny, zacząłem go słuchać, a następnie dośniewałem, żeby z nim rozmawiać, bo widziałem zalety takiego postępowania. Ale w głębi siebie, „tutaj", nie chciałem zaakceptować myśli, że starszy ja sam może cofać czas we śnie, żeby się ze mną spotkać.

Kiedy pioruny bijące w krzak neuronów ustają, Jacques pojmuje, że ma sprawę do załatwienia ze swoją nieświadomością, jeśli chce pogodzić się z myślą o wynalazku JK67, słynnym Atonie.

Dotyka dłonią jednego z neuronów i jego świadomy umysł nawiązuje łączność z nieświadomością. W jego myślach powraca obraz traumatycznych narodzin.

Wybudzono mnie z pierwszego snu i nigdy się z tego nie otrząsnąłem.

Przypomina mu się chwila, w której uświadomił sobie, że on i świat nie stanowią jedności. Do tej pory uważał, że jego matka i on są jednym, po czym, mając dziewięć miesięcy, zobaczył, jak odchodzi, nie mógł sprawić, by wróciła, i tęsknił za nią.

Pierwsza separacja z mamą była straszna, chociaż trwała zaledwie kilka godzin.

Następnie przeżywa ponownie trudne chwile, gdy jego ojciec, przy stole, zmuszał go do jedzenia czerwonego, krwistego mięsa, widzi ponownie swetry, które uciskały mu szyję, kiedy z nich wyrastał. Nieświadomość zapamiętała wszystko. Nieświadomość niczego nie wybaczyła. Pamięć zachowała wszystkie te informacje: „Źle się z tobą obchodzą", „Nie szanują cię" oraz „To, co cię spotyka, jest niesprawiedliwe".

Przypomina mu się śmierć ojca. *Kolejna niesprawiedliwość.*

Przypomina mu się rana na czole, jaką spowodował na basenie Wilfrid.

Sądziłem, że mu wybaczyłem, ale nie, wciąż mam mu to za złe. Tak naprawdę nadal chcę, żeby został ukarany w najboleśniejszy możliwy sposób za tę bliznę, której jest sprawcą, i która intryguje każdego, kogo spotykam.

Przypominają mu się wszystkie dziecięce upokorzenia, złe oceny ogłaszane publicznie przez nauczycieli, dokuczanie, jakiego doświadczał od przywódców klasy, kpiny dyrektorów, niektóre wyniki uznawane za rozczarowujące.

Nikomu nie wybaczyłem, po prostu ukryłem w głębi nieświadomości to, co przeszkadzało świadomości. Udawałem, że wybaczam, żeby nie obciążać sobie tym umysłu, ale tak naprawdę zakopałem urazę w głębi siebie.

Przypominają mu się dziewczyny w szkole, które nie chciały, żeby je całował.

Moja nieświadomość niczego nie zapomina, moja nieświadomość niczego nie wybacza. Moja nieświadomość nikomu nie ufa.

Przypomina mu się chwila, w której odkrył zniknięcie matki, i stwierdza, że ma jej za złe, nawet po tylu latach, że go nie uprzedziła o swoim wyjeździe.

Teraz, kiedy widzę własne wnętrze, odkrywam, że jestem odwetowy, parszywy, brutalny.

Przypomina sobie, że widział przyjaciół, którzy w upojeniu alkoholowym stawali się gwałtowni, i dociera do niego, że otwierały się wtedy szczeliny w ich nieświadomości kryjącej prawdziwego potwora.

Alkohol i narkotyki tworzą wyrwy w grubych murach cytadeli skrywającej nasze głębokie myśli.

Rodzice, nauczyciele, moralność, strach przed wzrokiem innych i przed porażką wzniosły te mury zasłaniające nieświadomość, teraz jednak, zagłębiając się w sen, znajduję się w tym krzewie neuronów albo przynajmniej w jego wizualizacji stworzonej przez moją nieświadomość.

Jego umysł wypełniają kolejne nieprzyjemne sceny. Żałuje, że nie schwytał Kiambanga, nie umieścił go w zamkniętym pomieszczeniu i nie kazał mu słuchać *Panie Janie* w kółko przez tydzień.

Zawsze był podejrzliwy w stosunku do Franckiego Charrasa: były żołnierz nigdy nie budził w nim zaufania. Nigdy też nie dowierzał Shambayi. A nawet własnemu synowi, Ikarowi. Nigdy tak naprawdę mu nie ufał. Nie wybaczył mu trudnych nocy z pierwszych miesięcy jego życia, kiedy ten nie przestawał jęczeć i płakać.

Ale chociaż Justine była gotowa wrzucić go do kanału z betonowym obciążnikiem przywiązanym do nogi, wciąż odczuwa na myśl o niej pewną nostalgię.

Justine. Piękna Justine.

Jego nieświadomość działa na opak. Nie ufa własnej rodzinie, jest za to pobłażliwy w stosunku do intrygantów.

Kąsa rękę, która go karmi.

Całuje tę, która go karze.

Jego myśli wracają do starego JK67.

Nieświadomość nigdy nie lubiła jego arogancji, stylu „pan wiem-wszystko", „zaufaj-mi", jego fałszywej paternalistycznej i protekcjonalnej miny. Nieświadomość nie lubiła otrzymywać rozkazów od wyobrażonego osobnika obdarzonego prawdziwą mocą sprawczą. Nieświadomość zawsze uważała, że nikt nie będzie mu mówić, co powinien robić.

Nie mogę ufać JK67, ponieważ nikomu nie ufam.

Właściwie to nie ufam nawet samemu sobie.

Dociera do mnie, że... się nie kocham.

Zawsze uważałem się za tchórza i lenia.

Jeśli się nie kocham, jak mógłbym kochać innych?

Myśl ta sprawia mu ból, ale po raz pierwszy czuje, że to prawda.

Dzisiaj, na moich oczach, nieświadomość wyeliminowała „przyszłego mnie samego".

Jacques Klein o szarych włosach pochyla się nad Jakiem Kleinem o białych włosach.

Jestem swoim najgorszym wrogiem.

Przezwyciężając wszystkie te emocje, stwierdza, że w wieku czterdziestu siedmiu lat powinien zaakceptować osobliwość własnego losu, zamiast próbować wcisnąć życie w gotową formę.

Zaakceptować dziwnych rodziców i przestać mieć im za złe.

Zaakceptować własny wygląd.

Zaakceptować doświadczenia życiowe.

Okazało się, że nawet Wilfrid, Kiambang i firmy farmaceutyczne mają znaczenie dla mojej osobowości.

Zaakceptować niesprawiedliwości i zdrady. One również mnie budują.

Nie muszę już się mścić, mój sukces będzie najlepszą zemstą.

Mogę to zrobić, gdyż jestem fantastycznym facetem, wyjątkowym i odważnym. Nikt przede mną nie zrobił tego, czego dokonuję dzisiaj. Udało mi się to, na czym poległa moja matka. Jestem od niej lepszy. Na dodatek wynajdę sposób, żeby pomagała mi inna cudowna postać: ja sam z przyszłości!

Przezwyciężając strach, że trafi go piorun, młody Jacques bierze starego Jacques'a w ramiona:

– W porządku, zrozumiałem, wybrałem mój obóz. Zaufam panu, JK67, nie podążę za nieświadomością, która pod maską mędrca chce tylko się mścić, jest lękliwa i masochistyczna.

Kładzie dłoń na twarzy starszego samego siebie i głaszcze go czule, dopóki ten w końcu nie otwiera oczu.

– Wierzę w pana – mówi JK47.

– Zatem zacznij mówić mi po imieniu – odpowiada JK67 z uśmiechem. – Czas już porzucić te maniery.

– Proszę wybaczyć... Przepraszam. Nieświadomość zawsze kierowała moimi czynami, ale teraz to zmienię.

– Znam twoją nieświadomość, miałem taką samą. Nigdy nie służyła dobrą radą, ale teraz dostrzegła we mnie rywala. Za jej nieprzyjaznym nastawieniem kryje się zazdrość.

Przyglądają się krzakowi czerwonych neuronów, który wciąż przenikają elektryczne błyski.

– Spróbuję nad nią zapanować. Moja świadomość jest silniejsza, może kazać jej milczeć.

Stopniowo czerwony krzak przestaje wibrować, uspokaja się i JK67 wstaje nienaruszony.

– Trzeba będzie działać sprawnie.

– Zawsze mi to powtarzasz. Przy tobie, JK67, wszystko jest pilne. Moje ciało znajduje się w niebezpieczeństwie, mam rację?

– Nie, ale masz spotkanie, na które musisz się stawić. Dzisiaj są twoje urodziny. Kończysz czterdzieści osiem lat. Tymczasem, o ile pamiętasz, tego dnia odbyliśmy naszą pierwszą rozmowę.

– Do licha! O północy. Która godzina jest na zewnątrz?

– Za siedem minut północ.

73

Śpiew Senoi wypełnia salę kina oniroramicznego, wchodząc w interakcję z dźwiękami muzyki *Z Nowego Świata* Dvořáka.

Terminal wciąż wskazuje te same wskaźniki czynności życiowych.

Ciało Jacques'a Kleina unosi się w zimnej i słonej wodzie.

Elektroencefalogram wykazuje częstotliwość fal mózgowych na poziomie trzynastu herców: fale my.

Charlotte zamyka oczy i szepcze zaimprowizowaną modlitwę.

Éric Giacometti nie przestaje dotykać kabli elektrycznych i rurek, sprawdzając, czy wszystkie działają i są odpowiednio podłączone.

74

Umysł w umyśle.

Dwóch gości w korze mózgowej.

Dwóch śniących we wspólnej wyobraźni.

Wokół nich neurony tworzą las czerwonych wypustek.

– Pora stworzyć Aczasowy Transport Oniryczny i Naturalny, który umożliwi ci dotarcie do młodszego ciebie samego, JK47.

– Jestem gotowy, JK67.

– Przede wszystkim zaakceptuj myśl, że jest to sposób na cofnięcie czasu, który nie jest maszyną w typowym tego słowa znaczeniu, lecz koncepcją, która powinna zadomowić się w twojej nieświadomości. Chodzi o autotematyzm psychologiczny, silniejszy od jakiegokolwiek doświadczenia fizycznego. Czy dobrze to zrozumiałeś?

– Mimo wszystko mam trudność z pojęciem, w jaki sposób prosta koncepcja psychologiczna może... wysyłać mnie „naprawdę" do mojego snu z czasów, kiedy miałem dwadzieścia osiem lat. Musi tu zajść jakiejś zjawisko... „mechaniczne".

– Nie, nie ma żadnej mechaniki, jedynie geometria. Rozwiązanie znajduje się w naszym nazwisku, Jacques.

– Przypominam sobie, że Wilfrid nabijał się ze mnie, ponieważ Klein znaczy po niemiecku „mały".

– Słowo to odnosi się również do innych pojęć.

– Błękit Kleina? Ubrania Calvina Kleina? Film *Pan Klein*? O wszystkim tym już słyszałem...

– Przypomnij sobie lekcje matematyki... Przypomnij sobie nauczanie ojca. Opowiadał nam o pewnej niezwykłej formie związanej z naszym nazwiskiem.

– O... butelce Kleina?

– Właśnie. Nasz przodek, Felix Klein, sławny w swojej epoce matematyk, jest wynalazcą owej butelki. Pamiętasz, na czym polegał jej wyjątkowy kształt?

– Wydaje mi się, że miało to związek ze wstęgą Möbiusa w wersji trójwymiarowej. Pętla Möbiusa tworzy cyfrę osiem, nie ma ani prawej, ani lewej strony.

– Butelka Kleina to zbiornik, którego szyjka naciąga się, stając się własną ścianką, która ostatecznie zlewa się z dnem. Przestrzenna ósemka z otworem na dole. Jej wyjątkowość polega nie na tym, że nie ma prawej ani lewej strony, lecz na tym, że nie ma ani wnętrza, ani strony zewnętrznej.

– Jaki ma to związek z Atonem?

– Aton kształtuje neuron, zmieniając go w butelkę Kleina. W pewnym sensie naciągniesz kawałek swojej własnej maszyny do zarządzania czasem.

Zdanie wybrzmiewa w jego umyśle.

– Przede wszystkim musisz znaleźć odpowiedni „kawałek czasu" do wygięcia. Ten, w którym miałeś dwadzieścia siedem lat i spałeś z Justine. Pomogę ci.

JK67 prowadzi go w miejsce na korze mózgowej zwanej płatem czołowym środkowym, w którym przechowywane są wspomnienia z odległej przeszłości. Tutaj, pośród stosów czerwonych nitek magazynujących najbardziej znaczące sceny z jego życia, JK67 znajduje neuron, który zapamiętał noc spędzoną z Justine. Dwaj mężczyźni zbliżają się do małego czerwonego drzewka z dendrytami. Starszy doradza młodszemu. Należy oddzielić neuron, odczepiając synapsy łączące go z innymi neuronami. Razem obaj mężczyźni zmieniają błonę komórki nerwowej w kulę, a następnie w wazę. JK67, niczym szklarz, naciąga jeden jej koniec, tworząc szyjkę. Kiedy ta jest już wystarczająco wydłużona, mężczyzna o białych włosach wskazuje temu o szarych włosach, że należy ją wygiąć, aby zanurzyła się we własnej ściance.

JK47 wygina rurkę.

Wystarczy naciągnąć ją aż na sam dół, aby utworzyła otwarte dno.

Mają już swoją butelkę Kleina.

© Kostsov / Shutterstock.com

Obaj cofają się, żeby podziwiać owoc swojej pracy.

– Czyli to jest ten twój słynny Aton? Neuron nieświadomości przekształcony we śnie w butelkę Kleina?

– Piękny, prawda, JK47?

– I pomyśleć, że zawsze byłem zdania, iż to niemiecko brzmiące nazwisko stanowi moje przekleństwo. Myślisz, że tato, tworząc kolekcję muszli, chciał zwrócić naszą uwagę i przygotować nas na tę chwilę? – pyta JK47, głaszcząc zaokrąglony kształt.

Nigdy nie widział równie niezwykłej formy, tak doskonałej, tak obfitującej w tajemnice. Wstęga Möbiusa dowodzi, że można jednocześnie być prawą i lewą stroną, butelka Kleina natomiast, że można jednocześnie być wewnątrz i na zewnątrz.

Patrząc na nią, ma poczucie, że do jego umysłu napływają tysiące informacji.

Butelka Kleina stanowi rozwiązanie każdego problemu.

Narodziny Wszechświata? Wielki Wybuch można by porównać do tej butelki: ekspansja, skurczenie, ekspansja... Mechanizm działający bez końca. Butelka Kleina wyjaśnia fizykę nieskończenie dużego, tak jak i nieskończenie małego.

Jacques, starzejąc się, rósł, jego umysł poszerzał się niczym wszechświat, następnie ustabilizował się, a teraz wraca w głąb samego siebie.

Czuje zawrót głowy na widok tej niesamowicie pięknej formy.

Czas również może się mnożyć, poszerzać, a następnie kurczyć do postaci szyjki. Pętla się zapętla.

Butelka się zamyka.

Wąż gryzie własny ogon.

Symbol nieskończoności – cyfra osiem w poziomie – znajduje swoją trójwymiarową reprezentację.

Czas i przestrzeń nie są zwykłymi balonami pęczniejącymi bez przerwy. Nadchodzi chwila, w której odwracają się w głąb siebie. Stają się... butelkami Kleina!

Podróż w czasie za pośrednictwem świata snów (który nie podlega prawom fizyki newtonowskiej ani nawet einsteinowskiej) staje się możliwa.

JK47 ciągnie na głos:

– ...Na tym polega największy paradoks butelki Kleina: zewnętrze prowadzi nas do wewnątrz. Strona zewnętrzna prowadzi do środka. Na końcu dalekiej drogi wracamy do punktu wyjścia. U kresu dojrzałości znajduje się dostęp do młodości.

JK47 przygląda się otaczającemu go różowemu krajobrazowi. Czerwone krzewy. Brunatnoczerwona przestrzeń.

Jestem w...

– Jesteś we własnym umyśle, tutaj wszystko się rozgrywa. Przed tobą znajduje się Aton, magiczna winda, która umożliwia przemieszczanie się w czasie. Nie ma chwili do stracenia, musisz szybko udać się na spotkanie ze wspaniałą osobą, młodym tobą.

– A ty, JK67... co się z tobą stanie, kiedy ja stanę się... tobą?

Mężczyzna o białych włosach odpowiada jedynie uśmiechem i uspokajająco mruga. Jacques o siwych włosach, dwanaście sekund przed północą, wchodzi w głąb neuronu przekształconego w butelkę Kleina.

Zostaje wciągnięty przez wir.

Wszystko staje się niewyraźne.

Ześlizguje się po wijącej się formie o gładkich ścianach, którą zna pod nazwą „zabawy umysłowej wewnątrz snu".

Lejek, w którym się znalazł, zmienia się w coraz węższą rurę. Z trudem przeciska się między miękkimi czerwonymi ścianami.

Jak w dniu swoich narodzin: wychodzi z matrycy do innego świata.

Zmierza naprzód i – gdzieś tam, dalej, na zewnątrz – wybija północ.

Wtedy JK47 staje się JK48.

Jacques Klein o siwych włosach wyłania się wśród świetlistej scenerii, na mglistym i piaszczystym terytorium.

Drzewa. Las.

Idzie przez mgłę, która powoli się rozprasza.

Teraz zauważa kolor piasku.

Różowy.

W oddali widzi postać.

Dziwnie się czuje, widząc siebie samego z ciemnymi włosami. Bez zmarszczek, o gładkiej skórze. Mężczyzna trzyma się prosto, jest umięśniony, elegancki.

Młody on sam sprawia wrażenie zaskoczonego jego widokiem.

– Do licha! To działa! – woła JK48.

Mężczyzna naprzeciw niego wygląda na zlęknionego, zbitego z tropu, ale też pod wrażeniem.

– Dobrze, więc to działa… To działa! Udało mi się!

JK48 nabiera w dłonie różowego piasku i pozwala mu przesypać się między palcami, po czym jego spojrzenie wędruje na młodego człowieka. Czuje silne wzruszenie.

Łzy zasłaniają mu pole widzenia. Czuje się w obowiązku wyjaśnić:

– Wiem, że to może wydawać się nieco zaskakujące, ale przede wszystkim się nie martw.

– Nie martwię się. Nie wiem, kim pan jest, wiem tylko, że jesteśmy w moim śnie.

– Nie jestem tylko postacią ze snu i nie znalazłem się tu przypadkiem.

„Młody on sam" spogląda na niego sceptycznie, a wtedy JK48 powtarza nieświadomie rozmowę, jaką odbył dwadzieścia lat wcześniej.

– Nie mam czasu wyjaśniać ci teraz wszystkiego, Jacques. Musisz jak najszybciej wyjść ze snu i działać. Mama jest w niebezpieczeństwie. Szybko! Szybko! Obudź się i leć.

– Kim pan jest?

– Jestem tobą za dwadzieścia lat. Czyli tobą w wieku czterdziestu ośmiu lat.

– Co pan robi w moim śnie?

– Musisz zaakceptować te trzy fakty, które mogą wydać ci się dziwne, przyznaję: 1) ja naprawdę istnieję, 2) jestem człowiekiem, którym staniesz się w przyszłości, 3) przemawiam do ciebie dzięki własnemu wynalazkowi (czyli temu, który ty sam zrealizujesz w przyszłości). Ale chwilowo zaistniał stan wyjątkowy: mama naprawdę jest w wielkim niebezpieczeństwie! Obudź się! Pędź! Rób, co mówię!

– Jest pan postacią z mojego snu, dlaczego miałbym być panu posłuszny?

– Już ci mówiłem, że nie jestem tylko postacią ze snu: jestem prawdziwy. Oto dowód: informacja, której nie przekaże ci nikt inny poza mną – mamie grozi śmiertelne niebezpieczeństwo. Tylko ty możesz ją ocalić. Więc obudź się, szybko! Uratuj mamę!

– Proszę dać mi jeden dobry powód, żebym uwierzył, że naprawdę pan istnieje, tylko jeden.

– Jestem wynikiem tajnego projektu mamy. Szóstego stadium snu: *Somnus incognitus*. Dzięki niemu zdołałem się z tobą zobaczyć! Jeśli wciąż masz wątpliwości, zaufaj swojej głębokiej intuicji, coś w tobie musi wiedzieć, że mówię prawdę!

Mówiąc to, JK48 podziwia ciało JK28.

Stwierdza, że jest naprawdę piękny. W tamtych czasach jego ciało było doskonałe, ale on nie zwracał na to uwagi. Dopiero kiedy coś tracimy, uświadamiamy sobie, jak było cenne.

Natomiast jego dwudziestoośmioletni umysł nie wydaje mu się bystry.

Byłem naiwny, stwierdza. *Strach rządził większością moich czynów, zależało mi tylko na spokoju, na banalnym i wygodnym życiu.*

Byłem mało ambitny, dlatego JK48 okazał się taki przydatny! Muszę teraz i ja okazać się równie silny jak on, jeśli chcę, aby przeszłość biegła swoim torem.

Ciemnowłosy młody mężczyzna jest coraz bardziej oporny, mimo iż człowiek stojący przed nim wydaje mu się zaskakująco znajomy.

Widzi siebie w podeszłym wieku, a boi się starości, ponieważ wie, że jest to etap poprzedzający śmierć. Zapewne czuje obrzydzenie na widok moich zmarszczek.

– Przykro mi, jest pan w moim śnie, więc nie istnieje pan.

JK48 wzdycha głęboko.

– Zapomniałem, że byłem aż tak uparty. Obiecuję ci, że jeśli się znowu zobaczymy, dzięki dośniewaniu, wyjaśnię ci wszystko szczegółowo, ale na razie, proszę, zaufaj mi. Trzeba ocalić mamę, jest w niebezpieczeństwie. To kwestia minut, o ile nie sekund.

– Skąd pan wie, że moja mama żyje? Skąd pan wie, gdzie się znajduje, skoro zrobiła wszystko, żeby starannie się ukryć?!

Jak brzmiało przysłowie?

„Ach, gdyby młodość wiedziała. Ach, gdyby starość mogła".

Oto mój dylemat. W młodości miałem klapki na oczach. Mogłem dokonać wielu rzeczy, ale miałem bardzo wąskie horyzonty! Jak gdyby wszystko wydawało mi się ograniczone. Wznosiłem ściany, żeby wzmocnić swój świat, i nie zdawałem sobie sprawy, że pewnego dnia uwiężę w nich moją nieświadomość.

Rozluźnijmy się i spróbujmy go przekonać. Trzeba to zrobić, w przeciwnym razie zostanie z Justine i zmieni się we wrak człowieka. Muszę to dla niego zrobić. Muszę to zrobić dla siebie. Co zrobić, żeby zrozumiał?

– Zaufaj mi, wiem to.

– Gdzie ona jest? Skoro jest pan taki mądry, panie-postać-z-moich-snów-która-uważa-się-za-mnie-starszego.

– W… Malezji. Tam musisz się udać, żeby ją uratować.

– Co ona robi w Malezji?

– Przypomnij sobie, wspominała o członkach plemienia Senoi, o „ludziach snów”. Ci ludzie przywiązują więcej wagi do czasu spędzonego na śnie niż na jawie. Po wiadomym zdarzeniu i reakcji otoczenia była tak zdegustowana, że wyjechała tam. Żeby uciec z Paryża, ale też żeby dokończyć poznawanie świata snów, aby móc z sukcesem zrobić kolejne pionierskie kroki w stronę szóstego stadium.

– Dlaczego miałaby znajdować się w niebezpieczeństwie?

– Senoi to ludzie lasu, teraz coś im grozi, a ona ich chroni, ale jej nie chroni nikt. Tymczasem w obecnej chwili istnieje ryzyko, że…

– Nie wierzę panu.

– Posłuchaj mnie, Jacques! Masz wybór między obudzeniem się i działaniem albo spaniem i pozwoleniem, aby sprawy toczyły się bez ciebie. Zawsze masz ten wybór, ale pamiętaj, że jeśli to prawda, jeśli jestem tą osobą, którą twierdzę, że jestem, jeśli mama znajduje się w niebezpieczeństwie, a ty nic nie zrobisz, będziesz tego żałował przez całe życie. Jesteś gotów podjąć to ryzyko? Pamiętasz, co mówił tato? „Ten, kto nie chciał, kiedy mógł… nie będzie mógł, kiedy zechce”.

Wygląda na to, że argumenty siwowłosego Jacques'a Kleina trafiły wreszcie do Jacques'a Kleina o ciemnych włosach.

– Zatem, gdybyś miał do wyboru posłuchać rady postaci ze snu (co może w pierwszej chwili wydać się nieco dekoncentrujące, przyznaję) albo podjąć ryzyko i pozwolić mamie umrzeć, co byś wybrał?

Młody człowiek, wyraźnie zakłopotany i niezdecydowany, nagle znika.

JK48 zostaje sam na Wyspie Różowego Piasku. Po JK28 został jedynie odcisk stopy na plaży.

JK48 uświadamia sobie, że on sam w swojej teraźniejszości znajduje się zupełnie gdzie indziej, z sercem bijącym bardzo powoli, z bardzo niską temperaturą ciała i niepokojącymi wskaźnikami czynności życiowych. Niczym zahibernowany świstak.

Niespieszno mu jednak wracać. Stoi przez jakiś czas, przyglądając się lekko pochylonym drzewom na Wyspie Różowego Piasku. Wiatr zrywa owalne liście, które wirują, po czym opadają na ziemię.

Zatem zobaczyłem i zrozumiałem.

Jestem niczym pies Pompon po tym, jak mu odgarnięto włosy zasłaniające widok. Widzę prawdziwy świat i wydaje mi się on podniecający i radosny. Do tej pory mój świat był ciasny i ograniczony, od teraz mam perspektywy.

Poza pierwszymi granicami percepcji znajdują się kolejne, położone dalej.

Jacques grzebie wśród muszli na plaży i znajduje jedną, perłową, w kształcie butelki Kleina.

Unoszące się nad nim chmury są twarzami: to noosfera.

Byłem nie dość uważny na znaki obecne na tej wyspie. Wszystko było już tu wcześniej, miałem wszystko pod nosem i nie zwracałem na to uwagi, ponieważ nie wyobrażałem sobie, że rozwiązanie znajdę we własnych snach. Przemierzałem je tak, jak się przechodzi przez sale muzealne, nie dając sobie czasu na obserwację.

Na ziemi leży koszula hawajska. Zakłada ją. Piña colada z parasolką i plasterkiem ananasa również tu jest. Kosztuje i stwierdza, że nie jest to prawdziwy koktajl.

To mikstura na bazie trucizny fugu, mandragory i wilczej jagody. Zostawiałem ją tutaj, chciałem pamiętać, że znajduję się gdzie indziej, w śmiertelnym niebezpieczeństwie. Ale „młodszy ja" dostawał prawdziwy koktajl.

Jacques Klein zasiada w fotelu na biegunach, który również wyłania się z nicości.

Powinienem już wracać, zanim Shambaya i pozostali zaczną się niepokoić. Ale nie dokończyłem jeszcze spotkania.

Kołysze się w fotelu, delektując się pobytem na wyspie wymyślonej przez ojca, znalezionej przez matkę i odwiedzanej przez przyszłego siebie samego. Ma otwarte oczy i rozmyśla o tym, czego doświadczył.

Nagle ktoś się pojawia, zmierzając w jego stronę: JK68.

– Pomyśleć, że mało brakowało, a znaleźlibyśmy się we trójkę w tym samym śnie – mówi. – Jacques Klein z przeszłości, z teraźniejszości i z przyszłości. JK28 o ciemnych włosach, JK48 o szarych włosach i JK68 o białych włosach zebrani razem. To byłoby bardzo malownicze, nieprawdaż?

– Co mam teraz robić?

– Teraz będziemy mogli uratować mamę. Utknęła na poziomie stadium pięć i osiem dziesiątych. Znajduje się między dwoma etapami. Ściągniesz ją w dół, żeby mogła dotknąć dna jeziora i dasz jej kopniaka, który pozwoli jej wznieść się na powierzchnię.

75

Sarkofag stoi w blasku świec.

Muzyka Dvořáka umilkła, jedynie pieśni Senoi rozbrzmiewają wciąż jeszcze w pomieszczeniu, nucone przez Shambayę i Ikara.

Od wielu już minut ekran Dream Catchera jest brązowy, a zebrani mają posępne miny. Nagle wskaźniki elektroencefalogramu, elektrokardiogramu, temperatury i fal zmieniają się: Jacques żyje.

– Tato wraca! – woła Ikar.

– Szybko! Antidotum! – woła Charlotte.

Éric Giacometti zmienia igłę i wpuszcza w żyłę śpiącego mieszankę rozbudzającą na bazie bielunia i lulka.

Na ekranie szara woda nabiera niebieskiego koloru. Mogą śledzić Jacques'a, który wspina się na wierzchołek snu paradoksalnego.

Kamera umieszczona wewnątrz sarkofagu wskazuje, że jego gałki oczne znów poruszają się pod powiekami. Błona bębenków usznych znów pulsuje.

Kark się prostuje.

Elektroencefalogram zmienia częstotliwość z fal my na poziomie trzynastu herców na fale epsilon (ponad czterdzieści pięć herców).

Piąte stadium: znajduje się na szczycie sięgającym powierzchni i przebudzenia.

Nurkuje ponownie w coraz przejrzystszą wodę.

Fale gamma: trzydzieści herców.

Dociera na dno, do czwartego stadium głębokiego snu.

Fale delta: dwa herce.

Éric Giacometti wzdycha z ulgą. Ikar i Shambaya również. Charlotte reguluje kontrast, poprawiając jakość obrazu. Naukowiec zwiększa temperaturę słonej wody wewnątrz sarkofagu.

Hipnogram wskazuje, że podróżnik znajduje się już w stadium trzecim, a wkrótce potem w drugim i w pierwszym.

Fale beta.

Mózg powraca do normalnej aktywności. Jacques Klein otwiera jedno, a następnie drugie oko.

Éric i Ikar pospiesznie unoszą ciężką pokrywę, a Charlotte pomaga mu wydostać się ze skrzyni.

– Udało ci się! – woła Éric.

Ikar filmuje moment wyjścia ze skrzyni.

– Jak było? Opowiadaj! – ponagla go Éric Giacometti.

Jacques sięga po szlafrok, wciąż jeszcze trzęsie się z zimna. Unosi do ust napój energetyzujący, który podała mu Charlotte.

– Muszę uratować mamę – mówi.

Wykonując polecenie pioniera onironautyki, reszta ekipy natychmiast przywozi łóżko z Caroline Klein śpiącą w sąsiedniej klinice.

Uważnie rozbierają starszą panią i umieszczają ją w sarkofagu wciąż jeszcze wypełnionym wodą.

Jacques umieszcza na jej ciele czujniki i podłącza kroplówkę. Wszystko dzieje się bardzo szybko.

– Czy to nie jest niebezpieczne? – pyta Éric, obawiając się nieco egzaltacji Jacques'a. – Ona mimo wszystko ma osiemdziesiąt lat, to nie jest odpowiedni wiek na takie badania.

Ponieważ jednak nie może zaproponować innego rozwiązania, ustępuje.

Jacques zamyka pokrywę sarkofagu, reguluje temperaturę wody i nachyla się nad mikrofonem.

– Słyszysz mnie, mamo?

Brak odpowiedzi.

– Mamo, wiem, że mnie słyszysz. Utknęłaś w świecie snów, w piątym stadium, a dokładniej na poziomie pięciu i ośmiu dziesiątych. Krótko mówiąc, stoisz w progu, ale zostałaś unieruchomiona między dwoma warstwami. Nie możesz wrócić do normalnego świata. Nie możesz wspiąć się w górę, musisz zatem zejść w dół. Zrobiłem to przed tobą i wiem, że jest to do wykonania. Kiedy byłem dzieckiem, uczyłaś mnie snu z przewodnikiem. Jeśli pozwolisz, pokonamy tę drogę wspólnie, ale tym razem to ja będę głosem w twoim śnie. Przygotuj się, mamo. Pójdę z tobą tak daleko, jak to będzie możliwe, a potem, mam nadzieję, CK100 (ty za dwadzieścia lat) pomoże ci, tak jak JK68 pomógł mnie.

Jej hipnogram wskazuje istotnie, że znajduje się w stadium poza snem paradoksalnym. Jacques obniża temperaturę wody.

– Mamo, musisz wiedzieć, że klucz do sukcesu leży w naszym... nazwisku, „Klein". To także forma geometryczna, butelka Kleina, która pozwoli ci poruszać się w czasoprzestrzeni wykreowanej przez marzenia senne.

Pozostali nie rozumieją, o czym mówi, ale nie ośmielają się zadawać pytań.

– Zawsze miałaś rację, mamo. Na krańcu snu i marzenia sennego znajduje się stan przewyższający czas i materię. Nirwana, o której wspominają hindusi. Czasoprzestrzeń, gdzie przeszłość, teraźniejszość i przyszłość stanowią jedność. Możesz się tam dostać, mamo. Możesz to zrobić teraz, a ja ci w tym pomogę.

Ekran oniroramiczny jest jednolicie czerwony.

Jacques prosi zebranych, żeby pozostali w gotowości i wstrzykuje matce koktajl z fugu, mandragory i wilczej jagody.

Serce starszej pani, bijące już bardzo powoli, zwalnia jeszcze bardziej.

– Posłuchaj mnie, mamo, możesz wrócić do świata jawy, ale najpierw musisz spotkać starszą siebie samą, musisz też uspokoić młodszą siebie i pomóc tej, którą kiedyś byłaś. Blokuje nas strach, mamo. Strach przed śmiercią, strach przed innymi, strach przed przegraną. Przyszła ty wyjaśni ci to i razem użyjecie Atona. Pomyśl o butelce Kleina, mamo, ona pomoże ci podróżować po twoim własnym śnie.

Charlotte widzi, że wskaźnik hipnogramu przesunął się z 5,8 na 5,9.

– Teraz, mamo, dalej! Przekrocz granicę!

Wszystkie parametry życiowe Caroline Klein wygasają, jedne po drugich, na ekranie terminala. Czerwony ekran stopniowo staje się brązowy, a następnie czarny.

76

Scena przypomina czuwanie przy zmarłym. Tylko Jacques nie okazuje niepokoju.

– Babcia umarła? – pyta szeptem Ikar.

Éric zagryza dolną wargę. Shambaya znów nuci pieśń Senoi. Pozostali milczą.

Jacques stwierdza, że wskaźniki parametrów życiowych dobrze nie rokują.

– Ze mną działo się to samo – mówi, żeby uspokoić pozostałych, i być może żeby uspokoić samego siebie.

Zebrani słuchają go.

– Musi pokonać tę samą trasę co ja. Jak długo przebywałem w szóstym stadium?

– Dwanaście minut.

Wszyscy czekają w ciszy. Mija dwanaście minut.

JK48 wyobraża sobie swoją matkę, CK80, do której dołącza CK100, i jak obie kobiety rozmawiają.

Musi mieć wiele do wyjaśnienia ze swoją przeszłością – stwierdza.

Oczekiwanie przedłuża się. Jacques obserwuje sarkofag. Odpływa myślami.

Skoki ewolucyjne są być może inicjowane nie przez ludzi z przyszłości, którzy odwiedzają ludzi z przeszłości, ale... przez ludzi z przyszłości, którzy przychodzą we śnie do siebie samych, młodszych...

Czekają. Jacques robi wdech i powoli wypuszcza powietrze.

Nostradamus musiał połączyć się z Nostradamusem z przyszłości, żeby móc przepowiedzieć kopię w oku króla Henryka II, która stała się przyczyną jego śmierci kilka dni później.

Bez wątpienia wielu wynalazców z przeszłości znało tę możliwość. Podobno, pod koniec życia, Thomas Edison pracował nad „nekrografem", który miał pomagać w naukowej komunikacji ze zmarłymi.

Myśli kłębią się w głowie Jacques'a.

W takim razie butelka Kleina istniała już przed Feliksem Kleinem. Czy myśl tę mógł zainspirować w nim we śnie starszy Felix Klein?

W jaki inny sposób niewolnik Józef mógłby przewidzieć siedem lat „chudych" i siedem „tłustych"?

Skąd Daniel mógłby wiedzieć, że po Grekach i Imperium Rzymskim nastanie czas chrześcijaństwa?

Jak Krzysztof Kolumb mógł wiedzieć, że za Oceanem Atlantyckim znajduje się ląd?

Nasz nowoczesny świat powstaje dzięki śniącym, którzy mieli możliwość porozumienia się z „przekonującymi" samymi sobą z przyszłości.

Odkrycie helisy DNA nastąpiło podczas snu o dwóch wężach wznoszących się ku niebu.

Odkrycie struktury cząsteczek zrodziło się ze snów Friedricha Kekulégo.

„Miałem sen", powiedział Martin Luther King, przedstawiając swoją wizję przyszłego świata bez rasizmu.

Jacques Klein wzdycha.

Minęło trzydzieści minut, odkąd koktajl trafił do żył Caroline Klein.

Upływa kolejne dziesięć minut.

Serce Caroline Klein bije obecnie w rytmie czterech uderzeń na minutę.

– Nie ma jej już – szepcze Charlotte.

– Jej umysł być może podążył dalej niż mój. Mama miała więcej do powiedzenia swojej nieświadomości. Wróci. Na pewno wróci – usiłuje się przekonać Jacques.

– Z medycznego punktu widzenia znajduje się w stanie śmierci klinicznej – stwierdza Éric Giacometti.

– Ja też nie żyłem, prawda? – złości się Jacques.

Nikt nie śmie mu się przeciwstawić. Czekają w milczeniu.

– Odeszła godzinę temu, Jacques. Przy tak słabym rytmie serca mózg przestaje być odżywiany. Nawet jeśli wróci, nie będzie już prawdopodobnie sobą.

– Zaczęła z daleka, dlatego potrzebuje więcej czasu, to wszystko. Ale wiem, że wróci.

Shambaya wciąż nuci. Ikar gra na smartfonie. Éric używa swojego, żeby poczytać na temat najnowszych odkryć w dziedzinie doświadczania śmierci.

Czekają.

Co się dzieje? zastanawia się Jacques. *Czy ona żyje?*

Musi stawić czoło własnej nieświadomości, tak jak ja stawiłem czoło swojej.

Dlaczego trwa to tak długo?

Musi mieć do wyjaśnienia jakąś ponurą sprawę z dzieciństwa. Coś, co powodowało ataki somnambulizmu. Coś, co kazało jej uciec daleko ode mnie.

Jej własny ojciec? Matka?

W każdym razie musiało to być coś naprawdę straszliwego, w przeciwnym razie nie chciałaby trzymać się z dala od swojego własnego dziecka przez szesnaście lat.

Chyba że... Chyba że popełniła jakiś straszny czyn podczas lunatykowania. Zabiła kogoś. Zabiła kogoś ze swojej rodziny.

Mam wrażenie, że o tym wiem i czuję to w sobie.

Mój młodszy brat... Rozmawiała o nim z tatą po jednym z ataków.

Mówiła, że wymiar sprawiedliwości uznał ją za niewinną, ale ona nie potrafi sobie wybaczyć.

To by wszystko wyjaśniało. Bała się... że mnie zabije. Pewnego dnia. Podczas ataku. Tak, musiało o to chodzić!

Moje ostatnie doświadczenie zmieniło mnie... Czuję teraz pewne rzeczy bez konieczności łączenia się z noosferą, bez rozmów z duszami, jak gdybym połączył się ze... wszystkimi prawdami, z dala od kłamstw, zapomnienia i bezpodstawnych wierzeń.

Mama uciekła przede mną, bo nie miała wyboru.

A teraz rozwiązuje ten węzeł.

Nie oceniałem cię za to, że zostawiłaś mnie tak długo bez wieści, więc proszę, nie oceniaj też siebie!

Pogódź się z samą sobą, mamo. Ja akceptuję cię z twoją chorobą, za którą nie jesteś odpowiedzialna. Mamo, kochałem cię od urodzenia, nie wiem, co zrobiłaś, ale wybaczam ci awansem. Nikt nie musi być doskonały.

Mija siedemdziesiąt minut. Osiemdziesiąt.

Jacques w końcu traci nadzieję. Przygnębiony siada na podłodze. Podchodzi do niego Ikar.

– Tato, czy możesz mi opowiedzieć, jak tam było, w głębi snu?

Shambaya przestaje nucić i siada obok męża, gładzi go po twarzy.

– To nie twoja wina – mówi. – Podjąłeś próbę sprowadzenia jej, zabierając ją „tam", lecz jest to wymiar, w którym nauka nie potrafi ratować ludzi.

Licznik wskazuje, że osiemdziesięciolatka odeszła półtorej godziny wcześniej, tymczasem nagle, w dziewięćdziesiątej czwartej minucie, aktywność mózgowa manifestuje się ruchem gałek ocznych pod powiekami.

– Wróciła do stadium pięć i dziewięć dziesiątych! – woła Charlotte.

Ona sama z przyszłości pomaga jej wrócić, myśli Jacques.

– Mamo, czy mnie słyszysz?

Poziomy ruch gałek pod powiekami.

– Jesteśmy tutaj, czekamy na ciebie... w świecie rzeczywistym. Czy dasz radę wrócić tu sama?

Dwa poziome ruchy.

– Poddamy ją wyładowaniom elektrycznym i zrobimy zastrzyk z adrenaliny – rzuca Éric, który już szuka swoich utensyliów.

– Mamo! Posłuchaj! Wiem, że mnie słyszysz! Twój umysł jest silniejszy od materii. Jestem pewien, że dasz sobie radę bez elektrowstrząsów. Umysł potrafi zapanować nad przestrzenią i czasem.

Po raz kolejny oczy przesuwają się dwukrotnie pod powiekami. Éric jest gotów do wstrzyknięcia adrenaliny. Jacques przemawia głośniej do mikrofonu podłączonego do sarkofagu.

– Wróć sama, mamo! Spróbuj!

Ruch pod powiekami i całym ciałem Caroline Klein wstrząsają dreszcze.

– Udało się – oznajmia Charlotte, obserwująca hipnogram. – Wraca. Stadium pięć i osiem dziesiątych.

Ekran oniroramiczny rozświetla się i oczom zebranych ukazuje się góra sięgająca powierzchni wody.

Nie może się teraz obudzić – myśli Jacques – *spowodowałoby to szczelinę w jej umyśle i mogłoby wywołać poważny uraz psychiczny.*

Fale gamma. Następnie śpiąca schodzi w dół i dociera na dno swojego jeziora.

Z obrazu na ekranie wynika, że wspięła się do czwartego stadium, a następnie do trzeciego. Fale delta. Drugie stadium. Fale theta. Pierwsze stadium. Fale alfa. Przygotowanie do przebudzenia: fale beta.

Kamera umieszczona w sarkofagu pozwala zaobserwować, że rzęsy Caroline drżą. Powieki rozchylają się, po czym opadają, jak gdyby nie chciała jeszcze opuszczać świata snu. Pokrywa skrzyni zostaje podniesiona.

Tymi samymi gestami, jakie wykonano podczas jego narodzin, Jacques Klein odłącza kroplówkę matki, jak gdyby odcinał pępowinę.

Zanurza ręce w słonej wodzie i podnosi matkę, chcąc wydobyć ją z wody. Czyjeś dłonie owijają ją ręcznikiem i wycierają, suszą, zakładają ciepły szlafrok.

Jacques całuje ją w czoło.

Caroline po raz kolejny usiłuje otworzyć oczy, ale dzienne światło ją razi. Osłania twarz dłonią. Następnie zaciska pięści i wybucha płaczem.

Jacques zanosi ją do łóżka. Wygląda, jak gdyby leżała w inkubatorze. Mężczyzna zdmuchuje kilka świeczek, żeby zmniejszyć poziom jasności w pomieszczeniu, które i tak pogrążone jest w półmroku.

Spogląda na nią.

Płacz matki stopniowo cichnie, wygląda na to, że zasypia normalnym snem.

Uśmiecha się, sprawia wrażenie zadowolonej.

Śpi.

Jacques Klein odgarnia kosmyki przylepione do czoła kobiety i głaszcze ją po twarzy, dokładnie tak, jak to robiła matka po jego narodzinach.

77

„Spędzamy jedną trzecią naszego życia na spaniu. Jedną trzecią. I jedną dwunastą na śnieniu. A jednak większości ludzi to nie interesuje. Czas poświęcony na sen jest postrzegany jedynie jako regeneracja. Sny są niemal natychmiast zapominane zaraz po przebudzeniu. Według mnie to, co się dzieje każdej nocy wśród pościeli, w wilgotnym cieple naszych łóżek, zakrawa na tajemnicę. Świat snu to nowy kontynent wymagający odkrycia, równoległy wszechświat pełen skarbów, które zasługują na to, aby je wydobyć i wykorzystać. Kiedyś będzie się uczyło dzieci w szkołach, jak dobrze sypiać. Kiedyś na uniwersytecie będzie uczyło się studentów śnić. Pewnego dnia marzenia senne staną się dziełami sztuki oglądanymi przez wszystkich na wielkim ekranie. Wówczas okaże się, że ta trzecia część życia, którą niesłusznie uważaliśmy za niewykorzystaną, jest pożyteczna, że mnoży nasze możliwości fizyczne i psychiczne”.

Caroline Klein

POSŁOWIE

Gdybym miał szukać korzeni tego dzieła, musiałbym przede wszystkim odszukać reportaż o onironautach, który przygotowałem jako dziennikarz naukowy w latach 80. XX wieku.

Zwykły fakt, że jest to możliwe, pozwolił mi – tydzień później – przeżyć pierwszy świadomy sen, który wyglądał następująco: znajdowałem się w Paryżu, w pobliżu Wyspy Świętego Ludwika, miałem beżowe i przeźroczyste skrzydła nietoperza i wznosiłem się, mieląc powietrze wśród odgłosu sprężystej skóry. Kiedy tylko przestawałem to robić, opadałem, wkrótce też poczułem zmęczenie, szczególnie ramion. Postanowiłem jednak użyć długich skrzydeł do polatania nad Sekwaną. Przy okazji odkryłem parę kloszardów troglodytów, którzy zbudowali swoje domy na brzegu rzeki, i których nie dało się zauważyć inaczej, niż lecąc tuż nad wodą.

Kiedy tylko przestawałem machać rękoma, traciłem wysokość, wiedziałem też, że jeśli dotknę powierzchni rzeki – obudzę się.

Był to mój pierwszy świadomy sen. Innym razem śniło mi się, że opowiadałem grupie ludzi, iż potrafię znikać. W moim śnie zamykałem oczy i budziłem się w świecie rzeczywistym, w łóżku. Następnie zamykałem oczy i wracałem do snu, gdzie mówiłem: „Widzieliście, to magia, potrafię zniknąć, kiedy sobie tego zażyczę, i mogę to robić, ilekroć zechcę". Patrzyli na mnie z niedowierzaniem.

Drugie źródło tej książki leży w miesiącach bezsenności, a przynajmniej okresu trudnego snu, jakiego doświadczyłem w roku poprzedzającym jej napisanie. Był to czas, kiedy zainstalowałem na smartfonie program z hipnogramem, który umożliwiał sprawdzenie, jak przebiegała moja noc.

W miarę jak udawało mi się pokonywać pięciostopniowe zejście aż do snu paradoksalnego, miałem wrażenie, że poprawiam wyniki w nowym sporcie. Czas spędzony na spaniu starałem się wykorzystać z zyskiem, zagłębiając się jak najdalej i jak najszybciej w piąte stadium.

Jeszcze inne źródło: w trakcie programu telewizyjnego Frédérica Lopeza, *La Parenthèse inattendue*, rozmawiałem przez telefon z dzieckiem, którym teoretycznie mogłem kiedyś być. Poczułem, że mam wiele do powiedzenia młodemu BW. Głównym przekazem było: „Ryzykuj", gdyż nawet jeśli ci się nie uda, doświadczenie zawsze okaże się przydatne.

W listopadzie 1999 roku miałem możliwość pływać z delfinami podczas wyprawy z Claude'em Traksem i przeżyłem opisaną w powieści przygodę z dwoma białuchami i delfinami szarymi, które usiłowały dać do zrozumienia nurkom, że powinni przestać wpychać się w sam środek ich jedzenia.

Wreszcie, ostatnim składnikiem koncepcji tej książki jest butelka Kleina. Kiedy tylko ją zobaczyłem, powiedziałem sobie: „Oto wyjaśnienie pojęcia czasu i przestrzeni". Na wstęgę Möbiusa zużyto już dużo atramentu, czas przekierować uwagę czytelników i dodać do moich książek kolejny wymiar: po trójkącie (zagadki w trylogii *Mrówek*), piramidzie (trylogia *Trzeciej ludzkości*) i wstędze Möbiusa: butelka Kleina.

PS 1: Nie wiem, czy wy, czytelnicy, dobrze sypiacie, nie wiem, czy pamiętacie swoje sny, ale proponuję wam je notować (wszystkim, którzy mają na to ochotę) na końcu tej książki albo w banku danych umieszczonym na mojej stronie www.bernardwerber.com. Będziemy mogli się nimi dzielić i wspólnie je komentować.

PS 2: Uzupełniając poprzednie, chcę zadać wam jeszcze jedno: gdybyście mogli rozmawiać we śnie z osobą, którą staniecie się za dwadzieścia lat, o co chcielibyście ją zapytać?
PS 3: Dobranoc, śpijcie dobrze, życzę wam pięknych snów!

BW

Paryż, 16 kwietnia 2015, 10:21,
kawiarnia przy rue Lamarck,
Montmartre, Paryż

MUZYKA SŁUCHANA PODCZAS PISANIA POWIEŚCI

IX symfonia *Z Nowego Świata* Dvořáka.

Muzyka z filmu *Interstellar* Hansa Zimmera (silnie inspirowana muzyką z filmu *Koyaanisqatsi* Philipa Glassa, której w związku z tym również słuchałem).

Furious Angels Roba Dougana, fragment z filmu *Matrix*.

Śpiewy aborygenów australijskich, a w szczególności koncert „Didgeridoo Meets Orchestra" wykonany w sierpniu 2013 roku w operze w Sydney.

Album *Golden Age* Woodkida.

PODZIĘKOWANIA

Podziękowania zechcą przyjąć:

Amélie Andrieux (muza), Hélène Pau (świadomie śniąca), Patricia Darré (genialne medium), Éric Antoine (duchowy czarodziej), Vincent Baguian (nauczyciel śpiewu), Claude Lelouch (człowiek kina i mędrzec), Gilles Malençon (oświecony hipnotyzer), Alex Berger (ewolucjonista), Sylvain Ordureau (wszechstronny naukowiec), Frédéric Saldmann (lekarz eksplorator), Éric Giacometti (oświecony pisarz) oraz Guillaume Gautier (twórca programu dla przewodników w świadomym śnie). Rozmowy z nimi przy śniadaniu stały się źródłem inspiracji dla tej powieści.

Sylvain Timsit, Sébastien i Mélanie Tesquet, moi pierwsi czytelnicy, a także Christine Murillo, Jean-Claude Leguay i Grégroire Oestermann, autor *Baleinié, dictionnaire des tracas*, za radosny wynalazek czasownika „dośniewać".

Wreszcie mój wydawca, Richard Ducousset, który podąża za mną już od dwudziestu pięciu lat.

PODZIĘKOWANIA

Podziękowania zechcą przyjąć:

Annie Andrieu (sztuka), Hélène [illegible] (świadomość [illegible]), [illegible] (czytanie uważne), [illegible] (duchowy [illegible]), Vincent [illegible] (pomocny [illegible]), Claude [illegible] ([illegible]), Kim [illegible], Gilles Malençon (świadome hipnoza [illegible]), [illegible] (rewolucja [illegible]), Sylvain Ordureau (wyszukiwanie naukowe), Frédéric [illegible] (eksploracja [illegible]), [illegible] ([illegible]), [illegible] Guillaume Gautier ([illegible]) [illegible]

[illegible] źródło magicznej [illegible] powieści.

Sylvain [illegible], [illegible] Mélanie [illegible], Christine Murillo, Jean-Claude [illegible] [illegible] [illegible]

[illegible] nałożek czasowników [illegible]

Wreszcie mój wydawca, Richard Ducousset, [illegible] [illegible] odkrywających [illegible]